比时间更久

——

2022年短篇小说20家

张莉 主编

湖南文艺出版社

HUNAN LITERATURE AND ART PUBLISHING HOUSE

图书在版编目（CIP）数据

比时间更久：2022年短篇小说20家 / 张莉主编 . -- 长沙：湖南文艺出版社，2023.2
ISBN 978-7-5726-1031-8

Ⅰ . ①比… Ⅱ . ①张… Ⅲ . ①短篇小说－小说集－中国－当代 Ⅳ . ①I247.7

中国国家版本馆CIP数据核字（2023）第019890号

比时间更久：2022年短篇小说20家
BI SHIJIAN GENG JIU:
2022 NIAN DUANPIAN XIAOSHUO 20 JIA

主　　编：张　莉
出 版 人：陈新文
责任编辑：谢迪南　　丁丽丹　　沈世悦
封面设计：文　俊 | 1204设计工作室（北京）
内文排版：刘晓霞
出版发行：湖南文艺出版社
　　　　　（长沙市雨花区东二环一段508号　邮编：410014）
印　　刷：长沙鸿发印务实业有限公司
开　　本：880 mm × 1230 mm　1/32
印　　张：15
字　　数：336千字
版　　次：2023年2月第1版
印　　次：2023年2月第1次印刷
书　　号：ISBN 978-7-5726-1031-8
定　　价：72.00元
　　　　　（如有印装质量问题，请直接与本社出版科联系调换）

"脱口秀"的兴起，
或短篇小说的魅力

张　莉

一

我喜欢看脱口秀，每年都会追看《脱口秀大会》。看脱口秀的时候，不止一次想到，这是一种与我们时代紧密互动的艺术形式，它幽默、辛辣，带有微微的冒犯和嘲讽，一个个有趣、好笑而又荒诞的故事里，呈现的是我们时代人的生活和生存。我以为，脱口秀之所以广受关注，是因为它的叙事节奏与我们时代人的话语方式相匹配——脱口秀的兴起意味着它找到了一种独属于我们时代的叙事方式。

脱口秀的艺术魅力是什么？当然是带给我们欢笑，但好的脱口秀更看重笑声背后所承载的，它有它的尖锐和冒犯，它有它的价值指向。好的脱口秀表演其实是有调性的，这个调性既与作品所表现的内容有关，也与演员本人的表情、形象以及话语魅力相关。2022年，我对演员思文在《脱口秀大会》中的表现印象深刻。尤其是关于离婚女人遭遇的那一节。像通常的脱口秀一样，她讲述的是个人际遇，同时也融进了很多我们时代的"梗"，故事讲得鲜活生动，引人发笑，也引人深思。

关于离异女性际遇的话题，我想到文学史上的著名小说《遭遇礼拜八》（铁凝）。女主人公朱小芬年近三十，因为发现丈夫出轨，所以选择离婚，成为单亲母亲。离婚之后，她的同学、同事、中学时代的老师，都以各种方式慰问她。有人同情，有人冷嘲热讽，有人打着关心或者关怀的名义，实际上是偷偷奚落她，甚至单位领导还多次提醒她，不要假装快乐来掩盖自己的不幸和悲伤。

朱小芬际遇的荒诞处在于，她是主动离婚的，她觉得离婚后可以获得自由，并没有什么损失或不光彩的，但外界却始终认为她是被抛弃的，认为她不面对事实。作为离异女性，朱小芬被身边人固定在了"弱者"的位置上，被动地成了"弱者"。《遭遇礼拜八》发表于1989年，写得一波三折，风生水起，当年一经发表便广受好评，读者在欢笑阅读之余感受到强烈的荒谬感。三十多年后重读，小说依然深具现实感和当下性，我想，这便是经典短篇的魅力。

二

想到脱口秀这种艺术形式与短篇小说文体之间的异同。

脱口秀和短篇小说都是叙事作品，严格说来都是小体量叙事作品。所谓小体量，指的是篇幅的短小。脱口秀有时长限制，需要在5—10分钟左右完成，短篇小说则是篇幅有限，一般在5000—20000字之间。无论是脱口秀还是短篇小说，都追求在有限度的篇幅里完成足够带给我们心灵震撼的讲述。

我喜欢小体量的叙事作品，原因就在于这些作品自身所携带的"有限性"——因为有限制,所以便要求凝练、简洁,因而作品本身的密度便显得尤为重要。在这里,密度首先是指故事本身不能稀薄寡淡,要在极窄的条件里凝聚起受众的情感共同体。

密度是所有小体量叙事作品的"硬通货"。密度不是一个情节连着一个情节,不是情节的堆积,它指的是故事的内核,以及内核所提供的视角,好作品需要提供新视角,它要召唤并刷新读者/观众的感受力——原来世界是这样的,原来我们还可以这样想,还可以这样看,还可以这样说,还可以这样做。

哪些是能够给人新的感受力的脱口秀作品?比如思文、庞博、杨笠、李雪琴、鸟鸟以及徐志胜等人的代表作。尤其是李雪琴关于"老板与我"的故事讲述,五分钟1000字的体量里,包含了层层推进,高潮迭起,在起承转合中极具才华地完成了故事的从幻想到现实,从劳资关系到性别关系的讲述,让人大笑的同时,也为我们提供了看待世界的新窗口。

短篇小说也讲故事,但讲故事并不是短篇小说唯一的任务。有时候它会为我们刻画一个人物,有时候它为我们重建一个情境,有时,它只是带给我们一种感喟……想到鲁迅的《祝福》《故乡》、郁达夫的《春风沉醉的晚上》、张爱玲的《封锁》、毕飞宇的《是谁在深夜说话》、迟子建的《亲亲土豆》、魏微的《化妆》……这些小说,情节不一定紧凑,但却震动人心,意味深长。这些作品的密度,既包含有时间的长度和宽度,也包含历史的来路和事件的复杂性。

除了故事,好短篇的密度还指的是讲述本身所携带的力度和冲击感,以及一种韵味。正如《短篇小说之所以短》一书所说:"无论是用过去时还是现在时讲述,风格无论是含蓄内敛还是前卫深沉，你所感受到的风险和不确定性都被催化成紧张、专注及恍然大悟，这是一部优秀小说提供给读者的鲜活品质。"

想到冯骥才的《高女人和她的矮丈夫》，这部小说是新时期文学的代表作。故事并不复杂，但所表达的主题非常深刻。其实从题目可见一斑。——在通常理解中的夫妻关系中，有很多是常识：女人矮，男人高。女人怎么能比丈夫高十七厘米呢？那么他们肯定有生理问题；如果没有生理问题，那就是男人有钱；如果男人被批斗了（更矮了），那么高女人一定会离开……在一个个世俗的推理之下，这对夫妻的关系向人们期待的反方向推进：他们没有生理问题；他们同甘共苦。他们向常规的性别秩序和夫妻关系的刻板化、庸俗化想象发起了挑战，在一切世俗面前，夫妻二人的"特立独行"获得了有效放大——《高女人和她的矮丈夫》从一个很小的故事出发，构造了一个强大的反世俗命题。

反世俗主题的强大社会基础是另一个隐形文本：世俗中对夫妻关系的认识。这个隐形文本的力量越尖锐、强大，认同基础越是无可争议，那么，小说本身表达的内涵便更深刻和有力。谁规定妻子一定比丈夫矮，谁规定丈夫一定要比妻子高？当小说聚焦于这一寻常而又不寻常的瞬间时，它也在向世俗社会、向刻板的社会习惯说"不"。——只有当小说家把这个"习惯"的声音扩大成文本，每一个读者都不得不面对、凝视并产生疑问时，习惯才成为一个大问题。《高女人和她的矮丈夫》的锐利在于让读者看到了习惯/寻常之下的"不寻常"。经典小说的"密度"在于，它所带给我们的不仅仅是故事，更是看事物、打量事物的新眼光。

三

在漫长的文学史上，口头文学从来都是文学的一部分，事实上，话本小说和评书体都是当年口头文学的文字版。看《脱口秀大会》，尤其是在线下看脱口秀演员表演时，我多次想到古代生活中勾栏瓦肆讲书的场景。如果生活在古代，这些脱口秀演员也将是拥有诸多观众的说书人或讲故事人吧？今天的每一位写作者，其实说到底也是说书人或者讲故事人，只不过前者以声音讲述，后者借文字表达。

脱口秀和短篇小说都是语言的艺术。脱口秀节目需要动作、表情、声音，以及现场的掌控力，而小说呢，则更依赖的是文字、语词以及文学的想象力，更依赖语词和语词之间的搭配，在短篇小说这一文体中，语词和语词搭配当然会形成有声的美学，但更多时候形成的是留白或沉默的美学。

一如前面所说，脱口秀让人发笑，但它的最终目的不是让人发笑，而是启迪观众对世界的理解力，当然，它还可以让我们直观地在人群中认出有相近价值观的人，我们可以瞬间从笑声或者弹幕里辨认出谁是我们的同类。而作为短篇小说读者，要马上看到自己的同类并不容易。多数时候，短篇小说适合一个人在夜晚安静地阅读，它是否同时被别人喜欢你不能马上确认。另外，读一部短篇小说所耗费的心神远大于脱口秀，它需要想象力，需要在白纸黑字中自我建设想象的世界。

脱口秀的故事是可以公开讲述的，讲究"即时"和"秀"，它依赖演员的讲述，好的脱口秀也会像风一样瞬间便将观众的情绪裹挟。短篇小说不然，它不追求即时反应。短篇小说读者的反应可能是即时的，迅速的，但更多时候可能是延迟的，它有如一种钝器，慢慢地浸入人的内心深处。——其实，优秀的短篇小说的魅力在于阅读之后的给人带来的那种"延宕感"。一如小说家奥康纳所说："好故事就是，当它逃离你后，你还能不断地在其中看到越来越多的东西。"

短篇小说中的某一类故事是可以转成声音传达的，它可以公开讲述，但也可以不公开讲述。也就是说，与脱口秀相比，短篇小说有一种内在的隐密性，好的短篇小说要写出我们难以言说、难以言喻的部分。——世界上并不是所有事物都能公开讨论或公开分享，那些不能以声音讲述的部分，只能借助于文字的力量，这便是属于短篇小说的优长。

好的短篇小说可以写当下、写现实，记录我们此刻所经历的一切，但同时，短篇小说也可讲述荒诞和离奇，讲述魔幻现实主义。它不会主动寻找它的读者，它需要等待读者慢慢靠近它。开怀大笑并不是判断短篇小说是否优秀的标尺。有些短篇小说会让人笑。但更多时候它带来思索，让人沉默，让人坐立不安。好的短篇小说让人笑中带泪，让人在孤独中感到温煦与满足，也可能会让人在熙熙攘攘的人群中感到孤独或寂寞，以及心头一软。那种温暖与和煦，那种难以言传的心头一软，那种忽然间来不及掩面的泪流满面，如此猝不及防，但又如此动人心魄，这是属于短篇小说读者的"福利"。

是的，将脱口秀和短篇小说并置一起讨论，我们会深刻意识到一种新的叙事形式正在兴起，同时，也会看到作为叙事作品的短篇小说之于今天视听时代的"格格不入"。然而，正是这种"格格不入"构成了短篇小说的魅力。"在优秀的小说中，生活的本质被揭示——通过悲剧的、滑稽的或荒谬的方式——

为了让人物自己，更准确地说，为了让读者，看到。"（《短篇小说之所以短》）好的短篇小说的美妙在于一切刀光剑影、一切心灵激荡、一切喧嚣和悲凉之感都在虚空里完成，在我们脑海和内心中完成。很多年后，我们以为忘记这篇小说了，可是在不经意的时间和地点，我们会突然想到某个小说场景，百感交集。——看起来什么都没有发生，但一切又都真真切切地在虚空中发生了。

将脱口秀和短篇小说联系在一起讨论，我当然希望读者和我一起看到新的叙事艺术的崛起，同时，也希望我们能以"他者"为镜，重新理解和认知短篇小说本身的魅力。——脱口秀与短篇小说各有各的受众，各有各的优长，是各自独立的、审美追求不同的艺术表现形式。

四

"比时间更久"这个书名，来自钟求是的小说题目，第一眼看到我就被吸引。我一直相信，这个世界上有着比时间更长久的东西，有着被时间摧毁不了的东西。它可能是记忆，它可能是情感，也可能是与人有关的说不清道不明的"此刻"，又或者，是人人心里存有的"未来"。

编纂《比时间更久：2022年短篇小说20家》时，我以"记忆""此刻""未来"分为三辑。在"记忆"部分，我收录了於可训的《祝先生的爱情》，叶兆言的《灰色丝绒大衣》，裘山山的《事情不是这样的》，潘向黎的《兰亭惠》，徐则臣的《宋骑鹅和他的女人》，黄立宇的《游泳池》。"此刻"部分，我选择了程永新的《他乡》，东西的《飞来飞去》，钟求是的《比时间更久》，乔叶的《无疾而终》，弋舟的《德雷克海峡的 800 艘沉船》，路内的《体育课》，葛亮的《拆弹记》，石一枫的《寻三哥而来》。"未来"部分，则收录的是崭露头角的新锐作家作品，李宏伟的《云彩剪辑师》，钟二毛的《晚安》，淡豹的《鸟蛋蓝》，孙睿的《抠绿大师》，王侃瑜的《陨时》，叶昕昀的《最小的海》。

坦率说，在集中阅读 2022 年短篇小说时，我多次想到一位作家如何在有限空间里写出足够有力、足够复杂的人类经验这一问题。之所以挑选这 20 部作品，是因为这些作品在某一个时刻曾打动过我，让我想到短篇小说的密度，想到短篇小说之所以是短篇小说的那种独特。也许不一定每一篇都完美，但在我看来，这 20 篇小说代表了 20 种美学趋向，20 位作家各有风格与追求。将这些作品收集在一起，我希望能建构起属于 2022 年的丰饶多元、杂花生树的短篇小说美学生态。通过阅读这些作品，希望读者们在某一刻想到"比时间更久"——在一个不确定的世界里，文学也许可以为我们提供某种"坚固"和"确定"。

五

此刻，想到一首古诗，我曾经在另一篇谈短篇小说的文章里提起过："窗含西岭千秋雪，门泊东吴万里船。"这句诗里藏着我所理解的短篇小说作品的"密度"，也藏着我所理解的短篇小说应该提供的新鲜视角。我以为，那不仅是理想短篇小说的境界，也是一切小体量叙事作品的境界。

什么是好的短篇小说？

好的短篇小说在于它能充分发挥它的"有限性"，充分使用"短"而不是被这一有限性所束缚。我的意思是，今天短篇小说作者的挑战在于，要重新意识到密度与新鲜视角的重要性——从"有限"出发，去构建生动鲜活的情境；从"有限"出发，去抵达余音绕梁、意味无穷；从"有限"出发，去激发每一位读者的无限的想象力。

这是高度，也是难度，正是这种"高"和"难"，才会重新生成独属于我们时代的短篇小说之所以是短篇小说的魅力。

感谢二十位作家的支持，正是他们的慷慨授权，这部年选才能以最理想的样貌得以出版。感谢我的研究生曹译、程舒颖、赵浩宇、易彦妮、赵泽楠、谭镜汝的协助，他们前期所做的广泛筛选工作使这一选本具备了别样的宽阔、生机与能量。

2023 年 1 月

目录

I

记忆

祝先生的爱情

於可训

我年轻的时候，自以为自己的爱情非常浪漫，妻子是高中的同班同学，人长得漂亮，又能歌善舞，后来又一起串联，一起下放，回城后结婚生子，圆满收官，每一道程序，都碰上一个浪漫年代，而且都是革命的浪漫主义。

直到有一年，遇到了一个老先生，知道了他的爱情和人生故事，我才偷偷地给自己的浪漫打了个折扣。

这老先生姓祝，是北京一所大学的历史系教授。我见到他的时候，其实他并不老，也就四十多岁的年纪，正当着那所大学的文科科研处长。年轻的时候，看所有人都老，所以他在我的心目中，已然是一个老先生。

我那时也管着一所大学的文科科研，不过不是正式的处长，而是教务处的副处长兼管的。也可能我们那个学校没有独立的文科科研处，所以我这个兼管的副处长，才比别的学校正式的处长年轻。

年轻有年轻的好处，年轻人在一堆老头子中间，往往容易得宠，也就是讨人喜欢。

我就很讨这帮老头子喜欢，他们开会讨论愿意跟我在一组，吃饭愿意跟我在一桌，散步愿意跟我一块儿走，当然，住宿也愿意跟我住在一个房间。那时候的条件没有现在好，住单人间的只有少数领导，像我们这个级别的干部，只能两人住一间。

我就是这样走近祝先生，后来竟至于成为忘年交的。

祝先生的长相很奇特。周作人说，作家废名的相貌奇古。我不知道奇古的长相，怎么描述，但他说眉棱骨奇高，是废名的特别之处，大约这便是奇古的标志吧。

祝先生便有两条奇高的眉棱骨。说句不恭敬的话，每次见到祝先生，我就想起历史书上画的北京猿人。而且祝先生的嘴唇扁而平，永远紧紧地抿在一起，与北京猿人的嘴巴也相似。

我跟祝先生散步的时候，祝先生跟我谈得最多的是他的专业，世界历史。跟那些没出过国门的世界史专家不同，祝先生到过世界上很多地方。父亲是个外交官，他从小跟着父母，先是非洲的一些小国，后是亚洲的一些小国，再才到欧美的一些大国，到了回国念大学的时候，差不多走遍了全世界。

有这样的经历垫底，祝先生跟我谈起世界史，就不是书上那些刻板的知识，而是一些生动有趣通俗易懂的故事。比如说，他说古代欧洲，地中海地区为什么这么热闹，是因为这个像浴缸一样的海里，伸进了欧洲的两条腿，一条是亚平宁半岛，一条是巴尔干半岛，这两条腿挨在一起，岛上的国家就免不了要脚搓脚地闹摩擦，加上旁边还有个小亚细亚半岛，坐进了半边屁股，有时候也免不了要挨踹。

他说，著名的特洛伊战争，就是这半边屁股挨脚踹的战争。哪有邻居请你吃饭，还要勾引人家老婆的，该踹，踹得好。祝先生讲得有趣，也在理。可惜那时候没有中央电视台的《百家讲坛》，要是让他上了《百家讲坛》，决不逊于讲历史的阎崇年、王立群之流。

祝先生不光懂历史，也懂文学艺术，说起世界各国的一些文学名著、名画名曲，也如数家珍，所以我们俩闲聊时，也有一些共同语言。

我发现祝先生对文学艺术作品，有一种异乎寻常的领悟力，他常常能在你不注意的地方，读出别一种意思来。尤其是对文学作品中描写的男女之情，特别敏感，谈起其中的细节，连我这个也算是过来人，都觉得耳热心跳。那时节，谈性还是一种禁忌，文学作品中的所谓性描写，还常常是扫黄的对象，可是祝先生谈起男女之间的性事，却很是坦然，既不让人感到猥琐，也不让人觉得难堪，而是像谈日常饮食起居的细节一样，有滋有味，又平平淡淡。

那些年，国家教委经常在北京召集文科科研工作会议，开会的地方多在北京大学，未名湖畔就成了我们晚饭后必去的地方。

晚饭后的未名湖畔，干什么的都有，爱学习的，或找个角落静静地看书，或对着湖面大声地诵读，也有围着湖岸转圈儿背外语单词的，一边走一边唧唧咕咕，像寺庙里的喇嘛转经。好玩耍的，或邀二三同好，在一起吹拉弹唱，或一个人端着画板，对着博雅塔涂涂抹抹，也有这些事都不想干的，就百无聊赖地在湖边的树林里转悠。

祝先生对这些似乎都不感兴趣，说哪个学校都一样，千篇一律。这么好的地方，这么美妙的时刻，不拿来谈恋爱，实在是太可惜了。

我当祝先生是在开玩笑，就大着胆子也跟祝先生开玩笑说，看样子，祝先生年轻时一定精于此道，没少利用课余时间干这勾当吧。

哪知祝先生却一板正经地说，那是，哪像这些学生这样，白白浪费青春年华。我还以为现在的大学生在这方面比我强，看样子，好像比我当年还不如。

我就趁着兴致问他当年怎么样。

祝先生没有正面回答我的话，却指着树林里的一条小路说，看见么，她当年就爱在这条小路上读英语。她一出来，我就跟在她后面走，我不读外语，什么也不干，就等着纠正她的读音，帮她提词。我有时也想跟她并排走，可惜树林太密，小路太窄，不是挤着了她，就是撞着了树。她本来就不待见我，开头帮她纠音提词，她还回头瞪我一眼，后来连头都不回，好像我这个人根本就不存在似的。

我就这样跟在她后面走了一段时间，直到有一天，她过生日，我给她送了一件礼物，才捅破了这层窗户纸。

见祝先生这样如痴如醉地谈着他对一个女子的深情，我禁不住问，她是谁呀，你怎么追她追到未名湖来了呀？

祝先生见问，就朝我笑了笑，又反串样板戏里杨子荣的台词，学着京剧的道白说，好，你既然要问我这个共军，那我就把我这个共军的来历跟你说一下吧。

到这时候，我才知道，祝先生就是北大毕业的，上世纪五六十年代之交，在北大历史系念书。

他尾随的那个女生，是他的同班同学。他一到班上，就喜欢上了这位女同学，可是无论他怎么表示，始终得不到她的回应。万般无奈，只好出此下策。

好在祝先生跟着父母一直生活在国外，学过多种外语，对英语这门国际通用语言，更是驾轻就熟。那时候的大学生，多半学的是俄语，学世界史的，因为专业需要，也选修英语。祝先生于是就凭这点语言的优势，找到了一条接近他心仪的女同学的捷径。

既然尾巴也当了，礼物也送了，这回总该有点回应了吧。可是祝先生说，谁知这其中又出了个岔子，把好好的一件事情给搞砸了。

这事还得从这件礼物说起。

这件礼物原也不是什么特别的东西，而是祝先生的母亲从国外带回来的一瓶护肤用品。

问题也不出在这瓶护肤用品本身，而是祝先生的母亲让儿子送这件礼物时，忘了跟儿子说明它的用途。

原来这款护肤用品，不是那年月女同志常用的雪花膏，而是今天的女孩子用过的类似于面膜一类的护肤美容产品。

因为没有说明它的用途，所以那位女同学就当雪花膏用了，结果闹出了一场笑话。

据那位女同学的室友、后来成了祝先生的妻子的另一位同班女同学说，那位女同学的生日那天，正好是个星期天，同室的同学一早起来，就想跟她搞一个小小的庆祝活动。听说系里有个从国外回来的男生，给她送了个生日礼物，就撺掇她拿出来，让大家开开眼界，长长见识。这位女同学拿出了这件礼物，大家见是一瓶雪花膏，就又撺掇她搽一下试试。那位女同学便打开瓶子，连看也没看，就从里面剐了一坨点到眉心上，又在两颊上各点了一坨。这时候，大家才发现这雪花膏的颜色不是白的，而是黑的，当场就憋不住想笑，又憋着笑看她继续搽下去。等到这位女同学把眉心脸颊上的黑坨子都抹开了，拿过镜子一看，才发现自己成了一个大花脸，当场就把手里的镜子摔得粉碎。

事情发生后，原本捅破了的窗户纸，又被糊上了。而且这回糊上的，还是一层铁砂纸，不是那么容易捅得破。

补送生日礼物，是不可能的，连纠音提词的跟班，也没得做。自此而后，那女同学见了他，就像见了鬼，只要他一踏上那条小路，她就赶快跑开。有时被逼住了，她会突然一转身，迎面走过来，昂着头，挺着胸，装成个骄傲的小公主的样子。他也只有干瞪着眼看她擦身而过，连朝她笑一笑也不敢。

后来成了他的妻子的女同学，是班上的团支部书记，见那位女同学对他这样视若寇仇，一来是看不过去，二来也想搞好同学之间的团结，有一天晚饭后，就把他找到未名湖边谈了一次话。谈话的大意是说女同学都比较娇气，王静雅出生在一个资产阶级家庭，从小娇生惯养，娇气比别的女生更重。你想跟她谈恋爱，我们不反对，你是团员，还可以通过恋爱，帮助她进步。既然是恋爱，就不能这样粗心大意呀，不要你去刻意奉承人家，成天往人家脸上贴金，也不至于要在人家过生日的时候，给人家送一瓶墨水儿，往人家脸上抹黑吧？

又说，你这样做，不但伤了王静雅，也伤了我们同室的女同学，本来大家想高高兴兴地给静雅过生日，被你这样一闹，把大家的兴致都搞没了，难怪静雅恨你，放我身上，我也不会理你。

末了，又给他交代了一些恋爱注意事项，就结束了这次谈话。

祝先生说，这次谈话，是他生平第一次接受恋爱启蒙教育。他在国外出生，在国外长大，他父母每到一个国家，不是让他在当地插班读书，就是把他送进一所国际学校，同学都是匆匆过客，既没有很多交往，更谈不到感情上的交流。就是到了情窦初开的年龄，也不过是从书上得来了一些朦胧的想法，并不知恋爱为何物，又如何着手。回国上大学后，就由着自己的性子去做，喜欢谁就去追求谁，也不管人家的想法怎么样。他觉得爱谁不爱谁，本来就是个人的事，王静雅不爱自己，也没有错，问题是，我让她受到了伤害，这就是我的错。

既然闹出了这么大的乱子，自己去赔礼道歉就是。可是，无论用什么方法，王静雅就是不接受他的道歉。直接找王静雅当面道歉，人家根本就不跟他照面，间接求王静雅同室的女同学捎个书面的道歉信，不是原封不动地退回，就是被告知，王静雅已把它扯得粉碎。

既然王静雅不接受道歉，那就该向她同室的女同学道个歉。一个一个地道歉太麻烦，快到元旦了，祝先生就想给她们集体送一个花环。南亚一些国家就兴给人送花环，北美地区也有把花环挂在门上的，都是表达友好和善意。

没过几天，元旦就到了。元旦这天，祝先生到花店去买了一个花环，又在上面加插了许多花，就兴冲冲地跑到女生宿舍，用透明胶带粘挂到王静雅的房门上。

挂的时候，出来进去的女生就感到奇怪，等他回到男生宿舍，过了一会儿，就有室友从外面跑回来质问他，你发神经啦，怎么一大早跑到女生宿舍去送花圈。

等他被室友拽到女生宿舍一看，果然在王静雅的房门前，围了一大群男生女生，一边看一边指指点点地说，太不像话了，报复心也太强了吧，小心眼儿，简直有点恶毒，这样的男生，难怪静雅不喜欢，我看他一辈子也找不到老婆。

听到这里，我实在是憋不住笑。花环，花圈，这是哪跟哪呀，怎么就扯到一起来了呢。

祝先生说，别笑，别笑，那年月不开放，见的事情少，我也不知道自己当时怎么会想出这么个烂主意。这件事后来在同学中流为笑谈，现在聚会的时候，还常常要拿这事来跟我开玩笑。

我说，后来呢？

祝先生说，后来，后来还不是那样，她依旧不喜欢我，我依旧喜欢她。

祝先生说这话时十分平静，就像风雨过后依然盛开着的花朵一样。我真搞不懂，在这个相貌奇古，无论什么时候都不会被人看作是情种的男人心里，藏着的是怎样的一份情愫。

又一年夏天，国家教委在南方的一所大学召开文科科研工作会议。会议期间，我和祝先生又住到了一起。

这天晚上，天气闷热，屋子里蚊子很多，招待所在街面上，连个散步的地方也没有，晚饭后，我们冲了个澡，就钻进蚊帐里面，拉熄了灯，一边抽烟，一边说着闲话。

离上次北京开会虽有一段时间，但我知道祝先生对上次的话题，依然意犹未尽，我从祝先生的那句"她依旧不喜欢我，我依旧喜欢她"的话里，也未听出个究竟，也想知道到底后事如何，说着说着，就又扯到王静雅身上来了。

我说，王静雅后来就一直没理你吗？

祝先生说，理，理什么理，要有见面的机会才行呀。她连上课都躲着我，大课好躲，小班上课就那么几个人，要躲也难，结果害得她的希腊史挂了科。后来还是班上的团支书李腊梅，就是那次找我谈话的那位女同学，给我出了个主意，让我把我的笔记借给她抄，才解开了这个死结。

笔记本都是由李腊梅在中间传递的。祝先生说，开头他还有些紧张，生怕王静雅一气之下，把它撕了。等还回来的时候，他发现，笔记本不但完好无损，而且还变得十分整洁。

祝先生有个习惯，喜欢把笔记本上重点的地方，折叠起来，所以笔记本上的折角很多。在国外读书的时候，写拼音文字，喜欢把纸张和笔记本斜着放，回国来写中文，放正了不习惯，斜着写又不方便，就这样，一时斜一时正，扯来扯去的，把笔记本的封底封面都弄得皱巴巴的。

还回来的笔记本上，折叠过的地方，王静雅都把它抻开了，皱巴巴的地方，王静雅都用开水杯熨平了，又把重点的地方，夹上书签，看上去像新买的一样。

开头，祝先生只觉得这女孩子细心，并不在意，有一次还笔记本的时候，李腊梅说，注意了哇，事情正在起变化哦。

祝先生说，什么变化不变化的，还不是一天到晚躲着我。

李腊梅说，躲也要看怎么躲呀。

祝先生说，还能怎么躲，你当是捉迷藏呀。

李腊梅说，你这人真是不开窍，你没看你的笔记本里躲着另一个王静雅吗。就把笔记本上这些变化深藏的意味，跟他点拨了一通，祝先生才若有所悟。

这以后，祝先生就特别留意笔记本上的这些蛛丝马迹的变化。有一次，竟在还回的笔记本里，看到一张窄窄的纸条，上面居然还有王静雅亲笔写下的"谢谢"两个字，这让祝先生喜出望外，当下，就把这个喜讯告诉了李腊梅。

李腊梅觉得既然有这样的转机，就撺掇祝先生也回一个纸条，以示礼貌。

自从在王静雅那儿碰了钉子以后，祝先生利用课余时间，恶补了一下自己的恋爱知识，以前除了专业书，他很少阅读文学作品。虽然世界史的专业书上，也有很多外国人的爱情故事，但都只讲了一个梗概，而且大多是有影响的历史人物的事，一般人的爱情故事，只有在文学作品中，才能读得到。而且文学作品中的爱情故事，往往写得真切细致，有的甚至把男女之间的那点私事，也写出来了。这令祝先生常常看得耳热心跳。在这耳热心跳之间，也渐渐地体悟到了男女之情的那点奥妙。同时还背熟了许多名篇名句，包括一些著名的情诗和情书作品，记住了它们的作者和出处，也通晓作者使用的对象和情境。

有了这一番修炼，祝先生提起笔来就有如神助，虽然李腊梅的意思，只叫他回个纸条，以示礼貌，但祝先生自己也不知道为什么，写着写着，就收不住场，最后竟把他对王静雅的第一印象，他怎么喜欢她，怎么想跟她交往，被她冷淡遭到拒绝后又怎么失望，包括对送礼事件的歉意和悔恨等等，都写了进去。而且，每一种情感和情绪状态，差不多都配上了相应的爱情诗文，引用了相应的爱情故事，最后竟成了一封缠绵悱恻又充满书卷气的情书。

祝先生很得意自己的作品，觉得他把自己这些时日想对王静雅说的话，都写进去了。他不想让李腊梅看到它，怕夹在笔记本里太厚了打眼，就用胶水一张一张地分散粘贴到笔记本里，看上去像平时一样厚薄。

笔记本过了好几天才还回来。还笔记本的时候，李腊梅把一叠信纸丢在他面前，故作严肃地说，好哇，我说祝勇敢哪祝勇敢，你还真够勇敢的啊，你这样做，就不怕吓着人家啦？

我这才知道祝先生的大名叫祝勇敢，以前只叫他祝老师或祝处长。

见祝先生低头不语，李腊梅知道他已经意识到了自己的鲁莽，就又和颜悦色地说，为什么要这样呢，没听俗话说，性急吃不得热豆腐吗，连送花圈，你已经吓过人家三次了，我看你这次还有什么本事回天。

我就笑祝先生勇敢有余，谋略不足。

祝先生说，其实我那封信已经打动了王静雅。

我说，你怎么知道呢，是王静雅亲口告诉你的？

祝先生说，那倒不是，是李腊梅告诉我的。

我说，李腊梅是怎么知道的，难不成王静雅把她的想法，跟李腊梅说了？

祝先生说，这事说来话长，反正闲来无事，你听我慢慢地跟你说吧。

就又在帐子里点着了一根烟，又问我要不要，我说，我有，也划根火柴把烟点着了。我俩就这样隔着蚊帐，互相看烟火明灭，一个讲一个听，用接下来的故事，消此长夜。

祝先生说，其实，李腊梅当时什么也没说，是做了我的老婆之后，才跟我说了实话。

李腊梅说，那次王静雅还笔记本给她的时候，她就觉得有点不对劲。以前是平平淡淡地往她面前一放，有时还要故作冷漠，装出一副并不领情的样子。那次却像打摆子发烧，满脸通红，呼吸急促，当着她的面，把笔记本打开，把里面粘贴的纸，一张一张撕下来，塞到她手里，转身就走。

李腊梅问她，怎么啦？

王静雅说，你自己看吧。就不见了人影。

见王静雅这样，李腊梅不知道这个祝勇敢又怎么得罪了王静雅。等到她把王静雅塞到她手里的那一叠纸，从头到尾看了一遍，才发现是一封信，自己也禁不住呼吸急促，满脸发烧。

本想追出去问一下，是怎么回事，却又禁不住坐下来把那封信再看了一遍。这一遍看下来，就不是简单的生理反应，而是连那根敏感的神经末梢都被触动了。

李腊梅生在农村，长在农村，从小到大，只在书上读到过谈恋爱的故事，真正看人家实际操练，这还是头一回。

开始，她觉得祝勇敢和王静雅像两个乡下孩子在过家家，闹着好玩。当时还在想，难怪许多人喜欢谈恋爱，原来恋爱这么有意思。

等到她读了祝先生写给王静雅的这封信，才知道这不是一件闹着玩儿的事，像这样下去，弄不好要搭上一条命。

此后，连着几个夜晚，李腊梅睡觉都不得安神，白天上课也有些精神恍惚。压在枕头底下的那封信，也时不时要翻出来看一下，就像电影里的那些鸦片烟鬼上了瘾。

那个她觉得荒唐可笑的祝勇敢，也像鬼魂一样，在恍惚中缠绕着她，陪她一起听课，陪她一起散步，陪她一起上图书馆，陪她一起进饭堂，陪她参加系内系外班级和团的各种活动。

她感到这个被同学背后叫"二杆子"的祝勇敢，在爱情问题上，确实十分勇敢，感情也非常细腻。单看他写给王静雅的那封信，要说勇敢，勇敢到只差当众喊口号，像电影里的洋人那样，大声说我爱你。要说细腻，细腻到他的所作所为，有时让人觉得反常。

信中说，有一次雨后，他把王静雅在那条小路上走过的脚印，用胶泥拓下来，做成模型，摆在家里的书桌上，家里人都以为是从市场上买回来的雕塑作品。又有一次，他在王静雅走过的小路上，撒满了花瓣，等着她踏上这条铺花的小径，结果王静雅没有来，被早读的同学踩得稀烂。

他在信中向王静雅袒露心迹说，你给我接近你的通道，只有这条狭窄的小径，所以这小径上的一草一木，一砖一石，连同你的身影和你走过的脚印，吹在你身上的晨风和你沐浴的朝霞，我都看作是我的生命。

好几天时间，李腊梅都沉浸在这封信的情境之中，不知不觉地就当了王静雅的替身。就像庙里的供品，本来是献给如来佛的，结果却被阿难迦叶享用了。直到有一天，祝先生要用笔记本，她才记起来该把笔记本还给主人了。

这以后，祝先生又给王静雅写过几封信。见王静雅把分散粘贴的都撕下来了，以为她不喜欢这种方式，就大大方方地装进一个信封，夹在笔记本里让李腊梅传递过去。

接受第一次教训，祝先生在以后写的信中，措词和用意，都不敢那么生猛，除了表达爱慕之情依旧是写信的宗旨，有时候也讲一点国外的见闻和外国人的风俗习惯，就像在跟王静雅开一门世界史的辅修课。

这些信李腊梅都截留下来了。截留下来的信，李腊梅有空就拿出来看看。一来是这种纸上谈情的感觉，让她心醉，也让她从中领略了一个青年男子的挚爱真情。二来是从这些信中，她也学到了许多书上没有的知识。

有这样两重原因，这些信差不多就成了李腊梅的圣经，其中的许多句子，她都背得下来，有时候坐在教室里听课，她也会情不自禁地念叨几句，弄得坐在旁边的同学都拿异样的眼光看着她，以为她的脑筋出了什么问题。

因为没有遭到王静雅的拒绝，祝先生就决心把这件事进行到底。一门小课结束了，还有几门课也是小班上课，王静雅既然还要躲着他，正好给了他一个继续写信的机会。

李腊梅不是说，俗话说，性急吃不了热豆腐吗，那我就文火熬粥，慢慢来。

俗话不也说了吗，精诚所至，金石为开，我就不相信王静雅是铁石心肠，不为我的挚爱真情所动。

其实，就在祝先生下定这样的战斗决心的时候，王静雅已经把实情告诉了李腊梅。

像这样背着人家当替身，李腊梅毕竟有些心虚，有一次，在给王静雅送笔记本时，就故意激她说，躲着人家，又要抄人家的笔记，好意思吗，你还有没有良心哪？

王静雅说，我怎么就没良心啦，他的笔记本，我哪次不是整理得好好的？乱七八糟的，像个烂账本，亏得我一点一点地帮他抻直熨平。

李腊梅说，哦，这就算有良心啦，你就不能跟他面对面地谈一次，行和不行都把事情说开了，哪怕是像普通同学一样见见也行哪。

王静雅说，算了吧，还是不见为好，我实在是怕了他。

李腊梅说，有什么好怕的，他又不会吃了你。

停了停又说，他这人哪儿都好，就是在这件事情上太性急了点，话又说回来了，他这么性急，那也是因为他太爱你了呀。

说到"太爱你了"，李腊梅心里乱跳，王静雅也是满脸通红。

王静雅赶紧打断李腊梅的话说，你就别说了，我也知道他是一片真情，不怕你笑话，那封信有些地方，我也感动得流眼泪。

顿了顿又说，不过，我的事情不是那么简单，由不得我想爱谁就爱谁，也不是一句话两句话就说得清楚的，等有机会了我再跟你细说。

我说，王静雅后来跟李腊梅说了什么吗？

祝先生在帐子里瓮声瓮气地说，说，哪有机会说，不久，我们就毕业了，天各一方，分配时走得急，李腊梅还在乡下搞社教，她俩连个见面道别的机会也没有。

故事听到这儿，我实在觉得遗憾，又觉得好像没有完结，就问祝先生，你们就这样断了？

祝先生依旧瓮声瓮气地说，断倒没断，不过跟断了没有两样。

我说，都天各一方了，断了也就断了。

祝先生说，你倒说得轻松，这是能说断就断的事情吗？

我说，那还能怎样？

祝先生没有回答我。

这时候，窗外忽然响起了一声闷雷，像是要跟我们营造一番舞台气氛似的，紧接着凉风起来了，竟哗哗啦啦地下起了一场暴雨。

祝先生把手伸到帐子外面，在烟缸里掐灭了烟头，又探出头来说，有样东西，你想看吗？

看样子，故事还有进展，我正求之不得呢。就说，想看，怎么不想看呢，你给我看的东西我都想看。

见我这样一说，祝先生干脆扒开蚊帐，跳下床来，从枕头底下拿出一个笔记本，又小心翼翼地从笔记本的封面夹层里，抽出一张纸片，说，你看吧，这就是她。

我接过来一看，原来是一张一寸的黑白登记照片。

照片上的王静雅，看不出有多漂亮，不过是像那个年代的女大学生一样，留着齐耳的短发，用橡皮筋扎成当时流行的秧把辫，左右支开，乍一看，倒有几分英姿飒爽的气派。

只是时间较久，照片已有些泛黄，这飒爽英姿也便减了几分成色。

祝先生见我盯着照片看了半天，就说，怎么样，还行吧？

我故作夸张地说，行哪，怎么不行呢，简直是太行了，放在今天，这王静雅也是个大美人，难怪你当年那么着迷。

祝先生说，也说不上什么美人，俗话说，情中一眼，色中一点，我也不知道我是看中了她哪一点，就这么一见钟情。

又叹了一口气说，唉，可惜有情人成不了眷属，我注定跟她无缘。

我突然想起了这个故事中的一个重要人物，李腊梅，就问祝先生，那你跟李师母的缘分，又是怎么一回事呢？

祝先生说，那倒简单，我大学毕业的时候，正好我父母回国工作期满，又要派驻国外使馆，不能再把我带在身边，爷爷奶奶的年纪大了，身边也想有个人照顾，我爸我妈就找我严肃地谈了一次话。

谈话的中心思想也很简单，就是要我找个女孩子结婚，在他们出国前就把婚事办了。

我妈说，谈没谈恋爱不要紧，感情是慢慢培养起来的。结婚后再培养也不迟，我们都是这样过来的。

我爸说，只要女孩子本人和她的家庭社会关系没有问题，跟谁结婚由你自己做主。

李腊梅就成了我的不二人选。

我说，就这么简单？

祝先生说，当然不是这么简单，起码要问问人家同不同意。

李腊梅那时已分配留校搞学生工作，我去征求她的意见的时候，她给我看了这张照片，还有一封信。

她说，这都是王静雅留给你的，我得把你们的事情了结了，才能跟你结婚。

王静雅的信写得也很简单，不过，信上说的事情却多少有点复杂性。

王静雅说，她出生在一个资产阶级家庭，父亲原来是杭州的一个绸缎商人，新中国成立前夕把生意搬到了香港。父亲离开杭州的时候，把她托付给店里的一个老伙计，让他把她带到乡下去，等他们安定下来了再来接她。谁知她父亲这一去就再也没有回来。后来通过一个熟人跟她父亲联系上了，她父亲带信给他的这个老伙计说，他在那边生意不景气，过得也不好，不想把静雅接过去。既然静雅在你身边长大，你又送她上学读书，我相信你必待她像你的亲生女儿。

又说，你家庭成分好，现在内地生活安定，相信跟着你比跟着我有出息。你要不嫌弃，就让静雅做你的儿媳妇吧。你儿子我见过，小时候就挺机灵的，现在一定是一个不错的小伙子。

王静雅就这样被她父亲单许给人家做了儿媳妇。

王静雅在信中没有说她愿不愿意，也没有说那男孩儿怎么样，更没有谈他们之间的感情上的事，只在信的结尾说了一句，我结婚以后就要随军，这张照片送给你，谢谢你这几年给我抄的笔记。

我说，这下好了，你们三人谁也不用牵挂谁了，各人过各人的小日子。

祝先生叹了口气说，我和李腊梅结婚后，也确实踏踏实实地过了一阵小日子，只是没跟王静雅当面把这件事说清楚，没听王静雅亲口对我说，我心里总觉得不踏实。

后来就托人四处打听王静雅的下落，她结婚后跟丈夫去了哪个部队，她丈夫的部队在哪儿驻扎，她现在在干什么，等等，都想弄个清楚明白。

李腊梅起先并不在意，知道他就是这么个人，更何况王静雅也是自己要好的同学，在他和王静雅的关系中，自己曾扮演过一个重要角色，最终还取代了王静雅，由一个跑龙套的变成了主角。

就也托人帮忙四处打听。打听的结果是，王静雅结婚后，随她的丈夫去了大西北。她丈夫的部队担负国防工程建设任务，是个保密单位，行踪不定，准确的驻地根本无法打听，也不便打听。再说，就是打听到了，也不过是图个心理安慰，弄不好，还会惹出一些不必要的麻烦。既然如此，渐渐地，李腊梅也就把这事放下了。

谁知祝先生却是一根筋，非要打听出个结果来不可。托人打听不行，就亲自到西北去查访。

怕李腊梅生疑，祝先生出去的名义，大半都是参加学术会议，有时候也说是人家邀请讲学。他就利用这些机会，根据他预先得到的一些线索，到西北各地找人打听。有时还挎上军用书包，深入野战部队，甚至是边防部队的驻地。

偌大个西北，这样的查法，自然不会有什么结果，所以，祝先生每次回到北京，李腊梅问起开会或讲学的情况如何，祝先生敷衍了几句以后，总免不了唉声叹气。

其实，李腊梅对祝先生到西北去干什么心知肚明，就算是不知道他的具体行踪，他那身仆仆风尘，也不像开会讲学的样子。李腊梅只是不愿意揭穿他，给他留着面子，也怕伤了夫妻感情。

就这样，祝先生每年都要出去几次，李腊梅见他既没影响工作，家里也不指望他干什么，诸事无碍，就由他去了。

忽然有一天，李腊梅接到祝先生的学校打来的一个电话，叫她马上到学校的保卫处去一下。李腊梅去了以后，才知道祝先生在西北某地被人扣下来了，说他在一个部队驻地的营房附近四处活动，向人打听一个叫王静雅的女子的下落，人家怀疑他是坏人，就把他扣起来查问，要他们学校带介绍信去领人，李腊梅只好跟学校保卫处的人去了西北一趟。

这一趟回来以后，李腊梅觉得祝先生的这种行为，已经构成了一种病态，有必要找他好好谈一次。就在一个星期天，把他带到了北大的未名湖边。两人在树林中的那条小道上，一边散步，一边说着学生时代的一些故事。说到王静雅，也像当年一样，毫无避讳。

李腊梅说，你现在还找得到静雅在这条小道上留下的脚印吗？

祝先生看着李腊梅，没有作声。

李腊梅又说，你现在还会用花瓣铺满静雅走过的这条小道吗？

祝先生收回目光，轻轻地摇了摇头。

李腊梅说，有些东西，像地底下埋着的宝贝，你只能好好地守护着它，不要老想着去打开它，我也帮你一起守护着，让它永远像当初一样光鲜亮丽。

李腊梅见祝先生依旧不语，抬头一看，见祝先生眼里已噙满了泪水。

这一次谈话以后，祝先生果然绝了西北的行迹，不久，运动就开始了，他跟同事一起到西北串联，本想再借机打听一下王静雅的下落，想起李腊梅的那次谈话，又断了这个念头。

祝先生说，这以后的事，就不用我说了，运动来了，自身难保，运动过了，又是专业，又兼行政工作，加上孩子也已长大成人，要操心他成家立业，已无暇他顾，有时候想起了王静雅，也只能偷偷地看看这张随身带着的照片，聊以自慰。

我说，难怪照片上的王静雅脸色发黄，原来都做了你的精神营养。

祝先生笑笑说，你这个学文学的，就是会说。

这次南方会议之后，我就辞去了行政职务，回系里教书。后来到北京开会，虽然有时候也想去看看祝先生，但都因为来去匆匆，未能成行。

许久没到北京开会了，祝先生也应该退休多年了，他现在的情况怎么样了？还会想着那个王静雅，还要时不时看看那张小照片吗？想起那次衔烟夜谈的情景和他的爱情故事，有时候还禁不住要想念这位长相奇古的老人。

这年秋天，我到北京参加一个学术会议，碰到原国家教委的一个工作人员，谈起以往的熟人，就向他打听祝先生的情况。

他说，正好，我和祝先生住在附近，他夫人是北大的干部，我的家也在北大，都在蓝旗营小区，就隔着一栋楼。

就央他带我去看一下祝先生。他犹豫了一下，说，好吧，我带你去看看他，不过，他的情况不太好，未必认得出你，你要有心理准备。

出来迎接我们的，是祝先生的夫人李腊梅。李腊梅已退休多年，但看上去还像当年的女干部那样精明干练。高高的身材，花白的短发，腰板挺直，声音洪亮，一点也看不出年过古稀的样子。

带我来的人说明来意，把我交给李腊梅就走了，我和李腊梅就在他家的客厅里叙话。

见我来了，李腊梅十分高兴，一边跟我张罗茶水，一边说，闻名不如见面，那些年，总听老祝说起你，说你年轻，头脑清晰，思想解放，聪明能干，大家都喜欢你，他和你是好朋友。

我谦虚了几句说，哪里，哪里，是祝先生错爱，我哪能高攀。

李腊梅笑笑说，他这人不用高攀，也不会错爱，他一直把你当知心朋友，以前每次在教委开会回来，都要跟我说到你，连你俩在一起聊些什么，也都倒给我听，后来你辞职了，他退休了，虽然你们已有多年没有见面，但他平时也没少念叨你。

到这时候，李腊梅才面色凝重地说，可惜你这次见不到他了，你以后恐怕也很难见到他了。

听李腊梅这样一说，我心里格登了一下，就问，祝先生怎么啦？他还好吗？

李腊梅把倒好的一杯茶随手递给我说，别急，你先喝口水，听我慢慢跟你说。

李腊梅说，祝先生是十几年前退休的，刚退休的那阵子，他还一门心思地整理他的讲义，准备出书，每日里忙出忙进，到处翻找资料，还让我从北大图书馆帮他借回很多参考书。本来就这样安度晚年挺好，一个学者，晚年能潜心著书立说，还有什么可求的呢？谁知后来发生了一件事，彻底把老祝给毁了。

我说，有什么事能毁得了祝先生，他见多识广，通情达理，人又随和，有什么事能毁得了他？

李腊梅说，说起来还是年轻时的那点事，我以为这么多年，他已经把这些事都忘了，谁知还像当年那样一根筋。

见我听得有些迷糊，李腊梅就说，就是我们和王静雅之间的那些事，我知道老祝以前都跟你说过，我也就不藏着掖着了。

听明白了，也就没有什么忌讳了。我说，王静雅不是去了西北了吗，还能有什么事？

李腊梅说，也怪我自己大意，不该留着那包信。不然也不会惹出后面的事。

原来祝先生当年让李腊梅传递的那些信，李腊梅截留下来之后都没有销毁，而是放在一个旧木箱里保存起来了。原以为给年轻时的浪漫留点纪念，谁知后来被祝先生翻找资料时给翻出来了。

祝先生就拿这些信质问李腊梅，问她为什么要这样做。一向脾气好的祝先生，这次跟李腊梅大吵了一通，以后就像变了个人似的，不依不饶地成天跟李腊梅唠叨这件事。

李腊梅说，唠叨唠叨也就罢了，我听着就是，这都是我自作自受，我当年也太过分了，当时只想，反正他俩也成不了，又何必多余传递这些信件呢，看过之后，就随手把它留下了。

谁知祝先生不光是唠叨而已，而是放下手中正在整理的讲义，成天去读那些信件，好像这些信不是他自己写给别人的，而是别人写给他的。读着读着，有时还被自己写的信感动得涕泗横流，又哭又笑。见这样的情形，李腊梅感到有些不大对劲，就私下里去找心理医生咨询，医生说，这可能是过激情感反应，等观察一段时间再说。

这期间，祝先生和李腊梅参加了一次同学聚会。健在的同学基本上都到了，只有几个同学因为这样那样的原因没有来，这没有来的人当中，就有王静雅。

王静雅没来的原因不用讲，大家都能理解，知道她老伴前年去世了，她没有心情来参加这次聚会。

李腊梅此前没把王静雅的丈夫去世的事告诉祝先生，祝先生是在这次聚会时才听同学们说起的。听到这个消息，祝先生当时也没有什么反应，后来就一声不吭，一个人找个角落在那里闷坐，整个聚会期间都不跟同学说一句话。同学们都知道他当年追求王静雅的那点故事，知道他心里难受，就让他一个人静静地待着，谁也不去招惹他。

这次聚会回家后，李腊梅发现祝先生起了一些变化，每日里除了照旧要翻读那些信件，有时候还一个人偷偷地外出，连个招呼也不打。

他这样的状态单独外出，李腊梅感到十分紧张。有一回就悄悄地跟在他后面，看他去了什么地方。结果发现，祝先生出了小区之后，径直进了北大校园，而后又到了未名湖边，在未名湖边转了一会儿，就停在他以前跟随王静雅的那条小路上，一边走，一边念念有词，像自言自语，又像在跟谁说话。

当年的小路已发生了很大变化，渣土的路面已铺上了石板，路边的花草也经过了修整，显得宽敞一些。

李腊梅跟上祝先生以后，也不打招呼，只默默地和他并排走着，任他把自己当作当年的王静雅，听他自说自话地帮自己纠音提词。

走了一会儿，李腊梅发现祝先生突然停下不走了，等她回头一看，却见他对自己说，你走前面，你走前面，我挤着你了。李腊梅顿时眼睛发热，赶紧走过去拉着他的手说，老祝，是我，是我，我是李腊梅，一边说，大滴大滴的眼泪一边顺着脸颊扑簌簌地掉了下来。

这以后，祝先生的情况越来越严重。以前常读的信，也不读了。以前要去的小路，也不去了，镇日里在书房里枯坐。辛辛苦苦地搜集来的研究资料，散落一地，也不去收拾。正在整理的讲义，永远停留在发病前的那一页。后来连认人都成了问题，不是把老张叫成了老李，就是把老刘认成了老常，有几次竟把李腊梅叫成了王阿姨。

到这时候，医生终于给了祝先生一个诊断结论，晚发性阿尔茨海默病。

无论如何，李腊梅也不能接受医生的这个结论，她依然执拗地认为，这是医生当初说的过激情感反应引发的心理问题。俗话说，心病还要心药医，眼下，最好的心药，莫过于祝先生刻骨铭心的那些情感记忆。

李腊梅于是一有时间就陪着祝先生回忆往事，回忆的重心，自然是他俩和王静雅三人之间的交集，包括她第一次读到祝先生写给王静雅的那些书信散页时的感受，她截留祝先生后来写的那些信件时的想法，以及她在祝先生追求王静雅的过程中，对祝先生日渐加深的恋情，还有祝先生给王静雅送生日礼物闹的笑话，向同学道歉造成的误会，等等，点滴不漏，巨细无遗。

说是两个人在一起回忆，实际上只是李腊梅一个人在自说自话。李腊梅说，她差不多把年轻时想说而没有说的话，该做而没有做的事，把藏在心底几十年的秘密，都一股脑儿地坦露在祝先生面前。虽然祝先生对她的回忆依旧没有什么反应，但她却感到，她和祝先生的恋爱，从这时候才真正开始。有时候，她甚至被自己的真情所打动，说着说着，就禁不住停下来含着眼泪看着面无表情的祝先生出神。

像这样的回忆治疗持续了一段时间，祝先生的情况仍无好转。有一天，李腊梅带祝先生去菜场买菜，出了小区，没走几步，祝先生突然说，西北，西北。李腊梅说，错了，菜场在东边。祝先生也不反驳，仍然执拗地说，西北，西北。然后就不停念叨着西北的一些地名和部队的番号，李腊梅这才明白，原来那颗治疗心病的灵丹妙药，远在天边。

李腊梅回去就跟王静雅打了一个长途电话，这个电话打了两个多小时，在电话中，李腊梅把所有的事情都跟王静雅说了个透，包括祝先生目前的状况。末了，又跟王静雅说，我把那包信跟你快递过来，几十年过去了，你也该听听他对你说了些什么。

快递发出去半个多月后，李腊梅接到了王静雅的一个电话，王静雅在电话中说，你把老祝送过来吧。别的什么都没说，就把电话挂上了。

李腊梅把祝先生送到西北，在王静雅家住了几天，就回北京了，这以后，就听王静雅每天在电话里报告祝先生的情况。

这不，前天，静雅在电话中说，老祝终于叫了她一声静雅，此前总叫她王阿姨。李腊梅说，我家请的钟点工姓王。

我说，太好了，这真是太好了。

李腊梅却木然地看着我说，好吗，你说这好吗？

（《长江文艺》2022 年第 5 期）

灰色丝绒大衣

叶兆言

1

云裳姓陈，很漂亮的一个女孩。时间是 1936 年深秋，地点在南京。这个叫云裳的女孩正读初二，读的是一所非常有名的女子中学。在这所学校读书的女生，非富即贵，都是有钱有势家庭的千金。上学放学有人接送，有的直接是坐小汽车。接送云裳的是老邓，陈家女眷出门，通常都是坐老邓的三轮车。云裳家也有小汽车，不过是她爸的专车，别人很少有机会坐，除了云裳的哥哥云龙。云龙是这个家里的独子，只有他才能享受这种特权。

就是在这个深秋，一向多愁善感的云裳，突然感到一种说不出的惆怅。那时候，学校的女生流行穿像风衣一样的大衣，转眼间，几乎人手一件，都打扮得像好莱坞电影里的女明星。确实与看过的美国电影有关，反正一下子就流行起来，大家都穿，谁不穿件大衣，都不好意思去上学。女校有校服，天气凉了，校服外面套上一件风衣似的大衣显得正合适。

云裳也想有件与大家一样的漂亮大衣，她向自己的姨娘提了出来。姨娘其实是云裳的亲妈，是她爸的姨太太，云裳是庶出，自小就称呼自己亲妈叫姨娘，叫她爸的正房太太为姆妈。姨娘说你跟我说又有什么用，当然是跟你姆妈去说，我是不会给你钱的。云裳知道姨娘会这么说，虽然她是她的亲妈，但云裳一点也不喜欢她。云裳是姨娘生的，这个出身害得她在这个家里的地位大打折扣。

姨娘一共生了两个孩子，还有一个就是云龙。云龙是陈家的独苗，与云裳一样，他也喊亲妈是姨娘，喊大太太是姆妈，可是因为是男的，在这个家的地位截然不同。姆妈生了四个女儿，云龙一生下来，就抱到她那去养护，宠爱得不得了。与云裳一样，云龙对自己亲妈也谈不上喜欢，直到上了小学，才知道自己是姨娘生的，为此他很生气，在家里乱摔东西，不承认姨娘是他亲妈。

姆妈很严肃地对云裳说，为什么非要穿大衣呢？你觉得冷，外面罩上棉袄不就行了？女孩子，不要老想着要臭美，这样不好。

云裳每天都与云龙同路，他们的学校挨得很近，就隔着一堵高高的围墙，老邓正好送他们两个一起上学。云龙知道妹妹想买大衣，知道姆妈不同意，就对小自己两岁的云裳说，这还不好办，哥帮你买好了。在这个家里，对云裳最好的就是云龙，他特别爱护这个小妹妹。云龙是家里的小皇帝，因为有姆妈宠着，他可以无法无天，同父异母的四个姐姐都把他当作小祖宗一样供着，都不敢招惹他。他说要拿钱出来为云裳买件大衣，确实是件很容易的事，但是云裳不敢让他为自己花钱，就算买了也不敢穿，姆妈在这个家里有着绝对权威，她说不行，那就是不行。

云裳的同学问她，云裳你为什么不穿大衣呢，你看我们差不多都穿了，就像我身上的这件，太平路上好几家店里都有，正宗的美国货。云裳掩饰说自己不喜欢穿大衣，她没觉得大衣穿在身上有什么好看。这所学校没有穷孩子，好几个同学也是姨太太生的，与云裳不一样，同样是姨太太生的，她们的母亲比正房太太更厉害，都是花钱的大好佬，特别舍得在孩子身上花钱，怎么时髦怎么打扮。

2

有一天，云龙心血来潮，宣布要亲手为云裳做件大衣。他已经认真研究过，觉得这事很容易。云龙相信他做的大衣肯定会比买的更好看。姆妈只当是说着玩玩，没想到他翻箱倒柜，从橱里找了一条毛毯出来，二话不说就动了剪刀，将好端端一条毛毯中间剪了一个大口子。负责照看他的女仆急了，说小祖宗啊，这么好的一条毯子，就让你给剪了，太太知道了，非骂你不可。

姆妈知道了，没骂他，反倒骂了云裳，说都怪你这丫头，都怪你要买什么大衣。反正毛毯都剪坏了，骂谁也没用，只好由着云龙的性子胡来。他参照的是电影画报，仿佛古代欧洲骑士驰骋时的披风，看着容易，真做起来完全不是那么回事，姆妈让会做针线活的女仆崔妈帮忙，云龙在一旁指手画脚，崔妈便按照他的意思加工。领口应该怎么样，袖口应该怎么样，还有口袋放在什么位置，纽扣在什么位置，云龙一个劲地说，一边说，一边急，崔妈被他说得束手无策，不知道该怎么办。最后还是云裳帮着出主意，崔妈不得要领，云龙急得直跺脚，埋怨说你真笨，跟你说不要这样，不要这样，你非要这样，你看你看，不是这样的。

前前后后花了六天，才算完工，已经不是最初设想的那样，更不是云裳希望的那样。结果是不伦不类，有点怪模怪样。姆妈又一次责怪云裳，说都是你撺掇云龙干的，好好的一条俄罗斯毛毯，多么好的料子，就这么糟践了，现在好了，你总算称心了。不管怎么好看不好看，既然已经做出来了，姆妈说你就要穿，必须得穿。云裳只好服从，只能穿，她房间书桌上有一面小镜子，那种可以抓在手上的镜子，从镜子照了左肩，看不到右肩，照着前胸，又看不到旁边的两只袖管，往远处放，她是近视眼，看不真切。

女仆安慰说，这不是挺好吗，我觉得很好看。

云裳说好看什么，肯定是丑死了。

云裳问云龙觉得怎么样，云龙说就这样。云裳说什么叫就这样，到底是怎么样？云龙说如果你觉得好看，就是好看，你如果觉得不好看，就是不好看。云裳说你这话等于没说，肯定是不好看，你才会这样说。云龙大大咧咧，又认真地看了一眼，说我真没觉得不好看，当然呢，也没觉得特别好看，不就是一件大衣吗，你干吗要那么在乎？

云龙不明白云裳为什么会那么在乎一件大衣，然而云裳是真的在乎，非常在乎，她一定要让云龙陪她去大街上照镜子。她家住在杨公井，出了院子门，走不多远就是繁华热闹的太平路。太平路是当时南京最热闹的街区，商店林立，到处闪耀着霓虹灯。天刚刚黑下来，他们来到商店的大玻璃窗前，想通过橱窗的大玻璃，照出云裳的全身。

橱窗里的电灯太亮了，云裳的设想完全落空，她只能看见橱窗里的摆设，根本看不清楚自己。自己只是一个很模糊的影子，若有若无，似是而非。云裳看到了一排排口红，像子弹匣一样排列着。一条条鲜艳光亮的丝围巾，折成了一只只飞翔的蝴蝶，挂在半空中。一个木制的女模特站在橱窗中间，身上披着一件灰色的丝绒大衣，那可是云裳心目中最美的一件大衣，她已经偷偷地注视过无数遍。

云裳情不自禁地说了一句，你不觉得这件大衣太好看了吗？云龙看着橱窗里的灰色丝绒大衣，看着云裳非常仰慕的目光，笑着说这是女人穿的，你还是个女孩子，是个小姑娘，要等你大一点才能穿。云裳不同意云龙的话，说她好几个同学都有这样一件大衣，穿在身上真的很好看，太好看了。云龙说你这么喜欢，我回去跟姆妈说，让她为你买一件就是了。云裳说姆妈不会同意的，她肯定不会同意，我不要你说。云龙说我用我的钱帮你买，你既然喜欢，我帮你买。云裳听了很开心，心里已经非常领情。她知道云龙是家里的大少爷，但是姆妈才是这个家的慈禧太后，什么事都要她说才行，都必须是她做主，云裳可不愿意云龙为了她挨骂。

往前走一点，是一家糖果店的橱窗，篮子里搁着各式糖果。再往前走，是卖鞋子的，架子上展示着一双双好看的皮鞋，男人穿的黑皮鞋、咖啡色皮鞋，女人穿的高跟鞋、红皮鞋。然后是一家理发店，有个年轻帅气的伙计站在门口，招呼他们兄妹进去。透过玻璃窗，云裳注意到店里一位剃头师傅正歪在椅子上打瞌睡。灯光有些暗淡，橱窗的大玻璃上映出了兄妹俩的影像，只能看出一个大概，不是很清晰，云裳仍然感觉不出自己的大衣到底合适不合适。她让云龙往旁边站站，自己在原地打了一个转，不是很有信心地问云龙："我身上这件大衣，是不是很难看？"

云龙没理她，这话云裳说过好多遍了，他不愿意再回答。

云裳又说："我知道，就是难看，你也不肯说出来。"

云龙的身材像父亲，不是很高大。云裳像姨娘，个子很高。男女有别，他们兄妹并排站在一起，个子几乎一样高。云裳说我要是穿上高跟皮鞋，肯定会比你高。说着略略踮起脚，说你看，我现在都快比你高了。她和云龙在一起，心情总是会特别好。这个家里，云龙这个哥哥最疼她，同父异母的大姐二姐，岁数比姨娘还大，她们永远是板着面孔，永远是用一种大人管小孩的口吻教训，不许这样，不许那样，三姐和四姐很少跟云裳说话。几个姐姐都出嫁了，她们回到娘家，只知道给弟弟云龙带东西，根本不把小妹妹云裳放在眼里。

云裳的父亲是大律师，很能挣钱，总是很忙的样子，天天坐着小汽车进出，家里的事很少过问，里外都是姆妈在掌握。有一天是姆妈的生日，去小西湖餐厅上馆子，父亲看完报纸，气得往桌上一扔，说真是胡闹，这样一来，天下非大乱不可。原来是西安发生了政变，把蒋委员长扣了。过些日子，又没事了，蒋委员长回到南京，南京城到处都放爆竹，庆祝他平安脱险。云裳的学校组织游行，街上有许多看热闹的，对着女生队伍指指点点，评头论足。与云裳并排走的同学就对她说，这些人一定是觉得你这件大衣很奇怪。说者无心，听者很往心上去，云裳顿时想把身上的大衣脱了扔了。天气有点凉，她只是这么想，并没有真的脱，脱了也不敢扔，抓在手上更不合适。

从此，云裳有了严重的心病，越想越觉得自己的大衣难看。难看也不能不穿，学校里没人再穿棉袄，所有女生都有件漂亮的大衣。云裳因此闷闷不乐，整个冬天心里都不痛快。一直熬到春天，终于可以脱了，可以不用再穿这件该死的大衣了。云裳便向云龙抱怨，她告诉他，说自己终于不用再受那个罪。她已经恨透了这件大衣，说这事怪来怪去，都要怪云龙，是他害得云裳不得不穿它，是他别出心裁，为她弄了一件这么奇奇怪怪的大衣，说来说去，都要怪他。

3

在这一年夏天，云龙考上了杭州的浙江大学。云裳问为什么要去杭州读书，他说杭州多好玩呀，有西湖，西湖很大的，等有了机会，带你到西湖上去划船。云裳舍不得他走，说你去了，我真会想你的。没想到全面抗战突然就爆发了，炮火连天，在上海打得难解难分，云龙去杭州没几天，便跟着学校西迁，先是去了浙江的建德，然后又去了江西的吉安，然后是广西，再然后是贵州的遵义。从大学一年级到三年级，就没有安生过，总是在搬家，永远在撤退。

国难当头，同学们心情都很苦闷，往贵州迁移的时候，昆仑关战役打响了，几个同学便在一起开会，说我们干脆做些更有意义的实事，组织一个战地服务团，到前线去慰问抗战将士。云龙会吹口琴，他口琴吹得非常棒，就报名参加，真的去了前线。所谓去前线，当然不是扛枪打仗，能做的事情，无非是慰问演出，到战地医院帮助救护伤员，代从战场上撤退下来的士兵写家信，当时士兵中还有许多不识字的文盲。昆仑关战役打得很艰苦，中日双方各自损失惨重，都宣布自己大捷，都说自己打胜了。

战役接近尾声，云龙所在的服务团被日军的一场突袭冲散了。事前大家曾有过约定，遇到特殊情况，与队伍失去了联系，各自分散了，就要想方设法赶往遵义。战地服务团是在迁移途中成立的，他们出发时，学校还没到达目的地遵义。现在学校不仅已到了遵义，而且早就安顿下来，正式开始复课。分散逃跑的过程中，云龙非常慌乱，这可是从未遇到过的状况，自小他就是一个衣来伸手饭来张口的少爷，上了大学，虽然也经历了一些锻炼，但毕竟过的是集体生活，有学校管吃管喝，如今真要让他独自面对，真不知道应该怎么办。

去国统区的道路封锁了，学校所在地遵义遥不可及。云龙这样的学生娃子，混在逃难的人群中很显眼，一下子就被日本人识别出来。他怎么看都不像个当兵的，也不太像普通老百姓，日本兵把他抓住了，扣也不是，放也不是，最后便交给伪军，由伪军看管，与其他战俘一起，押送到汉口进行甄别。

这时候，汪精卫的南京政府正式宣告成立，拥护汪的和平救国大标语，刷得到处都是。云龙在收容所关了一阵，也就被释放了。收容所吃的是难以下咽的猪狗食，好歹还有人管饭，流落汉口街头，就是真的饿肚子。云龙充分品尝到了走投无路的滋味，他身上有一张类似良民证的身份证明，凭着这张纸条子并没人肯管他饭吃。按照云龙的心思，应该想办法去遵义，去学校与老师和同学会合。不过光是设想没有用，身无分文的云龙寸步难行，给南京的家里写信，让家里给他寄钱，但远水救不了近火。

当时的汉口与首都南京一样，属于民国八个特别市之一，战前也曾经很是繁华，经过三年抗战洗礼，满眼破败迹象。昔日老字号店铺有的倒闭，有的易主。云龙在一家日本人开的旧货铺前游荡，神使鬼差，他也不明白怎么就流落到了这条街上，沿街好几家店面都是日本侨民的商铺，店主竟然还会说中国话。云龙注意到了那件灰色丝绒大衣，挂在店铺门口的铁丝上，各式各样衣服很多，有新有旧，他的目光却盯在了这件大衣上不肯离开。

这件灰色丝绒大衣，与南京太平路玻璃橱窗里云裳看中的那件几乎一模一样——起码云龙这么认为。此时此刻乍暖还寒，这件大衣勾起了浓郁的思乡之情，转眼间，离家已经两年多，云龙无限怀念在家的日子，怀念自己的妹妹云裳。他甚至产生了一种错觉，感觉云裳这时候正和他站在一起，她就站在他身边，他们正一起欣赏眼前的这件灰色丝绒大衣。店主有两个女儿，小的七八岁，大的十一二岁，云龙觉得这两个女孩都像自己的妹妹，都仿佛云裳小时候的样子。

急中可以生智，从一张遗弃街头的旧报纸上，云龙读到荆陵先生正在连载的小说。这个叫荆陵的小说家是安徽铜陵人，长居汉口，是云龙父亲的学生，本来正经八百学法律，不知道怎么就写起小说来，旧派的言情小说，还挺有读者。既然走投无路，云龙便去报社打听荆陵先生的住址，报社的人先是拒绝，后来看云龙也不像坏人，便告诉他荆先生每天下午一时，会准时到报社来送稿子，你若是真想见他，可以在那个时间过来。

结果真见到了留着长长山羊胡子的荆陵先生，一看是老师的儿子，又是张口向自己借钱，荆陵先生抹了抹胡子，很有点为难，借也不是，不借也不是。眼见着师弟陷入困境之中，不帮忙说不过去。这位荆陵先生是明白人，云龙的父亲在法律界大名鼎鼎，南京律师公会的几任主席，据传即将到汪伪政权司法部任职，自己现在写通俗小说，不再吃法律这碗饭，但是也得罪不起。毕竟云龙登门求救过，陷入了困境的师弟在汉口有个三长两短，他将难辞其咎。

借到钱的云龙立刻赶往日侨商店，将看中的灰色丝绒大衣买下来，然后买了一张去南京的船票。因为买了大衣，身上的盘缠只能再买张大通铺票，连吃饭钱都不够了。天气突然又开始降温，降得很厉害，一路上，云龙又饿又冷，靠在经过的码头买点最便宜的红薯填饱肚子。他冷得吃不消，索性将那件女式的丝绒大衣穿在身上，稍稍小了一些，穿着有点绷紧，防寒效果挺不错。

4

三十年后，也就是 1970 年的春天，云裳对自己女儿玲安讲述了云龙的故事。玲安有两个哥哥，大哥是"文革"前最后一批大学生，毕业分配去了石家庄，二哥当兵去了。现在轮到玲安，必须下乡插队，临行前，帮女儿整理箱子，云裳一次次地提到了云龙。云裳说玲安你真想象不出，我这个哥哥，你那个从未见过面的舅舅，当年对我有多好。云裳对孩子们很少提及云龙，孩子们出生时，云龙早就死在了异乡，而且他死的时候，身份还是国军，也就是国民党的兵，这一点对孩子们解释不清楚，既然解释不清楚，干脆就不说了。

云裳告诉玲安，三十年前那个初春，云龙突然出现在了她的面前，衣衫褴褛，蓬头垢面。她立刻激动地哭起来，他显然是吃了很多苦，受了不少罪。兄妹之间的感情实在是太好了，无法想象云裳多么高兴，无法想象她是多么爱她哥哥。自小到大，这是他们第一次分别这么长时间，第一次这么长时间音讯全无。那时候，云裳正好与现在的玲安岁数差不多，高中的最后一年，仍然还是个天真少女，还是有点傻。全市中学生运动会即将召开，她参加的项目是跳绳，云裳是全校冠军。运动会那天，她大出风头，穿着云龙为她买的那件灰色丝绒大衣，不比赛的时候披着，比赛时脱下，一会穿上一会脱下，非常引人注目。

云龙应邀去体育场观看比赛，云裳告诉女儿玲安，当时她并没有意识到云龙心情不好，自己恰恰是因为哥哥在场，发挥得十分出色。场面挺热闹，云龙为她鼓掌，为她叫好，然而突然就不高兴了，变沉默了，最后干脆拉下脸来，说云裳你知道不知道，有一句唐诗，叫"商女不知亡国恨"？云裳没想到他会这么说，有点煞风景，高兴的劲头顿时打了折扣。与汉口街头的所见一样，南京也到处是和平救国的标语口号，运动会期间，汪伪政权负责教育的一个官员莅临会场，装腔作势发表了十分钟谈话，大谈体育和公共卫生，大谈健康和东亚各民族前途的相互关系。

云裳的父亲以年事已高为由，拒绝去汪伪政府任职。公开拒绝之前，传说国民党军统特务要刺杀他；公开拒绝之后，又说汪伪特务机关已把他列入暗杀名单。云裳并不太了解实际情况，她并没有感受到那种紧张。父亲不再去上班，他很少与家人说话，总是把自己关在书房里读书。云龙回来后，他把儿子叫到书房狠狠地训了一顿。那段时间，兄妹虽然相聚，可是云龙明显不快乐，再也不像过去那样有说有笑。回家后，他仿佛变了一个人。有一天，云龙告诉云裳，他已给内地的同学写了信，也接到了同学的回信，云龙是战地服务团唯一的失踪者，同学们都以为他牺牲了，没想到他竟然还神奇地活着。

云龙又一次离家出走，临行前，悄悄告诉云裳，此行要去内地与同学会合。他没告诉妹妹怎么去，也没告诉她路上可能会遭遇什么风险，他跟云裳说起这件事的时候，一切已经决定好了，根本不可能改变。他去了上海，绕道香港，然后七转八绕，终于到达遵义，终于与他的同学会合。他的同学非常震惊，没想到他竟然"死而复活"——学校为他隆重地开过追悼会，会作曲的同学专门为他谱写了一首挽歌。云龙重新回到了学校，在为他举办的欢迎大会上，这首挽歌在欢乐的气氛中又一次被唱起，大家非常高兴他的回归。

云裳告诉女儿玲安，云龙后来又报名参加了远征军，就在大学即将毕业的那一年。他本来学习文科，最初学的是法律，早在重返学校前，还是在广西的宜山，已经转学去了物理系，他觉得这门功课更有用，国家更需要。战时通信极不方便，云裳对于云龙的真实想法也不是太了解，只知道报名参加远征军是为了去做翻译，当时前线极需要懂外语的人。云龙的身体状况并不适合当兵，谁都没想到，在缅北反攻中，他会死于日军飞机的一次轰炸。

玲安弄不明白远征军是怎么回事，在那个特定的年头，不可能弄明白。她问云裳这支军队是不是由国民党领导，如果是，又说明什么呢？说明舅舅当时还是参加了一支反动军队，还是在为国民党卖命。云裳无话可说，她觉得女儿说的也有一定道理，云龙要是不参加远征军，要是不去缅北战场，也就不会丢掉自己的性命。

5

云龙的死讯传来，最伤心的还不是云裳。姆妈哭得死去活来，昏厥过去好几次。云龙是姆妈的命根子，当初要去浙江上大学，她一千个舍不得，一万个不放心，坚持要让平时照顾云龙的崔妈陪云龙一起去杭州。如果不是云裳的父亲，也就是玲安的爷爷阻拦，这完全可能成为真事。

很长一段时间，云裳都在想，云龙之死会不会又是一次误传。然而一切都是确定的，无疑的，有阵亡通知书，有坟墓和墓碑的照片。玲安听四姨说起过云龙，她说你大奶奶在世的时候，把你舅舅宠得像太子一样，那时候，我们姐妹几个都对他好得不得了，什么事都惯着他，都依着他，就因为他是男的，是这个家里的独苗，现在想想，真没什么道理。

云裳告诉玲安，她舅舅死了以后，她成了大奶奶最喜欢的孩子，几个姨妈早就出嫁了，大奶奶把对云龙的心思，都转移到了云裳身上。云裳那时候正上大学，刚开始谈恋爱，玲安的父亲比云裳高一届，他开始追求云裳，说云裳穿着灰色丝绒大衣在银杏树下看书，那模样实在是太美了，就像一幅油画。大学校园有一棵巨大的银杏树，秋天落叶之际，云裳喜欢在银杏树下读书。

玲安的父亲是外地农村的，大奶奶对这个未来女婿很满意，她提出的唯一要求，就是与云裳结婚后，要住到陈家。陈家有太多的空房间，他们没必要再住到外面去。大奶奶的意思就是要招女婿，担心玲安的父亲是苏北乡下人，不太能够接受，没想到他一口答应了，玲安的父亲接受过新式的高等教育，只要能和自己心爱的女人在一起，无所谓做不做招女婿，抗战胜利后，南京住房很紧张，能有个现成住处又何乐不为？玲安的大哥出生，父亲主动提出让孩子姓陈，等以后第二个孩子再跟自己姓，如果不是大奶奶很快离世，玲安的大哥完全有可能被宠溺成另外一个云龙。

玲安下乡插队当农民，待了整整八年，云裳把心爱的灰色丝绒大衣，郑重其事送给女儿，然而八年过去了，一直都压在箱底，从来也没穿过，一次也没穿过。在农村，这样的大衣根本穿不上，它只是看上去漂亮，并不御寒，太不实用。所谓漂亮，也是早就过时，一种应该淘汰的美丽。飒爽英姿五尺枪，不爱红装爱武装，在玲安的生长年代，接受革命化教育，她记得小学时想养金鱼，大三岁的二哥坚决不同意，说这是资产阶级的玩意，剥削阶级的爱好。

下乡八年后高考恢复，玲安考上大学，重新回到南京。许多东西都留在乡下，送给了当地农民。她曾认真考虑过要不要把大衣也送掉，最后没送出去的原因，一是考虑农民不一定会喜欢，二是既然云裳那么在乎它，还是物归原主最好，还是带回去还给她，原来属于谁，仍然还给谁。这时候云裳已退休，女儿回南京上大学，让她感到非常高兴——不知不觉已经老了，退休在家，屋里空空荡荡，两个儿子都不在身边，一个在石家庄工作，一个还在部队，正准备出发去参加对越自卫反击战。

云裳夫妇都是学化学，云裳是中学老师，老公是化工厂工程师。化工厂在长江北岸，长江大桥建成前，夫妻一直分居。在女儿玲安的记忆中，父母关系很一般，经常处于冷战状态。云裳曾向四姐抱怨，说玲安的父亲有个相好，这女人暗恋他，他也喜欢她，但对方是军人的老婆，破坏军婚是很大的罪名，所以始终不敢越雷池一步。玲安大学二年级时，她父亲退休了，退休了便搬回来住，与妻子的关系完全改善。过去的阴影不复存在，少年夫妻老来伴，这句话在他们身上充分体现。他们几乎是立刻变成了女儿完全不熟悉的两个人，晚年的玲安父亲变得非常体贴，处处细心照顾妻子。云裳过生日那天，正好是星期天，他建议上馆子，去福昌饭店吃西餐。

临行前，衣服试了一件又一件，云裳居然把那件灰色丝绒大衣又找出来，试了又试，镜子前照了再照，最后唉声叹气，说穿不下了，老了，没办法再穿，还是年轻好呀，这大衣就适合年轻人穿。她自己穿着不合适，逼着女儿试，强烈建议她穿。玲安的父亲在一旁帮腔，说她穿着太合适了，挺好看的，又说就是让你妈高兴，今天这日子，你也应该穿，真的挺好看，我们不哄你。玲安拗不过父母，只好硬着头皮穿上，心想就算是哄他们高兴吧。她从来没有吃过西餐，也许吃西餐就应该穿这样的大衣。

去福昌饭店不远也不近，这是一家民国老饭店，很有点来头，所谓西餐，也是刚恢复不久。玲安对它一无所知，云裳说她小时候来过好几次，玲安的爷爷喜欢吃西餐，玲安的舅舅云龙也喜欢吃西餐。路边的梧桐树叶已经枯黄，秋天正在往深处走，一家三口散步去福昌饭店。玲安自小就习惯父母的冷战，因为习惯，现在看他们这么亲密无间，一路都是手挽着胳膊，反倒觉得不习惯。父亲的个子不高，边走边说，说玲安穿着灰色丝绒大衣，让他想起了自己年轻的时候，他说你妈那时候可漂亮啦，她就穿着你身上穿的这件大衣，漂亮极了，我那时候做梦都不敢想能把你妈追到手，真的，真的是不敢想。

云裳说你肉麻不肉麻，肉麻不肉麻？女儿都这么大了，还说这个。她想女儿肯定也会觉得这话肉麻，会想她父亲现在怎么变成这样。老字号的福昌饭店眼见就到了，看着身边早已长大成人的女儿，云裳对自己的老公叹气，说你看见这件丝绒大衣，想到的是我们年轻的时候，我呢，我看见它，就想到了云龙，我现在突然很是想念他。说着眼睛红了，泪水在眼眶中打转，她重重地叹了一口气，很感慨地说，跟你们说这个又有什么意思呢？你们对云龙一无所知。

（《作品》2022 年第 2 期）

事情不是这样的

裘山山

一

每天晚饭后，我总是去河边散步。那里幽静，一边是楼房，一边是河水，还有一排上了年龄的樟树。樟树们长年累月被楼房遮挡阳光，只能拼了命往路中间伸脖子，由此形成一个绿廊。虽然并非己愿，却给路人带来了惬意。

走到靠近桥头的地方，我忽然看到那个戴红色棒球帽的男人，他又在路边摆摊了。我很高兴。以前，也就是疫情前，他常在这里摆摊，卖旧书旧杂志。鲜红色的帽子像招牌一样显眼。疫情汹涌之后他消失了，如今红帽子再现，也算是生活恢复正常的一个信号吧。

我走过去，习惯性地放慢脚步，眼睛扫了一遍。看到书总归是亲切的，虽然摆在那里的是些乱七八糟的书。演艺圈的八卦以及政治八卦，我都没兴趣。还有一些所谓中华传统文化，比如《易经》《王阳明心学》之类，但一看就是粗制滥造的盗版。

男人的红帽子下多了个口罩。他坐在小板凳上，手上拿了本书，估计是用来掩饰无人光顾时的尴尬。我刚要走过去，一本放在左上角的天蓝色封面腾地一下跳入我的眼帘。

不会吧？不可能吧？我心下一惊，立即转身回去细看，还真是我那本——《红围巾》，天蓝色的封面，有一抹红。

我问红帽子：这本书也是卖的吗？我指着那天蓝色。

听见我问，他头也不抬地说，要卖，摆在这儿的都是要卖的。

我蹲下，用两个指头翻开那本书的扉页，上面赫然写着：刘贤义先生存正。下面是我自己的名字。时间是二〇一一年。

我问，多少钱？他拿起来看了一眼封底说，五十元。看来他是在定价上加了一倍。我说，这么旧的一本书还卖五十元？他说，有作者签名。我说，这作者也没啥名气呀。他不吭声。我又说，十元钱我拿走。他冷笑一声，显然觉得我很过分，不是拦腰砍，而是打骨折。

我有些纠结。这样的情况我也不是第一次遇见，我是说自己送出去的书被人拿去卖。网上就有好几本。但是放在网上卖，怎么都无所谓，感觉书们至少还有个遮风避雨的地方。摆在街边就不一样了，好像看着自己的孩子流落街头。可是，我买回去干吗？也不可能再送人了。算了，就当我没遇见。

我做出要走的样子，红帽子说，来来，我优惠卖给你，你四十元拿走。我也白了他一眼，还哼了一声。他说，那就三十，三十元不能再少了。我说，二十元，就二十元。他说，嗐，比原价还低。我说，新书都还有折扣呢。

老实说，我这么跟他抬杠，其实是想给自己找个不买的理由。哪知他抬抬下颌说，拿去吧。我讪讪地说："二十元都高了。你肯定是从收废品店淘的，成本也就一两块吧。"他说："你说得轻松哟，这种有签名的，都是按单本卖的。成本十五元，我就赚你五元。"

姑且听之吧。我掏出手机，扫码付钱。输入金额时，还是输入了三十元。实在不忍心这么贱买自己的书。他看到数额很高兴，唠叨说：你要是转手给懂行的藏家，至少一百元。

我哼哼两声，表示完全不信。但完全不信又执拗地买下，还多给钱，总得有个理由吧。于是我说，我认识这个作者。

此话不假，所以我语气一点不发虚。

他看我一眼，不置可否，很认真地把书装进塑料袋递给我。疫情时代，人人都变得讲卫生了。我拎着书回家，感觉找到一名失踪儿童。

二

第二天早上，我泡了杯茶，打算在电脑前坐下，接着写我未完待续的故事。这是我的日常。我写故事，在各种故事里过日子，在各种故事里扮演角色，然后拿出去分享，乐此不疲。

刚摸到键盘，忽然想起头天晚上买的那本书，连忙起身去阳台找。我竟然忘了这事，显然没太当回事。

书被我用酒精喷洒消毒之后，又搁在阳台上吹了一夜，已经折腾得有些蓬松了，这样拿在手上比较安心。你无法知道它在哪儿待过，被多少只手摸过。封面的宝石蓝已经褪成了雾霾蓝，只有"红围巾"三个字依然很红。

这是我的一本小说集，收录了我的七篇小说，已经出版十年了。我再次翻开封面，扉页上写着：刘贤义先生存正。

这个刘贤义是谁？我怎么毫无印象？

当然，从第一本书到现在，我送出去的书有几千册了，不可能记住每一个人。尤其是年轻的时候，出一本书不易，很兴奋，总是拿稿费买上百把本，送给亲朋好友们，赔本赚吆喝。近几年变懒了，又懒又抠门，不想再花钱买书送人了。一来稿费没多少钱，二来送书也麻烦，要签名，要去寄快递。所以，出版社给多少本样书我就拿多少样书。

这本集子，我好像用稿费买了一点，但绝不会超过五十本。这么有限的数量，我竟然送给一个不熟悉的人？送书的日期也是当年。一定有什么原因吧。送出去的书，再花钱买回来，也是够窘的。

我正想把书丢开，忽然被什么击中：书中的某一页，闪出几行黑黑的字，比印刷体大一倍，是手写的。怎么？还有人批注吗？我连忙翻到那一页细看，真的是批注，一共四行，写了如下几句话：

事情不是这样的。

没有红围巾。

她不姓邱。

后来又发生了好多事。

我再往后翻，后面没有了，再往前翻，前面也没有了。我一页一页地翻找，确信没有了，整本书只有这一个地方写了这四行字。我说的这个地方，就是一篇小说结束的地方，这篇小说就是《红围巾》。

事情不是这样的？

没有红围巾？

她不姓邱？

后来又发生了好多事？

我反反复复地看，感觉最有意思的是那句"她不姓邱"。我当初之所以把故事里的医生写成邱医生，完全是信手拈来，因为我就认识一个姓邱的医生，是我邻居。所以看到"她不姓邱"，真是又好笑又诡异。其实在好笑和诡异之外，更多的是兴奋。真的，很兴奋。

原来我不是领回了一名失踪儿童，而是邂逅了一个故事。

三

很多年前我写过一个故事，一个鳏夫的爱情故事。

鳏夫年近七十岁，有残疾，一只脚是跛的。人称严大爷。汶川大地震发生时，严大爷的家也严重遭灾，他搬到了救灾安置点。有几个志愿者到他们安置点帮忙，他很喜欢他们，常和他们打趣逗乐，也一起干活，混得很熟。救灾结束后，志愿者们依然时常去探望他。不料有一天，当志愿者去看他时，发现他猝死家中，是心脏病突发。

志愿者们在整理他的遗物时，发现他留下一个皮箱，就是他当时恳请解放军战士帮他从废墟里挖出来的那个皮箱，磨损很严重。打开，发现里面是满满一箱红围巾，各种质地，五六十条。红围巾上有一封信，信封上写着，希望志愿者能帮他把所有的红围巾和信，交给一个叫"邱医生"的人。

志愿者们决意要了却严大爷的心愿，他们根据仅有的一点线索耐心查找，找到了他早年的工友，又找到了他早年的战友……虽然最终没找到邱医生，却从中得知了一个感人的故事。

原来，严大爷年轻时在西藏边关当兵。他们常年驻守在与世隔绝的高海拔哨所，非常艰苦，也非常寂寞。艰苦尚可忍耐，寂寞却是噬骨蚀心的。有一天，哨所来了个慰问小分队，六个人，有演员，有医生，其中四个是年轻女兵。哨所的战士们激动得无以言表，他们一边看小分队演出，一边等女医生检查身体，个个心慌意乱。

严大爷那时还是小严，十九岁，正值青春期，他激动得发抖，千万只小鹿在心里撞来撞去，以至于发生了翻车事件。在一个没人的地方，他一把抱住了女医生，一句话不说，就是死死地抱着。女医生受到惊吓叫出了声，被排长听见，赶来询问发生了什么，女医生镇静下来回答说没什么，只是滑了一跤。小严羞愧不已，不敢再面对女医生和演员，他主动要求去站岗，到了时间也不下岗，结果冻伤了脚。女医生为了保住他的脚倾尽全力，还把自己的红围巾取下来给他裹脚……

小分队走后，红围巾成为美丽的传说。而小严已经不再是原来那个小严了，他悄悄打听到医生姓邱，在陆军医院工作。他从此把邱医生当成心中的女神。退伍离开西藏后，他见到红围巾就买，渴望有一天能全部送给邱医生，向她表达内心无法言说的感激和爱。但他却一直没能找到邱医生，他因此终身未婚。

我必须说明，这个故事完全是我虚构的。如果要说有点影子的话，那就是我去西藏边关采访时听到过类似的故事。比如小分队去哨所慰问演出时，战士们经常激动得讲不出话来，心跳加速，脸憋得通红；看到女兵在雪地上跳舞，就把自己的大衣铺在地上，让演员们跳舞时不要踩在雪地上。他们还把舍不得吸的氧气枕抱在怀里，女演员一唱完歌就塞给她们，非要她们吸。他们还把平日里舍不得吃的苹果留给女兵，宁可自己嘴唇干裂，牙龈流血……小分队走后，他们可以谈论一年……

小说的题目就叫《红围巾》。我写完后拿去发表了，之后又放入小说集出版了，再之后就忘了。客观地说，也没太大反响。

没想到，有一天我会再次邂逅它。

四

书是二〇一一年送出去的，那时还没有微信。我先在手机通讯录查找。虽然这十年已经几次更换手机，但一千多个联系人仍安静地在我的手机里待着。

我输入"刘贤义"三个字，没有。我抱着一丝侥幸，又在微信好友里输入了这三个字，还是没有。

看来这个人不是我的朋友，我不认识他。也许是朋友的朋友，朋友让我送给他，送完我就忘了。

没有头绪，我就坐下来重新读了一遍那篇小说。我很少重读自己的小说。这一回读得很认真，居然发现了几个错别字，同时还感觉到一些写得不如人意的地方。若是面对电子版，我有可能去修改。

当然我知道，这位留下批注的读者，在意的不是错别字，而是情节。他不认可我写的情节，他有自己的故事走向，有自己的故事结局。而正是这个让我兴奋。

我已经不记得当初为什么写这个故事了，大概就是一个闪念吧。我是以写故事为生的人，经常因为一个念头而坐下来写。现在这个故事却跑出来找我了，要跟我论个长短。

以前，我也遇到过分不清小说与现实的读者。

比如，看到我以第一人称写的故事，故事里有个弟弟，他们就很惊讶地问我，没听说你有弟弟呀？或者，我在小说里写了个小偷，就会问我，你怎么会认识小偷呢？

也有让我很感动的读者，读小说时完全是设身处地，全身心地投入。比如有个大学生读了我写的《春草》后，激动地写信给我，说我写的就是他母亲，还问我是否认识他母亲。我当然不认识，看完信我知道，他的母亲也是位非常坚忍的农村妇女，吃尽苦头，独自将他抚养成人送进大学。但具体经历和我写的春草还是不一样的。他只是联想到了自己的母亲，显然这是个很爱他母亲的好孩子。

但刘贤义这个人不一样，他是彻底进入了故事，对号入座，并且质疑"座位"的质量。他一定是和主人公有相同或类似的经历才会如此。我太想知道他是谁了。

"事情不是这样的"，是怎样的？"没有红围巾"，有什么？"她不姓邱"，姓什么？"后来又发生了很多事"，是什么事？

我决意要找到这个人。

五

或许是重读小说的缘故，我隐约觉得心里有什么东西浮上来。一种情绪？一种记忆？说不清。忽然，一条红围巾出现了。

十几年前的一个秋天，我去西藏采访。那时年轻，时常进藏。但那次进藏和以往不同，我发生了严重的高反。到达的当天下午，我就因为剧烈头痛迸发了喷射性呕吐，搞得招待所一片狼藉。

负责陪同我的是年轻干事赵兴，他吓得赶紧把我送进了医院。他说无论如何不能让我一个人在招待所过夜，万一夜里死了不得了。当然，送到医院也没采取什么措施，就是躺在大氧气瓶旁边可劲吸氧，夜里睡觉也开着，第二天就缓解了。

早上醒来我感觉自己满血复活，赶紧打电话让赵兴接我出院。等赵兴那会儿，我注意到同病房的女人还在昏睡。昨天晚上我进来的时候她就在，感觉她不是一般的高反，很严重，在输液。白色的被单上，有一条颜色非常鲜艳的红围巾。

护士进来，给她换输液瓶。我问，她怎么了？护士说，一进来就感冒了，发烧，肺部有呼噜音。我说，没有人陪她吗？护士说，她是过来探亲的，丈夫在边防上，赶不过来。

护士离开后我走到她床边，小声问她，要我帮你做什么吗？她睁开眼，眼里有泪，但摇了摇头。我说，我马上要下部队采访了，要不你把你丈夫电话号码告诉我，我和他联系一下。她依然摇头，轻声说："他走不开。没事的，我过几天好了再去他那儿。"

这时赵兴来了，我一看他拎着探视病人的大袋小袋，赶紧接过来，放到那个年轻女子的床头柜上。红景天、牛奶、水果，应该都用得上。然后我写下我的电话号码放在她枕头边上，俯身跟她说："坚强点，会好的。如果需要，就给我打电话。"

她努力笑了一下，说了声谢谢。脸苍白得和被单一样。

我离开医院，结束了史上最短的住院期。但白色被单上那条红围巾，却一直在我脑海里飘。我老是想象着红围巾在哨所出现的情景，一定会照亮所有战士的眼眸。皑皑白雪中，那就是哨所的经幡。

后来，红围巾女子给我发来条短信，说她终于到达边防连了，全连官兵列队欢迎她，她激动得热泪盈眶，只是假期已剩一半。

我终于想起自己为什么会在小说里写红围巾了。

是红围巾发了芽。

六

我由红围巾想到了赵兴。

赵兴从西藏转业回来后，建了个西藏老兵微信群，群里有好几百人。他经常把我写西藏的文章，转发到他们群里；有时他也会把其他人写西藏的故事，转发给我。差不多他就是我和西藏的一根纽带。

我发信息给他，请他在西藏老兵群里帮我看看，有没有刘贤义这个人。他很快回复说，他群里没有这个人。我说那帮我问问其他人，有没有认识刘贤义的。过了一会儿他又回过来说，没人认识。

我说，你不要这么仓促嘛，你提醒一下所有人，万一是不怎么看微信的人恰好认识呢？你多提醒两回。

为了让他有耐心，我用语音给他讲了我再次邂逅《红围巾》这件事。他果然热心多了，还发挥主观能动性替我分析了一番。他说，这个刘贤义如果因为你的小说对号入座，那他的年龄应该和你小说里的严大爷差不多，有七十岁了吧？那就不会在我们群，我们群里的老兵基本是四五十岁的。我说，我也不确定那些字是刘贤义写的，我只是把书送给了他，也有可能是他朋友，或者他家里人写的。不管怎么说，得先找到他，打听到书的去向。他说，好吧，我再试试。

没想到夜里十一点多赵兴突然回复我说，他想起来了，他知道这个刘贤义是谁了，是一家火锅店的老板。因为大家都喊他刘老板，反而不记得他名字了。刘老板也是个退伍兵（但没去过西藏），复员回成都后开了家餐馆。对老兵很优惠，老兵们也喜欢去他那里聚餐。

"今天群里有人提醒我，刘贤义会不会就是刘老板？我找人一问，果然是他。他的店你也去过。有一次我们西藏老兵聚会，我喊你一起去的，你忘了？"

终于，寻宝之路踏出了第一步。

人的记忆多数时候都如沉睡的河底，死沉沉的，甚至有点腐烂的味道。一旦被来自现实世界的船桨搅动，往事就跟水草似的活起来。第一根水草是红围巾，第二根是赵兴，第三根就是火锅店了。

赵兴说我去过，我想起来了，我的确去过，店名叫"火热的老兵"还是"火红的老兵"。去的时候，正值新书刚出来。赵兴说，你带本新书送给老板呗，他也是个老兵。我就带了。我经常拿自己的书作伴手礼。

估计就是那次饭局，我把书送给了刘老板，还工工整整写了"刘贤义先生存正"。结果刘贤义先生就拿给别人存正了。当然，这很正常，就是不送人，他也不一定会看。大部分的书不都是这样的命运吗？所以我才会对我书上的批注那么兴奋，没有几本书能有这样的待遇。

七

既然有了刘贤义的电话号码，我就直接打过去了。

可是电话没人接，打了三次都没人接。要么他在忙，要么他就是不接陌生人的电话。我看了一下地址，他家店离我家不算太远，于是我开了车直奔而去。

不料火锅店没开门，门口贴着一个告示：因为疫情，本店暂时关闭。竟然吃了个闭门羹。准确地说连羹都没有，只有闭门。

可我是那么迫不及待地想知道真相，这样的迫切之情如开弓之箭无法回头。我就坐在车上给刘老板发信息，我说自己是某某某，经由某某某介绍想认识他。

他终于打电话过来了，是个中气十足的男人，和我想象的老板一样。他上来就说，作家大姐你好你好。语气很热情，声音里却透着些许茫然。估计之前，他的战友跟他说了我在找他，却没说我为何找他。我说，我有件事想问你，可以加你微信吗？

很快，我们就成了微信好友，而且是那种信息全部打开的级别。都是当过兵的人嘛。然后，我直入主题，把那本书的扉页拍照发给他。"您还记得这本书吗？"为了让他放松，我在末尾加了个龇牙的表情。

他稍稍愣了一会儿回复说："记得记得，你有一次来我家吃火锅送给我的，还从来没有作家给我送过书呢。我好激动，我就摆在收银台后面的柜子上了，是和财神摆在一起的，怎么跑到你那里去了？"

我直截了当地说，我是从一个旧书摊上买的。

他这次沉默的时间有些长，我正想解释我没别的意思（不是责问），只是发现书里面写了几句话，想问问是不是他写的，或者是不是他认识的人写的。我话还没写完，他电话就打过来了：

"作家大姐，我刚才问了我老婆，那本书被她大舅借去了，就是我丈母娘的大哥。有一回我老婆的表弟来我们店给他老汉儿过生日，看到那本书了，就说要借去看，我老婆就借给他了。老辈子要看，我们不可能不答应啊。他主要是看到封面上有雪山，他在西藏当过兵嘛，他就想看。"

他哇啦哇啦说了一大堆，仅仅是亲戚关系就把我搞糊涂了。他停下来的时候我赶紧问：后来呢？

"后来？"他想了一下说，"后来就有疫情了嘛，我们好久都没见了。但是，我敢肯定，大舅绝对不会卖掉这本书的，绝对不会。你不要看他是个蔫儿老头，他喜欢看书。这个事情有点奇怪，作家大姐。到底是哪个龟儿子弄出去卖的呢？"

我说："没关系的。我不是想问怎么卖了，我是想问问他看了以后有没有什么感想。"这回换到刘贤义糊涂了。我又说："我想去拜访一下他老人家，和他聊聊，你看方便吗？"

他连忙说："方便方便。大姐你太客气了。"

八

虽然我在这座城市已经居住了四十年，但依然有很多街道从未踏足过，很多社区的名字从未听说过。刘贤义和表弟带我去的那个小区，对我来说完全像是另一座城市。陌生感更让我有种解密的感觉。

刘贤义把车停在路边，表弟便带我们走进一条小巷。小巷里别有洞天，一大片红砖房，全部是四层楼高，每栋楼五个单元。应该是二十世纪六七十年代修建的。是一家国有大厂的宿舍楼。如今大厂已迁走，宿舍还在。楼房外墙斑驳陆离，每个阳台都像笼子一样安装了栅栏，晾晒着一些衣服，还有一些破烂的花盆。

表弟说，我就是在这里长大的。我说，我小时候也住这样的房子，看着还有点亲切。

当我在电话里向刘贤义先生提出请求后，刘贤义马上让老婆给表弟打了电话，如此这般解释了一通，然后就约好一起去看表弟的父亲。表弟说，随时可以去，父亲因为腿脚不便极少出门。我说你父亲负伤了吗？他说，不是，是关节炎，有点严重。我说，你父亲打麻将吗？他说，不打，每天在家的乐趣，就是翻来覆去地看那几本和西藏有关的书，比如一整套的《世界屋脊风云录》。

表弟带我们走进红砖房的其中一个单元，一楼。一扇很老旧的木门，其老旧的程度，感觉我一脚都可以踹开。门边搁着几个破旧的纸盒，里面有饮料瓶之类的东西，似乎在等收荒匠。表弟一开始还斯文地敲门，无人应后，就改成砸门了。咚咚咚！

终于，一个老头开了门。

表弟说，打电话你咋个不接呢？

老头嘟囔说，没听见。

房间里竟然黑乎乎的。简直无法想象此刻外面那么明朗的阳光，家里可以暗到这个程度。一不留神我脑袋撞到了什么，手一摸，是挂在屋子中间的衣服。

表弟打开灯。老头说，大白天开什么灯嘛。表弟说，你节省啥子嘛，我给你交电费就是了。灯一亮，我发现屋子中间拉着一根绳子，上面挂满了日用品，裤子、毯子、毛巾、口罩，难怪那么暗。

刘贤义想把伴手礼交给老头，老头不接，他尴尬地找地方放，桌上哪儿都没空，最后放在了沙发旁边的地上。表弟则把沙发上乱七八糟的东西用力推开，腾出两个屁股大的地方让我们坐。他半是吐槽半是解释地说："看嘛，好好的家，被他搞得像贫民窟一样。他还非要自己住。"

表弟这番话，让我好歹对现状释然了一些。

我打量四周，屋子里不是脏，而是乱。衣服都挂在绳子上，杯子碗筷都放在桌子上。这倒是省事了。墙上挂了些老照片，我凑上去看，一眼看到中间有一张大的，是一对年轻军人，应该就是老头和妻子年轻时的照片了。老头年轻时还挺帅气的。

估计很了解自己爹的待客水平，表弟从车上搬了一箱矿泉水，给我们一人拿了一瓶。我们几个各自找地方坐下。我和赵兴算客人，挤在沙发上，刘贤义不知从哪儿找出个小凳子坐下。表弟则索性坐在了桌子上。

表弟大声对老头说，这个大姐是作家，她想采访你。

九

来的路上，表弟已经给我介绍了个大概，说他老汉儿年轻时去西藏当兵，娶了个护士回来，就是他妈。据他爹说，他是下了很大力气才娶到的。因为他妈是"四个兜"（干部），他是"两个兜"（战士）。要不是他连续当了三年"五好战士"，又入党又立功，还真娶不到呢。后来夫妻俩一起转业回来，进了这家国有大厂，一个在医务室，一个在车间。就生了他一个孩子，他妈妈身体很不好。

"我老汉儿这辈子的主要任务就是照顾我妈。所以我妈走了之后他简直找不到方向了，天天混日子，成了个糟老头。"

你妈妈走了几年了？我问。

表弟说，快三年了。

为了不让表弟有思想负担，我没提那本书的事。我只是说我在写西藏老兵的故事，想找他爹了解一下他在西藏的生活。表弟说，那你找他就对了，他一说起西藏就没完。

老头始终没坐下，走来走去，一瘸一拐，这一点和严大爷一样。看年龄，他们也应该差不多，我下意识地把他往小说里装。不过他更有特色，皮带外扎，还是有五角星的军用皮带，里面是一件很旧的灰色毛衣，和脑袋上那层灰白色的头发楂子很搭。

听到儿子说我要采访他，他咧咧嘴，两道法令纹如括号一般展开，混浊的眼里有了一些光亮。

我连忙说，廖老兵你好！我也当过兵呢，给你敬个礼。

我曾问他们，我该怎么称呼老头，他们提供了廖大爷、廖师傅、廖主任（官至车间主任）等若干种，我都感觉不合适，我决定叫他廖老兵，这样更随意，也亲切。

果然，老头对这个叫法欣然接受，他满脸笑容地给我还了礼，终于在我们面前坐下了。他两手放在腿上，很认真地问：

你想让我汇报哪方面的情况？

终于要接近真相了，我有些激动。但我还是稳住自己。说好了是来看望老人家的，不要搞得像追责。我打算先和他随意聊，最后再说书的事。

于是我问了句很没劲的话：你在西藏当兵的时候很苦吧？他说，不算苦。我说，我也去过西藏，二十世纪九十年代去的，我都感觉很苦，你七十年代当兵，那会儿条件那么差，一定更苦。他依然说，不算苦。

这大概就叫尬聊。他并不像表弟说的讲起西藏就没完，而我更像个差劲的记者，企图让采访对象说自己想听的话未果。表弟看着着急，冲着他爹说："你给作家讲讲你的故事啊，讲讲你咋个追到我妈的。"

老头瞥他一眼，说："我不想讲！我每次讲你都抢白我。"

表弟从桌上跳下来说："我不听，我去洗水果。你讲，你放开讲。"

老头说："我可不可以抽根烟？"我连忙说可以的。

在座的就我一个女人，我猜他是问我。他摸出烟，又摸出打火机，但是手发抖，老是对不上火。刘贤义上前想帮忙，他很明确地拒绝了，用自己的左手扶住右手，终于点燃了烟。

我想我还是别绕了，直接进入正题吧。于是我从包里拿出那本书来。

廖老兵，你看过这本书吗？我笑问，故作轻松。

老头看了一眼马上说，这本书我有，我去给你拿。我连忙说，你看的就是这本吧？他充耳不闻，起身进屋。当卧室门打开的一瞬间，我惊讶不已，里面整齐得像另一个世界，床铺干干净净，被子叠得有棱有角。光线也很明亮，因为窗户没有遮挡。

表弟看到我手上的书很惊讶，咦，这不是上次从大哥那里借的书吗？刘贤义说，就是嘛，不晓得被哪个拿去卖了，人家作家大姐从旧书摊上买到的。表弟说，咋个回事呢？又说，肯定不是我老汉儿拿出去卖的。刘贤义说，我也说不会是大舅。

老头从卧室出来说，书找不到了。

看来书是什么时候不在的他都没察觉。我把书翻到有字的那页，递到他面前问：是不是这本？他看了一眼，连连点头道："对的对的，就是这本。我看过的，看过的。"我说，上面这些字是你写的吗？老头说，是我写的。

他抬手指指儿子：他妈妈喊我写的。

我脑袋嗡地一下。芝麻开门了。

十

"我跟你说嘛，她不姓邱，姓陈，是个护士。她也没得红围巾，从上到下一身的绿。那天我看她冷得缩成一团，把我的绒衣拿来给她当围巾围，她还不要。

"我们那个时候有啥子浪漫哟，只晓得要忍的。

"哨所嘛，哨所就是像你写的那样，海拔很高，光秃秃的，一年到头都冷。我在哨所蹲了五年，现在回想起来还是比较苦的，当时年轻嘛，比较扛得起。因为海拔太高了，没人上去，特别是冬天，雪都堆到腰杆上了，简直要把房子埋了。根本看不到路，怎么可能来人嘛。只有我们哨所十几个人，一天到晚你看我我看你。

"咋个认识她的？就是你写的那样，她到山上来慰问我们。

"我们哨长头一天接到电报，说有个小分队要来慰问我们，我们激动惨了，简直是开天辟地头一回。哨长都没遇见过。我们马上做准备工作，不是扫地，地没啥子可扫的，是扫雪，雪还没化完，虽然已经五月份。我们就是想给他们开一条路，让他们上来的时候好爬一点。

"我那时候是班长，最积极，带着大家从山上铲雪，一路铲下去。一口气不歇，又去炊事班帮厨，检查内务卫生……可能是累到了，晚上睡觉时我有点喘，我也没当回事，夜里还起来站了岗。

"第二天他们真的来了，六个人，三个男的三个女的。看到有女兵我们更激动了。车子开到山下路边，他们就往上爬，一个个都呼哧呼哧地。我们全部跑下去迎接，帮他们拿东西。女兵太好看了，我偷偷瞄了一眼就不敢再看了，心跳得发慌，气都不够用了。

"但是，我绝对没有去抱她们哪一个，我哪有那个胆子哟。上级命令我抱，我都不敢抱。没想到她们领导还真的喊了一声，同志们，拥抱一下你们的战友吧！她们就真伸出两只手来抱我们。三个女兵也很大方，挨个抱我们每个兵，我一看转身就跑了，太不好意思了。

"不晓得是太累了，还是太激动了，我到现在都搞不清楚，反正我突然就倒地了，啥子都不晓得了。醒来的时候，我发现自己躺在地上，身边有个女人在使劲咳嗽。旁边的人喊，活了活了！然后我就看到几个兵都在笑。哨长说，你小子福分不浅哟。

"我不晓得发生了啥子事，浑身发虚，脸上脖子上都湿乎乎的。几个战友把我扶到床上。他们说我端了一锅姜汤刚走出炊事班，突然就倒地了，姜汤洒了一大半，关键是，没有心跳了，窒息了。那个女护士一看，马上扑过来给我做胸部按压。按压了一阵，我的胳膊微微动了一下，她马上又给我做人工呼吸，费了好大的劲，才把我那口气吊上来，救活了。

"我的战友一致认为，我是被女护士亲了才活过来的，他们甚至认为我昏倒就是为了等女护士来亲。他们虽然没明说，但一个个表情都是那个意思，羡慕嫉妒惨了。

"其实我一点都不晓得，命都快没了还想那些？但听战友们一说，我还是非常感激她，而且心里面有点那个……就是那个感觉。

"我找到她。她蹲在房子后面，拿了个杯子在漱口，还拿指头抠嘴巴。我说了声谢谢之后，就什么也说不出来了。她看都不看我，只说了句'这是我应该做的'，又继续漱口。后来她领导来了，就是小分队的分队长，很严肃地说，你这样没完没了地漱口是不对的，哨所的水很珍贵。再说你不能嫌弃革命战友。她突然就哭了，这让我心疼惨了。

"哨长把我拉到一边告诉我，女护士给我做人工呼吸时，很用力。哪知我的气突然上来的同时，胃里的液体也跟着上来了，因为嘴巴对着嘴巴，一口就呛进她的嘴里了，酸臭酸臭的。她一下就呛到了，又吐又咳嗽，脸煞白煞白的。

"'你把人家害苦了，差点晕过去。'

"我简直是目瞪口呆，我居然那么过分，虽然不是故意的，但是也太糟糕了。人家一个年轻女娃娃，我居然吐到人家嘴里。难怪她不高兴，难怪她哭。

"我一下子觉得好内疚，好羞愧，好心疼。心里突然就产生了一个想法，我要报答她，要一辈子报答她。我就悄悄写了几句话，我说我的命是她给的，我欠她的。我要努力进步，争取立功入党提干（当时在部队就是这三大项）。希望她等着我。

"我那个时候不觉得自己是癞蛤蟆想吃天鹅肉，我就是想弥补她，想对她好。再说了，我长到二十岁，她是第一个和我那个……亲嘴的女人。后来我虽然没提到干，但是入党立功还是做到了。三分之二达标，也算说话算话嘛。

"你问她是咋个回答的？她当时根本不理我，走的时候看都不看我一眼。我就把纸条写好了放到手套里，就是我们发的军用棉手套。送他们下山的时候，我就把手套挂到了她脖子上。

"就是这样的，事情就是这样的。"

（《中国作家》2022 年第 3 期）

兰亭惠

潘向黎

　　兰亭惠是一家在市中心开了二十年的餐厅，专门做粤菜。

　　粤菜在上海人心目中一向有地位，其他菜系走马灯似的此起彼落，粤菜始终稳稳地占据人气榜前三名。广东人到底会吃，而懂经的上海人到底也多。和它并列冠军的是川菜，本邦菜只能是探花。说起本邦菜，上海人的叫法也有意思，鲁、川、粤、苏、闽、浙、湘、徽八大菜系都明确说出地名，唯独上海菜，偏偏不叫"沪菜"，叫作"本邦菜"。说什么在上海话里"本邦"就是"本地"的意思，其实多少透出了大上海各省交汇、八面来风的派头。各菜系都是前辈，名声也响，但毕竟都少不了到上海滩来争一席之地，而上海菜，就在家门口做大做强，"本邦"二字，表面上本分低调，但这份气定神闲好整以暇，不经意间就衬出了别家的劳师袭远。

　　正因为上海滩是这样一个各菜系兵家必争之地，加上上海市中心高昂的店铺租金，一家餐厅开了二十年，这可不是一件容易的事情。想了解一家餐厅的口碑，要到手机里"大众点评"之类的 App 上查看？老上海人可不是这样做的。在老上海人心目中，即使是陌生的餐厅，只消把它的地段和开了多少年头说出来，就已经是不着一字尽得风流了。若不是菜式、服务、环境俱佳，有一批老客人追捧，新客人也不断慕名而来，是很难做到屹立二十年不倒的。

所以，兰亭惠这样的餐厅当然可信。当然也有缺点，就是价格的门槛。订餐软件上显示：人均四百五十元，那大概是家族聚餐或者比较随便的同事聚餐吧，实际上，如果是请客，人均五百元至六百元才够像样。要是上燕鲍翅参，人均就会很轻松过千。

就这样，兰亭惠的十个包房还经常是满的，不预订很难坐进去。顾新铭和汪雅君事先订了一个小包房，等他们五点一刻到了兰亭惠，跟着服务员来到包房门口，一抬头，见这个小包房名字叫作"鸿运当头"，不约而同地站住了，汪雅君说："不好意思，能不能换一个包房？"服务员有点奇怪，用对讲机和不知道什么人商量了一下，说："其他包房客人还没有到，我们调整一下，可以的。"于是服务员带他们到另一间，他们一看，这间叫作"清风明月"，互相交换了一下眼色，顾新铭说："就这间。"

于是，这对五十多岁的上海夫妻，就在颇有名气、颇有门槛的兰亭惠里的一个叫作"清风明月"的小包间坐了下来。包间里的布置自然是中式的格调，红木或者仿红木的桌椅，青绿山水瓷餐具，同款的瓷筷搁上整整齐齐地排着两双筷子，一双是红漆木筷，一双是黑檀木的。旁边有沙发、茶几和衣帽架。难得的是，这里的沙发坐上去有足够的硬度，不颤颤悠悠，靠垫也够饱满，很得力地支撑起整个腰部，不露声色地让人坐得既松弛又不累腰。这才是真的让人坐的，而不是摆出来让人看的沙发。真正好的餐厅和过得去的餐厅，差距往往就在这些细节上。

服务员先送上来两个放在影青兰花瓷托里的热毛巾，然后给每人斟了一杯茶，看汤色，应该是普洱。然后把一大本黑缎封面沉甸甸的菜单递了过来，含笑说了声："两位先看看，需要点菜的时候按一下呼叫铃，我们马上来为你们服务。"就先出去了。

好餐馆就是这样，不急，总是给客人留余地。这个余地，既是心理上的礼遇，也是做生意的技巧。寻常日子难免忙碌，进了餐厅，先让人休整和放松一下，从容之后才能进入"吃饭"的状态，在对的状态下再点菜，点菜的人也愉快，餐厅也愉快——因为心情好的人往往会点更讲究的菜。另外，经过二十分钟以上的等待和喝茶——尤其是消食去腻的普洱茶，再看那些撩人食欲的照片，食欲更容易旺盛起来。过去有个口号叫作"多快好省"，那么这时候点菜，容易点得多、点得快、点得好，唯独不省。

喝了一盏茶，汪雅君略带愁容地说："我们要不要先点菜？"

"先点。等她来了好说话，你说呢？"

"也是。可是……"

"你担心什么？"

"不要我们菜点好了，结果她不来哟。"

顾新铭停了几秒钟，说："不会，她会来的。"

顾新铭就按了呼叫铃，这回进来了一个领班模样的人，态度更加殷勤得体，见多识广的样子。于是双方有商有量，顾新铭一口气点好了冷菜、按位上的汤、小炒、主菜，汪雅君刚想问"是不是差不多了"，只听领班说："再加一个蔬菜，差不多了。你们才三位。"顾新铭说："好，要不要甜品？"汪雅君说："我不要了，胖。"顾新铭就说："那就先这样，等一下客人到了，再让她看看要什么甜品。"领班说："这样最好了。"就出去了。

静了一会儿，汪雅君说："现在是五点四十，时间还早……约好是六点。不过幸亏我们到得早，不然只能坐那间包房，就蛮尴尬。"

顾新铭说："这种时候，请客的人一定要早到的。事先电话里、微信里再怎么说，总不如自己来看看，七七八八、边边角角有什么问题，到了才能发现，也才来得及调整。"

汪雅君说："还是你有经验。这些地方，听你的总没错！"

顾新铭看了妻子一眼，心里觉得舒坦多了。在这种时候，如果只是说一句"对呀"或者"还真是这样"，却忘了赞美男主人，那只是及格。大部分上海女人都不会只是及格，她们会明确归功于丈夫——不过，大概率，她们只会说前一句，但是他顾新铭的太太还会加后面一句。一个"总"字，与其说是在一个很长的时间跨度中认可和抬举丈夫，不如说更多的是显出一个妻子对丈夫的欣赏和信赖是长期的，近乎"始终不渝"的意思了。

不管怎么说，自己选人的眼光比儿子强多了。

服务员轻轻敲了两下包房的门，然后打开，司马笑鸥到了。

司马笑鸥长得眉清目秀，小巧白皙，介于职业和休闲之间的米色套装显得她身材苗条且气质大方。城市里白领女郎从大学毕业到三十五岁是看不出年龄的，要不是顾家夫妇知道她今年二十九岁了，猜测她的年龄是困难的。

顾新铭和汪雅君都站起来迎接她，态度热情而有轻微的不自然。不自然并不是因为热情是假的，而是因为想充分地把热情表现出来，却要把热情背后的愧疚藏起来，可是彼此都知道这愧疚就是热情的一部分来源，所以很难藏得天衣无缝。而且，似乎也不应该把这份愧疚藏得天衣无缝？不好拿捏。毕竟面对这种局面，他们也没有经验。

司马笑鸥的脸色比想象中的要好，她似乎不是来赴这样一个滋味复杂、注定不会轻松愉快的宴会，而是参加一个商谈合同具体条款的工作晚餐。表情的主调是礼貌，还有着理智的清醒和一点不那么在意的清淡，还有一丝不易察觉的戒备——似乎在防范谈判对方在表面友善之下的算计。

"小鸥来了，快坐，快坐！"

"路上顺利吗？服务员，倒茶！"

"顾伯伯好，汪阿姨好。"司马笑鸥说，表情和声调都很正常。

三个人坐在旁边的沙发上，喝了几口茶，这时候冷菜上来了，汪雅君说："冷菜上来了，我们边吃边聊？"

顾新铭让汪雅君坐了主位，然后自己和司马笑鸥分坐在她的两边。这个他们事先没有商量过，就自然而然这样坐了——因为这样，便于汪雅君就近给客人布菜和倒饮料。

桌上的冷盘有四个：一个冻花蟹；一个卤水小拼盘；一个四喜烤麸——这是本邦菜，兰亭惠也有几个融合菜，多少有几个本邦菜和川菜的菜式，四喜烤麸是上海家常菜，本来上海人下馆子不会点这个，但是做起来挺麻烦，现在许多人也都偷懒在餐厅里吃了；一个桂花山药泥——山药泥自然不成形，为了好看，用模子压出了一朵朵花的形状，上面浇了糖桂花和蜂蜜，雪白的花朵上面有两种深浅不同的黄色点缀，看上去精致讨喜。卤水拼盘是在六种里面自己选的，他们选了卤水掌翼和猪利——广东人真有趣，为了讨口彩，猪舌永远叫作猪利，因为"舌"谐音是"蚀本"的"蚀"，而"利"就是"一本万利"的"利"了。

汪雅君看着猪舌，心想：名字叫得好听有什么用？有些事情，蚀就是蚀，亏就是亏。就拿小鸥来说，恋爱了两年，然后分手，两年的青春，伤透的心，怎么看都是女孩子蚀本呀。

上海话猪舌也不叫猪舌，而叫"门腔"。顾新铭心想：如果真是吃什么补什么，那今天自己和汪雅君确实应该多吃门腔，变得会说话一些，才好。

世界上，人和人的关系不但最复杂，也最难以预料。就说眼前的司马笑鸥吧，和他们是什么关系呢？两年零一个月之前，他们就是陌生人。两年前，她成了他们的儿子顾轻舟的女朋友。一年半前，她和他们正式见了面，他们也都认可和喜欢这个女孩子。半年前，他们已经把她当成了自己的准儿媳妇，高高兴兴地谈论起婚房和婚礼的问题。那个时候，是他们和这个姑娘的人生轨迹最靠近的时刻，几乎再进一步就成为一家人了。但是三个月前，顾轻舟突然说和她不合适，死活分了手。于是，现在，他们其实已经没有关系了。

不要说司马笑鸥，就是汪雅君和顾新铭都觉得非常突然和难以接受。顾新铭对太太说："大概儿子看上别人了。不然不会这么绝情。"汪雅君说："小鸥这么好的姑娘，这死小鬼还要哪能？""哪能"是上海话，"怎么样"的意思。顾新铭说："我找他谈谈。"

他找了一个中午，特地到顾轻舟的单位门口，和儿子单独吃了一顿午饭，然后傍晚回到家对太太说："看样子，只能让他去了。"汪雅君说："那么他是有别人了吗？""可能吧，但好像没那么简单。他反正拿定主意了。"汪雅君不接受："这是什么话？我找他谈！"顾新铭说："你是他妈妈，你和他谈可以，但是你不要激动。"汪雅君血压有点高，控制血压的药又时吃时不吃。

当天晚上母子谈话很快进入对抗模式。顾轻舟喊："她爱不爱我，你比我清楚？"汪雅君说："就是比你清楚！你这个没良心的！你要是看上别人就承认，不要敢做不敢当！"顾轻舟气势低了一些，说："我要怎么和你说呢？我们这一代，和你们不一样，大家都是脑子很清醒，在做一个选择。""那你为什么不选择小鸥？她哪一点配不上你？""她好多地方都比我强，问题是这一点你们知道，她自己也知道，我们在一起我有一种学渣被要求上进的感觉，我不喜欢。""你不爱她！如果你爱她，为她上进上进有什么问题？啊？""是，我发现我不爱她，按照你们的标准，我可能从来没有爱过谁。""你！你不要和我要无赖哟我告诉你，我直接怀疑你有问题，你是不是有新的女朋友，把人家肚子搞大了，所以要急吼吼和小鸥分手，赶紧去娶人家？""拜托，老妈，这是二十世纪的故事了好吗？我遇到更合适的，换个女朋友也很正常，但是因为你说的这个结婚，你觉得我会那么土吗？""你！"汪雅君有点头晕，顾新铭赶紧进来把母子分开了。

花了两三个星期，夫妻俩终于弄明白了，顾轻舟确实有了新的女朋友。这位是正宗上海人，李宝琴，二十五岁，大学本科学历，小公司文员，工资只拿来自己吃饭和零花的，父母是挣足了钱退隐江湖的生意人，所以这姑娘的名下，有价值两千多万元的房子一套，地段好，房型好，保时捷一辆，结婚时还有丰厚的嫁妆。唯一缺点是，这姑娘年轻而不貌美，长相乏善可陈，开足了美颜也很一般。夫妻俩一致认为：完全不如司马笑鸥。不漂亮不说，这种家庭出来的，就是个地主家的傻闺女，娇气加刁蛮，已经够顾轻舟受的，而且什么也不懂，什么也不会，其实是没法一起过日子的。顾新铭说："结婚是终身大事，可要选对人。"顾轻舟说："都说结婚选对人，可以少奋斗二十年，如果选她，我可以少奋斗三十年。"夫妻俩一起失声说："你真的要选她？"顾轻舟说："如果结婚，我就选她，可是我还不一定想结婚呢。"汪雅君说："你到底和小鸥有没有谈恋爱啊？现在有没有爱上别人啊？我怎么听来听去，都没有什么感情呢？"顾新铭说："儿子，我也不是很明白，不过作为老爸，我要提醒你，婚姻对男人也是大事情，你要理智。"顾轻舟说："你们两个人商量好了再来和我搞脑子，好不好？一个要我讲感情，一个要我讲理智。就很搞笑。"

汪雅君觉得头晕，只能坐下了："儿子，不要说人家小鸥想不通，你总要让妈妈理解你呀。哎哟，我怎么会生了你这么个儿子！"顾轻舟听见母亲带了哭腔，停住了要离开的脚步。顾新铭说："你和爸爸妈妈好好谈谈。不管选哪一边，另一边至少不要出人命。"顾轻舟转过身来，带着不耐烦和无奈说："出什么人命啊？你们不要以为司马笑鸥爱上了我，她也是——在可能的范围里选中了我而已。如果有更好的男人出现，她一样会头也不回走开的，你们不知道吗？"顾新铭说："可是你们互相选中了，对方没有改变心意，你改变了呀。"顾轻舟说："因为李宝琴出现了，而且她主动追我了呀。"汪雅君说："你有女朋友，她怎么可以这样？""奇怪，为什么不可以？如果谈恋爱了就不可以换人，那为什么要谈恋爱？都相个亲，然后直接去民政局好了！你们讲点道理好吗？"顾新铭问："她能让你要和小鸥分手，说明你动心了，那么你看上李宝琴什么呢？是她家有钱吗？"顾轻舟说："在有钱的家庭长大的人不一样，她做人不那么起劲，不会什么都很在乎很紧张，也不要求我上进，大家在一起很轻松，可以一起享受人生。另外，他们家有钱，也是个优点啊，结婚的房子、车子都是现成的，将来我不用按揭，你们留着钱养老，有什么不好呢？我就想不通，你们到底生什么气？！"顾新铭说："人生哪有这么便宜的事情？儿子啊，你太年轻了！"汪雅君说："没有爱情的婚姻是不道德的呀，儿子。"顾轻舟像听到好笑的段子那样，一下子笑了起来："你的老校长恩格斯说的，对吗？"就再次转身走了。汪雅君对着他后脑勺喊一句："她父母有没有文化？还宝琴呢，不知道这是《红楼梦》金陵十二钗的一个吗？那种家庭、那种长相，怎么好意思叫这个名字！"顾新铭说："好了好了，名字不是重点，至少没有叫宝钗吧。"汪雅君说："哪怕她叫林黛玉，我也不要！我就是认定了小鸥做儿媳妇！"

外面的防盗门咣当一声关上了，顾轻舟出去了。顾新铭说："看来他是真的拿定主意了。"汪雅君说："我反对！我们怎么对得起人家小姑娘？怎么对人家父母交代？谈得好好的，该做的、不该做的都做过了，然后莫名其妙就分手？人家肯定要骂我们上海人没家教不像样，说这家父母都睡着了吗？儿子这样也不管？"顾新铭叹了一口气："我知道你反对，我也反对呀。我当面和他说了：爸爸妈妈都喜欢小鸥，你要分手，她伤心，我们舍不得，你放掉了她也很难再找到这么好的了，希望你珍惜。其实你和她结婚，是我们家高攀，要不是你是上海人，有主场优势，估计你打破头还娶不上人家呢。他说：不是你们要和她结婚，是我在选人过一辈子好吗？当初你们谈朋友，你们结婚，我干涉过吗？"汪雅君忍不住笑了，然后笑容一敛，更生气起来："这什么话？！他跟谁学的，三十岁的人了，讲话这副不正经的腔调！"顾新铭长叹了一口气，说："你也知道他三十岁的人了，所以，我们反对也反对过了，后果自负的警钟也敲过了，也没办法了。"汪雅君一时不知道怎么回答，愣了好久，茫然地问："那么哪能办？"顾新铭说："让他去！"汪雅君想了想，也说："烦死了，让他去！让他去！"

上海话说"让他去"的发音很像普通话的"娘遗弃"，最后的一个字唇齿摩擦得厉害，听上去咬牙切齿，有愤恨，有无奈，更充满了鄙视和不屑的味道。

司马笑鸥是贵州人，自己一个人大学考到了上海，从此留在上海打拼，如今在一个大公司里有一个很不错的位置，年收入比当公务员的顾轻舟丰厚。她皮肤雪白，五官立体而精致，虽然一米六二的身高不够高挑，但依然算得上是个漂亮姑娘，而且一看眼睛就知道很聪慧，智商情商双在线的那种。接触下来，明显要比顾轻舟成熟，有一种离家早的人特有的懂事和干练。顾轻舟虽然比她大一点，但从小到大没有离开过上海，其实反倒是温室里的花朵。司马笑鸥对未来的公公婆婆也是要温度有温度，要礼数有礼数。过年的时候，在回贵州之前，小年夜先请吃饭，双手送上一盒茶叶（是顾新铭喜欢的正山小种）和一盒燕窝，一看盏形和成色，汪雅君就一边惊叹一边笑着责备："哎呀，你这戆小姑娘疯了吗？这个太贵了！自家人，一定要送，也送点碎的吃吃好了！"初六，一回上海就来拜年，再送大冬天里最好的鲜花和进口车厘子。去年，连他们两人过生日也有表示，顾新铭生日收到一个精致的栗子蛋糕，汪雅君生日收到一瓶法国大牌的面部专用精油，司马笑鸥说可以滴两滴在面霜里，加强对面部皮肤的保养，又不麻烦。汪雅君惊叹说："真是用心啊！精油滴在面霜里头，我还没有这样讲究过呢。"顾新铭开玩笑说："人家小姑娘出手这么大方，你不要开心得太早，你等着，以后他们房子的首付你是跑不掉了！"说这话的时候，汪雅君刚洗完脸，先不回答，从容地用无名指轻轻地往眼睛下方点上几点芝麻大小的眼霜，用无名指轻轻地抹开，然后用三个手指弹钢琴一样点匀了，才说："你以为吓得死我啊？不是准备好了吗？首付我们来，按揭让他们自己来。过两年要是生孩子，正好我们也退休了，可以帮他们带。"顾新铭说："还是要请个阿姨的，不然你吃不消的。"汪雅君说："嗯。都这么晚了，睡觉吧。你怎么还在喝茶？"顾新铭说："这是小鸥送的茶，还没喝透，不能浪费。"

那时候，这两个人，第一次有了要做公公婆婆的感觉，第一次以满意、喜悦、期待的心情准备迎接一个家庭新成员加入。当然，上海家长在孩子婚嫁时必须拥有的万事俱备、运筹帷幄的骄傲感，他们也有了。

而现在，把他们联结在一起的顾轻舟不在这里，他甚至都不知道父母要请司马笑鸥吃饭。只有他们三个人——一对心愿落空，还要来对曾经的准儿媳道歉、安抚的夫妇，以及一个因为受了伤害而随时可能拂袖而去的女孩子，坐在这个包间里，面对着四个冷盘，虽然是兰亭惠的招牌菜，但是看上去冷冰冰的。

"小鸥，吃呀，吃呀！"汪雅君用公筷往她碟子里搛菜，注意把每样菜摆放得整齐，互相之间保持距离，免得串味。

顾新铭看见汪雅君用调羹舀了一勺混合了金针菜、香菇、黑木耳、花生的烤麸往司马笑鸥的碟子上送，突然脸色一凝，眉头皱了起来，坏了！百密一疏，自己犯了一个错误，这道菜不该点。"烤麸"除了是上海家常的冷盘，也是过去上海人婚礼上必备的一道菜，因为，烤麸的谐音是"靠夫"，结婚后凡事依靠丈夫，"夫"能够一辈子"靠"得住，这是新娘一方的强烈心愿，往往也是新郎新娘两家的共同心愿，因此"四喜"是例行的口彩，"烤麸"（靠夫）才是真正的祈愿和祝福。司马笑鸥是被分手的，对她来说，顾轻舟根本靠不住，所以今天的席上出现这道菜，就大大地不妥了。顾新铭此刻只能舒开眉头，装出若无其事的样子，心里安慰自己：司马笑鸥毕竟是外地人，又年轻，应该不知道上海人这些"老法"的规矩和说法，如果真是这样，那就太好了。对天发誓，今天，他们夫妻两人可是世界上最在乎司马笑鸥情绪的人了。

司马笑鸥慢条斯理地吃了一朵山药糕、一片卤水猪利、一个冻花蟹的蟹钳——蟹壳事先都是夹破了的，所以用筷子轻轻拨几下，四分五裂的蟹壳很简单就脱落了，一点不费事就可以吃到完整的蟹肉了。兰亭惠就是兰亭惠。最后是四喜烤麸，司马笑鸥没有吃，不知道是不喜欢吃，还是知道那个说法所以拒绝碰它。汪雅君这时候也发现问题了，看了顾新铭一眼，整整齐齐的衣服下面，两个人身上都出汗了。

这时候汤来了。一人一盅橄榄瘦肉螺头汤，打开汤盅盖，就闻到香味。"小鸥，喝汤！"喝一口，又清鲜又甘甜，连这三个没心思真吃饭的人也觉得味好到熨帖。"这道汤清热解毒、润肺滋阴，对人很好的。"顾新铭说。他真心希望，这道汤，或者说这种心理催眠，能在上海凉爽而干燥的秋天，从嘴巴到喉咙再到五脏六腑，为遭遇感情挫败的女孩子提供一点帮助。

三个人静静地把汤喝完，居然没人说话，好像突然一丝不苟地遵守起"食不言"的古训似的。

然后上了牛排。虽然每人一份，这个牛排小得出奇，只有成年人手掌心大，还比手掌心窄，但是服务生上菜的时候，领班特地进来介绍了一下："这是和牛牛排，请趁热用。我们的配方是专门研制的，所以建议贵宾自己不再加任何调味，就这样享用。"看了这个阵仗，自然知道这道菜身价是高的，再一看上面的雪花纹，用刀一切感觉到那种质感，就知道不是骗人的，切一小方放到嘴里，果然是和牛。顾新铭说："是和牛，和我在日本吃过的差不太多。"汪雅君问："这不是日本来的吧？听说国内没有真正日本进口的和牛。"领班笑了一笑，说："请三位吃起来，边吃边听我说——如果有人说他们端出来的是日本进口的和牛，您不要相信，我们这是澳洲和牛。虽然不是日本进口的，但是我们是正规渠道进口的，而且是真正的有等级的和牛，像今天这个牛排，绝对是 M6-M7 等级的，绝对香，雪花分布很好，也不会太油。"顾新铭点头说："我刚才一吃，就知道不是日本和牛，不过东西是好东西。我就喜欢你们这样，有一说一，不要吹，不要浮夸。说的人踏实，听的人也踏实。"领班说："我们也最欢迎您这样的客人，见多识广，上海人说叫'懂经'，而且又客客气气。"顾新铭说："哈哈，您客气，您客气。你们会做生意！"领班说："欢迎您多来！这是我的名片。"司马笑鸥没说什么，只是娴熟地用刀叉把小小的牛排切成四五块，然后一块一块送进嘴里，同时似看非看地听着，但她明显比刚进来的时候松弛了，神情深处的那一丝戒备也找不到了。

领班走后，汪雅君对司马笑鸥说："这牛排还不错，就是太小了，你年轻，可以多吃点肉，要不要再来一份？"

司马笑鸥说："不用不用，我不减肥，不过也要控制体重的。"说完这句话，她脸上有了一点笑的影子。

"是啊是啊，你们这一代比我们好，从小有控制体重的意识，所以身材比我们这一代好多了。"

"哪里，阿姨您和顾伯伯都保养得好。"司马笑鸥一半被迫一半真心地说。其实这话本来是真心的——她过去和顾轻舟说过，上海人到底不一样，你爸爸妈妈身材、风度都很好，打扮也很得体，可是今天不是说这种话的心情和氛围，却又出于场面需要不得不说，于是一句真话刚说出口，就死了一半，好像是不合时宜的恭维。当她自己意识到连说一句真心话都这么尴尬，不由得叹了一口气。

顾新铭和汪雅君几乎同时叹了一口气。顾新铭有点可怜汪雅君，于是决定自己先开个头，他记得读过一本《如何进行有效沟通》之类的书，里面说，在面对容易引发争执和不愉快的谈话时，一定要用"我""我们"来开头，哪怕不得不说"你"，也不能说"你怎么生气了"，要说"我觉得你好像生气了"；不能说"你误会我了"，要说"我不是这个意思，但我表达得不好，好像引起你的误会了"。总之是要主动担责的意思。于是他说："小鸥啊，伯伯和阿姨也不能做什么，今天就是想请你吃个饭。"司马笑鸥浑身微微一震，马上垂下了眼帘，好像不愿意让人看见她的眼神。

汪雅君赶紧说："我们心疼你，可我们也插不上手。你也知道，孩子大了，爹妈简直成了弱势群体，根本管不了。你相信我，要是打他能把他打听话，我早就用家法打得他趴下了。"

司马笑鸥似笑非笑地说："还不至于。"这句话有点微妙，是说顾轻舟罪不至此，还是说自己不至于沦落到这一步，要男方的家长用暴力来逼迫男朋友留在自己身边？汪雅君和顾新铭对视了一眼，顾新铭不开口，汪雅君只好继续说："小鸥啊，我们都很喜欢你，真的，已经把你当成……家里人了，弄成今天这样，我真是万万没想到啊！我们心里也很难过。"司马笑鸥嘴边浮起一缕似悲凉似讽刺的笑容，说："对不起，让你们操心了。"顾新铭马上补救，说："千万别这么说！是我们对不起你。你是个好姑娘，你做得都很好，都是顾轻舟不好，他这个人不成熟，完全拎不清，不知道自己几斤几两，不知道如何珍惜感情，也不知道该如何选择人生伴侣，他将来肯定要后悔的。"他想了想，一咬牙，把最严重的一句说出来了，"是我们教子无方，对不起你。"汪雅君也说："我们真的很内疚，都没脸见你。"

只听司马笑鸥一个字一个字地说："都是成年人，哪怕是犯罪，也是自己进监狱，哪有株连父母的？这事和你们没关系。"两个人听了这句话，抬起了头，看见她喝了一口茶，稳住了气息，继续说："何况，谈恋爱，本来就是两种结果，要么结婚，要么分开。你们放心，我不会去纠缠顾轻舟，将来他和别人结婚，我也不会去砸场子的。"

两个人心头一宽，同时又一酸：已经没有希望成为儿媳妇了，依然有这样的态度，可见过去的种种懂事不是假的，真是难得的好姑娘，可惜江湖一去深似海，从此彼此是路人。汪雅君说了出来："我们知道，你是个明事理、重情义的姑娘。顾轻舟配不上你，真的，你也许现在不相信我的话，过几年，就会觉得我说的是对的，到那时你还会庆幸没有嫁给他呢。"顾新铭喃喃地说："确实，你样样比他强。是他没福气，真的，是我们顾家没福气……"

司马笑鸥不知道是被打动了，还是触动了心事，低着头，好一阵子没有声音，然后，她好像下了决心似的，缓缓地抬起头，说："我这些天是很难过。但你们知道我心里最过不去的一个坎，在哪里吗？""你说，你说！"夫妻俩争先恐后地说。让司马笑鸥在他们面前倾诉一番，这是他们请这顿饭的最大希望啊。

"他可以和我分手，什么理由都可以——两个人在一起，要两个人都愿意，分手就不一样，只要一个人想分手，就只能分手。他可以不爱我，可是他不该说我不爱他，他说我只是快三十岁了，急着想找个人结婚、在上海安个家。我不是！我受不了他这样冤枉我！"

顾新铭说："这个他说的完全不对！"汪雅君说："他胡说！你只当他放屁！"

司马笑鸥说："我对他说，你不能这样说我，除非你从来没有爱过我。然后你们知道他说什么？他说：你们女人真奇怪，反正就这样了，爱过，没爱过，有什么区别？"她的眼圈和鼻子都红了，但是没有让眼泪流下来。

夫妇俩都沉默了，因为真的不知道说什么。没想到儿子如此现实，如此狠绝。同时也深深感到了自己立场的尴尬和语言的无力。

"伯伯，阿姨，谢谢你们这么接受我、疼爱我。我不知道他在你们面前会怎么说，我今天来，就是想告诉你们，我是真的爱过顾轻舟，是真的看上他，我也说不清为什么，我就是爱他这个人，想和他在一起，想和他白头到老，不可以吗？他要分手我没办法，可为什么我的感情还要被这样否定、这样不在乎？现在我也看明白了，我不是他要找的人，他也不适合我，所以，分手就分手，总比以后离婚强。"司马笑鸥的脸色苍白，嘴唇也失去了血色——口红已经在吃饭过程中消失了，所以现在是真实的唇色。但她始终没有流下来一滴眼泪，倒是汪雅君眼泪汪汪了。

好在装在青绿山水大瓷盘里的清蒸珍珠斑上来了。平时请客，点一条笋壳鱼或多宝鱼也就是了，但是今天，顾新铭觉得一定要珍珠斑。普通石斑鱼也很鲜，肉质也够弹牙，但是珍珠斑的嫩，是超乎一切石斑鱼的，价格也是超乎一切普通石斑鱼的，所以——今天必须要珍珠斑。顾新铭说："你给小鸥搛点鱼肉，这是珍珠斑，好吃，又不会胖。"汪雅君用不锈钢长柄调羹，一下子拨下来一大块雪白的鱼肉，放到司马笑鸥的碟子里。司马笑鸥慢慢吃掉了。

然后又上了一道脆皮百花鸡、一道黑松露汁烩鲜鲍、一道锅烧杂菌豆腐、一道白灼西生菜。

这时候顾新铭用另起一段的口气，说："小鸥，人这一辈子，总会遇到一些不开心的事情，也只能面对。我们呢，真的很喜欢你，也知道你一个人在上海，虽然事业有成，但是毕竟没有亲人，我们希望，以后像朋友一样来往，你如果遇到什么事情，自己解决起来有困难，只管来找我们。商量商量啊，需要我们出点力啊，我们都很乐意。"

司马笑鸥显然没想到他会这样表态，迟疑地说："这个……不用了。"

汪雅君说："小鸥啊，你如果不嫌弃，就把我们当成亲戚吧！我们是小老百姓，你知道的，他在出版社，我在学校里，都快退休了，但我们总归这把岁数了，好歹算是长辈，你有需要的时候，要想到我们，碰到为难事情了，不要一个人撑，发个微信、打个电话告诉我们，好不好？"

司马笑鸥愣了一会儿，脸上有混合着惊讶、委屈和感动的神情掠过，然后恢复了平静，说："好的。谢谢。"她的双唇恢复了一些血色。

汪雅君说："对了，甜品刚才还没有点，小鸥，你看看你想吃什么？流沙奶黄包？陈皮红豆沙？燕窝蛋挞？天鹅酥？他们的甜品也很不错的。"

"不用了，阿姨。"

"吃个甜品吧，心情会好。"

司马笑鸥幽幽地说："心情，总要让我不好一段时间吧。整件事情，我也只剩这个可以决定了。"

汪雅君要说话，顾新铭用眼神阻止了她。这顿饭，司马笑鸥的情绪就像退潮的大海，虽然还有一浪一浪地往回卷，但是总体是浪越来越远去，海面越来越平静了。这下子回浪有点儿猛，也只能等它自己下去，这时候不能乱说话，这时候如果说错一句话，岂不是前功尽弃？这女人，就是性子急！

最后还是汪雅君做主，选了冰淇淋，顾新铭从来不吃甜品，于是她和司马笑鸥一人两球冰淇淋，慢慢地吃着。第一球冰淇淋吃完的时候，汪雅君说："小鸥，阿姨送你一件礼物，是我们做长辈的一点心意，希望你收下。"她从背后的手提包里拿出一个红色的丝绒盒子，打开，里面是一个老凤祥金手镯，没有花样，光面的一条，看上去有点像藤条做的，出人意料，有古朴的感觉。

司马笑鸥睁大了眼睛："阿姨，您这是做什么？太贵重了！我不能收！"

"你听我说，我们上海人家，孩子大了，总归要买个手镯的，是为了保值，所以都不讲时髦，就是买老凤祥的。这是我去年买的，当时觉得足金手镯比较土，你肯定不会戴，也就是给你压压箱底，所以给你选了这个实心的。"

司马笑鸥说："手镯还有实心的？"

顾新铭说："虽然是实心的，但分量不重，也就五十克，你看，标签还在，也没多少钱的。你收下吧。"

司马笑鸥说："我心领了，但我还是不能收。"

汪雅君说："这是我心里想着你买下来的，不可能以后去给别人，所以我一定要给你，你也一定要收下，听见没有？你不要多说，你就收下！"语气里有伤感，也有赌气。顾新铭知道，这是妻子本色出演，一定会有效果的。

果然，司马笑鸥听出了这语气里的真实感情和江湖义气，终于慢慢伸出了手，接过那个丝绒盒子："那我收下了。谢谢阿姨，谢谢伯伯。"

司马笑鸥吃第二球冰淇淋，心想：这么好的一对父母，如果能是自己的公公婆婆，该多好！本来就应该是的！这个镯子，本来是他们给自己的结婚礼物，谁知道突然一脚踩空，什么都变了……又想：连他们都这样对自己，可见顾轻舟是何等无情、何等过分！最可恨的，他变心不要紧，还要把过去的感情说得一钱不值……一想到这里，忍了整顿饭的眼泪涌了上来，来势汹汹，在失控之前，她猛地站了起来，匆匆地说："我先走了。谢谢伯伯阿姨！再见！"就推开门走了。夫妇俩追到包房门口，只看见她纤细的背影飘一样消失在走廊尽头的光影中。

顾新铭拉拉汪雅君，两个人回到餐桌前，坐下来。一坐下来才觉得非常疲惫。

顾新铭说："有点累。"

"我头痛。"汪雅君说。

"都老了。"顾新铭说。

"想想当初，我们什么都没有，还不是照样结婚、生子？哪有这么复杂？"

"是啊，你当初那么漂亮，怎么就那么傻，我什么都没有，就嫁给我？开头还是和我父母挤在一起，后来单位总算上了末班车分了房子。你跟了我这个穷人，这三十多年，真是不容易。"

汪雅君白了丈夫一眼，说："不要说得那么作孽相，我们的房子涨了多少倍，你怎么不说？再说你也不差呀，兼职啊，股票啊，拳打脚踢，这三十年可没少挣。关键是你的心思都在家里，嫁给你这种男人，心里踏实，夜里也睡得着。"

顾新铭得到妻子的赞美，心里甜丝丝的，说："是你不容易，当年那么相信我，嫁给我这个穷小子，和我白手起家。"

汪雅君看看丈夫几乎全白了的两鬓，不由得伸出手去，拍拍丈夫的手臂，说："还是你好，当初选中我就是我，三十年来一心一意的。不像某些人，本事嘛没有，还要那么花！"

顾新铭说："他拎不清！他以为人生这么便当啊？往往是越想走捷径，越会走弯路的。"

汪雅君说："就是呀。一开始如果不是真心看上这个人，以后有点风吹草动都过不下去的呀。现在这些年轻人，真不知道在想什么！他们懂什么？一辈子长着呢。"

顾新铭转移话题说："不过，你也不要光生气了。如果——我是说如果啊，他一定要和这个小李结婚，也不是一点优势都没有。"

"什么优势？就有钱啊？一个一米八的男子汉，怎么可以想这样当小白脸吃软饭？"

"他们房子和车都现成，确实省力很多，不过关键还不在这里，关键是，我问清楚了，对方父母没读过大学，早婚早育，现在女孩子的父亲才五十岁，母亲还不到五十岁，而且又在上海，将来他们生孩子，不要说坐月子，就是帮忙带孩子，女方父母应该也靠得上。"

汪雅君眼神闪了几下，然后沉默了，顾新铭知道她在心里盘算，一时不知道该说什么。半晌，只听汪雅君长叹了一口气："没劲！你说，是我的儿子要谈婚论嫁，怎么说也是喜事，怎么我这心里就这么不痛快呢？"

顾新铭也长叹一口气："我和你差不多。大概我们都落伍了，都是老人类了！"

汪雅君说："那我们真是选对人了，不管新旧，夫妻最要紧是两个人谈得拢。"

顾新铭看了看妻子，他发现曾经是班花的妻子，不知何时，双眸不再如水清澈，眼角也出现了细密的皱纹，像开片瓷器上的裂纹。

顾新铭说："不管了，我们好久没有两个人出来吃饭了，今天就当我们的两人世界吧。"

"是啊，这么好的地方，刚才吃得没滋没味，菜都凉了。"

顾新铭说："现在帮儿子擦好了屁股，接下来我们放松，慢慢吃!"

"你说得这么难听,好像我们刚才在搞危机公关一样,我可是真心的。为什么一定要送她那个手镯?让她派用场的。我们对人家说得好听,什么'你有困难来找我们哟',这就是嘴巴上讲讲的,一点都没用的!人家小姑娘也是要面子的人,以后无论如何不会来找我们的。她一个人在上海,还是给点东西傍身吧。给她那个,是个足金的,分量也有了,平时放着呢,保值;万一碰上难处,拿出来,总还可以抵几个月房租。"

真是一个好女人!顾新铭想。他突然有一点站起来拥抱一下这个女人的冲动,这是一种他好久没有体会到的感觉了。当然,作为一个上海人,这种外露的方式,是和他们绝缘的,即使在四下无人的包房里,他也不会这么做。就像在上海话里面,根本没有"我爱你"这句话一样。

他特别温润地看了看妻子,好像想用眼神抚平她眼角的细纹似的。然后高声唤:"服务生,来一下!把菜都拿去热一热!"

(《人民文学》2022 年第 3 期)

宋骑鹅和他的女人

徐则臣

沿运河上行的驳船都不搭载她。一个女人，挺着个大肚子，上船不吉利。还带着个四岁的小姑娘。宋骑鹅的老婆，我们都认识她。小龚装着手里的那根烟没抽完，车停在码头边不动，一手装模作样地搭在方向盘上，以为我没看见，又悄悄续上一根烟。我懒得说破，也盯着那女人看。我想小龚跟我一样都有点惋惜，一朵鲜花插在了牛粪上。她男人，宋骑鹅，一年前因为强奸罪被判了，关在淮城的监狱里。整个鹤顶都知道这事。不是因为宋骑鹅强奸，而是因为宋骑鹅家里有个如花似玉的老婆还去干这种事，大家想不通。又一个船主上上下下打量过她，还是拒绝了。

"第几个了？"

"什么，全所？"小龚一愣，脸立马红了。这很好，说明他还年轻。二十啷当岁，多好的年龄啊。"第五个。真可怜。"

"事不过六。"我把脑袋搭在座椅后背上，闭目养神。

两分钟后，小龚说："全所，第六个了。"

"去问问。"

小龚已经跳下车。又两分钟，小龚回到车门前，说：

"她要去淮城。到看守所看宋骑鹅。"

从鹤顶到淮城，47公里，再拐去看守所，20公里左右。

"油够吗？"

"足够，全所。绰绰有余。"

我犹豫了一下。她挺着个大肚子。哪里不太对劲儿。

"让她们上车吧。"

这段时间除了在所里处理公务，闲下来我就会到外面跑跑。警员小龚主动请缨开车，他说从小就喜欢军绿色的吉普。要做好一个所长，待在派出所里处理案子固然重要，四处走走看看更重要，你地盘上的人和事弄明白了，你就可以科学地预判，阻止众多事件的发生。这话不是我说的，版权在我的前任老刘。他做所长时，一年有八个月时间在路上，鹤顶的犄角旮旯儿都留下了这辆旧吉普的车轮印。事实证明他是对的，在全县乃至全市，鹤顶都是犯罪率最低的乡镇。其他乡镇的所长都羡慕他，这刘头，整天在外头瞎跑，麻烦事就是不找他。老刘退休的时候跟我说，一般人我不告诉他，就一句话：治病不如防病。我信老刘的，绝对的经验之谈。接了老刘的班，伤痕累累的吉普也继承下来，第二天我就坐着上路了。不到一个月我就把整个鹤顶转遍了，每条巷子都钻过。不过没关系，再来第二遍。还会有第三遍、第四遍，直到我也退休，把这条经验传给我的下一任。

宋骑鹅的老婆和女儿坐在后排的两个座上不说话。感谢的话刚上车就说过了。我从车内后视镜里看见这女人的左嘴角有颗痣，相书上说，这样的女人招人疼，洋气一点的说法是：有风情。说谢谢时她的嘴巴稍稍有点往右歪，一口南方口音。我们都知道她是宋骑鹅当伙计的船主的女儿。能把船老大的漂亮女儿搞到手，这小子还是挺有点手段的。

没到午睡的时候，小丫头很精神，两只大眼睛经常往后视镜里看，弄得我和小龚瞟一眼后视镜都像做贼。要是一路都不吭声那就太怪异了，我问宋骑鹅的老婆：

"宋骑鹅在里面还好？"

"嗯。"她扫了一眼后视镜，"五个月前去看他，胖了。"

五个月前？我突然明白为什么有点怪了，我想小龚一定也清楚。宋骑鹅是 13 个月前犯的事，折腾来折腾去，抓到了判完了已经过了一个月。满打满算，在里面也有 12 个月了。我记得这么清楚，是因为那会儿我刚从警校的所长班进修回来。也是像现在这样，我们开着车穿行在鹤顶的大地上，老刘坐在副驾座上侃侃而谈，开车的是我。老刘把案件的来龙去脉向我一一道来，希望我接手所里的工作后，也能火眼金睛，像米袋子里拣沙子一样，把坏人给揪出来。上任后我又请老刘喝了顿酒，过了八两他的舌头大得不行，但还是清晰地说："完美收官，完美收官。"他对这个案子相当得意。

一年了，她的肚子竟然大了。看样子没八个月也得六七个月了。据我所知，以现有的法律，这一年里她应该没有机会在看守所里过夜，宋骑鹅更不可能溜出来。那么——小姑娘打了个尖厉的喷嚏。小龚扭头告诉她如何摇上车窗玻璃，窗外的野地里草木葱茏。我这一边是运河，水面上游动着一支 26 艘驳船首尾衔接在一起的船队。

"见到爸爸想说什么？"小龚问小姑娘的时候瞥了我一眼。我笑笑。

"说爸爸我要有个弟弟了，"小姑娘轻声说，有点害羞，

"也可能是妹妹。"

"淼淼，别乱说。"她妈说。

"对不起。"小龚咧咧嘴。

车里再次陷入沉寂，但这辆早该退休的吉普隔音效果极差，轮子底下崩出一颗石子的声音都听得一清二楚。还有风吹动河边芦苇叶的喧哗，以及穿行在芦荡间的各种鸟叫。离中午越来越近，气温在攀升，沉默的不适感消失之后，我也感到了午休提前来临的昏沉。我摸出一根烟，在右手拇指和食指、中指之间捻动，头一回闻到了干烟丝的香味，慢慢就闭上了眼。

可能十来分钟，也可能只有几秒，宋骑鹅老婆突然开口。我睁开了眼。

"到了那里，能等我一会儿吗？"她说，但口气完全不像在征求我们的意见。"就 10 分钟，顶多 20 分钟，说句话我们就出来。"

大老远跑过来就为了说句话？小龚看看我，我正掩住嘴想打个哈欠，忍不住了。

"我就问他，想不想要这个孩子。"她应该在拍自己的肚子，嘭嘭。

那个哈欠打到一半，生生憋了回去。我被噎得眼都瞪大了。小龚这一次没看我。我咳嗽一声说：

"可以。"

看守所没想象的那么荒凉，起码在那周围你能找到两个小馆子和一家招待所，零零散散还有几十户人家。在看守所门前停下，下了车，宋骑鹅老婆背上包，牵着孩子走了几步停下来，把孩子丢在原地，一个人走回来，隔着车门对我说：

"这孩子不是他的，所以我要问问他。"

然后转身去牵孩子的手，往看守所大门走。她的表情无比平静，就像在跟外人展示一件衣服，如果她男人不能穿，那就把它扔掉。小龚对此颇为吃惊，这话她都敢说。我笑笑，这正是这女人的聪明之处。她在我们眼前挂了根胡萝卜，只要我们有了好奇，就会敞开车门坐等她们回来。但现在首要的任务是抽上根烟，然后找个地方吃点东西。

两根烟之后开始吃饭，很简单，就是一碗面。吃完了大汗淋漓。20分钟过去了。我让小龚别着急，哪怕只说一句话，前前后后的路要走，程序得合法，哪是你一路小跑就能直接冲到目的地的。

"那，仝所，"小龚说，"当年宋骑鹅的案子到底是怎么一回事？"

我让饭馆老板结账，再来两笼包子、两瓶水，给宋骑鹅妻女备着。回到车上，我跟小龚说起上一个惊动了鹤顶的春天，那会儿他还在警校等着毕业。

故事开始时，小鬼汉里的芦苇已经铺天盖地。小鬼汉，听名字就知道不是个讨喜的所在。这是一片生在鹤顶段运河边上的芦苇荡，浩浩荡荡几百亩，到晚上风起苇尖，阴沉喧嚣如有十万伏兵。冷兵器时代和抗日期间，据说每一丛芦苇旁边都曾缠绕过一具尸体。鹤顶人都很少去，进去了绕不晕的也没几个。有一天下午阳光大好，一个打野鸭的划了小船进去，在曲里拐弯的芦苇丛中发现一条小船，船上有个四肢被捆绑起来的年轻女人，眼睛蒙着，嘴里塞了一条毛巾。打野鸭的救了她，然后陪着去派出所报了案。

那女人29岁，两天前搭了一艘运木头的船，打算到淮城去坐火车。中午跟船上的人搭伙吃午饭，他们一定要让她喝酒，她就喝了两小杯。只记得饭后头有点晕，等醒来，已经在芦苇荡里的小船上了。四肢被捆在一起，看不见，也喊不出声。那时候几点根本不清楚，只听得鸟叫越来越稀薄，天也越来越凉。幸好船上留了床被子，她一直往被子底下钻。不仅仅是因为冷，还因为芦苇荡里涌动的声响。习惯了声响之后，更让她恐惧的是突然出现的寂静，以及静默中陡然响起的凄厉鸟鸣。作为女人，她不需要并拢双腿就知道自己被强奸了，而且不止一次。

她不记得运木船的编号，连船的特征也说不出个所以然来。这很正常，运河上的货船长得都差不多。但她记得船上有四个男人。一个50多岁，络腮胡，是船老大；四个人口音都不一样。姓孙的女人能提供的信息就这么多，她的背包也不见了。

说实话，这样的案子让人挠头。水上的流动性太大，很多人真就是一去不复返。那段时间老刘掉了很多头发，脑门上精心保存的那一撮也被他焦虑时不小心揪没了。老刘得意处，首先在于他的判断比较科学：如果绑架和强奸者在运木船上，他们一定会回头，把受害者留在小鬼汊里，为的是再干一次坏事，否则没必要；他们将很快出现，要不受害者很可能会饿死在小鬼汊，也有可能出现其他危险或者被发现，他们对自己的时间有足够的自信；第三，嫌疑人中应该有熟悉小鬼汊的，照打野鸭的描述，藏着孙姓女人的小船停在一处十分隐秘的芦苇荡里，一般人没这本事。鉴于此，老刘从河道管理处拿到了前几天经过本地的所有运木头船只的记录，让警员在鹤顶的码头守着，相关的船只逢过必查。他自己跟往常一样，坐着吉普满鹤顶转悠。

老刘跟我说，他不是瞎转悠，他把鹤顶吃水饭的人家都反复查看了个遍，跑船的、打鱼的、水上养殖的、码头上跑出租带货的，一个没落下。他确信有鹤顶的"内鬼"。

两天回来三艘运木船，经受害者指认，一艘镇江的船被扣下。船上只有三个男人，口音不同，没一个是本地的；船老大的确是络腮胡。但三人坚称他们只有三个人，也从没见过受害者，更不可能跟她一起吃饭。络腮胡说，长途跑船谁会让一个陌生女人上船？祖宗的规矩不能坏。麻烦来了。

老刘问受害者："确定四人？"

"确定，"受害者说，"那一个比他们都白，也比他们胖。"

"口音呢？"

"跟你们有点像。我对声音不是很敏感。"

跑船的胖的不算少，但白的不多。风吹日晒，白面团几年也得变成荞麦色。老刘突然想起昨天中午，吃过饭他一个人从所里出来，沿运河街溜达，看见一个白胖脑袋从一扇院门里露出来，嘱咐闺女注意脚底下，别被石子绊倒了。那时候运河街的水泥路面只修了半截。小姑娘答应着，还是蹦蹦跳跳，没走多远，踩到一颗圆溜溜的石子上，一屁股坐到地上。老刘顺手扶起她，问：

"这是要去哪里啊？"

"买酱油呀。"小姑娘张开双臂，神气地比画，"我爸带回来一条这么大的大鱼，做红烧鱼给我吃。"

老刘记起了宋骑鹅的名字："你爸骑着鹅抓到的鱼吗？"

"不对，我爸是坐在船上抓到的。"

白白胖胖的宋骑鹅刚回来。他让警员把宋骑鹅带来，跟受害者和三个嫌疑人对质。宋骑鹅与三个嫌疑人声称相互不认识，他也没见过受害人；但受害人确定宋骑鹅就是她在船上看到的那个白胖子。她说，喝完第一口酒，宋骑鹅的脸就红了，因为人白，皮肤过敏就更显眼，她不会看错。

"这好办，"老刘说，"上酒。"

宋骑鹅端着粮食大曲的手开始哆嗦，嘴凑在杯口迟迟不喝。这已经足够了，他的脸慢慢红起来。不是难堪的红，是过敏红，闻着酒味都不行，肥白的腮帮子上红色呈块状分布。老刘一拍桌子，大喝一声：

"宋骑鹅，招了吧！"

宋骑鹅看看那三个人，他们拿白眼珠看他。宋骑鹅说："我不认识他们。"

"宋骑鹅！"老刘又大喝。

"我认识他们，"宋骑鹅低头说，"他们不认识我。"

先笑出声的是脸最黑的汉子，他说："你他娘的宋骑鹅，你这叫什么屁话！"

接下来船老大和瘦麻秆伙计也笑起来。

瘦麻秆说："算了，别为难骑鹅兄弟了。"

船老大先用眼神询问他们俩，然后问："决定了？"

黑脸和瘦麻秆咳嗽一声，响亮吐出一口痰："多大事！兄弟，想说啥就说啥吧。"

宋骑鹅斗争了足有一分半钟，脸越涨越红。我回到所里后，据老刘和当时在现场的同事转述，宋骑鹅憋得嘴唇和两腮直抖，突然抓起酒瓶子，咕咚咕咚一口气灌下了半瓶，呛得一串咳嗽。咳嗽停息，他用衣袖抹抹嘴，说：

"跟他们没关系，我干的！"

黑脸和瘦麻秆相互看对方，一块儿笑起来，瘦麻秆笑得拍起了大腿："就你，宋骑鹅？你行吗你？"黑脸也说："兄弟，你确定？"

络腮胡一人给了他们一脚，板着脸训斥："正经点，这是派出所！别瞎放屁，要拿事实说话！"他转向宋骑鹅，"骑鹅，你照直说。"

"是我干的！"因为绷着脸，宋骑鹅的腮帮和嘴唇反倒不抖了，"我一个人干的。我没听你们的劝，下了船还是把她弄到小鬼汊了。"他笨拙地转过身，指向受害者刚才站立的位置，为了避免精神上再受刺激，我同事已经把她带离对质现场。"我强奸了她！强奸好多次！我有罪！我认罪！"宋骑鹅哭起来，嘴越咧越大，身体慢慢委顿到审讯室廉价的地砖上。

沉默。

后来，船老大和黑脸和瘦麻秆逐一走到他跟前，语重心长地拍了拍他肩膀。

"这么顺利就破案了？"小龚问。

"你要多复杂？"

"没别的疑点？比如——"

"这就是结论。"我深吸一口烟，吐出三个套在一起的烟圈。受害者是外地人，案子拖久了对谁都不好。"你知道什么样的结果才是最好的结果，小龚？"这个问题对小龚显然过于唐突。当时老刘问我，我也蒙。所以我跟老刘一样，半分钟之后自问自答："凡事莫要节外生枝。"

一个小时后，宋骑鹅妻女从看守所大门里走出来。母女的脸上都看不出鲜明的表情，好像她们只是例行去了趟杂货店。小龚把包子和水递过去，她们狼吞虎咽地吃。天早过午，该饿了。

车启动，我们往鹤顶走。有一段路况不好，小姑娘在颠簸中睡着了。从后视镜里看，宋骑鹅老婆也闭上了眼。但我一直琢磨什么时候开口合适，有些问题真是想不通。小龚也是，我们俩的目光好几次在后视镜里碰了头。午后气温迅速上升，夏天似乎要扑面而来。几乎在我又一次看后视镜的同时，宋骑鹅老婆睁开了眼。她说：

"他同意了。"

小龚问："同意什么？"

"要我肚子里的孩子。"

"哦——"小龚的声音长得百感交集。

"他，不能生。"

我把脸转向她，但转到一半就停住了。不能生不意味着他就得要别人的孩子。

"我跟他说了，如果他不要，我就跟别人过。怎么不是一辈子？"

"他就答应了？"小龚插了一嘴。

小姑娘的脑袋磕出一声响，吧嗒一下嘴又睡了。她把女儿往怀里搂了搂。"这个也不是他的。"她的脸上依然风轻云淡。

如果真不能生，这也不意外，但我还是把脸彻底地转向了她。

"他不行。"说这句话时，她正看着窗外一棵棵倒退的杨树，眼睛里显得白多黑少。我干脆直说了：

"还是不太明白。"

"他一直，不行，但他是个好人。"

"一直？什么时候开始？"

"认识他的时候。他给我爸打过几年下手。我爸是船老大。"

我等她继续说。

"我家就我跟我爸，我妈早死了。习惯了把船当家，岸上那个房子我们很少住。我知道他喜欢我，我爸也希望我俩好，让他做上门女婿。我爸说，水上的饭吃不了一辈子，你身子骨再硬也硬不过水。但他不行。真不行。我也没办法。后来，我遇了事，你知道的，好几个人。跑船经常会有这种事，天长日久在水上，一个个早憋红了眼，二两猫尿一下肚就成了畜生。我怀孕了，谁的种都不知道。信了几个江湖郎中的野方子，也没打掉。

"肚子一天天大起来。坏事传千里，半条运河上的人都知道了。他还想着我。我还是不同意。是你你也不答应。当然他也没明确说出来，就是对你好，好到招人烦。我家的船没多久出事了。我爸喝高了，把别人的船给撞了。你真得信命，船走得好好的，怎么就冲上去了？把人家船撞坏了不说，把人一船货也给弄沉了。赔得吐血，我们家船整个搭进去也填不上那窟窿。他把所有的积蓄都给了我爸，条件就一个，我跟他。没了船，我就跟他来鹤顶了。"

"去年那个事，你怎么想？"我试探性地问。

"还能怎么想？"她说，"想干他还得有那能耐。但他哭着喊着非要认，我有什么办法？"

"没别的原因？"

"你什么意思？"

"随便问问。你可以当作没听见。"

她两个嘴角一翘，竟然笑了。"我怕什么？一个守活寡的，破鞋一只。"她的眼里猛然放出肆无忌惮的精光，"过日子不就那么回事嘛，有什么不敢说的？敢做，我就敢说。那段时间我跟别人好了，后来留下了这个种。"她又拍起自己的肚子，"他自己过不去那个坎，我也使不上劲儿。过日子，就这么回事。能给我根烟吗？"

我扭着上半身，指指正在瞌睡的小姑娘和她的肚子。

"都习惯了。"她接过烟，自己点上。吸第三口，呛着了，眼泪流出来的同时，她哭起来。

"对不起。"我不好意思地转过身。

"没事。你是警察，你想问什么就问什么。"她响亮地抽动鼻子，尽量把烟雾往车窗外吐。"平常他们都在我背后指指戳戳，没一个敢光明正大问的。想说我都没机会说，憋死我了。你只管问。"

"抱歉，我就是职业病。那姓孙的女人，藏小鬼汉，跟宋骑鹅有关吧？"

"这我真不知道，也没问过。我就知道家里少了一床被子。"

"姓孙的女人说，还有人给她送过一次吃的。"

"我相信。"她说，"他是个好人，人义气，菜做得也好。"然后停下来，很长时间没声音。我扭过头去看她，那根烟早就抽完了，她在一声不吭地哭。见我看她，她又抽一下鼻子，用右手拇指掸掉眼泪，"不想说了。"

现在路面整齐，旧吉普跑得也平稳。小姑娘睡得很沉，妈妈给她调整了一下睡姿，让她汗津津的脑袋枕在自己腿上。小姑娘咕哝了一声。

一直没说话的小龚问："她说什么？"

"说她爸是世界上最会讲故事的人。"宋骑鹅的老婆说，"说梦话呢。"

（《花城》2022 年 1 期）

游泳池

黄立宇

秋天来了，一个夏季的喧闹声音，随着工人游泳馆的肮脏的水，一起被抽干了。我怀念在水中舒展身体的感觉。我迷上了游泳，这有点儿奇怪。

我去找王小墨。他住在海天西路老体育场那里的一个小房间里，他的房顶是台阶状的体育场的观众席，这使他的居所有一种特殊的气质。我喜欢那里，那天我提到了游泳。他们这里有一个室内温水游泳馆，归少体校管。而王小墨是体育局的人。

你不早说，王小墨说，游泳馆已经承包给了一个山西人！

我说，山西人也归你们管，况且，我只想游泳。

第二天，王小墨替我打了招呼，让我直接去找那个山西人。这是一个高大又胖的中年男人。天气还是有点儿热。他敞着怀，腆着一个滚圆的肉球，令人疑心他肚子里长了怪东西。因为胖，他笑起来特别憨厚。游泳馆明价是每趟二十元。因为王小墨的关系，我得到了山西人的特别优待。他让我在一个脏兮兮的抄写本上写下自己的名字，他随后注上：王小墨介绍，包月收三百元。我上面还有十来个名字，在这些陌生的名字后边，各有不同的注解。

山西人真是抹不开面子，我付钱给他，他的脸霎时红了。

其实我跟王小墨交情挺好。他说，本不该收你的钱。

我说，能打折已经不错啦。

山西人还是不好意思，他看起来有些感伤，抬头瞧了一眼外面的天色。

夏天还行，天气一冷就没有人来了。

他接着说，没有人来，锅炉也要烧着，还有水，你得干净呢！

他的柜台上摆着许多插有钥匙的小锁，他把其中的一把锁递到我的手上。

他说，你游得怎么样？

我不知道怎么说。我这个人看上去不像一个会游泳的人，这我知道。

山西人笑了笑，脸上堆满了肉。

你瞧我说的，你肯定游得不错，否则你上游泳馆干什么来呢？呵呵。不过，如果你有兴趣的话，我可以给你介绍一个游泳教练——他其实就是少体校的副校长，他已经不带学生了，所以我也吃不准他什么时候来。

不必了，我只是锻炼身体，凡事喜欢自己琢磨。我说。

看得出，山西人有些无趣。他说，好吧。

游泳馆建于二十世纪七十年代末，整个房子像一块霉变的蛋糕，每一块砖都是潮湿的，有些还长了青苔。里面也很简陋，进门是山西人坐守的柜台，后面是他的房间。柜台两边是男女通道的入口，各挂着厚重的棉帘，像厕所一样用墨汁歪斜地写着"男"和"女"，男左女右。

揭开棉帘进去——棉帘很沉——是一条黑暗狭窄的走廊。走廊这边是一个带有厕所和淋浴房的更衣室，另一头通向游泳池。更衣室装有暖气，温暖而潮湿，还有浓烈的企图被樟脑丸掩盖的厕所味，也是热腾腾的恶心人。

换上泳裤后，重新回到走廊。走廊里有点儿冷，漆黑一片。嗒啦嗒啦的，我只听得见自己拖鞋的声音。如果泳池里有人在游泳，会有肥大的水声传过来。然后再揭开一道棉帘，就来到了游泳馆最隐秘的地方。

游泳池很小，没有看台。池面上笼罩着一层稀薄的水蒸气。外面的光线通过两边高墙上的窗户斜斜地映到池面上。窗户窄小，又因为墙壁厚度的关系，采光非常有限。玻璃的不洁，让有限的光线变得混浊不堪。有一小束光线特别地白亮，我知道肯定有一块玻璃被敲碎了。

阳光从白色的蒸汽中穿过，看得见悬浮着的无数细微的水珠。

这是一个充满水声的大房间。特别是霉变的屋顶，石灰层剥落得很厉害。屋顶上吸着无数的水珠，伺机而落。滴到池子里的声音，似有金属质感。

我一个人在跳台上默立了会儿，跳台只是紧贴池岸的向水面作三十度倾斜的水泥平板。水里有我孤独的影子，像一件倒挂的黑大衣。很奇怪，我好像在等待一声枪响。

水，看上去热气腾腾，其实并没有想象的热。我下水游了会儿，马上觉得有什么地方不对劲儿。水面上贴着一双眼睛，乌溜溜的眼睛。我猛地从水里冒出来，一个高大的人立在跟前。他就是我刚才见过的山西老板。他手里拿着一把斧头，乐呵呵地看我。

我说，你是不是担心我淹死啊？

哪里哪里，你游得蛮好。山西人说。

吓死我了，我说，你拿斧头做什么？

山西人说，我在干活啊，顺便来看看你游得怎么样。

他肯定地说，你游得蛮好。

我说，要不，你也下来一块儿游会儿？

山西人说，我不游，我要游每天都好游。

他亮了亮手中的斧头说，我去劈点儿柴，还有好多活儿要干呢！

山西人拿着斧头出去了。他是从游泳池的另一个小门出去的。

门一开，阳光像舌头一样伸了进来。

那天，我游完出来，山西人给我递了支烟。我们聊了会儿天。他一边说烂烟烂烟，一边又说没办法，我就是喜欢抽山西烟，够味。我说挺好。

山西人姓李，叫李向阳。他跟我解释，其实这个名字跟电影一点儿都不搭界。他叫向阳，他弟弟叫向春。李向阳说，他父亲年轻的时候去过一趟南方，这是他平生唯独的一次外出。他在那里逗留了一天，饥肠辘辘的时候，在街边小店吃了一碗阳春面。后来，那碗阳春面变成了兄弟俩的名字。李向阳说他喜欢这个名字，叫起来响亮。确实如此。我在里面游泳，经常听得见有人在喊他的名字，李向阳！李向阳！

李向阳一家守着这个游泳馆已经有五六个年头了，虽然赚不到什么钱，但比起以前吃苦受累的日子，清闲多了。他挺满足。他和老婆都在这里，孩子还在老家念书。

李向阳说，这里学费太贵，什么都死贵死贵的，吓死人了。

他弟弟也在这里打工，住在游泳馆对面的杂物间里。

李向春早出晚归，有时候没活儿干了，会在游泳馆里歇上几天。他是一个沉默寡言的人。有时候李向阳不在，我会觉得李向春和小米完全是两个陌路人。

小米是李向阳的老婆。

小米喜欢嗑瓜子。她把嗑瓜子当作一件极需耐心的工作来做。她嗑瓜子时，手指是杨丽萍舞蹈里的孔雀形态。她经常长时间地把手指放在嘴边，让人以为她陷入了沉思。

小米长着一对水泡眼，这使她的这种沉思状更显专注。

我没有跟她说过话。也不知道是怎么回事，她从一开始就对我充满敌意。说敌意可能有点儿过分，反正就这么回事。我无非是通过体育局的关系，每个月少付了点儿钱而已。卡车司机在这里洗白澡，她倒是一点儿脾气也没有。一看见我就马上黑下脸来。不过，她的皮肤本来就不白。她看上去要比李向阳年轻十来岁，有一张令人寻味的脸。其实我第一次见到她的时候，除了觉得她身材不错，并没有觉得她是怎样美不胜收——她在卡车司机当中有"黑牡丹"之誉。

那天下午，游泳馆里没有别人，小米一个人紧张兮兮地看着电视，她的内心完全被剧情攫住。因为电视机被悬挂在对角的墙顶上，须仰视才见，所以她的脸庞仿佛被什么牵引着。那一刻，我觉得她简直貌若天仙。我不知道如何称呼，经常是冲她点点头，然后从她身边的柜台上，随便取一把存衣物的格子门锁就进去了。

李向阳一家人借此在这个小城扎下根来。

说起来，李向阳有些担忧。因为一直在传言，新的体育中心一旦在新区建成，这个日见破败的体育场就要被卖掉了，游泳馆也将随之推倒。

这个消息我也听说了，这里将变成一个有钱人出没的高档社区。

体育场的布局大致像一个"回"字，有时候我们说体育场，仅指中间的这一块场地。

实际上它是一个椭圆的形状。四周分布着一些老年门球之类的露天场地，勉强维护着一个体育场所的尊严。更多的地方已经租赁给花鸟、古玩市场，还有彩票、汽车、服装等大型活动轮番在这里上演。只有游泳馆这一块还是安静的。偶尔我从游泳馆出来，见几个少年在里面踢球，这已经是十分难得了。有一天已经很晚了，天色向黑，空旷的体育场里回荡着踢足球的声音，进去看看一个人也没有，仿佛是一个巨大的瘾境。

王小墨说起来还要玄乎，说体育场半夜里经常有人在跑步——实际上，不到七点半那里就关门了。不过王小墨说，但凡有女子光临他处，他都会出一个节目，就是两个人从铁门爬进去，在空荡荡的跑道上一圈又一圈地散步。然后回去，做他们该做的事情。

游泳馆在体育场的最低处，外面是一条贯穿城市的河。河对岸是僻静的街区小道。游泳馆换水的时候，池水排到河里，整条河看起来都热气腾腾。

游泳馆旁边还有一块空地，经常会有一辆加长型的卡车停在这里。有时更多。卡车司机一下来就大声地招呼李向阳。他们一边在河边撒尿，一边跟他搭腔。有时会塞几包香烟给他。他们对着火，议论着有关行情。他们和李向阳建立起了很好的交情。他们聊着别处的见闻。老板娘饶有兴趣地听他们说。她不太说话。司机们对游泳没有兴趣，但只要他们高兴，可以在游泳馆冲个热水澡，一边冲澡一边还要议论，议论刚刚出去的那个人，屁股为啥这么白。

我比较清闲，这与我的职业有关。在办公室坐着坐着就跑到游泳馆来了。有时候是下午。夏天一过，游泳馆本来就门可罗雀，像我这样在上班时间跑出来游泳的不多。

就是有那么十来个，也都在各自习惯的时间里来去。

在那里，我偶尔能碰上这样几个人：一个是李向阳说的那个教练，一个是电台记者兼晚间节目主持人，一个是经常要值夜班的银行金库保安，另外还有一个女人。我对她一无所知。

游泳者男人居多，我们在一块儿脱、穿衣服和淋浴，又在相邻的泳道里游泳，多少有些接触。在更衣室换衣服的时候，还会有一个简短的交流。

比如电台记者总是在感叹电台的经济效益不好，做不完的性病广告。守金库的保安老在跟我说，哪里又出了银行抢劫案。那个教练，一直在怀念他的短暂的运动员生涯。

唯独那个女的，她自然在女性通道进出，游泳馆里蒸汽缭绕，我又是个近视眼，而且她还一直戴泳帽泳镜。如果不是特意去靠近，根本看不清楚她的面目。

不过，从她高挑的身材上看，我一直觉得她有点儿像一个人。

经常是这样，我去的时候，别人已经游得差不多了。或者先是我一个人游着，游到后来，听到旁边有噗啦噗啦的划水声，估计是有人进来游泳了。但是在没有看到这个人之前，我无法放下内心的恐惧。我知道这有点儿可笑。

我游的是蛙泳，在拱出水面的瞬间，我会迅速地巡视一下池面。这个动作使我的身体出现倾斜。泳池里似乎没有别人，但这个声音还在，噗啦，噗啦，细碎的波浪从那边排涌过来。这让我生疑。过了会儿，这个人从隔壁的一个泳道冒出来，跟我搭腔说，今天水有点儿凉。然后我说，有点。两个人随便说了点儿什么，再次投入水中。他是什么时候离开的，我也不知道。

我遇到那个女人的时候并不多，她只管埋头游泳，从无言语。她戴着泳镜，也看不清她的容貌。我只记得她坚挺的小鼻梁和颀长的身材。

她的背影像一条鱼那样光滑，在门帘背后一闪就消失了。

我像一条孤独的鱼，每天都在那个破落的游泳馆里游来游去，有时会莫名地生出一点儿恐惧来。这种恐惧感其实从第一天开始就有了。

游泳馆年久失修，碰到阴雨天，里面昏暗得像一个墓穴。从墙壁深浅不一的水泥痕迹上看，它的格局曾经被多次改动，有一道门被明显堵死了，长方形的黑水泥是多么的醒目。虽然我知道，这只是一道被堵死的门，外面就是停着卡车的那片空地，但是没有办法，我这个弱视者（更由于在水里的缘故），总是把它看成一个无限伸延的神秘空间。它旁边还有一枚钉子，经常有一件雨衣挂在那里，它的高度正好让你联想到什么。等我游到那头的时候，我会盯着那件雨衣看个清楚。然后又会突然掉头去看一下，似乎它会在我不注意的时候起什么变化。有时候我自己都会笑出声来，笑声在稀薄的水蒸气里模糊地放大。

在男女入口之间的那堵墙上，有一条医院门诊部常见的那种木条长椅，椅子永远是湿漉漉的，没有人会衣冠楚楚地坐在上面。一般是游泳的人游乏了，坐那里抽会儿烟。我对那条椅子非常敏感，明明椅子上空空如也，一眨眼工夫，上面坐了一个人。因为没穿衣服，光溜溜的看起来像一个塑料假人。

有一次我看见李向春坐在那里，这比较意外。他没有脱衣服，虽然称不上衣冠楚楚，但看上去绝对像一个等待火车的人。我估计他不会游泳，他在看什么呢？他这样默默地坐了会儿，走了。我猜想他的屁股肯定是湿透了，那一定不太好受。

我说过我比较清闲，这与我的职业有关。不过，我选择人少的时候来，还是另有原因。我蹩脚的泳技和多有赘肉的身体，实在有碍观瞻，不像电台晚间节目主持人那样，对自己的身体那么有优越感。这个游泳馆虽然破败有加，我还是很喜欢一个人待在这里。

遗憾的是，有一个人经常要来打扰我。他就是李向阳跟我提到过的那个教练。

我在那里游，按他的职业眼光，实在看不下去，觉得有必要纠正我一下。他站在隔壁的一条泳道，看着我游来游去。在我经过他的身边的时候，他会突然蹲下身子，从水中观察我的动作。这令我不快。我对自己的动作并不介意。我说过我喜欢自己慢慢琢磨。他没有必要这样。我对他没有好感。但是有一天，鬼使神差，他终于说服了我。他让我把上半身趴在岸沿上，把两条腿交给他。他捏着我的两条腿，示范着蛙泳的正规动作。不过我的感觉很糟，我不好发火。我总觉得他有攻击我的嫌疑。他是一个称职的教练，他一遍又一遍地跟我说动作要领。他不是一个善于察言观色的人。不过，他跟那个经常来游泳的女人倒是有点儿熟。两个人在一起切磋技艺，会有比较大的浪花。有一天，她扬手给了他一个耳光。

前面我说过，我游的是蛙泳，波浪形向前挺进。这个世界对我来说，只是一格一格的画面。它们不是连贯的。比如有一个人从小门进来，等我再次把头拱出水面，这个人已经在另外一个角落了。也就是说，在我的视觉效果里，他像一个平缓移动的物体，中间没有过渡，像蹩脚的卡通片，更像一些先锋电影里的经典镜头。这个人经常是李向阳。只有他在操心这个游泳馆。他拿着一把斧头，有时候是一截软水管，在泳池里进出。他会顺便停下来，立在岸上看你游泳。当然我并不总是在游泳，游完几个回合，我会在水里变点儿花样让自己开心。我俯卧在水面上，头浸在水里憋气，练肺活量。在李向阳看来，情形就有些惊险。他死死地盯住我，我猜想他的小腿一定哆嗦得不行，既想跑出去叫人，又想再观察一会儿（我为何有这样的印象呢）。那天他看着看着，突然扔掉斧头，向门口跑去。他刚跑到门口，让我的笑声给停住了。我的笑声把这场危险化为乌有。李向阳回头看我，虽然他的表情还有些严峻，但已经喜出望外。兄弟，咱们不玩这个行不？

因为王小墨的关系，李向阳一度以为我也是体育局的人。他向我打听新的体育中心的建设进展情况。我不能告诉他什么。我夸他的山西烟好，够味，这令他高兴。我不知道，他是如何将游泳馆的承包权拿到手的。他没有说。他只担心游泳馆消失后的将来。

那天，我突然问李向阳，你会不会游泳啊？李向阳的脸色很难看，仿佛受到了袭击。他向我描绘起家乡的美景，他的家乡到处都是河流，他怎么可能不会游泳呢？

李向阳说，我要游的话每天都可以游。任何时候都可以。

我说是的，你是游泳馆的老板。

李向阳堆起满脸的肉，肉缝里全是实实在在的笑。游泳馆老板这个身份让他满足。

李向阳说，你会蝶泳吗？把胳膊抡起来的那种。

我说不会，你知道我不会。

李向阳说，你如果要游蝶泳的话，可以跟他学几招。

——他又提到了那个教练。我知道李向阳和他的关系不错。

李向阳没事喜欢喝点儿酒，小桌子摆在河边，一个人闲哉悠哉。教练有时就坐下来喝几口，剥几粒花生。有关新的体育中心的情况，李向阳都是从他那里得到的。但他装作什么都不知道，反反复复地来向我打听。然后又马上说出他自己想要的那个答案，并且向我暗示他有更多的渠道知道这些。他说，主要是资金问题。我觉得好笑。

我一边跟他聊天，一边观察他老婆小米。

小米的水泡眼让我联想到昆虫，这让她有点儿显老，并且有点儿苦相。但她的容貌却因此凸现出一种灵性，说敏感或者神经质可能更准确一些。当然这仅仅是相貌的关系。

不过她的性格好像有点儿怪。

那天李向阳和教练聊得好好的，小米突然怪叫了一声，说什么！

李向阳看看她。说什么？说什么还不是说？

于是，教练就站起来走了，临走他还从盘子上拿了几颗花生。

河面上驶来一条清理垃圾的小船。李向阳顺手将一只空啤酒瓶扔到船上。船上的小老头每天都有新闻。他说，城南有一个女人想不开，直接从自家的阳台跳到了河里。

我以为我在那里游泳，自然会和王小墨走得更近一些，事实却不是这样。

体育场有几个出口，不过，我倒是经常在附近的花鸟、古玩市场跟他碰面。我没事喜欢从那里绕过去，顺便看看花鸟和古玩。有一只黑八哥会冷不丁地冲我说一声你好。它有点儿绕嘴，和我一样的口齿不清。有时我就在那里停住了。

我买过两盆花和两只鸟。花和鸟先后死去，让我一度怀疑家里的风水。我对古玩没有经验，觉得他们手里的货与他们装出来的紧张神色同样的不可靠。

那天，一个在游泳馆冲澡的陌生人突然贴近我的耳朵，他说他手里有国家二级保护文物鸟类化石。如果你现在要的话，可以便宜点儿。我伸给他一只手掌，他摇了摇头。我觉得有趣，我根本不知道他否定的这个价位是多少。

他们在这里洗澡——仅仅是洗澡，这让我们对李老板有想法。他不能光顾着挣钱。卡车司机在这里洗澡，我们并没有提出异议，以为仅此几人。后来发现事情不是这样。李向阳似乎有意在拓展他的业务。游泳馆正在逐渐沦为大众澡堂，甚至公共厕所。

这是游泳爱好者所不愿意看到的。

不过，那天我倒是跟王小墨说起过，你怎么不去游泳馆洗澡？这么近。他说他从来没有想过去游泳馆洗澡。是呀，谁会想到去游泳馆洗澡呢？

这些把游泳馆当作澡堂的人，如厕时总想不起来冲水。淋浴的时候，你会留意到对方身上一小股特别的泉涌。

那天，电台记者跟一个花店老板吵了起来。

花店老板说，看什么看，你自己没有啊？

但是他的话只说了半截，因为他正好在节骨眼上——他拉完尿，浑身猛抖了一下。

穿好衣服后，电台记者先我出来，他居然跟李向阳争执了起来。他要李向阳回答这样一个问题：这里是游泳馆还是澡堂？

我见李向阳打着不知所云的手势，嘴巴温柔无力地翻动着。他一边诉说自己的难处，一边拨香烟给他。李向阳的迫切程度，好像要把香烟直接插到电台记者的嘴巴里去。

电台记者摆手把它打掉了。本来并无恶意，形势却一下子严峻起来。李向阳俯身去捡香烟，他把香烟夹在自己耳朵上（就当是别人敬了他一支）。但是他已经不能开口说话了，脸上的肉在一个劲儿地颤抖。出面的是他的老婆。我又一次听到小米像猫一样的尖叫。一个绰号叫"和尚"的卡车司机插手此事。他本来靠在墙边，翻自己手机里的短信。她的一声猫叫刺激了他。他冲上去给了电台记者一拳头。

不过他打了一拳，又吃惊地看着人家，看着那个人嘴边的血慢慢地流出来。

好像是这件事发生后的第二天，我在体育场门口碰到李向阳。天气转凉，他穿了一件不太合身的外套。因为胖，他走路的样子有点儿怪，身体向前冲，不断地要跨前一步才不至于失衡。他从我身边过去，我们互相回了一下头。

他停下来，像是要跟我说什么，又扭头走掉了。

上午九点钟，是游泳馆一天中最安静的时候。

李向春正在琢磨如何做一把小凳子。他不时地朝柜台那边瞟上一眼。

那个绰号叫"和尚"的卡车司机，像虾干一样趴在柜台上。他身材高瘦，有一副讨好人的脸。不过，与他身份不符的是，他戴了一副眼镜。这使他在这些司机当中别具一格。他还有两个酒窝。别人说黄段子，享受的总是他，在一边甜蜜地偷笑。

和尚告诉小米说，这一趟要去武汉。

小米说，那里好玩吗？

和尚就笑了起来。他说，上趟去武汉的时候还是夏天，那里热得要死，满大街都是纳凉的男人女人躺在那里。

和尚为自己即将开展的叙述笑个不停。

小米斜了他一眼，扑哧笑出声来。

这时，在一边干活的李向春放下斧头想了会儿。

他奇怪地看着和尚，又慢慢把心思放在他的凳子上。

当时，我正给自行车打气。和尚见我费力，要来帮忙。我说不用，差不多了。

他冲我笑笑，你自行车还是日本货呢。

我没有回答，揭开帘子进了更衣室。所以他又对自己下了一个结论，日本自行车都是走私的。我觉得好笑。这几天游泳馆供暖明显不足，更衣室里冷飕飕的。我一边换泳裤，一边听老板娘在说，他不会有什么事吧？

和尚说，有个屁事！

过了会儿，老板娘说，听说那个人是个记者。

和尚说，记者个屁！

透过门帘缝，我看到和尚的脚板有节奏地叩击着地面。

像往常一样，这个时段只有我一个在游泳。泳池里的水也太冷了。冷水特别刺激皮肤。不过水太热的话，感觉也不是太好，你会觉得自己是在洗澡。

游泳馆一如既往，电台记者也没有再出现。

有时候乘坐出租车，听到电台里相似的男声，不知道是不是他。李向阳因此失去了一个顾客。他倒是经常怀着复杂的心情提到他。那天小米不在，柜台那边的电视机开着。他一边喝酒，一边瞄两眼电视新闻里的国际时事。

以前我是一个木匠。李向阳说。

这你不知道了吧？她老爹喜欢我这个木匠呢。他觉得电工危险，总有一天要被电死，还是做木匠的顺当。嘿嘿。我想好了，如果哪一天游泳馆开不下去了，我还可以去做我的木匠。老天饿不死我，你说是吧？李向阳提高声调说，怎么说我还是一个木匠，你说是不是？天底下哪有饿死木匠的道理？去年我弟弟回了一趟家，我让他把我以前操过的木匠活计都带来了，唉，都生了老锈啦。

他正说着，小米回来了。你还喝酒呢，你都喝一下午了！小米本来已经走开了，又折过头来发狠道，喝死你呀！李向阳暗中冲我丢了一个眼色。他总是这样，涉及他的老婆时总是神情机密。此时阳光正好，在地上形成一个狭长的光带，它越过李向阳的小饭桌，一直延伸到柜台那里。这时，电视里正在预报国内各大城市的气象，李向阳看着无聊，要他老婆换台。小米不动。李向阳扔了一粒小石子过去。小米说，做甚？换台！小米说，换什么换，我正看着呢。李向阳不明白她在看什么，城市气象有什么好看的？他嘴里咕哝着，手里又剥开了一粒花生，里面是黑心的，随手扔进了河里。妈了个巴子！

有一天我好生奇怪。游泳馆空落落的，斧头躺在地上，旁边是一堆木柴。柜台里面还是满地的瓜子，电视机也开着。我正纳闷，李向阳的弟弟突然从杂物间里冒出来，把我吓了一跳。我说，老板呢？他没有理我。他永远敞胸露怀地穿着一件软不拉叽的西装上衣，表情木然而警觉的样子。过了会儿，我在更衣室脱衣服，李向春进来看了看，又出去了，我看他在走廊里停了会儿，然后掉头朝里面的游泳池走去。

我又看到了那个常来游泳的女人，美人鱼般在水底下滑来滑去。我入水的时候，看到她忽然灵巧地翻过身来，两臂交替着拍击水面，手臂优雅地抬起来，在空中划过一道弧线，沉寂水中。她无声地滑到对岸。她游到头后的转身动作非常轻快。水花动处，已经不见她的身影。李向春在池边走来走去。然后他决定坐在那条湿漉漉的长椅上。他把斧头放在自己的膝盖上。她游完了一个回合，顾影自怜地靠着池壁。虽然她戴着泳镜，但我还是感觉得到，她的目光长久地停留在她的指尖上，然后顺着胳膊，把目光收回到胸前。她这样旁若无人地凝视着自己，好像游泳馆只有她一个人。我和她各自站在泳池的两头，有点儿隔岸相望的样子。斜插过来的光柱里有水蒸气在冉冉升腾。那一刻非常宁静。她突然说，你为什么不游？她应该是在跟我说话，但也未必。我自言自语道，今天的水有点儿冷。她没有理会，试着在水中漫步。我也经常这样，从泳池的这头走到那头。因为她戴着泳镜，看起来像一个盲人，摸索着前行。后来她改变了想法，突然像芭蕾舞里面的大跳那样向前飞跃了一下，她因此在水里跌了一跤，池底是有点儿滑的。她从水面上消失了。过了会儿，我看到她的脚尖，慢慢地从水中翘起来，一个漂亮的舞蹈动作。但她又突然放弃了，站起来捧着水洒了自己一脸。她偷偷发笑，为刚才的这些。她独自站在水中，脑袋有点儿偏，仿佛在想什么新招。无数通过水面折射的一个个模糊的光斑在她身上颤动，有一束阳光正好如舞台灯光一般，照射在她颀长的脖子上，下巴处的一块阴影让她更加楚楚动人。她又游回去了。水确实有点儿冷，但时间一长，会慢慢感觉到里面的温暖。二十五米长的短距泳道，我每天要游十个回合。游到一半的时候，我看到一个模糊的背影上了岸，消失在门帘的背后。

等我出来的时候，李向春正在劈柴，李向阳站在柜台边，悠闲地挖着自己的耳朵，而小米照例在一边看电视——好像从一开始就是这样的。李老板跟我打招呼，游好了？游好了。我说水有点儿冷，不过多游几遍就好了。李向阳点点头，他说是这样的。

那天，我在街上碰到一个男的，见到我先自说自话地乐呵起来，两臂做了一个小范围的划水动作。你还在游泳吧？我迟疑地点了点头。我想不起来他是谁。第二天下午我去游泳，人特别的多，而且都是一些军人。他们已经游得差不多了，聚在更衣室里大声说话。我在外面跟李向阳聊了会儿天。李向阳拨烟给我，他说你抽抽，武汉的黄金龙。当我掏出打火机点烟的时候，另一张面孔也被同时照亮。我猝然想起那个人是谁了。

他们从武汉回来了。李向阳说。不过马上就要到更远的地方去。我对此没有兴趣。我问李向阳，里边都是谁啊？他说海军基地过来的，好几个都是我的老乡。说到老乡，他的口气不由得豪迈几许。他说海军游泳池要维修几天，他们这就过来了。我说看不出呀，你李向阳还有这方面的关系。李向阳的嘴巴里像是含了一块糖。真不瞒你说，那边一直叫我过去呢。那边游泳池也需要人手。我说是吗，那你干吗不过去？那边的条件比这里好多了。李向阳看看别处，他突然有些为难，我和体育局不是有合同嘛，合同都定死啦。我笑了笑，又要了他一根武汉烟。他的烟也分得差不多了。

好像是当天晚上的事情。我下班经过体育场，在那里碰上了王小墨。他在小摊上买熟食，叫我一块儿吃算了。我说好啊。在他的小房间里喝酒，感觉很惬意的。我们吃了鹅头鹅翅膀，还把水产公司的某女孩送给他的一大包烤鱿鱼丝吃了个精光。他一直在谈论那个女孩子。前不久的晚上，她坐在我坐的这把椅子上。王小墨提出去散会儿步。女孩表示赞同。但是当王小墨一个麻利动作越过体育场铁门的时候，她好像突然生气了。她对王小墨说，我要回家了。王小墨只好再爬出来。他不明白发生了什么。反正那个女孩就这样甩手走掉了，并且再也没有在他的房间里出现过。可能她觉得王小墨是一个粗鲁的人，谁知道呢。王小墨事后回忆，他爬出来的时候，他羊毛衫的线头不巧让铁丝给钩上了，他只好像猴子似的蹲在上面，这让他觉得不够体面。王小墨说，他从来没有遇到过这种怪脾气的女孩。不过，她长得挺漂亮，有点儿可惜。这么说着，他有点儿不对劲了，咕噜咕噜，朝自己的喉咙里又灌了小半瓶啤酒。后来，我们趁着月色，绕着体育场走了一圈。绕到一个地方，王小墨说，我们爬进去怎么样？我说两个大男人有意思吗？王小墨笑道，没意思。我们又回到他的房间，顺便又在外面买了一瓶红星二锅头。正喝到劲上，听到一阵窸窸窣窣的声音。王小墨去看桌子底下有没有蟑螂。蟑螂会飞你知道吗？我说蟑螂是会飞的。他说真的啊，我不知道。过了会儿，王小墨的食指突然指向了房顶——房顶上有人！他歪着脑袋侧耳听着，把我的神经也绷得死紧。王小墨听了会儿，表情松弛了下来。他灌了一口酒说，管他呢。他这样一说，我一直欠着的屁股也落了下来。王小墨说喝酒喝酒。我说好。两个啤酒瓶咣当撞了一下。但是这个酒好像真是没办法喝了，我们面面相觑，又一致地去看房顶。房顶隐约传来像猫一样的哭声。王小墨坐不住了，他给我一个眼色，我尾随出来。到了王小墨经常爬的铁门那里，他让我先上去，他在下面推我的屁股。你他妈的屁股好大呀。我让他小声点儿。结果我这边的响动还要大。虽然紧抓着两根标枪似的铁栅，身体依旧在上面乱晃，把铁门晃得咣当作响。王小墨压低了声说，轻点儿呀你！这时，我看见右边那个方向突然站起来一团影子，整个观众席呈扇面展开，影子在最上面的一格台阶上，迅速地向前移动。这团影子渐渐地一分两半，两个人影被月光拉得细长，在台阶上一格一格地弯曲下来。

　　那天晚上，我和王小墨一直坐在体育场观众席的台阶上聊天。屁股底下就是他的房间。他还在说水产公司的那个女孩。这个女孩让他无法释怀。月色特别地好，那边有栋楼，正好产生一个三角形的建筑投影，看起来形式感特强的那种。王小墨对我的话题没有兴趣。我问他几点了。他说十二点。我没有想到这么晚。我们都有点儿醉意，王小墨说他的后脑勺有点儿抽。我们打算回去。我们下来沿着跑道走回去。这时，前面有胶鞋交替着摩擦沙砾跑道的声音，由远而近。有个人向我们跑来。经过我们身边的时候，他稍稍加快了脚步。我不敢相信，我看到了一张熟悉的脸。他跑得很快，他粗鲁的肉身在月色中沉浮着远去。他没有理会我们。我跟王小墨说，这个人好像是李向阳的弟弟。他嘿嘿地笑。你不知道，他每天深更半夜在这里跑步，跑完了，他再回去睡觉，天天如此。王小墨说，我如果是他，也会深更半夜地起来跑步，会的。不跑步干什么呢？夜长梦又多，还是起来跑步的好。人一跑起来就单纯了，没有其他乱七八糟的想法。我笑了笑。李向春一圈下来了。他跑步的姿势不太正规，这一点跟他哥哥有点儿像，身体莫名其妙地向前冲，有点儿趔趄，所以他总是在纠正自己的步伐。王小墨说，他一开始并不知道是谁，他跟李向春并不熟悉，也不是能经常看到他。但是有一次他和女朋友站在跑道中央，李向春却没有让开，他跑着跑着就停在他们面前了。王小墨觉得奇怪，为什么非得我让啊？那天，两个人在黑暗中对峙着，王小墨觉得他再不让开，李向春的拳头就要过来了。王小墨说，他与女孩子恩爱的时候，一想到有个同样的男人在场子里孤独地跑步，就会油然生起一种强烈的幸福感。

　　有朋友新买了房子，开始装修，让我去看一下。我在他家

119

碰上了前来敲墙的小工，他就是李向春。这是我第一次在游泳馆以外的地方碰到他。他神情怪异，仿佛与我共守着一个秘密。说实话，我觉得我朋友根本没有必要敲掉这堵墙。为什么要敲掉呢？但是这样说的话，李向春就失去了一个上午的赚钱机会。当然，这个不是我考虑的范畴，但是不由得我这样想。我甚至有点儿担心，如果我提出不敲墙，他手里的大锤就会反过来敲碎我的脑袋。我那个朋友既然想敲掉墙壁，那就敲吧。一堵墙壁的敲与不敲，中间并没有真理与谬误的区别。那天我离开那里时，李向春已经在挥动他的大锤了，房间里一片狼藉，整幢大楼都在颤抖。我看到李向春臂膀上的肌肉滑动着，就像有一只小老鼠在他的体内乱窜。

　　我没有想到，几天后的一个上午，李向春差点儿敲碎了他哥哥李向阳的脑袋。不过他手中的武器由锤子变成了那把我熟悉的斧头。他正在劈柴，他劈不下去了，有个问题阻碍了他。李向阳正在杂物间里找什么东西。李向春拿着斧头进去。兄弟俩在杂物间里说着什么。这样的情景并不多见。李向春在这个游泳馆更像一个局外人，或者只是暂居在那里的一个外来客。两个人的声音压得很低，但是叙说的实际内容又让李向春的情绪过激。我听不清楚李向春在说什么，但是他的愤怒是多么真实。他显然在为什么事警告他的哥哥。李向阳根本不相信他弟弟的胡说八道——虽然他的脸色已经变得跟猪肝一样。李向春还在喋喋不休地说，他企图让李向阳接受这个事实。李向阳扬手给了他一个巴掌。这个巴掌有点儿分量，咚的一声，李向春的头撞到了墙上。李向阳打完这个巴掌他就不管了，气冲冲地从杂物间里走出来。他弟弟拿着斧头也出来了，他冲李向阳的背影喊，你信不信，终有一天我会把她砍死！李向阳突然像被枪击了一般，钉在那里了。他缓缓地转过身来，你说什么？请你再说一遍！李向春哆嗦着，呆滞地看着他哥哥。李向阳大吼一声，斧头给我放下！李向春还挺在那里，身体微微地摇晃，只听咣啷一声，斧头从李向春的手中滑落。

　　我一直像窥视者似的站在那里，其实是想告诉李向阳，本月的费用到昨天已经用完了，按说我得重新付费。但是他没有给我说话的机会。不过国庆节休息七天，我可一天也没有来过。这样一想心里便释然。我刚踏进更衣室，就听见一样东西碎裂的声音。我听到李向阳说，你给我滚出去！你在老家好好待着，干吗跑出来？你以为外面是天堂啊。你不说话没人当你哑巴。你给我闭嘴，你吼什么，你让全世界人都知道是不是？你喊啊！我听到李向春像一头困兽一样发出沉重的低鸣，低鸣像天雷一般在他的喉咙里沉闷地滚动。说实话，我一点儿也不知道他们在吵什么。生活里总是有太多的无奈，谁都一样。我在跳台上站了会儿，就像往常那样，纵身跳入水中。我每次都想跳得好一点儿，但每回都像一次意外的落水。不知道为什么，游泳池里原来的一红一蓝的泳道线临时撤掉了。不过这也是常有的事。每过一段时间，游泳馆就要进行维修。游泳池里只有我一个人，没有了泳道的约束，我游得更加适意，外面两兄弟吵架的声音越来越凶，但是他们的声音，我在水里听起来非常模糊。

　　那天弟兄俩又吵了起来。我在游泳。李向阳进来，他的情绪看起来很糟糕，脸色难看得要死。他在池边走来走去，忘了自己要做什么。他问我，水还好吧？说这话的时候，我明显能感觉到，他在努力镇定自己。我说有点儿冷，前段时间还过得去，这几天特别地冷。李向阳说，散热管子坏了。他指的是插到水池里来的散热管子。散热管子安在泳池的四个角落，包裹着厚厚的布。我站在池边，一不小心就要被烫着。提到散热管子，他想起来自己要干什么了。他又出去拿了扳头，顺便把衣服也脱了个精光。这是我第一次看到他下水。因为这是少体校训练用的游泳馆，水深只有一米五，按他的身高，完全可以跳下来，水可能只到他的胸部，但是他没有。他小心翼翼地抓着池边的小铁梯爬下来。他庞大的身子佝偻在那里，显得格外地可笑。他爬下来，一手扶着池边，另一只手像水禽受伤的翅膀那样无力地贴在水面上，慢慢地踱到那个角落里去。我说，需要帮忙吗？李向阳说不用。他的声音很轻，好像不是对我的回答，而是在极力安慰自己。我游到他的身边，他突然很害怕地侧过身来，好像我要在背后袭击他似的。你怎么了？没什么。他的心情还是无法调节过来，脸一直耷拉着，乌云密布。他发狠地说道，那个疯子！我说，该给你弟弟找个对象啦。李向阳没有吭声，垂头丧气地立在水中，把缠在暖气管上的布一层层解下来，然后他的扳头在上面敲敲打打。他可能还需要什么工具，往走廊口张望了一下，又埋头干活了。他好像要把管子上的一个螺帽搞下来，手臂一直在做旋转动作。我本来还想跟他说交费的事，话到嘴边又咽了回去。

　　我一边游泳，耳畔一直响着叮叮当当的声音。中途李向阳上岸过一回，拿了一把更大的扳头过来。后来我听到一声巨大的水响，我没有在意，以为又有游泳的人跳进水里。我游了会儿，觉得有些不对，叮叮当当的敲击声好像停止了。我猛然站起来，李向阳已经不见了。他刚才站的那个地方，有一个庞然大物在水里挣扎，弄出很大的水花。我大喊着扑过去，李向阳的双手在水里无力地扑腾着，他似乎想抓住什么，什么也没有，只有水，水让他无从把握。光滑的铺着白瓷砖的池底让他一次次的努力扑空。他大张着嘴巴，惊恐地在水里睁大着眼睛。水泡，水泡开始一个接着一个从他的嘴里吐出来。我托住了他的脑袋，想扶他起来，他实在太胖太沉了。而且他的手还要反过来抓我的胳膊，掐得我生疼。我大喊救人，外边没有人响应。一个人也没有。我没有办法，那一刻我也恐惧万分。好在这个时候，他胡乱挥动的手抓到了铁梯，他自己慢慢地借力从水里站起来。他站那儿不动，也没有把呛进去的水吐出来。我说，你没事吧？他摇晃了一下脑袋。我不知道如何安慰他。就这样僵持了有几分钟，李向阳突然捂着脸号啕大哭起来，李向阳的哭声是如此地空洞而沉闷，间杂着阵阵抽噎和涕泣，在游泳池里回荡。

　　那天的事令我印象深刻。李向阳要我应允下来，别把这件事说出去。我不喜欢在别人面前承诺什么，我只是一个局外人，跟我没有关系。后来，我们裸着身子在那把湿漉漉的条椅上坐了会儿，我摸了摸他圆滚滚的肚皮，他看看我，似乎取得了他的信任。我们抽了一根烟。李向阳没有吭声，他的气息很重，像是一个睡眠中的人。我忽然想起来，问他，你老婆会游泳吗？李向阳点了点头。这些活儿平常都是小米在干。他说。

　　其实这个时候，我的脑子里出现的是经常来游泳的那个女的。她和小米在我的潜意识里，经常是重叠在一起的。我无法确认。每当我觉得自己快要揭开谜底的时候，小米每回都好好坐在外面——即使她不在，也未必能说明问题。从小米身上，我丝毫看不出她有入过水的痕迹。当然，这跟我也没有关系。

后来的一段时间，我再没有看到过那个女的。但我并没有因此注意到李向阳的生活里发生了什么，只是觉得游泳馆近来有一种诡谲的沉静。

体育场周围的花鸟市场和古玩市场，其实是连在一起的。那个倒卖古玩的人，碰到经常要跟我打招呼。他的鸟类化石一直没有卖出去。如果你要的话，肯定还有机会。这是他的原话。他说他可以便宜一点儿。我每天游泳的过程，也就是他的鸟类化石一天天跌价的过程。这比较有意思。我没事喜欢跟他攀谈，随手翻一翻他的陈谷子烂芝麻。那天下午，我和王小墨闲来没事，跟着一块儿去了他租的汽车站附近的小间。他给我们看了那块石头，上面有清晰的鸟类飞翔的姿态，确实引人手痒。但是他拿出来这块石头，紧接着又捧出来一大堆石头，这一大堆石头把我们逗乐了。我准备告辞，王小墨还赖在那里不肯走，他偷偷把一块石头塞进了自己的口袋。这时，我看到对面的汽车站有一辆长途客车正在卸客，驾驶员准备关门的时候，发现他的车厢里还坐着一个女的。她形容憔悴，头发和穿着都有点儿乱。她表情木然地坐在那里，在驾驶员的催促下才缓缓地站起来，仿佛这里并不是她的目的地。当她拿着旅行包走出车厢时，我看到了一张熟悉的面孔，她就是小米。

王小墨后来把这块"鸟类化石"送给了我。它一直在我的书房里搁着，让我经常想起在游泳馆的那段日子。其中，我跟王小墨提起一个有关游泳救生员的问题。他说上边有规定，凡游泳池必须配备一名以上的救生员，李向阳报上来的好像是他自己的名字。他也记不清了，反正都是这样的。为什么不是他的老婆呢？我说。王小墨说，救生员都是男的吧。他觉得我有些诡谲，这跟你有什么关系吗？我告诉他，英国有一个女救生员叫艾琳·琼斯，被英国皇家全国救生艇协会授予"勇敢勋章"。不过这跟我也没有关系。我笑着说。

二〇一七年二月世界湿地日，也正好是我游泳的终结日。那天体育场很热闹。大街上冒出来许多人，源源不断。服装展销会的会场已经布置好了。李向阳还在那里帮了忙。他拿着一把斧头，很能派上用场。小米还提早试穿了几件衣服，其实都是一些库存货。女人们一边嫌弃衣服的陈旧款式，一边又喜气洋洋。我在更衣室里，听到小米在外面议论那些衣服，她自言自语地带着点儿怨怼的语气。她认为没有几件衣服她会瞧得上眼。不过她又马上怀念起其中的一件短大衣。一切都让这种春节的气氛被掩盖了。当小米在服装展销会挑挑拣拣，寻找那件记忆中的短大衣的时候，我像往常那样，结束了这天的游泳，正在更衣室里穿衣服。李向阳进来看了看，问我游泳池里还有没有人。我说没有。他这就出去了，在通往游泳池的走廊里传来他拖沓的步伐声，他好像咕哝了一句什么，我没有听清。我从游泳馆出来的时候，还碰上了小米。她怀抱一件麻色的短大衣，目不旁顾地向这边走来。

李向阳的死，是王小墨在电话里告诉我的。没有人目睹他的死亡，就在我转身离开游泳馆的时候，悲剧已悄然发生。一个更接近真实的推测是，李向阳想把一个孩子遗忘在那里的游泳圈够上来，结果不幸落入水中，就像有人在背后推了他一把。在小米事后的回忆里，我可能就像一个逃离现场的犯罪嫌疑人。那天，我和王小墨偷偷去了医院太平间，太平间在医院大楼的地下室，老旧的电梯下得极为缓慢，还有望不到尽头的走廊。我突然悲从中来，靠着走廊的墙壁掩面而泣。

安息中的李向阳在一块白布的覆盖下，面色红润，好像对什么都很满意的样子。我们向他深深地鞠了一躬。我想起来，我还欠李向阳十多天游泳的钱呢。我让王小墨代交给小米。我觉得自己再也无法去面对一双昆虫一般的眼睛。自此，我再也没有去过那个游泳馆，时间一晃，半年多过去了。有一天，我经过游泳馆河对岸的那条小路，看到小米从游泳馆出来，到杂物间拿了什么东西。她好像看到了我。我赶紧离开了那里。后来的一个晚上，王小墨给我带来了坏消息，他说游泳馆拆掉了。我说，拆掉了？他说是的。那天他在现场，一帮拿着锤子的男人爬上了游泳馆的屋顶，到处都是尖儿。王小墨说，屋顶被揭掉后，那群干活的男人都傻掉了，他们看到一个女人在水池里跳舞。她不是在游泳，她在跳舞。

（《人民文学》2022 年第 3 期）

此

刻

他乡

程永新

　　我与母亲走出县城汽车站，四周尽显零落，一眼望去没有什么人。初春时节，从远处田野飘来的风带着丝丝的寒意。

　　一个身材魁梧的中年人迎了上来，喉咙里咕噜着，嗓音混浊，用东阳话叫了一声"五姑母"，随即撸起宽松的衣袖，躬下整个身体，忙不迭地从母亲手中接过旅行袋。

　　中年人穿着一件薄薄的中式布衫，右侧口袋边有个补丁，硕大的脑袋下，一双暴突的牛眼格外引人注目。他毫不费劲地提溜着旅行袋，碎步来到车站对面的开阔地，扶起一辆躺倒的木质独轮车，将旅行袋搁放在车上，然后拉过一条宽扁的麻绳套在脖子上，双手握住独轮车光滑发亮的粗木把手说，五姑母，坐上坐上。牛眼叔说话的态度格外谦卑。

　　母亲走过去坐在独轮车右侧的一块木板上。小弟也坐，坐呀坐呀。牛眼叔朝我说。他说的虽是东阳话，我都能听懂。从小母亲与姐姐喜欢用东阳话交流，家里来客人，她们不想让客人听懂，就说东阳话。我能听，却一句也不会说。

　　我站在那儿有些犹豫，那一年我已经十九岁了，高中刚毕业，再过两个月就工作了，要离开上海去江苏的农场。是我自己要去的，根据当时的政策我原本可以留在上海的，但我就想离家出走，就想浪迹天涯，像鸟儿一样飞翔。我当时的身高应该在一米七二左右，坐在独轮车上让别人来推，感到浑身的不自在。

牛眼叔坚持要我坐，他说两边坐人推起来才不费力，我不坐的话重心不稳，他推着会很累。无奈之下，我勉强跨腿坐上左侧的搁板，牛眼叔噌一下朝前推动独轮车，独轮车厚厚的胶轮轻盈转动起来，发出低低的咿呀声，牛眼叔说，你看你看，这样多快呀。

县城通往乡间的土路很宽阔，左右都是无垠的田野，田野的后面是隐约起伏的山峦，山峦间有个村庄叫厦程里，是母亲出生长大的地方。三十多年前母亲告别故乡走出这片土地时，还是一个不到二十岁的姑娘。

远远望过去，地平线上散落着连绵的群山和白墙黛瓦的屋舍，地平线随着独轮车的咿呀声，一会儿往右边微微倾斜，一会儿往左边微微倾斜。牛眼叔健步如飞行走在坡道上，很多时候他只用一只手扶住把手掌控方向，任由胶轮滚动向前。

炊烟袅袅升起，黄昏将近的时候，前面出现了一个村庄。村口一栋老屋前，我远远看见四姨妈围着围裙在一只大水缸边洗菜。四姨妈皮肤白皙，眉清目秀，头发有些花白，她穿一件灰色涤纶布衫，戴着袖套，一看就是城里人的打扮。

牛眼叔推着独轮车拐个弯，停在老屋前。老屋面对一片菜地，菜地用篱笆围着，篱笆外一个中年村民与一个包着方格头巾的姑娘在挖甘蔗，甘蔗怎么会埋在地底下呢？我好生奇怪。

中年村民挥锄翻开泥土，那包着方格头巾的姑娘上前提拎起长长的甘蔗，蹲着把泥土扒拉掉，我出神地看着，姑娘似乎察觉到了什么，缓缓抬起头，我们的目光就在那一刻对接了！姑娘迅速低下头去，一团红晕泛上脸颊，神情慌乱妩媚，且有些不自然。

四姨妈大声叫唤着小舅的名字，倏忽，小舅出现在矮屋门口，他穿着背带裤，手持一把木梳，一边梳着头，一边笑微微说，五姐来了，小弟来了。欢迎欢迎！

小舅永远是那么精神，头发永远梳得整整齐齐，头路靠右侧两分，照他的说法，这叫菲律宾博士头。他幅度很大地张开手臂，把母亲与我迎进屋内。跨进门槛的一瞬间，我忍不住又回头朝菜地方向张望，我惊讶地发现，那包着方格头巾的姑娘也在偷偷看我。

晚餐由四姨妈掌勺，她围着灶台上的一口大铁锅忙得不亦乐乎，牛眼叔坐小板凳上，往方口炉膛内添送柴火。母亲与小舅喝茶聊天，我无所事事，来到厨房蹲在牛眼叔的旁边。

牛眼叔用东阳话问我读几年级了，我用普通话回答他说已经毕业了。然后牛眼叔磕磕巴巴用别扭的普通话告诉我，他家里有个女儿，叫六谷，还没上学。我说为什么不上学，他说她不愿意上学，上了学也没啥用，女孩迟早都是别人家的。我后来才明白，六谷就是玉米，七十年代的东阳很贫穷，老百姓饭桌上常吃的就是六谷粉加菜叶熬成的玉米糊。二姨妈活着的时候，我经常吃到她熬的玉米糊。二姨妈离开家乡去了上海，但是儿时的饮食习惯始终未改。

四姨妈把大碗装的菜肴端上八仙桌，慈姑烧肉，葱拌老豆腐，一碟油氽花生米，一大碗青菜蛋花汤，外加一缸黄酒。小舅打开塞子，满屋飘散黄酒的香气。酒倒进玲珑的锡壶，一只小木桶装了滚烫的开水，小舅把锡壶放进桶内温酒。

四姨妈和母亲摆放碗筷的时候，牛眼叔搓着双手支支吾吾说要走了。小舅眯眼哈哈大笑，说你别来这一套！我五姐来了你要走了？喝酒喝酒！牛眼叔嗳嚅着说六谷还在家呢。四姨妈笑嘻嘻地去厨房拿来瓷碗装好的一大碗米饭，米饭上盖着慈姑烧肉。早就给六谷准备了饭菜，四姨妈边说边笑，露出一口白牙。

牛眼叔的眼睛忽然瞪得贼大，抹了抹嘴，似乎很不情愿地坐下了。很快，他的大眼睛在桌面上扫来扫去，用筷子夹起一块红烧肉塞进嘴里大快朵颐，摇头晃脑地说，今天吃的可是县太爷的餐啊。

小舅用锡壶逐一给大家斟酒，轮到我是最后一个，我刚端起酒盅准备凑上去，四姨妈在一旁说小弟还是学生，不能喝酒吧。我听闻迟疑着，酒盅悬在半空中。

小舅挥挥手说我们程家的后代哪有不会喝酒的？说完给我的酒盅倒满了酒。小舅就是这样的豪爽，逢年过节，亲戚们相聚，只要小舅在场，他都竭力鼓动小辈们喝酒。小辈们确实都喜欢小舅，他经常挂在嘴边的一句话就是在酒面前人人平等。在几房亲戚中，小舅的儿女、我的表哥表姐最不擅饮酒，可每次小舅都要劝他们喝，表姐一喝酒脸就涨得通红，惹得舅妈在旁边连连摇头。舅妈与小舅是同事，在一个小学里教书，据说年轻时是舅妈追的小舅，所以在家里什么事情都是小舅说了算，但喝酒这件事舅妈始终不服，她说拒绝喝酒也是一种平等。小辈们喜欢小舅，还有个原因是他走到哪都带着他的德国康泰司相机，他喜欢给每个小辈拍照。我儿时的很多照片都出自小舅之手。

那天喝的黄酒是米白色的，有点像崇明老白酒，仿佛牛奶兑了水一般的颜色。喝了几盅浑身发热，四姨妈对母亲说，你看小弟脸都红了。母亲微笑着说，我的几个孩子呀都会喝，都有半斤黄酒的量。

我摸摸脸，滚烫滚烫的。侧脸看看小舅，发现他的脸也很红，两眼发光炯炯有神，一边用手心朝后捋着发际，一边高谈阔论。他像没有听见四姨妈的话一样，继续给我斟酒。随后举起酒盅一饮而尽，朝我眨眨眼睛说，程家的后代哪能不喝酒呢？

四姨妈的烹饪手艺着实不错，慈姑烧肉红红的，浓油赤酱，完全是上海本邦菜的做法；老豆腐也好吃，过了水撒上碧绿的葱花，长这么大，这是我吃过的最美味的豆腐；大灶头煮的米饭喷香诱人。我似乎一下明白了小舅提早退休不愿待在上海，老往乡下跑的缘由了。

晚餐后，眼睛红红的小舅兴致颇高，他带着母亲与我参观他的酒窖，酒窖就在这栋老屋的后面，步下石头砌成的台阶，推开一扇年代久远的木门，小舅在门旁随手拉下一根绳子，昏黄的灯光亮起，映入眼帘的景观真是壮观：几十平米的酒窖内，摆放着一排又一排大大小小的酒缸，酒缸都用泥土封口。小舅喋喋不休地向我们炫耀他的眼光，酒窖上面这间临街的老屋原是一个小酒馆，当年大舅妈与外祖母婆媳关系不好，吵着闹着要分家，按乡间习俗，祖产传男不传女，外祖父把祖产沿街面一分为二，大舅一族争抢位处南边地形较好的街面房，不承想小舅一口答应，他之所以那么爽快同意接受北边的街面房，相当一部分原因就是这个酒窖。小舅儿时与小伙伴在街上玩耍，玩累了，渴了，跑回小酒馆，外祖母就会用长柄竹勺舀黄酒给他喝。据说小酒馆当年在乡间闻名遐迩，村民们都相信自酿的黄酒养人，女人坐月子最补的食物就是黄酒煮水潽鸡蛋。

五姐，我当初的选择还英明吧？小舅拉上酒窖的木门时，笑嘻嘻地问母亲。

当然了，你最聪明，最知道自己要什么，所以老母最喜欢你。大哥人不坏的，忠厚老实，就是太听嫂子的话。母亲的眼神凝住，明显陷入对往事的回忆之中。

我落在后面，回头打量一下木门，突兀地问：小舅，酒窖的门不用上锁吗？

小舅在石阶上站住，回头用手抹了抹嘴对我说，不用不用，小弟你不知道，我在这里的地位很高的，没人会来偷我的东西，再说农村人都比较老实，民风淳朴。小舅的口吻明显带着炫耀，眼睛在夜色里熠熠闪光。

第二天一大早我被母亲叫醒。我们沿着石块铺就的小街往山上走，两边绵延几十米都是店铺。小舅捧着二姨妈的骨灰盒走在前，四姨妈与母亲侍奉左右，我跟在母亲后面，随着地势渐渐伸高，我有点气喘吁吁。牛眼叔与他叫来的两个村民挑着箩筐殿后，箩筐里装着红砖和水泥。

太阳亮晃晃从树林间照下来，爬到山顶我已大汗淋漓。在小舅的引领下，穿过一片小树林，母亲与我来到外祖父和外祖母的墓前，半球形的坟冢上堆满石头，坟前竖着一块长方形的石碑，怎么看都未免有些简陋。据小舅说，就是这样一块荒山墓地，当初也是他疏通各种关系才获乡政府的许可得以落葬，因为外祖父他们的成分不好。我跪在母亲旁，给从未谋面的外祖父外祖母敬了一炷香。

牛眼叔带着村民在几米远的地方挖了个浅坑，用红砖砌成方形的箱体，并用水泥封闭缝隙，小舅把二姨妈的骨灰盒轻轻放在箱体内，牛眼叔与村民挥锹迅速用泥土覆盖，泥土越堆越高，两个村民又从四处捡回许多石块，堆垒在泥土上。

太阳在林间当空照射下来的时候，墓冢完工了。小舅点上香朝山坡四个方向一一合十作揖，大声说：二姐回家了！你又回到阿爸与姆妈的身边，以后就要拜托你照顾两老了！

小舅带磁性的嗓音在密密树林间穿梭回荡。

四姨妈在一只铁桶里点燃折成元宝形状的锡箔，银色的锡箔熊熊燃烧，烟雾四处飞扬，这些锡箔是四姨妈和母亲大清早折成的。二姐啊，钱不够花言一声，我会时常送来的！小舅带磁性的声音再次响起。

下山的途中小憩，小舅从口袋里掏出几张一元的纸币递给牛眼叔，牛眼叔的两只眼睛突然发光，他嘴里念念有词，抽出一张一元票面的钱币分给一个村民，又抽出一张分给另一个人，余下的笑呵呵地一把全揣进裤袋。小舅含笑朝山下走去，装作什么也没看见。

下山的路似乎变短了，很快回到小街，小舅走在前面，我与母亲、四姨妈随后。快到老屋时，突然，从一家卖水果的店铺旁蹿出一个矮个子的妇人，拦住了小舅。妇人的嗓门很大，哇哩哇啦说着，唾沫飞溅，小舅侧头躲避，脸上挂着尴尬的表情。后来是四姨妈走过去，与那个妇人左说右说，才帮小舅解了围。

小舅板着脸气呼呼地朝老屋走去，四姨妈随后跟着。妇人是大舅一族的孙媳妇，她要租小舅的门面房，那门面房原先已租给村民杏子一家，大舅的孙媳妇每天在村里闹，逢人就指责小舅六亲不认偏袒外人。

我悄悄拉一下牛眼叔的衣服，问杏子是谁啊？牛眼叔说杏子是叔公的学生，跟叔公学拍照的。

小舅站在老屋门口，回转身对四姨妈苦笑着说：我为什么一定要租给她？小舅指着一旁的母亲对四姨妈说，她看见五姐人都不叫，这样的晚辈我为什么要迁就她？莫名其妙！小舅说完气呼呼地跨进老屋的门槛。

这天中午是乡镇小学的校长请小舅吃饭，我们刚回老屋不久，一个年轻小伙子骑着自行车来把小舅驮走了。四姨妈掌勺炒索粉给我们吃，牛眼叔依旧坐炉灶前添柴加火。东阳人说的索粉其实就是米粉。卷心菜切成细丝再加肉丝，放油锅里煸炒一下，索粉是浸泡在水里的，四姨妈用双手捞起放淘箩里，等水滗干，放入锅内翻炒。

一盘盘索粉端上八仙桌，门口闪现一个十岁左右的精瘦小女孩，她穿着颜色发白的花布裤，上身套件褴褛的布衫，袖口很短，裸露出细细的胳膊。她长得很标致，站在门口眉开眼笑忸怩作态。

牛眼叔对母亲说，我囡六谷，又虎着脸对六谷说，死鬼，怎么不叫人？这是五姑婆，这是小弟叔。

六谷朝我们分别作揖，嗲声嗲气地叫人。

四姨妈跑去厨房又端来一盘索粉，嘴里嘀咕一句：早饭都没吃过吧？把一盘索粉递给六谷。

六谷交叉双腿，两手合掌捏着，微微欠身说：这厢有礼了！

四姨妈笑着对母亲说，这小妖精，也不知道跟谁学的。六谷马上回了一句，这是从戏文里学来的。牛眼叔板着脸，手持筷子一直戳到六谷的额头上，呵斥道：死鬼，给你吃还这么多话！

大家默默地吃着索粉。牛眼叔说明天上蒋的村干部要请叔公去吃饭。四姨妈说上蒋很远的，怎么去啊？牛眼叔说还能怎么去，我用独轮车推他去呀。四姨妈说这次回乡已有好几个人请小舅吃饭了。牛眼叔说那没有办法，叔公在东阳的地界上面子大呀。

午饭后牛眼叔要送六谷回家，六谷一点不认生，跑过来拉住我的手臂左右晃动说：叔，去我家玩吧。

穿过小街，拐几个弯就到了牛眼叔的家。一座泥土墙的茅草屋，门帘是用破棉被做成的，掀起门帘，是半身高的木板门，六谷几乎是跳进屋内的，因为兴奋过度用力过猛，她的瘦小身子几乎直接跌倒在泥地上。她在地上打了个滚，迅疾站起来，姿态极其灵活，用一双恐惧的眼光定定地看着她的爸。

牛眼叔的家委实让我惊呆了，四周全是泥土墙，屋内空空荡荡，真可以用"家徒四壁"来形容，除了一个发白的旧木柜和许久不用的灶头，麦秆从中间围成两个空间，姑且算作是两个房间。有两张床，床上的被子棉絮裸露，凌乱不堪，房间里弥漫一股发霉的气息，我的呼吸顿时感觉困难起来。

我无法想象，假如小舅不回家乡，游手好闲的牛眼叔怎么来养活六谷，如何支撑这个破败的家。我像受了刺激一样逃离牛眼叔的家，牛眼叔要送我，我坚辞了。我能找到老屋，我对自己的方位感很有信心。

我疾步如飞，很快找到村口方向，在老屋门口，远远看到三个女孩在那里探头探脑地张望。一个胖胖的姑娘领头，十七八岁的模样，梳着两根大辫子，脸颊上两大瓣红红的紫斑，她身边是比她矮半头的小姑娘，再后面的那个女孩被挡住了。

四姨妈出来了，站在门口，躲藏在视线后面的女孩退后一步，转过身子，一双灵动的眼睛朝向我，我心里咯噔一下，时间仿佛在那一瞬间凝固了：是昨天见过的那个包着头巾挖甘蔗的女孩。后来我才知道她就是杏子。

女孩们随四姨妈拥入屋内，我若无其事地跟了进去，心里一阵扑通扑通地乱跳。我手足无措地先去厢房，空无一人，又径直拐去厨房，路过客厅，总感觉到背后有一双眼睛在盯视着自己，像一束舞台上的追光，让我浑身发麻无处可逃。

母亲戴着老花镜，坐在灶台旁翻阅一本杂志，见了我好奇地问：那么快就回来了？我嗯了一声，说他家怎么那么穷啊？母亲问，你是说六谷家吗？东阳这地方农村人大部分都穷，而且重男轻女，要不当年我们姐妹几个就不会先后都离家出走了，二姨妈也不会逃婚逃到了上海。我们几个姐妹中三姨妈除外，她长得最漂亮，嫁到邻村的富庶人家，土改中老公被划成地主成分，结果一生都抬不起头来。

三姨妈我不久前见过，个高肤白，一看便知年轻时是个美人坯子。半年前为了二姨妈的遗产分配，小舅把她从东阳接去，请到上海的家中住了个把月，每天好酒好菜地伺候。后来的家庭会议上，三姨妈不遗余力地为小舅说话……

母亲关于家族史的往事尚未讲完，屋外突然一阵喧哗，是小舅回来了。原来他与这些女孩约好下午帮她们拍照的。

我与母亲走到厨房门口，只见小舅脸腮和眼睛红红的，眼神矍铄，肩上挎了一架棕色皮壳的德国康泰司相机，手持木梳在精心打理菲律宾博士头。那几个女孩围在他身边，欢呼雀跃。小舅把木梳塞到四姨妈的怀里，手臂高高举起，像一个将军似的发出指令：出发！

姑娘们簇拥着小舅往外走，胖姑娘看见我，热情地上来一把拉住我说：一起去吧！

小舅回转身来沉吟道，对哦，小弟也可以一起去。我正犹豫着，母亲从身后推我一把，我矜持地跨出厨房的门槛，其实内心是十分乐意的。

下午的阳光明媚和煦，山坡像被涂了一层金色的涂料。树林里小舅健步如飞，东张西望，在宁谧的风景里寻找风景。小舅在一块突出的岩石旁伫立，他拍了拍岩石，让杏子坐在上面，用手势示意杏子侧过身子，于是阳光斜斜地照射在杏子的脸上，一幅图画油然浮现在众人的视野里。

杏子长着一张标致的脸蛋，尖下巴，皮肤很白，一点不像每天要干农活的村姑。她个子不高，斜倚的身材却格外匀称。笑起来自带一种狐媚，害羞的样子尤为动人。数年后上大学期间，我读到徐志摩的诗句，"最是那一低头的温柔，像一朵水莲花不胜凉风的娇羞"，那似乎就是为杏子而写的。

随着相机咔嚓一声，杏子笑微微站起，站在我边上的胖姑娘一阵兴奋，大辫子甩呀甩，一直拂到我的脸上。她还没来得及有所动作，她的妹妹已噌一下蹿出去，一屁股坐在那块岩石上，尚未发育好的身子扭捏着，傻笑着让小舅给她照相。

上山的路上，叮咚的泉水哗哗流淌，胖姑娘走在我的旁边，她的话真多，喋喋不休地与我搭讪，她说她叫梅花，边上是她的妹妹菊花，那个模样标致的姑娘是同村的杏子。我承认我有点坏心思，有意无意从梅花嘴里套话，打听的全是杏子的情况。杏子早年丧母，哥哥在县城打工，杏子与父亲在家务农，兼带经营甘蔗店。我跟梅花交谈的时候，与小舅走在前面的杏子不时回过头来，她的目光一旦与我对视，眼帘迅疾下垂，温柔地低下头，脸上浮现一团红晕。

小舅给梅花拍照的间歇，杏子与我靠得很近。我对杏子说你很上照，拍照时你就像一个电影明星。杏子听闻我的话，害羞地低下头，杏子笑起来的表情妩媚极了。其实，那时候的我是很腼腆很矜持的，我也不知道当时哪里来的勇气让自己如此口无遮拦，说出这般肉麻的话。我只是觉得，无来由的，杏子给我一种莫名的熟悉感。

小舅的一卷胶卷拍完了，换胶卷的时候他把相机放在一块岩石上，让杏子用外套遮住相机，小舅的双手在里面不停鼓捣，他一个劲地告诫杏子捂牢衣服遮住光线。不一会儿，小舅换好了胶卷。他在相机上摆弄几下，说可以了，又开始潇洒地东张西望，寻找拍摄的角度和位置。

我们来到一片桃树林，树叶零落翻飞，地上长满紫色的花朵，调皮的菊花俯身采撷了一朵跑过来，在我面前摇晃说，知道这是什么花吗？我这个城里人一下被考住了，眼光不由得扫向杏子求助，杏子马上替我回答：这是勿忘我。菊花不乐意了，手持花朵在杏子的脸庞上胡乱挥打，叫你帮他叫你帮他！杏子红着脸用手抵挡，左右躲闪，梅花上去拉住妹妹，三个女孩扭成一团。

小舅走过来，拉着杏子让她倚靠在一棵矮矮的桃树边，杏子把外套交给梅花，身体侧立在桃树边，一只手搁放在树干上，捋起袖管，露出一块铮亮的手表，我的视力特别好，那分明是一块上海牌的手表。杏子还未摆好姿态，只听到小舅的相机啪啪的一阵响。小舅的抓拍能力确实了得，杏子的神态生动，那一个个瞬间，都在小舅即兴的灵感里得到完美的呈现。

夕阳西下，我们一干人从山上回到村庄，炊烟在旷野上袅袅升腾，小街上的店铺都打烊了，长长的石板路上阒无一人。

临分手前，梅花突然拉住我的手臂说，晚上我们去上蒋看电影，一起去吧？我支支吾吾地说，上蒋在哪里？很远吗？梅花说不远的，出村爬两个山坡就是上蒋，不会超过一个小时。说好了，六点半我们在村口等你。

我点点头，朝杏子和菊花挥挥手，转身跟上大步流星往老屋走去的小舅。

那天晚上，乘小舅边喝酒边侃侃而谈之际，我偷偷溜出了老屋。事先我只跟母亲打了个招呼。

在村口我与三个姑娘会合了。梅花笑嘻嘻上来与我打招呼，她的东阳普通话让人啼笑皆非，菊花从她姐后面忽地钻出来哈哈大笑，稍远一点的杏子在月光下亭亭玉立，一脸文静地含着笑，怀里揣着一捆报纸裹着的什物。夜幕下我们健步如飞，梅花两个大辫子左右晃动，甩得像拨浪鼓。

到了上蒋的打谷场，电影已经开始放映，党卫军上校冯·第特律斯已经到达萨拉热窝，他与下属军官漫步在城堡上，俯瞰远处鳞次栉比的屋顶说道：我记得一位波斯尼亚诗人曾经说过，愿上帝保佑追击者，同时也保佑被追击者！下属军官马上说：长官，我喜欢追击人，而不喜欢被追击。第特律斯潇洒地挥挥手。这时候，梅花朝我手里塞了一根削皮的甘蔗，是杏子带来的。我们一边吃着甘蔗，一边观赏身材健硕的瓦尔特，率领游击队员怎样保卫萨拉热窝。甘蔗很甜，汁水饱满冰凉爽口，那甜味沿着咽喉食道慢慢下滑流淌，滋润我的心田。

随着第特律斯沮丧地指着萨拉热窝全景说这座城市它就是瓦尔特，打谷场上的村民们全都骚动起来，纷纷往四周离散。

往回走的路上，我好不容易摆脱梅花的纠缠，与杏子并排而行，侧头斜视，杏子的脸庞轮廓清晰，胸脯骄傲地隆起。我觉得自己的脸有点微微发烫。

甘蔗真甜！也许是没话找话，我突然说。

杏子的眼睛在暗夜里发光，真的吗？你喜欢吃？

我说我好喜欢。实际上，我也没有那么喜欢，那时候随口一说，有点像小和尚念经有口无心。甘蔗为什么要埋在土里呢？我接着问出了心里的疑团。

东阳这一带都有冬天往地里埋甘蔗的习俗，这样可以保持甘蔗的水分和鲜度。杏子耐心地给我科普。你要喜欢，我明天给你送，都是自己家种的东西，农村人其他没有，不比你们城里人。

你这个农村人都有上海牌手表！我贸贸然脱口而出。

那是我让你舅舅从上海带的。杏子说。不过，不过，后来我要给他钱，他死活不肯要。

啊？真的？我惊呼起来，不知道自己为何如此失态，仿佛知道了一个天大的秘密。那时候一块上海牌手表价格不菲，便宜的也要上百元。

杏子转过身来，用一只手捂住了我的嘴，她像一只惊慌的小鹿，看看走在前面的两姐妹，另一只手的手指杵在小嘴边：嘘——，保密！

我连连点头，很倾心杏子能够对我毫无保留坦诚相见，我也很乐意成为杏子的同盟军。

夜路漫漫，走着走着我与杏子落在后面。梅花和菊花伫立在前面等待。见我们慢慢走近，梅花上来拉住我的手臂，不乐意地说，快走呀，你们走得也太慢了！

城里人，不习惯走夜路。杏子微笑着，似乎在为我打圆场。

我看看旁边的杏子，感觉到我们的目光在夜色中互相寻觅，有一种无言的默契。

回到老屋，母亲和小舅都睡了，四姨妈还在收拾屋子，她微笑着看我，眼神很怪异。她嘴唇嗫嚅着，仿佛要说什么，终究什么也没有说。

翌日早晨起来，我看到客厅的八仙桌上堆着一摞甘蔗，全削皮斩断，整整齐齐地摆放着，甘蔗的色泽白里透着嫩黄。四姨妈走过来对小舅说，不知道谁拿来孝敬你的，一早就放在了门口。

小舅那会儿正准备出门，他用木梳梳着头，说大家一起吃吧，东阳的甘蔗还是很甜的，算是这一带的土特产吧。

我没吭声，我大概能猜到是谁送来的。

这一天小舅出门后就没回来，中午和晚上都有人请他吃饭。小舅不在，伙食就比较简单，四姨妈又在准备炒索粉的备料。

小舅出门时，出工的村民纷纷与他打招呼，我很快在三三两两的人群中认出包着头巾的杏子，她扛着锄头朝田野走去，回眸看到屋内的我，调皮地朝我眨眨眼睛，一低头走了。

傍晚时分，门口一阵风似的出现菊花的身影，她告诉我晚上邻村又放电影，邀请我同去。我支支吾吾问她还有谁一起去，她说当然有姐姐和杏子。我连忙点头，竭力掩饰心花怒放的情绪。

晚饭后，我偷偷溜出老屋，在村口见到菊花和杏子，没看见梅花，我问菊花她姐为什么不去，菊花说姐姐一个人在家里哭呢，不知道为啥。不管她，我们去看电影！菊花说着奔跑在崎岖的山路上。

这天晚上放映的电影是《春苗》，讲的是一个赤脚医生的故事，我根本没有心思观看，一直凑过脑袋去与杏子窃窃私语。梅花不在，我显得有些放肆，乘菊花津津有味地看着电影，我们相谈甚欢。交谈中我了解到杏子是厦程里读书成绩最好的，但她没读完中学就帮父亲打理农活了。她居然读了很多书，《艳阳天》《红旗谱》《上海的早晨》等等，对十里洋场的认识全是从《上海的早晨》这本书里获得的。杏子说她向往上海，几次做梦梦到上海，大轮船，高楼大厦，只要能去一次上海，就是死了也愿意。这次轮到我捂住杏子的嘴了，我说你去呀去呀，你去上海我可以带你玩，老城隍庙，黄浦江，大自鸣钟，等等等等，我不负责任地拼命开着空头支票，那会儿我尽情发挥，完全忘记了再过些时日，我就要离开上海了。

杏子连连摇头，悲伤地直直地盯视着前方的银幕，一颗泪珠从她的脸颊滚落下来。然后她低下头，沉默不语，她的神情就像霜打的残红。

我的心好痛，手情不自禁地伸过去，紧紧揽住杏子的肩膀，这是我平生第一次像个骑士般拥住一个女孩。中学期间，有过我喜欢也喜欢我的女生，但仅仅就是朦朦胧胧的喜欢，连手都没有拉过。

杏子抬起头，用泪汪汪的眼睛望着我，我很自然地凑上去吻了杏子。这一切仿佛从天而降，没有任何人教过我。杏子的嘴唇紧闭，我品尝到了一股甜甜的、带着田野芳香的滋味。

突然杏子推开我，拉了拉衣服，坐直了身体。我斜眼张望了一下旁边的菊花，小姑娘神情专注地盯着银幕，呵呵傻笑着。

144

从邻村回家的途中，杏子一直显得很忧郁。后来菊花说要尿尿，她很快钻进田野，消失在黑暗中。我在月光下坚决地捧起杏子的脸庞，她的脸沉浸在幸福之中，可双眼却挂着泪花，我又一次吻了她，一个长长的吻，时间在那一刻仿佛凝固了。

　　杏花突然推开我，田野中菊花像个幽灵一般闪闪烁烁出现了。我与杏子迅速分开，月光无边无际地漫过来包围着我们。

　　回到老屋，昏黄的灯光下，四姨妈坐在八仙桌边做针线活，好像就在等待我的归来。我刚想溜进厢房，被四姨妈叫住了：

　　小弟，你去哪里了？

　　我看电影去了。我小心翼翼地回答。

　　你人生地不熟的，夜里黑灯瞎火的，要出点意外如何是好啊？四姨妈语重心长地说。

　　不会的，我已经成人了，又不是小孩。我的语气有点生硬。

　　长辈是关心你，母亲出现在厢房门口，农村的治安不比城里。

　　母亲这一帮腔，刺激了我的逆反心理，我说你们瞎操心，我又不是一个人去的。

　　你跟村里那些女孩子厮混也不好，四姨妈笑得很暧昧，你小舅在东阳地界上是有头有脸的人，万一出点什么事情，他的脸面往哪里搁啊？

　　我的脸唰一下红了，一股无名火油然而生，我尽量克制自己的情绪说：能出什么事？四姨妈！你这话说的真是的，我做什么了？怎么给小舅丢脸了？

　　我如此直接地顶撞四姨妈已经不是第一次了。半年前，在二姨妈遗产分配的家庭会议上，当她与小舅一起指责我不愿意给二姨妈做干儿子的时候，我被激怒了。二姨妈一生节俭，却留下几套平房，还有数量可观的红木家具及瓷器。本来是小舅与四姨妈的矛盾最尖锐，四姨妈嫌自己口才不好，叫来大女婿参加谈判。四姨妈的女婿是律师出身，思路清晰逻辑性强。小舅请来的"救兵"三姨妈没什么文化，她戴着绒线帽，操着缓慢的东阳话，完全站在小舅的立场说话，所有的理由都建立在传男不传女的乡俗上。四姨妈的女婿马上针锋相对地指出，二姨妈的遗产不是隔代相传的祖业，更何况，于今已是新社会，传男不传女的观念也不合时宜。老迈的三姨妈被四姨妈的女婿一抢白，眼睛八礅八礅地眨巴着，一句话也说不出口。

戏剧性的一幕出现了，三姨妈原本以为也可分一份二姨妈的财产，结果小舅以三姨妈成分不好为由，拒绝了她的要求。三姨妈象征性地得到了一些二姨妈的衣物。我看到三姨妈起身离去的时候老泪纵横，她没想到上海之行是这样一个结果。

三姨妈的问题解决后，小舅与四姨妈抛弃前嫌，开始联手打压母亲，他们寻找的突破点就在我身上。四姨妈一字一句说得非常清晰：

你看小弟，你要给二姐当儿子，我们今天就用不着在这里吵来吵去了，所有的遗产都属于你的了。

听闻四姨妈的话，我一下崩溃了，我冲着四姨妈怒吼：

我为什么一定要给二姨妈当儿子？我难道没有选择的自由吗？

后来，我冲出屋去，仰头朝天，面对万籁俱寂的星空嚎啕大哭。那时候只听见小舅在后面说：让他哭让他哭，这样他的愧疚会少一点……

小舅睡意蒙眬眯着眼睛出来了。他穿着短裤背心，说你们在说什么呢，还不睡觉啊？然后他一副息事宁人的表情对四姨妈说，四姐，你不要操心了，小弟的事情由五姐管，我们就不要管了。睡吧睡吧。

四姨妈收起针线活说，我也是好心，又不是我的子女，我操什么心啊。

那天晚上我心烦意乱，翻来覆去难以入睡，脑子里全是杏子梨花带雨的模样，天蒙蒙亮，我好不容易才依稀睡去。

这一睡自然到第二天中午，睁开眼环顾房间四周，母亲不在，我慵懒地起床，洗脸刷牙间，听到厨房里传来喧哗声。我走过去，母亲和四姨妈在灶头忙碌，牛眼叔依旧在烧火。

母亲看到我问道，小弟饿了么？我摇摇头。返身离开厨房的时候，我瞥见灶头边的垃圾桶里，有一堆削皮的甘蔗。

好好的甘蔗，为什么要扔垃圾桶呀？我大声说。

戴着袖套的四姨妈手持一把炒菜铲子走过来说，这是昨天的甘蔗，看你们都不吃我就扔了。今天又有人送来新鲜的。说着她从水缸木盖上拿过一只淘箩递给我，淘箩里装满了甘蔗。

浪费是最大的犯罪！知不知道？我没伸手去接淘箩，生硬地撂下一句便离开了厨房。

午饭四姨妈做了三菜一汤，小舅提了锡壶要给母亲倒酒，母亲说她嗓子痛就不喝了，小舅给自己的酒杯斟满，又给牛眼叔斟酒。我的面前没放酒杯，小舅举着锡壶笑嘻嘻地问，小弟不喝吗？我摇摇头，小舅没再说程家的后代哪能不喝酒之类的话。我匆匆扒拉完一碗米饭，就离席回房了。

午饭后，小舅走进屋来打开衣柜寻找衣服，他下午可能又有应酬。刚准备换上，客厅传来吵闹声，一个妇人哇里哇啦快速地说着，小舅穿着短裤冲了出去，我看到客厅里大舅的孙媳妇在和四姨妈大声嚷嚷着，她的脸涨得通红，唾沫四溅，因为语速太快，声音在屋梁四周回旋，完全听不清语义。

母亲站在四姨妈的身边，耐心劝阻着大舅的孙媳妇。那妇人随后一把拉起母亲的手臂说，你是五姑婆吧？你评评理，我们还是不是亲戚啊？他宁可把房子租给外人也不租给我，这是一个长辈该做的事情吗？

奇怪哦，我为什么一定要租给你？是小舅的声音。我想租给谁难道还要征得你的同意吗？莫名其妙！

那妇人即刻又爆炸了，嗓门变得异常嘹亮，有你这样的长辈吗？你跟那家人是什么关系啊？你要跟他们做亲戚啊？

不知道为什么，那时候我突然想起杏子拍照时手腕上露出的那块上海牌手表。

你再胡说八道，我就对你不客气！穿着短裤的小舅拿起了一把竹尺，在八仙桌上敲得噼啪响。

你打呀你打呀，妇人凶猛地冲向小舅，母亲和四姨妈两个人拼命拦住她，四姨妈的脚下跟跄了一下，小舅赶紧放下手中的竹尺，一把扶住了四姨妈。姐弟三个簇拥在一起，那画面异常融洽暖心，面对外部势力时他们是那么团结，让人绝对不会想到他们曾经因为二姨妈的遗产而争得面红耳赤。家庭会上所有难听的话此刻都烟消云散了。

后来牛眼叔出现了，他嘴里嘟嘟哝哝，凭借魁梧的身材，将大舅的孙媳妇和气地劝走。

傍晚时分，菊花活蹦乱跳地来找我，她完全不知道白天发生的事情，站在门口大声邀请我去看电影。

四姨妈挡在门口，不让菊花进屋，她对菊花说我家小弟晚上不能去看电影，他马上要回上海了。母亲也走到客厅说，对对，我们小弟今天不去了。菊花应该是很失落地走了。

我一个人坐在房间里，外面的对话全部钻进耳朵，心里备受煎熬，我真的无比思念杏子，脑子里全是她会说话的眼睛、活泼生动的姿态和悲戚忧伤的神情。

这期间四姨妈做了一件让我匪夷所思的事情，她瞒着大家特意跑去位于山坳里的杏子家，让杏子的父亲好好管住女儿，不要再往老屋送甘蔗了。杏子的父亲因为租着小舅的街面房，对四姨妈的要求自然是满口应承。

四姨妈为了维护她的兄弟真是煞费苦心不遗余力。可我当时不明白她为什么要这样做。我从母亲嘴里知道这件事后，再也没有主动与四姨妈说过话，冷战一直持续到我与母亲离开东阳的那一天。

一天早晨，我起床后一直被一种心神不定的情绪所笼罩，忽然我意识到了什么，跨出门槛，于是，我看到老屋前面的菜地里两个在挖甘蔗的身影。我实在抑制不住内心的冲动，一步步朝菜地靠拢挪近。包着头巾的杏子发现了我的莽撞，拼命朝我摆手。我没有停下脚步，杏子大概意识到无法阻止我的前行，她站起身来，躲到父亲的身后。杏子的父亲，一个满脸皱纹的村民，终于察觉到了异样，他看看我，又看看杏子，抱起一捆甘蔗往杏子怀里一塞，提了锄头，强拉着杏子的手臂朝村里走。走出十几米外，杏子回头望了我一眼。这是我最后一次看到杏子。

接下来的日子流水般庸常，我整日无所事事，在思念中度日如年。那天小舅不在，坐上八仙桌，面对一大盆索粉我毫无食欲，再好吃的东西中午吃晚上吃你都会腻。

母亲见我不动筷子，就关切地说：小弟早饭也没吃，快吃吧！

每天吃这个，受不了。我说。

四姨妈微微一笑，说：索粉在东阳是用来招待客人的。

我又不是你们东阳人！我没好声气地回了一句。

受到顶撞的四姨妈拉着个苦瓜脸，尴尬地看着母亲。

我不想让矛盾激化，也不想让母亲为难，于是突然站起来离席而去。

冷战一直持续着，终于有一天，母亲对我说，我们回上海吧！我连连点头，转过身去，生怕母亲看到我沮丧失意的样子。

临走前的一天，我写了一张字条，在村口拦住正与几个小孩玩耍的菊花，请她无论如何将字条带给杏子。我已经好几天没看见杏子，就想最后再看一眼杏子。你告诉杏子，我明天就要走了，我反复叮嘱菊花。菊花点点头，接过字条，活蹦乱跳地消失在我的视线里。

这天晚上，我在村口足足等了一个小时，杏子没有来。开始是焦急，忐忑，渐渐地，心情像一盆炭火冷却下来。夜风拂面阵阵寒意，我感到身体在微微颤抖。不知道菊花有没有把信送到，我热切期望见到杏子，杏子却没有出现。我不认识杏子的家，不然以我当时的心境是会找上门去的。

清晨，牛眼叔送我们去县城。我坐在独轮车上，感觉自己是被押解回上海的囚犯，天际线愈来愈近，心里有一口井，往下沉往下沉，一直沉到深不可测的井底。极目望去，无边的田野，望不到边的荒芜和寂寥。我幼年丧父，在大城市里出生长大，母亲说要带我来她的故乡，我是多么的欣喜和兴奋，遇到杏子，生命第一次感到被激活被打开，第一次体验到异性相吸的美好，不承想是这么一个结局！短短几天的乡间生活，像一阵风吹过田野，像一个梦，还没到结尾，梦就醒了。

到了东阳县城车站，因为我没吃早餐，母亲去旁边的小店铺给我买点心。母亲先把一个沙琪玛递给我，说好像不是上海生产的，你尝尝，也许不错。我接过沙琪玛，母亲又递给我一个纸袋，我打开一看，纸袋里是切成块状的一段段乳白色的甘蔗，我像被电击一样，用一种惊诧的目光盯视着母亲。母亲的目光很慈祥，但也很无奈和空洞。

火车隆隆轧过铁轨，我一语不发地坐在车窗前，田野急速朝后驶去，所有的景象都幻若梦境，所有的一切都那么的不真实。那袋甘蔗一直静静地躺在车厢的餐桌上，我的眼光几次触碰到它又迅速移向别处，好像那是一颗定时炸弹，一旦引爆乳白色的甘蔗片就会在车厢内到处奔跑起舞，苦涩的汁水如雨滴般翩翩洒落。

很多年以后，我的母亲年事已高，她因为心脏不好，在医院做搭桥手术。手术后的一天，阳光照进窗棂，母亲午睡后醒来，看见我坐在病榻前，她伸出瘦骨嶙峋的手拉着我对我说，有一件事情一直没有告诉你，我怕再不说就没有机会说了。你还记得东阳老家的杏子吗？

我点点头。

当年你去了大丰后她来上海找过你，来过我们家。她是跟着三姨妈的儿子到上海的。当时你在大丰农场，我没有让她去找你。

母亲突然咳嗽起来，她拍着胸脯，脸色涨得紫红，我赶紧起身倒了一杯温开水递给她。

母亲吞下一口水，清了清嗓子，又继续说道：你们的父亲去世早，我一个人抚养几个子女长大，没觉得亏欠你们什么，但这件事情一直是我的一块心病。

母亲接着说，每个人都有自己的命，杏子长相俊俏，在东阳那个小地方就算美人了，但很不走运。杏子的婆家是三姨妈的儿子牵线找来的，那时候杏子的父亲得了重病，为了得到一份厚重的彩礼给父亲治病，杏子才答应这门婚事的。杏子婚后生了一个残疾孩子。那姑娘是不是很苦命？这些都是三姨妈的儿子告诉我的。

三姨妈的儿子我见过，这位表哥的外号叫"天公神仙"，东阳话的意思就是无所不晓的乡间能人。

母亲又喝了一口水，双手捧着玻璃杯，望着我说：我知道我的几个子女都对小舅有看法。金无足赤人无完人。但他毕竟是我的弟弟。

其时小舅已去世，前列腺癌，晚年即便得了病，都离不开黄酒，他不听医嘱，中午晚上忍不住还是要喝半斤酒，吃一餐饭要上好几次厕所。

当初小舅听说杏子要嫁人，他很生气，把东阳的门面房收回来，租给大舅的孙媳妇了。母亲继续说。

小舅不是与大舅家不和吗？我问。

是呀，可大舅一族一直在闹，后来闹到整个东阳地界沸沸扬扬的，你舅妈在上海也知道了这件事情，为此还专门去了一趟东阳。

那杏子结婚小舅为啥要生气呢？我问。

具体的我也说不清楚，你四姨妈可能知道的多一点。杏子结婚的时候想让你小舅当证婚人，小舅人在东阳，东躲西藏，死活不露面。

母亲强撑起身体,伸出枯瘦如柴的手,指着白茶几前面的一只旅行包说:

哦,对了,你帮我找一下,旅行包的里袋有一个信封。

我打开旅行包,抽出一个褪色的牛皮纸信封,信封上印着"新疆生产建设兵团"的字样,那是大哥戍边工作一辈子的地方。

你把它打开。母亲说。

我打开信封,从里面抽出一张黑白照片,约莫明信片大小的尺寸,照片上杏子神情妩媚地倚靠树身,臂腕自然松垮地搭在树干上,手腕戴着一块上海牌手表。

我久久凝视着照片上微笑的杏子,时光飞快穿越到几十年前的乡间。影像模糊晃动,依稀浮现那一低头的温柔。翻过照片,只见背面歪歪扭扭地写着一行字:

厦程里的山上,到处长着勿忘我的紫色花草——杏子

病房里静如止水,午后的阳光温煦地映射在白色的墙上。

好了,说出来我心里就舒坦了。一开始是不想告诉你,日子久了,就开不了口了。母亲轻轻吁出一口长气,神情显得有些疲惫,她眯上眼睛,轻声说:

你也快四十了,不要光忙事业,也该成个家了。

母亲想说的重点原来在此,我恍然大悟。我抚摸着母亲冰凉而枯瘦的手,宽慰她说,会的会的,会成家的。谢谢母亲告诉我这一切。

进入新世纪不久后的某个仲夏,人到中年的我,因为参加一个采风活动莅临东阳,当地报社接待了我们。报社副刊部的一位女主任带我们去火腿厂考察,一只只猩红的猪匹悬挂着,

在阳光下像一面面旗帜。之后我们又去了木雕厂，最后驱车参观东阳的市容，沿一条正在整修的柏油路返回报社。我坐在大巴上，一次次眺望远方迷蒙的山峦，无来由地被一种近乡情怯的情绪所笼罩。山那边是怎样的一番景象？现在东阳人都变富了，粗粗估算一下，那个包着方格头巾的姑娘已是中年人了，要在乡间的小路上迎面相遇，我还能认出她吗？一股悲伤无来由地涌上心头。

汽车缓缓行驶的某个瞬间，我的脑际突然回响起拉威尔《波莱罗舞曲》的旋律，这首乐曲是大学期间一位法国留学生向我推荐的。它的旋律很特别，非常简洁和恒定，通过一次次的变奏和配器变化来呈现主题，像一条条小河，从四面八方汇聚而来，节奏缓慢地坚定地朝向一个目标。很奇怪的是，那么多年过去，每当我陷入冥想的时候，这首乐曲就会自动跳出来。

午餐在报社的餐厅包间，一张大圆桌上摆满了丰盛的菜肴。我们走进去，落座后我忽然轻声对旁边的女主任说：能不能让厨房炒一盘索粉？

女主任很惊讶，说老师怎么知道我们东阳的特产"索粉"的？我说我母亲是你们东阳人，前年她去世了，享年九十四岁。

一大盘索粉端上来了，堆成一座小山，里面放了很多切片的红肠和卷心菜叶，索粉全是断开的，每根都一寸来长，一筷上去索粉就散开纷纷掉落，让人联想到大珠小珠落玉盘的诗句。

女主任见我放下筷子，连忙问老师你不喜欢吗？炒得不好再来一份。我说不用不用，非常好。

我情不自禁地陷入了沉思。那圆圆的切片红肠，怎么看都像是初吻。

（《长江文艺》2022 年第 8 期）

飞来飞去

东　西

1

深夜，熟睡中的姚简被手机的铃声吵醒，同时被吵醒的还有他的夫人。他带着不祥的预感接听，果然，听到的是一串哭泣。这在他的意料之中，又仿佛在他的意料之外，心里紧张悲伤之余竟然还夹杂着一丝丝不那么体面的解脱。他需要确认，哪怕是明知故问，于是，便在姚久久一时半会儿尚不能中断的哭泣中很不礼貌地插了一句"到底怎么了？"似乎还抱着出现奇迹的幻想。"叔，奶奶上呼吸机了。"姚久久一边哭泣一边说。不是最坏的消息，他想，但愿没那么糟糕。他详细地询问母亲的症状后挂断电话。夫人问："怎么办？我们一起回去吧。"姚简说："疫情这么严重，回国的航班几乎熔断，去哪里搞机票？"夫人说："再难搞也得搞，你妈可就你这么一个后代。"

姚简在网上查询航班，找到一趟从纽约直飞广州的，立刻就订了三张。但第二天航空公司来电，说："疫情原因，航班取消，要不要订一周后的?"姚简在网上又搜了一遍，没找到直飞的，便续订。可第三天，航空公司又来电，说:"一周后的航班也取消了，要不要续订半个月后的?"姚简想你这是在开玩笑吗?半个月后回去，加上二十来天的隔离，我还能见到活着的母亲吗?他拒绝了续订，开始托熟人找关系，高价求购飞回中国的机票，包括但不限于直飞。

等机票期间，他每天都跟姚久久视频通话，每次通话他都让她把手机视频凑到母亲的面前。"妈妈⋯⋯"他在视频里呼唤。不戴呼吸机的时候，母亲的眼睛会努力地睁开一道缝，吃力地盯住视频，一点一点地舒展面肌，试图给他一个好脸色，但舒展着舒展着，眼看一丝笑容就要浮现却突然一动不动，仿佛静止一般，虽然还有舒展的企图却已经没有了舒展的才华。而大多数时间里她都在昏睡，无论他怎么呼唤她都没有反应，就像地面呼唤发射到外太空的失灵的探测器。

一周后，母亲的病情略有好转，能对着手机视频说话了，但每说几个字便停顿一会儿，仿佛挑重担的人需要歇气。她说:"仔呀，妈想让你赶紧回来，但又怕一时半会儿死不了。每次我病重你都回来，可每次你回来我都没死，你飞来飞去的都飞累了。要不再观察几天?看看病情走向，如果实在挺不住，我再让久久通知你，你再回来不迟。"其实，她何尝不想让他马上回来，而他又何尝不想立即回去。

又过了十天，他买到一套高价票，该票先由纽约飞伦敦，再从伦敦转机飞上海，然后从上海转机飞 N 市。他把这套机票打印出来放在客厅的茶几上，一家三口像饥饿时盯着面包渣那样盯着，谁也不吱声。夫人想我是第一个必须放弃回去的，因为我跟婆婆既无血缘关系又无共同的文化背景。儿子想我出生于美国新泽西州，不是奶奶带大的，即使我回去也不是她最大的安慰。

"那么，只能是我一个人先回去了。"

"请代我向妈妈问好。"

"告诉奶奶，我非常非常爱她。"

"谢谢。"

2

姚简隔离完毕，姚久久把他从宾馆接到医院。他踮脚走进病房，看见母亲静静地躺在床上，鼻孔插着输氧管，脸庞比视频里的至少瘦一圈。他俯身把脸贴到她的脸上，轻轻地叫了一声："妈……"她嘴唇嚅动，眼睛微微一睁，想举手却没有力气举起来，两行泪从眼角艰难地沁出。她等久了等累了，还在他隔离期间就昏睡过去了。

面对没有声音的母亲，他很不习惯，像走错了地方似的。以前他每次回来，耳朵里房间里走廊上轿车内到处都是她的声音："过得好不好?""累不累?""想吃点什么?""怎么瘦成这样了?"一连串的问句像叮叮当当的打铁声此起彼伏，根本没给他回答的机会，仿佛问只是为了问而不是为了要他回答。他把姚久久支开，一个人坐在床边陪护。真安静，现实中的声音都消失了或者说被他屏蔽了，过去的声音争先恐后："别哭，爬起来。""加油，你会考上的。""留学? 那是妈妈梦寐以求的事。""但是，你吃得惯西餐吗?""虽然我不适应洛莉，但只要你喜欢就行。""姚旺长多高啦?""你爸走了，就剩下我了。""美国，我去那地方干什么? 人生地不熟的，除了给你们添累，弄不好还给你们添堵。""妈理解，你只要一年回来看我一次就行。""不寂寞，妈有妈的生活。"

经过一阵回忆的轰炸，他出现了暂时失聪，就像飞机降落时因气压改变而出现的暂时失聪，世界又安静下来。仿佛是为了配合听觉，窗外的光线一抖，突然暗淡，就像被谁动了亮度开关。走廊外的花圃，怒放的鲜花因光线的忽然暗淡反而凸显它们的艳丽，有三团红，三团黄，还有两团紫，远远地看着就觉香。他下意识地抽了抽鼻子，觉得不对劲，竟然闻到了一股朽味，以为是下水道或过期食物发出来的，但经过仔细检查才发觉朽味来自母亲的身体。

他很生气，打来半桶热水，先用香皂把毛巾洗干净，再用毛巾给母亲洗脸，抹身子。抹身子时，他才知道母亲的瘦超乎他的想象，瘦得身上的骨头都硌他的手了。瘦是因为她长期患病，但她的指甲为什么会那么长？说明姚久久没有尽到护理的责任，竟然不给母亲勤剪指甲，简直是……他想骂人，但话到嘴边却很绅士地咽了下去。他从床头柜里找出指甲剪，一边给母亲剪指甲一边问："久久多久给你洗一次澡？"母亲没反应，他知道她不会有反应，但这并不妨碍他的自言自语，也并不妨碍他把一年多来想跟她讲的话讲一遍。

傍晚，姚久久来了，她带来了晚餐和母亲的干净衣服。晚餐是给他带的，母亲已经断食，全靠输液维持生命。他没食欲，坐在一旁看她给母亲换衣服。他说："你没闻到奶奶身上的气味吗？"她说："这叫老人味，老了你也会有。""也许吧……"他岔开话题，"要是当初她跟我去美国，哪至于这样，没准连这个病都不会得。"

"到了美国就不生病了吗？"

"那倒不是，也许那边的环境对她更有利……"

"不可能，"她给母亲换上干净的衣服，"看看你们感染新冠病毒的人数，就知道奶奶没跟你去多幸运。"他震了一下，没想到她从这个角度思考问题，更没想到她把他划为"你们"而不是"我们"。他不想默认，也想把憋了又憋的话痛快地说出来。他说："你多久给奶奶洗一次澡？"

"天天都洗。"

"多久给她剪一次指甲？"

"天天都剪。"

明摆着的谎言她却振振有词，好像撒谎的是他，甚至还让他产生了羞愧。他本想用外交辞令，但看着她那副抵赖的模样，顺嘴说了一声："Shit!"也许是美剧看多了，她竟然听懂了，把被单重重地一抖，坐在床边生气，说："叔，你是不是一直怀疑我没有好好照顾奶奶？"他当然怀疑，但他一直没捅破这层窗户纸，直到现在也还在犹豫要不要捅破。"如果你怀疑，你可以另外请人。"还没等他想好词，她先说了。"每月一万元人民币，相当于你们大学里四级教授的工资，难道你就不想挣这个钱吗？"他也下意识地把她划为"你们"。

"我宁可不挣你的钱，也不想让你怀疑；你也不要因为有几个钱，就学美国欺负我们。"

"我欺负你了吗？"

"怀疑就是欺负。"

"那你干吗撒谎？你明明没有天天给奶奶洗澡，却说天天都给她洗；明明没有天天给她剪指甲，却说天天都给她剪了。"

"奶奶这身子骨，经得起天天洗澡吗？再说她的指甲长得那么慢，有必要天天都剪吗？你不了解实际情况就不要满世界指手画脚。要说撒谎，你们美国人撒得更厉害，你们说伊拉克有化学武器，结果找到的却是洗衣粉。"

他无法辩驳。谁告诉她的？他想，当一个护工不看护理手册却天天刷短视频的时候，你就不容易反驳她了。他很想说美国是美国，他是他，但显然她不会同意他的这种切割，在她的意识里他早就等于美国了。他说："那么，我给你买的轿车呢？本来是想让你方便接送奶奶，但你却拿来做网约车，天天接单挣外快，竟然把奶奶一个人晾在病房里。"

"谁告诉你的？"

"你说呢？"

"真没想到，我对奶奶那么好，她还跟你告密。"她回头看了一眼床上的奶奶，轻轻骂了一声，"叛徒。"

"简儿……"母亲忽然醒了，仿佛是被姚久久骂醒的。姚简走到床边，俯身捧住母亲的手。母亲吃力地断断续续说："别怪久久，是我叫她去做网约车的……"说完，她又昏睡过去，醒来好像就是为了帮姚久久洗白。

3

病房断断续续来了一些客人，都是姚简昔日的同学与旧交。"你还好吧？"他们反复询问反复打量，充满了对姚简的关切与担心，饱含深深的同情，好像身患绝症的是他而不是奄奄一息的母亲。但是，也有不这么问却仍然想表达这层意思的，比如大学同学张文垂。

"哈哈，老同学……"张文垂声音洪亮，戴着两层口罩走进来。

姚简赶紧起身朝他伸手，但他没接他的手掌，而是用手肘碰了一下他的手肘，生怕握手又得洗手。姚简还在愣神，张文垂已经从床底拉出一张凳子坐下，并指着旁边的凳子说了一声"Please"，好像他是这个房间的主人而姚简是来客。姚简会心一笑，慢慢坐下，发现张文垂的印堂，准确地说是口罩以上的面部闪闪发亮，由此推断他气血充沛心情舒畅。他说："快撑不住了吧？"姚简蒙圈，想他怎么会用这么不礼貌的语言来问候母亲，难道是为了表示两人的关系非同一般？他不想回答却又怕失礼，便很不情愿地说："目前还算稳定，但不知道能撑多久。"

"再这么发展下去，死定了。"张文垂说。

姚简心头一堵，说："抱歉，你是指我的母亲吗？"

"No，No，No，"张文垂赶紧摇手，"我说的不是伯母。"

"那你说的是谁？"

"你就别装啦，我说的是……"

姚简想说"我没装，我真不知道你说的是谁"，但他像憋屁那样把这句话憋回去，觉得辩解会让他以为他虚伪。如果这是他们做同学那些年的暗语，而自己又偏偏忘了，那岂不尴尬？于是他笑了笑，摆出一副释然的表情。幸好张文垂没追究，而是转移了话题："我知道你在那边混得不好，但前几年我即使想帮你也使不上劲。""还行吧，我觉得……"姚简支支吾吾，仍在揣摩张文垂的言外之意。

"你看你，还在打肿脸充胖子，老弟我现在可是能帮你了。"张文垂拍了拍胸口。

姚简又被他说迷糊了，不知道他要帮他什么，也不知道自己需要他什么样的帮助，眼下除了母亲病危这个难题，他几乎没有别的难题。张文垂看他没有领悟自己的暗示，便直接问："你一年的收入是多少？"

"不多，也就十来万美金。"姚简说完立刻后悔，觉得这个数虽然打了折扣，却还是怕对张文垂形成刺激，于是马上补了一句："不过，这是税前，你知道美国的个人所得税极高。"没想到张文垂一拍大腿，说："out 了，像你这样的人才，在国内年薪至少一百万人民币。""真的？"姚简惊讶，觉得张文垂还是一如既往地喜欢吹牛。但似乎是为了证明自己不是吹，张文垂掏出手机，用免提跟西江大学吴校长通话，说要给他推荐人才。吴校长问推荐谁，他说普林斯顿大学化学系的教授姚简。吴校长感叹，说确实是个人才。张文垂问他愿不愿意引进，吴校长说引不引进还不是你一句话吗？你说引进我们就立即办手续。张文垂说像他这样的专家年薪是不是应该百万？住房是不是应该不低于一百六十平方米？家属工作也应该一并安排吧？虽然张文垂使用的是问句，但在姚简听来却句句都像命令。果然，吴校长说当然当然，此外还有一笔不小的科研启动经费，还有安家费。张文垂挂断电话，说："过去我不在这个位子上，不知道人才有多奇缺，那么老同学，这事就这么定了。"

"啊……"姚简一脸的诧异，"这么快就定了？"

"这是我一贯的办事风格。"张文垂想摘下口罩，但摘了一半又重新挂上。

"文垂，这么大的事我得慎重考虑，而且还需要跟夫人孩子商量。"

"有啥好商量的，难道你仇恨钱？"

"那倒不至于……"姚简说完就想，他不是来看望母亲的吗？怎么突然就扯到了人才引进上？我没跟他说过要引进呀。

张文垂似乎看出了他的疑虑，说："你现在就给嫂子洛莉打个电话，要不我先把她引进了再引进你？"姚简摇头，说："别，你先把引进的速度降一降，你嫂子是学美国历史的，把她引进发挥不了什么作用。"

"让她改学中国历史，让她知道我们的历史有多悠久，多博大，多精深。"

"关键是我都适应了那边的生活，况且，当初我那么渴望出去，现在一听说这边有钱就屁颠屁颠地回来，别人怎么看暂且不说，自己都觉得斯文扫地满脸通红。"

"不怪你，当年我们支持出去，现在欢迎回来。"

"请给我一点时间吧。"姚简犹犹豫豫。

"你就是爱面子，放不下身段，不愿意接受我们强大这一事实。"张文垂不耐烦了，起身徘徊，忽然灵光一闪，指着床上说，"难道你就不想回来陪陪母亲？她可是为你奉献了一辈子。"

"当初就是她劝我出去的。"

"现在她的态度变了，不信你问。"张文垂走到床边，提高嗓门，"伯母，你想不想让姚简回来工作？"

"想……"母亲回答，调门还挺高，"那么好的条件，为什么不回来？"

"我说对了吧。"张文垂一击掌。

姚简羞愧地低下头，他没想到母亲竟然醒了，竟然听清了他们的对话。先不说自己回不回来，但至少"回来"这个议题让母亲的心情有了好转。

4

一天，姚简在给母亲洗脸时，她突然把毛巾推开，说："你服侍我这么久，是不是烦了？"姚简说："你给我尽孝的机会，高兴还来不及。""那你能不能回来工作？"母亲认真地看着他，目光里有一丝久违的明亮。姚简不敢回答，生怕影响她的情绪。他想，不是说回来就能回来，就像移栽的树，已经把根扎在新的环境，要想再移栽一次谈何容易。但母亲没有放过他，说："只要你回来，我至少还能活十年。"姚简想如果你能再活十年，那我就是绑架也要把你绑架到新泽西州去，就怕你活不得那么久，就怕你连现在的清醒都是回光返照。

"知道我为什么不愿意跟你出国吗？"母亲突然问。

"你说你不习惯那边的生活。"姚简说。

"那是托辞，真实的想法是为了给你留一条后路。"母亲忽然压低嗓门，警惕地看着门口，好像这是一个害怕别人听到的秘密。

"你想多了。"姚简故意提高嗓门。

"但从目前的形势来看，我给你留的这条后路留对了。简儿，实话告诉我，你在那边自在吗？晚上敢上街吗？小偷是不是很多？他们歧视你吗？你是不是买枪了？姚旺没吸毒吧？洛莉没出轨吧？一想到你在外面被人欺负，一想到你每天都过着提心吊胆的生活，我就整晚整晚地睡不着，后悔当初把你送出去，你看你，都瘦成啥样了……"母亲一旦有了精力就会毫不吝啬地用来唠叨，这是姚简熟悉的模式，却不是他熟悉的内容。他觉得奇怪，仅仅一年多时间不见，母亲竟然生出了这么多担心。过去，她可从不担心我在外面的生活和工作，难道是越老越敏感或是越病越糊涂？为了让她放心，他卷起衣服露出腹肌，说："这不是瘦，是结实，我每天都健身呢。你看你，都瘦得只剩下骨头了，还好意思说我瘦。"母亲露出一丝笑容，是事实被所爱的人揭穿后开心加尴尬的那种笑容。

"老房子我一直给你留着，新房子也给你买了一套。"母亲说。

"去年回来，你不是催我赶紧把房卖了吗？"姚简说。

"卖了你住哪里？"

"我又不是经常回来。"

"你那个张同学不是说要把你调回来吗？"

"前天，吴校长找我谈过引进的事，我已经拒绝了。"姚简觉得有必要跟她说实话，否则会增加她无端的期盼。

她叹了一口长气，仿佛在为他也为自己惋惜，她说："你连房子都没有，你住什么地方？晚上睡桥洞吗？"说着，她的眼眶忽然湿了。她不停地抬手抹泪，悲伤得像个孩子。他说："请你放心，我在新泽西住的是别墅。""你的别墅是租的，我这个有房产证，有房产证的住着才像一个家。"她似乎又回到了清醒状态。他说："我买得起别墅，只是不想买而已，租来住更划算。""又骗我，物价那么贵，你买得起个鬼。你骗别人也就算了，怎么连妈都骗？"她好像又糊涂了。

"我没骗你。"

"你骗我，你一直都在骗我。你骗我说你生活幸福，有房有车有钱，可我一眼都没看见。其实，你什么都没有，一点都不幸福，你就像莫泊桑小说里的叔叔于勒。你骗我说不想回来工作，其实你想回来，只是放不下架子。"

"我的状况我清楚，你不用担心。"

"你不清楚，你好糊涂……"

沉默。他不想跟她争执，知道再怎么争执也改变不了她的看法，因为她似乎在绝症的基础上又叠加了阿尔茨海默病。也许是说累了，也许是对姚简深深地失望，她突然感到胸闷，忽然就不想说话了。护士给她插了输氧管，她安静地躺在床上，她的安静让姚简好一阵不适应。深夜，姚简感到困倦，便伏在床边打盹。醒来已是凌晨四点，他抬头一看，母亲没了呼吸，输氧管已从鼻孔拔出，被她的右手紧紧地攥着。

5

处理完母亲的后事，姚久久开车送姚简回家。车上，姚久久说："叔，我知道是你偷偷拔了奶奶的氧气管。"姚简气得面红耳赤，心脏差点停摆。他舒了一口恶气，说："你的想法比蟑螂还脏。""不只我，所有的亲戚都这么认为。"姚久久双手握着方向盘，仿佛握着真相。"我为什么要拔她的氧气管？难道我就不希望她活得更久一点吗？"姚简按下车窗，急迫地呼吸着外面的空气。

"因为你不想飞来飞去，不想影响你回美国挣钱，不想再支付护理费。"

"停车。"姚简近乎呵斥。

姚久久把车"吱"地停住。"从今以后，再也不要让我见到你。"姚简指着姚久久的脑门一字一句地说完，才打开车门钻出去，"嘭"地把门摔回来。"忘恩负义，我跟你绝交，我们全家都跟你绝交。"姚久久怼了一句，"呼"地把车开走，好像车比她还生气，好像车不是姚简给她买的。姚简愣住，想为什么会有这么多的误解？去年回来时不还是好好的吗？他孤独地站了一会儿，百思不得其解，便朝家的方向走去，一边走一边想还有谁能相信我？白小鹃，他突然想起了他的初恋女友。

他约白小鹃在茶庄见面，等待期间，他隔着落地玻璃窗看了好久的草坪和湖水。草不是当年的草，水也不是当年的水，但他假装它们还是当年的，只承认周围的树长粗了，长高了。"我知道你的婚姻不幸福。"忽然传来一个女声。他扭过头来，看见白小鹃坐在对面，脸上还是当年那种高高在上的表情，好像她是上帝专程派来俯视他的。虽然他反感这种俯视，却又不得不承认因为她的漂亮而稀释了对她的反感，就像在硫酸里加碱稀释其伤害性。没想到她还保持着当年的脸型与身材，皮肤依然白里透红，就连眼角和脖子也没什么皱纹，也许是因为一直单身，也许是因为注重保养，她看上去显得比实际年龄至少年轻十岁。他一边观察一边想，她怎么一落座就说我的婚姻不幸福？是掌握了确凿的证据抑或是猜测？洛莉不是挺好的吗？她既有事业心也有家庭责任感，平时说话轻声细语，哪怕我说了不对的观点她也总是无条件地先说"OK"，然后再找机会解释。她懂得管控情绪，从来不跟我发生因文化差异而引起的冲突。她就像我的胃，知道什么时候做中餐，什么时候做西餐，什么时候下馆子。如果硬要说我的婚姻不幸，那也只不过是在白小鹃说出来的这一刻我脑海突然产生的一个概念，因为我从来没质疑过婚姻的幸福。

"你母亲住院后，我常来陪她聊天，她有时喊我小鹃，有时喊我洛莉，有时还喊我儿媳妇。"白小鹃说。

"对不起，她的记忆出了问题。"姚简说。

"也许这是她的真实想法，在她的潜意识里一直反感你跟外国人结婚，尤其是……"没等白小鹃说完，姚简赶紧打断："母亲跟洛莉的关系很好。"

"那都是装出来的，她每次看见我，就会把洛莉的照片从手机里调出来进行比较，天哪，洛莉怎么胖成那样了？"白小鹃得意地看着姚简。姚简说："女人嘛，还是丰腴一点好，尤其是到了一定年纪之后。"

"丰腴？"白小鹃张大嘴巴，"那也叫丰腴？叫臃肿好不好？"

"这和婚姻幸不幸福有关系吗？我就喜欢丰腴的。"

"当然有关系，她之所以臃肿是因为有压力，是因为你没有给她幸福，或者说她没有从你这里感受到幸福。"白小鹃一套一套的。

"你说得对。"姚简决定妥协，这几天经历了太多的争论，他不想在离开前再争论一次，于是把茶杯小心地推到白小鹃面前。虽然喝茶能降躁（即降低狂躁），但白小鹃只抿了一口，显然茶量达不到降躁的效果。果然，白小鹃又发话了："姚简，你好可怜。"他假装没听见。白小鹃盯着他，就像狙击手通过瞄准镜盯着目标那样，盯得他的脸一阵阵辣。他扭过头，回避她的目光。她说："像你这样的成功人士，竟然连一个情人都没有，好可怜。"

"这恰恰证明我对洛莉的忠诚。"他感到自豪。

"既然你忠诚于她，那干吗还要约我出来？"

"想找你说说话。"

"你想说什么？"

"有人说是我拔了母亲的氧气管，你认为我能做出这样的事情吗?"

"我听说了,亲人群里都在传。"白小鹃迟疑了一会儿,"如果是二十年前,我认为你绝对不会做这种没良心的事,但现在我完全不了解你。再说……你母亲的病一会儿好一会儿坏,这几年你飞来飞去的确实也挺辛苦。这么跟你说吧,我不敢肯定你会拔她的氧气管,但至少你有过拔她氧气管的想法。"

"糟糕,我以为你最了解我,没想到你并不了解,谁会相信我俩曾经在一张床上睡过?"姚简低下头,感到失望。白小鹃感叹,说:"姚简,环境会改变人,况且你出去了二十多年,况且西方根本就不讲中国的孝道,你们对生命的理解完全跟我们不同。"

"可我跟你还是一样的。"

"不一样了。"白小鹃伸手在姚简的下巴上撩了一下,姚简的身子本能地往后一躲。白小鹃说:"你一躲,就说明你不相信我,语言很狡猾,身体很诚实。既然你都不相信我了,凭什么让我相信你?"

姚简无语,嘲笑自己竟然想从抛弃过自己的女人身上寻找安慰,简直就像幻想病毒自行消失那么幼稚。当初,他们也没多大的矛盾,她踹掉他仅仅是因为不同意他出国留学,怕他被洋妞勾引。他忍不住重新打量白小鹃。她看见他抬起头来,忍不住又伸手撩了一下他的下巴,他又本能地一躲。她说:"你看,想重新建立信任有多困难,当初我摸你的任何一个地方,你不仅不会躲反而会迎上。可是现在……"

"现在我已经有老婆孩子了。"

"想不到你们美国人这么保守,姚简呀姚简,无论一个人或一个民族,如果不开放,那就会憋死。难道你不想从我们当初失败的恋爱中吸取教训吗？"

"吸取教训的应该是你。"

"哼……"白小鹃说，"除了对你深表同情，我真没办法救你。"

6

姚简飞向新泽西州，于上午十点回到自家别墅。一放下行李，洛莉就问："亲爱的，这几天你看社交媒体的亲人群了吗？"姚简说："没看。"洛莉说："他们怎么那么邪恶？"姚简问："谁邪恶？"洛莉说："你的中国亲戚，他们说是你拔了母亲的氧气管，让她提前死亡。"姚简说："那不叫邪恶，叫误解或误会，你用词重了。"

"可他们都在污蔑你。"洛莉气得满脸通红。

"他们照顾母亲那么多年，蛮辛苦的，批评几句也是为了宣泄情绪，过一段时间就风平浪静了。"姚简解释。

"我讨厌他们拿母亲的生命来编故事，都是些什么物种呀？"

姚简听得不舒服，便提醒洛莉："亲爱的，请注意你的语言，我们和他们是一样的。"过去，只要姚简一提醒，洛莉会马上说"Sorry"，但这次她竟然没说"抱歉"，说明她骨子里仍然潜伏着天生的优越感，哪怕她平时没有表现，但在不经意间会猛地跳出来。

傍晚，姚旺黑着脸从大学回来了，一进门就说："爸，你的亲戚为什么总是用恶意揣测你？"姚简说："我的亲戚不也是你的亲戚吗？"姚旺说："什么狗屁亲戚，我已经在网上跟他们开骂了。"姚简心里一沉,后悔没在"亲人群"里及时屏蔽姚旺和洛莉。他怕矛盾升级,劝姚旺停止骂战。姚旺说:"可是我气得肺都要炸了。"姚简说:"一个人成熟的标志就是能控制脾气。""在谣言面前你不用控制,"洛莉从厨房冲出来,"我支持你骂他们,儿子。"姚简一拍餐桌,说:"你们想没想过明年我们还要回去过清明节?还要跟他们打交道,还要拜托他们照看好爷爷奶奶的骨灰?"洛莉和姚旺沉默了,他们用同情的眼神看着他。姚简发现他们的眼神和回国时亲人们看他的眼神相似。

深夜,姚简偷偷打开手机,翻阅"亲人群"里的信息,看见上面全是"阴谋论"。姚久久说她半夜送夜宵,发现叔叔偷偷拔掉奶奶的氧气管,于是赶紧冲进去制止,但已经来不及了。姚简想她什么时候送过夜宵?我从来都不吃夜宵。姚老大,也就是堂哥,姚久久的父亲,他说他调看了医院的监控,确证婶婶的氧气管是堂弟亲手拔掉的。姚简想他们家不就是想多挣一点护理费吗?但也犯不着这样污蔑陷害。表弟说表哥既有作案的动机也有作案的时间,还有作案的环境。姚简想这个表弟是著名的"啃老族",在母亲病重期间他连看都不愿意看一眼。姨妈每求他来看一次,他就跟姨妈收一次出场费。除了真正的亲戚,群里还多了一些不认识的人,他们都是姚久久拉进来的。他们不摆事实不讲道理,只是一通乱骂,而姚旺早在几天前就跟他们怼上了。群里塞满了不干不净的语言,每隔两三行就有人问候别人的祖宗。这个"亲人群"是几年前为了方便沟通由姚简拉群的,现在不仅不能在上面友好地沟通,反而成为相互仇恨的场所。姚简很失望,他的手指悬在屏上许久许久,终是下定决心按了下去,就像按下武器的开关。从此,这个群被他解散了，彼此眼不见心不烦。

但是，姚简仍然心事重重，他的脑海时不时会冒出关于氧气管的各种说法，有时候他竟然怀疑母亲的氧气管真是自己拔掉的，甚至会给这种想法配画面，越配越觉得真实。这种想法就像一块创可贴贴在他的脑海，怎么撕也撕不掉。一天午后，他靠在客厅的沙发上打盹，突然梦见了母亲，这是母亲逝世后他第一次梦见。母亲不停地抹着眼泪，说："简儿，氧气管是我自己拔的，你受委屈了。"姚简一个战栗，忽地惊醒，放声大哭。这是母亲逝世后他第一次痛哭，仿佛要哭出全部的悲伤和思念。哭罢，他算了算时差，发现母亲在梦里出现的时间正好是一个月前她离开的时间。

这边午后，那边凌晨。

（《收获》2022 年第 5 期）

比时间更久

钟求是

A：虚构部分

父亲是一位原则先生，当年做中学语文老师时，似乎就看不上"浪漫"两字，现在变成年迈老头儿，更不喜欢挪动日子里的细节。可是那天晚上，他一个电话将周一忆召去，摆出一副有点儿庄重的谈话样子。周一忆只好坐在他的对面，做平时在局里听领导训话的认真状。父亲说："我有个打算，想改一下自己的名字。"他又说，"是的，我要把身份证上的名字换掉。"

周一忆愣了几秒钟，才确定自己没有听错。他眨一眨眼睛，向父亲送去诧异的目光。母亲去世以后，父亲的精气神儿一点点漏掉，身体失去了硬朗。所以儿子上大学后，周一忆便和妻子商量，让父亲搬过来一起住。父亲不肯点头，他觉得一个人住着自在，吃饭睡觉什么的也不丢秩序。没料到时间一久，父亲的想法先丢了秩序。周一忆说："爸，你这是什么意思？我有点儿不明白。"父亲说："我不要你明白，你按我说的去做就行了。"周一忆说："这是一件稀奇的事，我总得知道为什么吧。"父亲说："也不算稀奇，我只是改回年轻时的名字，周文振换成周大正。"周一忆嘿嘿地笑："周大正真不如周文振好听。"父亲提一提眉毛："我这个年纪了，做一件自己想做的事，不可以吗？"父亲这么一说，周一忆不吭声了。按虚岁算，父亲已经七十九啦，年龄让他的话语变得不好反对。

周一忆在脑子里寻找可以咨询的人，想了一圈，找到个名字里也有个一的人，即半是熟人半是朋友的刘一东。刘一东在昆城公安局做捉笔科员，虽然不是户籍警，相关规定总归能拿捏住的。周一忆躲开父亲走到另一个房间，打手机跟刘一东接上话，先寒暄两句，便试探着问改名字的事。刘一东果然靠谱，马上一二三四讲了申报流程和变更条件。他认为这事儿说难也不难，关键点在更改理由。周一忆问："哪些理由能用上劲呢？"刘一东说："户口本和身份证上的名字不符呀，特别的冷僻字呀，还有招惹公共风俗什么的。譬如我姓刘，如果叫刘氓，就可以理直气壮要求改儿。"周一忆沉吟一下，说了父亲的想法。刘一东哟了一声，说："你爸是……什么意思？我不太明白。"周一忆说："我也是这么个反应，可他不肯说出理由。"刘一东说："没有合适的理由肯定办不了，而且你想过没有，改了名字就得改户口簿医疗证社保卡老人卡房产证土地证保险单……"周一忆说："嗯，我听懂啦。"刘一东仍补一句："你爸这样的年纪了，要是一不留神漏掉什么证件，将来你继承遗产就很容易抓瞎。"周一忆赶紧又说："嗯嗯，我听懂啦。"

周一忆的本意正是找到托词，现在有刘一东这一番话做底子，心里安定了。出了屋子回到客厅，周一忆把改名字的难度说给父亲。父亲不服气地说："名字是自己的，叫啥名字应该自己说了算。"周一忆说："名字还真不是自己说了算，你的名字应该是爷爷说了算。"父亲说："这就对啦，我要改回的正是你爷爷给的名字。"周一忆忍不住一笑说："爷爷给的名字一会儿不用一会儿又用，总得有个理由呀。"父亲沉默一下，说："我的理由就是年纪！我老了，活不了几年啦，日后到那边得去见父母。"停一停又说，"周大正三个字叫了二十四年，父母就认这个名儿。"

父亲出生在浙北一个叫周家浜的镇子。爷爷在当地有点儿能耐，做生意赚了钱买下一些田地，算是半个商人加半个地主。中华人民共和国成立后生意收手，田地又没了，爷爷的日子灰溜溜的，只能不停敲打儿子好好念书。父亲还算争气，在十九岁那年考到杭州城读师范学院。毕业后先在杭州一所小学任教，一年后要求做中学教师，便一路调配到了浙南的昆城。父亲告诉过周一忆，正是到昆城后心里觉得憋屈，又想重新振作自己，才改了个名字。

换了名字嘛，就得作数，应该落棋无悔，不能到老了又想活回去。周一忆说："爸，为了到那边见父母而改名字，这个理由怎么拿得出手！再说了，你这也是硬往我心里塞了个不高兴。"父亲说："你有什么不高兴的？"周一忆说："按你的说法，你改了名字到那边见到我妈怎么办？你这不是对不住她吗？"父亲的脸硬了一下，眼光缓缓移向旁边桌几，那上面摆着一个母亲的相框。照片中的母亲启齿微笑，心里像是放着一些满意。父亲叹口气说："你说得也对……其实刚才的说法我只是顺嘴一讲，要改名字得找别的理由。"周一忆顺势引导说："就是嘛，到了这个年纪日子要维稳，可以经常到外边散散步，没事了也可以到照片里走一走。"说着他起身去父亲卧室，从木柜抽屉里取了一本相册回来。

相册里布着父母的照片，有些是单人照，有些是合影。这些年，跟父母在一起时，周一忆顺手用手机给他们拍了不少。父亲并不喜欢拍照，但儿子举起手机时，他一般也是配合的。过后拣出好的照片打印出来，他会看了又看，然后挺宝贝地存起来。

周一忆坐到父亲身旁翻开相册，随便指了一张照片："你瞧瞧，那时候你多年轻。"这是十几年前的一个午餐镜头，那会儿母亲还在厨房里，父亲独坐餐桌前用筷子偷偷尝菜，被拍了下来。周一忆又指着一张俩人的合影："这张拍得不错，两个人的样子都挺投入。"这应该是五六年前的一个周日，父亲在手机里收到一位亲戚的什么消息，他看了一遍，又招呼母亲过来看，两只脑袋便凑在一起认真地琢磨文字。随后周一忆翻过一页，指尖落在一张郊游照片上。照片里父母坐在草地上，旁边闯进一条不怕生的小狗，他们瞧着小狗，小狗也瞧着他们。

接着周一忆注意到了右上方一张画面好玩的照片。那天昆城中学校庆，曾经做过副校长的父亲自然被列为嘉宾。周一忆和母亲陪着他去了，报到时领到一朵配有金色名字的胸花。母亲伸长脖子将胸花别到父亲胸前，父亲则咧着嘴做幸福傻笑状。这是可以借用的场景，周一忆说："瞧见了吧？名字可不能随便改，改了就对不上人了。"父亲一撇嘴说："换个名字，那些老同事还能认不得我？"周一忆说："老同事能认得你，可老档案不认得你，它们只认一个叫周文振的老师。"父亲嘴巴动一动，没发出声音。

之后一些日子，父亲没有再提改名儿的事。

时间过得快，春天红红绿绿一阵子，不知不觉收了尾踏入夏日。夏日总是愣头愣脑地热，没什么味道，这是昆城最无风韵的季节。

大概是没应付好空调，父亲感冒了一次。感冒过后，身子又弱了些，譬如在手机里讲话，中间不时要停顿一下。好在镇子不是很大，周一忆和妻子可以常过去看他，顺便捎上一些肉、菜什么的。周一忆也向父亲试探过，要是不肯搬过来一块儿住，能否请一个保姆收拾屋子，被他一口拒掉。他说自己干些家务没啥问题，手脚要是歇下来，会很快锈掉的。

没有太久，父亲为自己的倔强付出了代价。那天傍晚周一忆在餐桌前喝着啤酒，父亲打来手机，讲一句自己心里难受便断了通话。这一声没头没脑的诉苦让人纳闷，周一忆放下酒杯迟疑一下，打个车子赶了过去。推门进屋，却见父亲坐在沙发旁边的地上，嘴唇乌暗，双手捂着胸口。周一忆这才明白他说的心里难受是怎么回事。慌乱之中，周一忆的第一个动作是在手机上摁出 120。

父亲住进了医院。医生说是左心衰，由肺瘀血引起心脏血量供应不足。配合着查一查其他指标，又牵出别的一些毛病。在周一忆看来，父亲像一部攒着许多年头的机器，近期保养不是太好，于是哪儿都容易冒出毛病。再往细里说，保养不好的原因不是缺少吃喝，而是缺少内心的快乐。他的心衰不仅是物理性的，可能也是心理性的。

父亲在病床上躺了半个月，情况渐渐好转，力气也回来了一些。傍晚周一忆来医院，会扶着他在走廊里走一走。走了几天，觉得他气神稳住了，又把散步延伸到了楼下休闲区。

散步的时候，父亲不喜欢说话，周一忆也就不多开腔。两个人待在一起，有一种默契似的安静。但是有一天正慢慢走着，父亲突然停住脚步，转头看周一忆一眼说："我还想改名字。"

周一忆愣了一下，没有马上搭话，而是将父亲引向旁边花坛间的椅子。他觉得父亲此时有不少话要说，站着说话是要花力气的。果然，父亲在椅子上坐下后，说："我想过了，我一辈子没做过对不住你妈的事，改名字也不算。"周一忆说："你为什么不等病全好了再说这个？惦记这种事挺累人的。"父亲绕过问话，自顾自说："你知道的，你妈对我好，我对你妈也没有不好。"周一忆说："这话我同意……两年前也是在这里，你陪着我妈走路散步哩。"是的，两年前母亲住进这家医院，父亲一直相伴着，有时坐在床边跟她轻轻聊天，有时挨着她在院子里一起慢走。那时母亲身子枯瘦双脚无力，走路时一只手拄着拐杖，另一只手握住父亲的胳膊。好几次周一忆撞见这情景，心里又难过又安慰。

父亲说："既然你同意了这一点，那我就跟你好好讲一件事。"父亲又说，"我知道，我的时间也不会很多了。不把这件事讲出来，你不会帮我去改名字的。"

那个傍晚，天空上停留着夏日特有的云朵，空气中流淌着医院特有的气味。父亲从年轻时的一次恋爱说起，讲到了许多年前的一个夏天。那个夏天有一场露天电影，那场电影让他的那个夏天变得很不一样。在他的讲述中，昆城的夏日不是无风韵的，而是有着黑白老照片似的苍凉味道。

坐在父亲旁边，周一忆做了一回寡言又认真的听者。

第二天下班，周一忆将刘一东邀到一家海鲜餐馆吃饭。昆城不是个大地方，都在机关局委里混着，刘一东不好意思不给脸。再说事先周一忆给过提示，饭菜里没有阴谋，主要还是聊聊父亲改名字的事。

　　在餐馆小包厢里落了座，两个人先干掉几杯啤酒，然后慢慢切入主题。刘一东脸面微胖，声音却有些细瘦。他说："你爸真够执着的，非要作废用了这么多年的名字。"周一忆说："人老了就是这样，一旦被什么想法黏住，怎么也揭不下来了。"刘一东说："他还是不肯说理由吗？"周一忆不想把父亲的往事拿出来搁到餐桌上，况且拿出来也不一定说得清楚。他说："要是能有落到纸上的理由，我直接拿着奔派出所了，哪里还会再来骚扰你。"刘一东想了想说："说句实话吧，这种事的难度说小也小，说大便大。"周一忆说："调节大小的旋钮是什么？"刘一东说："还是理由，一个无中生有的扎实理由。"

　　周一忆点点头，从携包里取出一张金色银行卡，推到刘一东的桌前。刘一东愣一下说："这是……啥意思？"周一忆说："理由的创意费。"刘一东说："都什么年代了，你还玩这个！"周一忆说："这不是给你的，是奖励想出好点子的人。"刘一东笑起来说："你还说今晚没有阴谋，这不是明显的阴谋吗！"周一忆说："改个名字说到底不是什么见不得人的事，何况是一个年近八十的老人。"刘一东沉吟一下，端起杯子饮一口又放下，说："好吧，这事儿我想想办法，尽量不让老人失望……不过这张东西你拿回去。"周一忆说："还是你先收着吧，能派上用场就用，用不上再还给我。"周一忆这样的口吻，几乎是把刘一东当自己人了。刘一东不再反对，将银行卡移入衣袋。

180

周一忆又叮嘱一句，说密码在上面写着呢。

转过一天，周一忆去医院时将开始办事的消息告诉了父亲。父亲嗯了一声，脸上还严肃着，却没压住浮上来的高兴。随后几天，他的病情明显转好，散步时呼吸也挺顺的。又过两天，医生允许出院了。

父亲依着自己的想法，仍回到一个人的住处。周一忆费了点儿周折，找到一位爱做家务的邻居，让他每天过去照料一下父亲。当然了，周一忆付他半份工资。

父亲的日子回归秩序，周一忆心里安定了一些。隔上三四天，周一忆便拎点儿东西去探看他，找些闲话说上几句。父亲自然会问改名之事的进展。周一忆说："正走着程序呢，再等一等，到时候你就会拿到一张新的身份证。"周一忆的信心来自刘一东的消息。他在微信里告诉周一忆，前些天搞定派出所了，派出所已将表格报送县局。

在等待的时间里，父亲的心情似乎有时明朗有时黯淡。有一天晚上，周一忆推门进去，撞见父亲坐在那儿发愣，脸上搁着茫然的伤心。周一忆连忙问怎么啦，是不是对做家务的邻居不满意？他慢慢地摇摇头，说自己脑子老了，很多时候会记不起一个人的脸。周一忆有点儿明白了，说："又想年轻那会儿的事啦？"父亲说："你妈有许多照片，她的一张也没有。"父亲又说，"有时候也会记起那脸儿，赶紧在脑子里小心存着，可是转过身再去找又没了。"

又过了几天，刘一东在微信里招呼周一忆，口气有些躲闪。周一忆直接摁了号码拨过去，问出现了什么新情况。刘一东说："也不知道哪个环节出了差错，报到局里的更名申请竟然没有批。"周一忆说："你不是在局里吗?"刘一东说："靠，我的注意力全给了派出所，以为那边跟上头已说妥了……原先派出所是这么说的。"周一忆沉默一下说："还有伸手挽救的办法吗?"刘一东说："没有了，不通过就没有了……你知道的，这年头办事讲纪律啦。"周一忆想不到这样，暗生恼火地摁掉手机。

心里正憋屈着，刘一东电话又打回来了，说事情还没讲完呢。周一忆问："你是说事情还有转机?"刘一东说："我手里有个人，在街面上制造证件的，包括身份证。"周一忆有点儿糊涂，说："你讲的街面是指街上墙角贴纸条的那种?"刘一东说："这个人不一样，自己开礼品公司，有熟人相托才会帮忙做证件，质量差不了。"周一忆呵呵一笑说："质量好难道就变成了真货?"刘一东说："你爸爸都这样的年龄啦，他不就是图个心理安慰吗? 一张新的身份证可以解决这个问题。"刘一东又说，"再说了，我以前提醒过，改了名字就要接着改一堆证件，拿不到好处还累人。"周一忆动动嘴巴续不上话。在那么一分钟里，他突然觉得刘一东讲的也许是对的。因为这种冒出来的感觉，周一忆骂了自己一声。刘一东说："就这么办吧，至少你可以试一试。当然啦，跟那人的联系我来做。"

一周之后，一只瘦小的盒子通过快递到达周一忆的手里。拆开一看，是一张模样端正的身份证，上面写着"周大正"三字。他细瞧好一会儿，没找到什么破绽。

当天晚上，周一忆站在客厅里，一脸郑重地将身份证交给了父亲。他提醒父亲，换名字的事最好不告诉亲戚同事，因为他们听说之后一准儿会追问为什么的。他又叮嘱父亲，身份证要放好，以后用的时候自己会来取的。

父亲嗯嗯了两声，取过身份证举在眼前，动着胳膊一会儿近看一会儿远瞧，脸上渗出一层难得一见的光泽。在那一刻，他的嘴巴还不自禁地嚅动着，念出了带有几分新鲜的旧名字。

也是在那一刻，父亲似乎瞥见了桌几上母亲的目光，慌一慌眼神转过身子，把身份证往手掌里收了收。因为对着背部，周一忆没看见他脸上的光泽是否退去。

B：非虚构部分

二〇二〇年十二月九日晚上，我在住家附近的影城看了一场电影。之前我一直在忙郁达夫小说奖，真是累透了，待颁奖典礼一结束，马上就想把自己送进电影院轻松一下。

电影是张艺谋的《一秒钟》。片子的核心情节比较简单也比较走心，讲的是二十世纪七十年代中期的中国西北某地，一个犯人从劳教农场冒险溜出，拼命赶去看一场电影。看电影的真正目的，是为了看正片之前的《新闻简报》，因为上面有他女儿一秒钟的镜头。故事也可用一句电影宣传语表达：我女儿在电影里，我来看我女儿。

我清楚地记得，片子看到一半时，自己心里咯噔了一下。待片子放完走出电影院，我已经相当沮丧了。沮丧的原因，正是电影中追看《新闻简报》的情节，它跟我手头在写的短篇小说情节撞车了。这个小说已写了一半，后来因为张罗郁达夫小说奖而中断，我计划近些日子坐下来续上。小说已写的部分，说的是一位退休老教师步入生命末期，执意要改回自己年轻时的名字（见本文 A 部分）。接下来是写老教师换名字的缘由：

年轻时他在杭州工作，其间谈了一场很投入的恋爱，后来因出身成分不好被迫分开。女友是一位体操运动员，之后去上海读了大学。他则下放到昆城做了中学教师，并且在伤感中改掉名字以求自新。七十年代中期，已经成家做了爸爸的他，偶尔在看一场露天电影时，见到了《新闻简报》里的她——中国大学生体操队赴罗马尼亚进行友谊赛，比赛中出现了体操队女教练的特写镜头，虽然只有一两秒钟，但他一眼认出那就是她。贮存多年的情感重新被激活，让他幸福又伤心。他携着三岁儿子，一个村子接一个村子追着露天电影，为的是瞧一眼《新闻简报》里的她。在追看电影的日子里，他经常会想起当年恋爱时的情景，想起她唤他名字时的亲昵样子。他知道这一辈子可能再也遇不到她了，但老了的时候，一定要把自己原来的名字改回来，隔空送还给她。

同是七十年代中期，同是追看《新闻简报》里的镜头，如此特别的情节竟在二〇二〇年底相逢，这的确让人惊叹。我不知道《一秒钟》电影剧本是何时创作的，从拍摄周期看，想必已有些时日。而我对这个小说的构思，是在一两年之前，至于小说的缘起，时间则前伸得更久。这么说，不是自造心理优势。事实上，追看电影情节的生成，与我生活中的一位中学老师有关。

我的中学老师姓周，在高中阶段教过我语文。他对我很好，我对他也不忘尊重。大学毕业后，我经常在年底给他寄挂历，一寄就是十几年。我的小说见了刊物，他一有机会便找来看。离休之后，他也写些诗词以助余兴，有一回做成一本集子，还让我写了一篇短序。应该说，他对我这个学生是信任的。

差不多十年前，周老师来杭州检查身体，住在儿子家。一天傍晚，我开车接他出来一起晚餐。因为不准备喝酒，待在乱哄哄的餐馆挺没意思的，所以我把车子开到了西湖边一个幽静的茶室。两个人一边吃些东西一边聊些话。就是在那个晚上，周老师向我讲了自己年轻时的爱情故事。他是浙江龙泉人，年轻时追求进步加入中共地下组织，一九四九年五月随部队进入杭州，之后留下来做了公安警员。他有文化又血气方刚，在事业发展上应该有不错的前景。这时他谈起了恋爱，女友是中学体操队员，眼下留校当了体育老师，只是家庭成分有些暗，在表格上得填"资本家"三个字。他当时在公安局工作，有严格的纪律管着，过了一阵子，组织要求他或者放弃公安身份，或者离开女友。为了爱情，他选择脱下警服，去一所小学做教员。这时第一届全国体操比赛举行，体操项目得到重视，女友被挑去上海体育学院学习训练。他为了赶上女友步伐，课余时间努力复习，也考上了杭州师范学院。两个人在读书期间，把许多相思的话写在信纸上，并商定毕业后结婚。不料毕业那年出了一件事，他虽然没讲过什么过头的话，但也被裹进"精简下放"的大潮，分配去了浙江南部的平阳县城（也就是我老家的小镇，现称昆阳，在我的小说里唤作昆城）。女友则因为专业成绩上佳，幸运地留了校。

那时交通极不方便，偏僻的平阳与上海简直隔着千山万水。这千山万水太巨大了，很快压灭了两个人走到一起的希望。那几年里，我的老师一边在信纸上输送爱意，一边眼睁睁看着爱情渐渐远去。终于有一天，女友在信中含着泪说自己找到了新爱。他很伤心，一会儿把信纸丢开，一会儿又捡回来看，几天几夜脑子都是混沌的。

到了三十多岁，他才把心情调整好，在当地结婚生子，过上正常的日子。日子一正常，时间便过得快，他变成了一位平淡安静的中学教师。又过一些年，突然遇到一个特别的夏日。那天晚上，学校附近一个广场放露天电影，他去看了。在正片放映前的《新闻简报》里，有一则中国大学生体操队去东欧比赛的体育报道，其中有女教练和女队员击掌相庆的镜头。他吃惊地发现，那位女教练正是他的前女友。银幕上的这个镜头无疑击中了他。他一夜没有睡好，一边复习往事，一边怕自己眼睛看花了。第二天他去打听到下一场露天电影的地点，又跑去看了。

周老师讲述的时候，脸上似是安定的，但眼睛里有微澜般的波光。我在静听中回过神来，问了一句，那位女教练叫什么名字？周老师说，她是在月圆之夜出生的，名字里就有个婵字，千里共婵娟的婵。顿一顿，他用老师的口吻提问，你知道这婵娟怎么解释吗？我赶紧回答，身姿美好的意思。周老师点一点头，慢慢地说，有一天晚上也是在西湖边，月光照在草地上，她为我一个人跳了一串体操动作，那身姿真是好看啊。他停下声音，目光转向窗外，静默了好一会儿。此时的窗外，可惜没有配合回忆的月光。

周老师神伤的样子打动了我。说实在的，他和我虽然有很好的师生之谊，但我对他的主要记忆，基本保留在当年的课堂上。老师在课堂之外的生活轨迹和内心冷暖，当学生的一般不会去探究。学生对老师的关注点，是他嘴里输出的知识，他的古董往事跟我们有什么关系呢？但在西湖边饮茶的这个晚上，我望着坐在对面的年已八旬的老师，真切接收到了上一辈人的生命悲喜。我觉得自己不能一听而过，我想也许可以沿着老师的故事写一篇小说。

这个念头被我收存，放入写作的预备计划里。世事忙乱，时光匆匆，一不留神又过去许多年。对我来说，早点儿或迟点儿创作这个小说不需讲究，只要有了合适的心境写出来便行了。

现在看来我错了。合适的心境不等于合适的时间，合适的时间已经被我浪费掉了。我为老师的故事遗憾，也为自己的拖延生气。

每个小说都是有命运的，这个小说的命运就是半途而废。懊丧的时候，我只能这样安抚自己。

又过一些日子，春节临近。我回温州过年，其间去了一趟平阳，跟几位中学同学喝了一场酒，扯了一堆闲话。谁也没有提起周老师，或者说，谁也没有想到要提起周老师。

过完年回杭州上班没多久，一天中午，接到平阳同学老曾的电话，说周老师身体不好，住在疗养院里，同学几个要去看看他。我有点儿懊恼，怪自己上次回平阳时忘了去探望老师。我告诉老曾，自己这段时间在准备下一期刊物的稿子，待闲下来就专程回去一趟。说实在的，我还没忙到抽不开身的地步，只是没料到周老师这一回寿限已至，就讲了推延的虚话。

又过几日到了周五，我下班坐在地铁上刷手机，突然看到同学群里有周老师去世的文字，说周老师今天没了，说同学们有空就去送一送。我吃了一惊，马上打同学老曾的电话。老曾确认了周老师的消息，说是今天上午故去的，也没有大病，就是身体的使用期到顶了。车厢里比较嘈杂，我大声问什么时候出殡。老曾说是后天上午。

第二天中午我坐上了回老家的高铁。这段路程两个半小时，刚好让人想些事情。我记起周老师的爱情往事，心里不免叹息，便顺手捻开手机，试着找当年那位女体操教练的信息。我在百度搜索框里输入"新闻播报1974""七十年代中国大学生体操队女教练""上海体育学院体操队""上海体育学院婵"等词句，跳出来不少内容，却没有什么收获。在不知道齐全姓名的情况下，动动手指就想找到几十年前的一位女人，当然是不可能的。我放弃百度，在脑子里想象着体操女教练的模样。在当年，那应该是一个身段柔软、脸面清秀的女子。

到了平阳已是下午三时，我找一家宾馆住下后，让自己躺在床上睡了一小觉。按事先的商量，几个中学同学这个晚上要守夜，至少要守到深夜，所以得养足精神。

当天晚饭我是和老曾在一家小餐馆吃的，怕红了脸不好，就没有喝酒，只说些话。老曾是个憨厚的人，当年做过班长却没有雄心，现在开一家文具小店过踏实日子。我问他几天前去疗养院看望周老师的情况。老曾说，他躺在那里，身上力气很少了，但脑子还清醒，说话间还提起你呢。我赶紧追问他说了些什么。老曾说，周老师夸你有出息呢，还讲自己没精力看书了，你新写的小说他看不动了。我心里有些难过，沉默一会儿才说，周老师应该过九十岁了，算得上长寿。老曾说是呀，能活到九十岁，这辈子不亏了。

吃过晚饭，我和老曾直接去了周老师家。按当下疫情时期的做法，周老师遗体存在殡仪馆，家里设灵堂供亲友们祭拜。又因住房不大，便在小区空地搭了临时帐篷作为灵堂。我进了帐篷，看到一些人散坐着，周老师的遗像摆在一张桌子上。我认真向遗像鞠了三躬，回过身见到周老师的儿子和女儿。周老师的儿子在杭州上班，好几年前见过一面。周老师的女儿待在平阳照顾父母，我偶尔跟周老师联络，便是通过她转告的。现在她见我从杭州赶来送行，挺欣慰的，马上引我去楼上房间见一下师母。师母小周老师十来岁，身体也不太好，此时一个人坐在小客厅里，样子有些寂寞。我讲一些安慰话，意思是周老师走得顺当，您别难过，要保重身子。师母很慢地说了一句话：我二十出头就跟了老周，在一起快六十年啦，突然没有了他，不知道会不会习惯。这句话让我暗吃一惊。其实我知道周老师和师母的婚龄长度，但听到"快六十年了"这个数字，还是有一种诧异的感觉。

这个晚上，我和八九位同学待在帐篷里为周老师守夜。已是春日，帐篷内灯火又足，一点儿不觉得冷。一拨同学围着一张方桌在打麻将，另一拨同学围着一张圆桌喝茶聊天。灵堂守夜，现在已不是守候灵魂的意思了，主要是弄出一些人气。我坐在茶叙圆桌边，与同学们东拉西扯生活中的一些趣事。后来讲到了以前的学生时代，我问大家，你们对周老师印象最深的一个记忆是什么？一个同学说，我在课堂上不认真，周老师就对我生气，一生气他的嘴唇会抖动。一个同学说，周老师平常不开玩笑，但有一回为什么事笑起来，那样子像个有点儿天真的孩子。又一个同学说，周老师有一次上课念错了一个字，第二天他在黑板上把这个字写了二十遍，说是对自己的提醒。同学们回忆往事时，不敢发出调皮的笑声，毕竟这是特别的送别之夜，但他们的逗玩口吻和轻松心情是明显的。他们没有一个人提到周老师当年的心境和情绪什么的，或者说，在他们的记忆中，周老师内心的悲喜是遮蔽着的。

这时有一位女同学有点儿正经地说，我的记性没你们好，不讲以前的事了，但我会记得一周前去疗养院看望周老师的场景。这话有些不一样，我拿眼睛看这位女同学。女同学解释道，我是说周老师和师母在床头手拉手的情形。为了证明自己的话，她拿起手机调出一个视频给我看。视频是那天探病时随手拍的，有两分多钟，镜头里周老师躺在房间床上，虚弱又和气地跟同学们说着话，声音比较沙哑但还不含糊。他说话的时候，右手伸出床外，跟坐在床边的师母的手握在一起，一直没有脱开。

我们这批同学已五十多岁，这位女同学可能也做了奶奶或者外婆，情感区域应该比较粗糙。如果潦草地看视频，注意力会在周老师的脸和他说的话上，不容易留意两只手一直相握的细节。但女同学捕捉了这个细节，并且似乎被触动了。

我让女同学把这段视频转发给我。我盯着视频，又看了两遍。

现在的守夜，的确不像以前那么讲究了。守到半夜，同学们便散了，我也回到宾馆睡了几个小时。第二天一早，大家又聚集到灵堂前。一阵哀乐声中，送行的人坐上车子，驶向十公里外的殡仪馆。按照习俗，只有师母待在家中不参加葬礼。

在殡仪馆告别厅，我见到了周老师的遗容。周老师五官端正，身体瘦高，年轻时长得挺精神，上年纪后也保持着一份儒雅。此刻躺在棺台上，他脸面有些凹陷，但表情是平淡安详的。因为防疫要求，告别仪式相当简单。我随着不长的队伍走到周老师跟前，向他鞠躬献花。

告别仪式后，众人散去。我和老曾几人留下来在休息室等着，准备和家属一起送周老师上山，这是事先说好的。

遗体火化的时间比预想的要短一些，大约十点钟，周老师儿子捧着骨灰盒从里边出来了，等待的亲友们站起身跟上去。大家坐上车向位于县城南边的松鹤墓园开去。

松鹤墓园位于山腰，气势不小，有堂楼有亭子，园内种了许多松柏。周老师的墓位在中部偏上的一排，墓穴已经揭开，一位砌墓工已等在那里。

在墓位前，鞭炮声响起，一阵白烟散开。周老师女儿和儿子将骨灰盒小心地放入墓穴，然后依照程序摆放供品，点燃香火，焚烧纸钱。砌墓工将长方形的黑色墓碑合上，利索地用水泥砌好。

送行者围成半圈，向周老师做最后告别。这时我注意到，墓碑上写着周老师和师母的名字：周庭起，叶茶竹。周庭起的名字上涂着银色，表示已经逝去。叶茶竹名字是红色的，表示仍然健在，有待以后某日入驻此处。

我脑子恍惚一下，飘过一个年轻的体操运动员身影。不过我马上又想，周老师现在独自长眠于此，但有叶茶竹这样翠绿的名字伴着，应该也是不孤独的。

当日吃过中饭，我赶往车站坐 G7792 回杭州。因为头天夜里没有睡饱，我在座位坐下就闭上眼睛补觉，睡了不多一会儿，便开始起梦：在野外的空地上，先飘出周庭起的名字，又飘出叶茶竹的名字，然后一个"婵"字像蜜蜂一样飞来飞去。醒来之后，我回味着梦境，一种叫作好奇心的东西似乎也醒来了。

我费了一点儿时间，在微信通讯录里找到一个昵称叫"邱人"的人。他也是写小说的，给我们杂志投过几次稿，后来上过一个短篇。小说发表时我觉得题目不好，替他重拟了一个，为此他特意找到我的微信加上，送来几声感谢。从他当时提供的作者简历中，我依稀记得此兄就职于上海体育学院。

邱人见我主动联系他，有些意外也有些高兴。我先用文字求证：你是在上海体育学院上班吗？他回复：是的，在上体传媒与艺术学院混着呢。我拨了语音电话过去，表示自己因为写小说的需要，想去上体校史馆看看，了解一点儿情况。邱人说现在只要提前报备，学校倒可以进来，可校史馆近期不对校外的人开放呢。他接着问，你要什么资料，要不我帮你找找？我说，其实我找的是一位老人，可我不知道她的全名，也不知道她是否还活着。我把那个"婵"字说给他，又简单讲了她的早年经历。邱人说，一个快九十岁的老人，名字里还有个"婵"，线索不算含糊，我们学校有个体操学院，我替你打听一下吧。

原以为一两天后才能获得回音，不想这位邱人是个挺利索的人，不到一小时，他便发来文字，说自己辗转三次，找到体育学院一工会干部，证实的确有一位符合线索的退休女教师，可惜已经去世。邱人打出她的全名，说这应该就是你要找的体操老人（为了表示尊重，避免不必要的节外生枝，我在此称之为婵老师）。我向邱人表示了感谢，马上又在百度输入婵老师的全名，结果只跳出十几条相关消息，其中几条还是重复的，说的多是体育学院领导慰问退休人员的事，里头捡不到有价值的信息。这让我有些失望，但也不觉得意外。从年龄上推算，婵老师大约在二十世纪九十年代初便已退休，她这一代人年轻时的风光，在眼下的网络上是留不下多少痕迹的。不过这个网络时代的好，是让寻人变成一件不困难的事。

半小时后，邱人又在微信上送来消息，说联系到体操老人的儿子了，他是个集邮爱好者，尤其喜欢搜集体育邮票。从他的口中，得知其母亲是在五年前故去的，留下一些照片、奖章、证书，邮票一张也没有。邱人打出一行字：这个儿子，年纪已不小了，一说就说到邮票上去。我问：婵老师老伴呢，也去世了？邱人答：噢不，她没有结婚呢。我恍惚一下，追问：她是离婚了吧？邱人答：听那位工会干部说，当年她眼里只有工作，一辈子未婚。我打出吃惊的表情：一辈子未婚怎么会有儿子？邱人说：我也这么问工会干部，他说这个儿子是养子，她近四十岁才领养的。我沉默了一两分钟，问：老人年轻时经历了什么，这个儿子知道吗？邱人答：这个我没问，也不方便在电话里问。我发一个微笑符号，表示认可他的话。邱人说：要不你来一趟上海，我约这位儿子一起喝咖啡。我说：想法不错，有点儿突然。邱人打出一个调皮的表情，说：上海杭州这么近，突然的事随时可以做呀。又跟一句：什么时候来都行，提前说一声便可。我说：好吧，可以考虑。

我和邱人微信交流的时候，他并不知道我在高铁上，而且是能到上海的列车。二十分钟后，列车抵达杭州东。我犹豫一下没有下车，而是在车上补了一张到上海的票。很快，座位被新上来的一位男子占领，我变成了在车厢连接处的站客。

一小时过去，列车到了上海虹桥：我下车查了查手机，坐上地铁10号线。在车厢里我给邱人发了条短信，问上体附近有哪家合适的咖啡馆。邱人说：呀，你决定来上海啦？我回复：还没呢，先打听着，看看有没有好的咖啡馆能勾引我到上海。邱人发出哈哈大笑的表情，介绍了一家叫"时间探戈"的咖啡馆。在随后的简略对话中，我终于没有说出自己已来上海。

我不乐意与婵老师儿子见面，是因为这种见面的结果有可能挺无趣。同一个女人，在当年的周老师眼中和当下的养子眼中，很容易是截然不同的女人，我不能通过自己的努力反而让周老师心里添堵。在不少时候，对真相略知一二也许是最好的。从这个角度说，眼下所知的婵老师这些信息，我觉得已经够了。

到达上体北门已是晚上七点半。我压住混进校园一逛的念头，沿着校外路道走了一会儿，来到那家"时间探戈"咖啡馆。

咖啡馆不大，但有一个不错的二楼厅区，饮客也不多。坐在临窗小桌前，侧头便能远远望见上体的运动馆。那里灯光亮堂，气神充沛，里头一定活跃着许多汗水淋漓的年轻身体。

我慢慢喝着咖啡，把自己喝静了。这样挺好。我觉得自己临时起兴来一趟上海，差不多就是为了这么坐一会儿。

没有多久，杯子空了。我唤来服务生再要一杯卡布奇诺，并希望得到一支笔和两张白纸。不知怎么，此时我脑子里出现一段关于婵老师的小说想象，我想随手记下来。

不一会儿，冒着热气的杯子和纸笔一起送来了。我呷了几口咖啡，然后拿起笔在纸上写下虚构的文字：

婵老师离去世还有一年的时候，突然想到一件要紧的事。这天晚上，她一个电话将儿子召到家中客厅，摆出一副有点儿庄重的样子。儿子坐在母亲的对面，做认真听话状。婵老师说："我有个打算，烧掉自己收着的旧信。"婵老师又说，"这些信已经存了五十多年，只对我一个人有用，可我不知哪天就会走掉。"

儿子愣了几秒钟，才确定自己没有听错。婵老师转身回到卧室，过了片刻又出来，手里拿着一只精致的木盒子。盒子搁在桌几上打开，果然现出一堆旧色的信件，估计不少于四五十封。婵老师说："我自己也可以烧，又怕手脚不利索烧不好。"儿子说："怎么个烧法？"婵老师说："你去拿个脸盆来，帮我一封一封地烧，不能太潦草。"儿子没有马上去拿脸盆，而是把信件一封一封拿起放下，在手里过了一遍。他说："这里边有三张邮票挺不错，可以送给我吗？"婵老师说："这个可不行，邮票跟信封信纸长在一起，不能分开的。"儿子说："好的邮票值不少钱哩，烧掉怪可惜的。"婵老师说："不可惜的。儿子，我有些东西可以留给你，有些东西不能留给你呢。"

儿子不吭声了，起身去拿来一个铁脸盆，搁在桌几上。不多时，脸盆升起火苗，信封们和信纸们接二连三来到火苗之上。火苗一会儿高一会儿矮。

母子俩坐在桌几边，脸上都放着沉默，但同样的沉默有着不同的内容。

无疾而终

乔 叶

1

虽然是最后一次，但看起来也要和以往一样。所谓如常，就是如此吧。而之所以称为如常，恰是因为非常。而恰也因为非常，再回想起来的时候，更觉苍茫。

毕竟是最后一次。她给自己格外攒了些力气，决意哪怕做不到非常好，起码也要看起来挺好。这个她还是有数的。无论多么糟糕，都能看起来挺好，当里子都没有的时候，起码得撑着面子，不能让面子和里子一起塌掉。总不能白长这一把岁数，总得有这些必备的能力。

他约的是喝茶，卡的时间还是一如既往那段：八点半左右。这个档期已经吃过了晚饭，合适的名头似乎也只有喝茶。茶罢呢？毋庸置疑，他会安排后续的。至于是什么后续，也能大致推测出来。到底快五年了，他们之间，多多少少有些知己知彼。

论起来，这一次，其实是他工作调动到象城后的第一次。这同城后约见的第一次就是最后一次，嗯，她就是这么决定的。

2

穿什么好呢？他对着镜子试了两件夹克，定了带着暗花的那件咖色。暗花，黑暗之花，暗地里花，他，她，他们之间，可不就是这样？

竟然还挑了一下衣服，他撇了撇嘴角。这么隆重，好像是什么新开始似的，其实也不过是个旧人，俗称老情人，或者老相好。相比而言，他更喜欢老相好这种称呼，和关系不错的哥儿们聊起私密话题时，也会互相称对方的红颜知己为老相好。这个词，既粗俗又生动，还有故事性和年代感，轻佻轻浮中又悠长地证明着自己的魅力。

今天打算带她去的这茶馆他也是头一回去，一个哥儿们说是他的老相好开的。哥儿们的老相好开的茶馆，他带着老相好去，这事儿一想起来就有一股子放荡风情，让他心里痒痒地难受。

刹那间，她的模样儿蹦到了眼前，就更心痒。经手的几个女人里，就数这个最是中意。怎么说呢？简直有点儿近乎理想型了。容貌、身材虽只是中上，在床上却堪称尤物，太合心思。美中不足的唯一一点，就是她常让他有些拿不准，常让他觉得有些陌生，觉得和她有距离。比如说，肌肤之亲都这么多次了，每次她都有些勉强似的，有些生涩，有些害羞，有些懵懂，仿佛是刚刚认识不久，甚至像是被他刚从大街上拉进屋里。倒也有另一样好处：每次都能有效地唤醒最初的新鲜感，让他觉得够刺激。次数多了，他也就把这半推半就看成了一种心照不宣的游戏。他倒是从不介意推，因为知道她会就。只要他一进到她身体里，用不了多久，她都会绵绵不绝地分泌出汹涌的湿润，和他沉浸到狂欢中去，既单纯又下贱。他真是爱极了这样的身体。只要想到要和她做，就会令他兽欲满满。这种状态，之前没有任何一个女人能够给他。结束后，独处时，他总是既得意又有些不可思议。也因此，她的这点儿拿不准，也是让他喜欢的。这种事，要是拿得太准了，其实也是没意思的，是吧？

对于他，她应当也是有些拿不准的吧。这几年来的约会，他从没有给她专门的时间，都是来象城开会之余、办事之余，突然联系她。能见个面吗？他每次都这么问。这个见面当然是双关，是上面和下面都要见的。如果上不了床，那就索性不见。有一次，到了酒店房间里，她才吞吞吐吐地告诉他，来了例假。他怏怏然脱口而出：怎么不早说呢？她的脸色顿时变了。他也知失言，迅疾补救，说早知道她来例假就给她准备点儿什么好吃的，勉强搪塞了过去。之后不久，她就提出了分手。

你每一次都是来去匆匆的，一点儿也不稳定。我们之间，还是算了吧。她没提例假的事，口气很平和，与其说是威胁，不如说更像是哀怨的撒娇。

他连忙认错，承诺说，以后一定改。下次他依然故我。总是有这样那样的借口和理由。确实是忙，可他也确实不想给她什么稳定。都有家，彼此的家里都已经有一堆稳定的了，和她之间，要的就是不稳定。如果一定要谈稳定，他想要的唯一稳定就是，什么时候需要她上床，她就召之即来。除此之外的稳定性，都毫无必要。连约会的时间地点也不必提前说，看他的情况因势而动因欲而行，这才是她存在的精髓。——他固然拿不准她，她却也拿不准他，他们甚至连自己都拿不准自己，也算公道。

后来她也犯过几次小脾气，他也哄了几次。他很会哄，温柔宠溺哄着她的时候，自己也会入戏，暗暗感叹自己很像个情种。她说"一点儿也不稳定"时的口气，可怜巴巴的，柔柔弱弱的，分明对他是有感情的，这个调调也让他受用。可惜的是没说过几次，让他受用得不大够。不过，话说回来，说多了也是烦。他可没工夫无休止地哄下去，尽管她还是很好哄的——用她那圆圆的眼睛瞪着他，简单又明澈，他就知道她信了。

她这样子，真是可爱啊。

当然，言语上尽可以哄着，行动上却从来不惯着。承诺嘛，就是用来违背的。女人，尤其是这种女人，不能惯着，打一开始就不能，省得有一天蹬鼻子上脸。于是，哄了又犯，犯了再哄，好像反复了没几个回合，就把她捋顺了。偶尔，她还是会不高兴，言来语去小针小刺地刻薄他，可只要不分手，那就任她刻薄。他谅她也不会真和他分手。她再有韵味，毕竟也是徐娘半老了，像他这么床上本事大且床下脾气好的男人是好找的吗？

不知是什么时候起，她不再闹小脾气后，就多了些让他拿不准的意思。比如有一次他把自己的裸体照发给她意图增加情趣，遭到了她的严正警告。还有一次，他为表诚意要求她带他去见她的闺蜜们，也被她断然拒绝。由此他也推论出来，想要带她参加哥儿们的聚会只能先斩后奏，且也只能一次。那就放在这一次吧，他调来象城后的第一次，有点儿纪念意义。

3

　　发个位置吧，我去接你。他的微信来了。不用了。各自去。她回复。

　　好的乖。

　　他又叫她乖。乖，对她来说，这个字曾经像一颗子弹，每次约会前，他都会用它来打靶。他一打，她就中。现在，他打来再多她也无感，好像是谁给她穿上了防弹服，也好像是这子弹变成了塑料的，也许本来就是塑料的？

　　他第一次这么叫她的时候，她很是吃惊。长到三十来岁，除了老公，没人这么叫过她。他那么自然地就叫了。那天，她陪着领导去他的所在地予城公干，他参与了接待，一起吃了一顿晚饭。那时还没有八项规定，可以敞开了吃喝。酒是饭局的灵魂。她没有什么酒量，常常是被忽略不计的那种，可蚂蚱再小也有肉，况且她的体积比蚂蚱要大些，因此从没有被饶过，多少总得喝几杯。饭后就在酒店的歌房 K 歌，她继续陪着，因为唱得好，她对唱歌也确实有兴致，就唱了很多。他也喜欢唱，点了好多男女对唱。就是在点歌的时候，他指着那首《我悄悄地蒙上你的眼睛》说，咱们点这个吧乖？他离她那么近，几乎是用唇对着她的耳。一阵酥麻袭来，她便乖乖道：好。

　　K 歌也免不了继续喝酒，于是，酒连着酒，歌连着歌，酒催歌，歌催酒。从没有喝过这么多的酒，不知不觉，她就有些醉了。唱到后来，她眼里只有他。终于曲终人散，他们俩走在最后。他说送她进房间，既合理又意外地，就发生了。

在他进入她身体的一刹那，她其实是清醒的。没有真正的醉酒。她什么都知道。可那个时刻，她没有想去阻止他。脑子里不知道是几倍快速地回放了过去许多事，让她莫名地觉得委屈，莫名地觉得这个世界对不起自己，也莫名地觉得和这个刚刚认识的男人胡来一次仿佛就可以弥补一点儿不知是什么的亏欠。于是，就那么纵了他。说到底，也是以纵他来纵自己。

第二天醒来时，只有她一个人在床上。身上留着他的痕迹，他即使不在，也是在。不过，他实体的不在还是让她觉得松快。茫然了好一会儿，她还是起身洗漱，去吃早餐。饭总是要吃的。必须吃。

在餐厅里，她一眼就看见他也在取菜，彼此的脸色都有些不自然。不过很快也就自然了，或者说是假装自然。他们没有坐到一张桌上。早餐过后，她和领导告别，他和他的领导在大堂外面相送，在车启动的时刻，他和她隔着车窗，像所有人一样道了再见。

回象城的路上，他的微信来了，接二连三，对她表达着喜欢，她没有回复。回到象城好几天了，他依然每天发着微信，她坚持沉默。直到他再次来到象城开会，联系她，约她到酒店，说要谈谈。她去了。不知道他会谈些什么，可这也正是让她好奇的地方，她想知道他怎么解释那天的事。

但是，没有解释。两人在大堂坐了一会儿。他说，在这里不方便，还是去房间吧。她跟着他进到房间里，他一下子就抱住她，开始剥她的衣服。她挣扎着，问你这是做什么？他答：做你。想死我了啊乖。

结束后，他们闲话。她说，都怪酒。他说，幸亏有酒。斗着嘴，两人都笑。回想起来，这才是他们第一次正式说话。

对，不是有方有圆的交际语言，也不是规规矩矩的公事辞令，而是正儿八经的说话。由家常话到情话。她听他喃喃地说喜欢她，爱她，都是最俗气的甜言蜜语，他讲得信誓旦旦，言之凿凿。

她看着他的脸，不信。不过，也许也不那么假？况且，和他做起来，感觉也还真不错。在他身下被他揉搓着，她似乎又活了一次似的。和自家名正言顺的那般，大有不同。正应了他的感叹：与其求医拜神，不如床上换人。

可是，总是有哪里不对似的。也明知道这不是年轻时候按部就班的谈情说爱，可她就是觉得哪里不对。

是哪里呢？

有一次，他来象城办事，事情办好后还有空余，就约她。微信电话里聊了几句，得知她老公出差，家里就她一人，他就说去她家里看她，她说不用，说要下楼。他说已经到了小区门口。她连忙换了衣服赶到小区门口，他却还没到。等了十来分钟，才看到他从出租车上下来，拎着一箱牛奶。

两人有些尴尬地在小区门口站了一会儿，她只好把他领到家里。他进门时又问了一遍，就你一个人在家？她说是。于是，他又是一下子就抱住了她，开始脱她的衣服，不容她挣扎。

事后，她哭了。我不想在我家的。

在家里好，安全。在酒店得登记，听说暗处还有摄像头。他说。

可是，我不想在我家。好的，以后不了。

没有以后了。她没有再给他机会。每当他问她是不是一个人在家，她就会回答，不是。

一年前，她换了房子。这个家，他从没有去过。

4

他在茶馆外的路边等她，望穿秋水状，绝不看手机。这种小事，他总是乐意做得很完美。

远远地，他看见那辆出租车犹犹豫豫地在减速，就知道，应该是这辆了。果然就看见她慢悠悠地下了车。也不看他，似乎只是专注于这眼前的路，一步一步认真地走着。

慢点儿乖。他说。乖，他知道这么叫她喜欢听，所以也不吝于说。不过，到底也是一把年纪了，太鲜明地说就显得太肉麻。像这样，放在尾音部分，若有似无且戛然而止，分寸正好。

走到跟前，她方才抬头看他。相视一笑，他在前，她在后，进了茶馆。

茶馆格局不大，只有两开间，楼上楼下两层。熟人和女老板都在一楼门厅那里候着，迎着他们站起来，女老板热情过度地叫着妹妹，上去挽住她的胳膊。他看见她的神情似乎有些沉郁，当然也可能是灯光太暗的缘故。

简单介绍后，女老板引着他们进了一个包间，包间里摆着一张小茶台，茶台后的墙上是几个架子，陈设着几样茶饼和茶具。他们坐定，点了茶，上了几样点心。那两位和他交换着眼神，暧昧地笑，他便也笑，只是没有笑得太开。只男人们在一起时尽可以发疯，这时候却是得端庄些。更何况她一直静着脸，他也得尽量收着。

茶是滇红，一道道地上来，她却一杯也没有喝完，他心生不悦，便体贴地暗示，这茶怎样？

此情此景，她也温顺地捧了场，说，再好的茶我也不宜喝了。

怎么了？

今儿下午喝得有些太多，晚上再喝会影响睡眠。

那妹妹总得喝点儿什么吧？女老板说。

她莞尔一笑：白水吧。

于是，他们喝着茶，她喝着水。也不知是喝了几杯，她突然朝着女老板道：是不是在拍照？怎么也不预告一下。——原来女老板想要偷拍他们，被她发现了。

是啊，要尊重一下肖像权。他开着玩笑，示意女老板停止。他带她来，固然是想要展示的意思，可也轮不到她拍照啊。有些过了。

拍了几张？让我看看。她直直地朝女老板伸出手。那女老板道，没拍上，真没拍上。她却不依不饶地伸着手，说，我看看。

他转脸看她，觉得她也有些过了。可又不知道该怎么阻止她，毕竟女老板理亏在前。他眼看着那女老板把手机递过来，她接过去，找到偷拍下的那些，三张，都拍糊了。她利落地删掉，又在垃圾箱里彻底删除，方才把手机还给那女老板。

此时的情状已经相当尴尬，该走了。他暗骂着女老板，这蠢女人。可也得缓和一下气氛，于是他把玩着手中的茶盏，问她，这茶具漂亮吧？她看了一眼，不掩饰敷衍，道：不懂。应该还行吧。熟人接话道：自家的东西，喜欢的话尽管拿去，别客气。她道，谢谢，我茶具很多，家里都放不下了。

她闭着薄薄的唇，脸相已经满是淡漠甚至生分，这可真是不给他面子。不过她这样子也总是能很容易勾得他兴奋起来：人前装人后浪，才会格外有反差萌，不是吗？

又坐了一小会儿，她一句话也没有，也不再喝水。眼见得意兴阑珊，无趣到底，他们便告辞出来。他启动了车，道：我家里没别人，到我家坐坐？

不了。我回我家。她说。

他诧异地看着她。

她坚决道，我回我家。

他问她具体地址，说要导航，她说不用，按我说的走就好。

于是她指着路，朝着她家的方向。到她家附近的河滨公园时，她让车停下，说，走一走吧。

5

一走进公园的树荫里，他就拉住了她的手。她也任他拉着。这让他微微放了心。今天晚上，她让他格外不放心，尽管事实上她总是让他不太放心，好像从没有真正让他放心过。——放心，好像他对她真操过什么心似的，呵呵。她的心，自然就是随她去，关他什么事呢。对于她，他本来就是懒得劳神而勤于劳身的。能在床上驾驭她，调教她，享用她，这个最重要，虽然这个最重要总不能太过直接地抵达，总是得来点儿小小的曲线，可谓小憾。

前面树影深浓，树下是一张长木椅，有点儿像是窄窄的床。他拉着她，在木椅上坐下来。树影婆娑，明明暗暗，她脸色凝重，轻轻长长地叹了一口气。

有什么不开心吗？他一边摩挲着她的手，想着适时进攻。

没有不开心。

那怎么看着……比上一回更成熟了？

是又老了吧。她停顿片刻，我上周三过的生日，可不是又老了？

哦——他拍拍脑袋，似乎是感叹，又似乎是懊恼，一边飞速地在记忆里寻找着她的生日信息，有些慌。他的生日她倒是一向都记得的，起码也会发条短信或打个电话。他却又忘了，不止一次地忘。确实是理亏。可她怎么不早早提醒一下呢？看着是要较劲儿了。会较劲儿吗？

也不是大事。很快就组织好了语言，他便不疾不徐地沉着道：上周三是吧？我一直记着呢。本想着好好给你发个祝福，你要是有空的话能聚聚最好，可再一想，你肯定得和家人在一起，不能打扰。就想着见面再说的。

是吗？刚才见面你也没说。

这会儿说，晚了吗？他让眼神显出含情脉脉。

是啊，晚了。你就承认你是忘了，也没什么的。

她这善解人意的腔调是坑，他可不跳。

真没忘。牢记着呢。要不刚才怎么会想让你去我家，还不是想给你一个惊喜？

她没说话。树影里，他看不清她的表情。

不信的话，那咱们现在就去，去了你就知道了。——家里有几样零碎玩意儿，挑个像样的给她。路上再打主意。补上生日礼，再睡一睡，今晚也算没白约。或者，干脆进屋就把她放倒，好好睡一睡，连生日礼都省了。他这个人难道不是最好的生日礼吗？就这么应付她。

不去了。忘了就忘了吧，真的无所谓的。她说。

怎么会无所谓，这事很重要。容我好好补一下，行不行？

她沉默。他又去拉她的手，她犟了一下，也就被他拉了过去。握着她的手，他又放心了些。

走吧，去我那儿。他着重强调了一下，没别人。

不了。

怎么了？

到了那儿，我就是别人。不想被捉奸在床。她在黑暗里似乎是促狭地笑了一下，到时候，她舍不得打你，只能打我。

胡说什么呢。她一直在予城上班，不到周末不会来的。

万一呢？

没有万一。我现在就打电话确认一下。

她沉默着。他开始打电话。打完了，他喜滋滋地说，她都睡下了。又蓦然意识到这喜滋滋有些不合适，便往下按了按，说，没事儿的，我保证。

她看着他，眼神里莫名的寒意让他觉得有点儿冷。

这里离你家不远吧？那，去你家？你还没请我去过呢。我可不怕被捉奸在床。他调笑。上次她说她老公去外地业务培训，要两个月，应该还没回来。她女儿在外地读大学。他有数。

她仍然冷冷地看着他。

在你家你也怕？

是啊，我怕。她说，在我家我也怕被捉奸在床。

那在哪儿不怕？

喏——她对着不远处的五星级酒店遥遥一指，说，去那儿吧。

他沉默了一会儿，摸了摸口袋。

我没带身份证。他说。

也没带钱，是吧？她说。

6

他从来都没有给过她钱，也尽量不给她花钱。很长一段时间里，她都没有意识到这一点。

钱对她，一直不是个问题。家里的钱全在她这里，老公的钱雷打不动地都给她，家里需要置办什么就置办什么，她想买什么就买什么，全是她做主，虽然总共也没有多少钱。手里的钱相对于她的需求而言，基本是平衡的，有一千就按一千来花，有一万就按一万来花，不多也不少。因此，她对钱从来没有什么强烈的欲望，尤其是对别人的钱。

对他，是从什么时候起的这个念呢？

那天，她去逛商场，逛累了，也渴，看到前面是家"烧仙草"，就买了一大杯，正慢慢啜饮，听见旁边两个年轻的女孩子在聊天，甲对乙吐槽刚刚分手的男友，道：抠死了！跟他在一起，从来都没有给我买过"烧仙草"！我一说买，他就说对身体不好没有什么营养不如喝纯水巴拉巴拉的一大堆，后来我才知道，他就是怕花钱。我一说逛商场就跟要他命似的，还不是怕我相中了什么要他买单，每次约会都是这个公园那个公园，说空气又好又锻炼身体，老娘的鞋子磨破了他又不肯买。有一回，走到没人的地方还想跟我来个生命大和谐，这是连开房的钱都要省吗？我呸！

她突然一激灵，想起了和他之间，也是没有开过房的。准确地说，是没有用他的钱开过房。他在予城的时候，从没有专程过来和她约会过，只有来象城开会时，才会开会约会两不误地约她——不用付房钱。除了会议用房，他没有额外开过一次房。他们没在会议酒店做过的唯一一次，就是在她原来的那个住处，他拎着一箱牛奶，号称要来看她。比起开房，一箱牛奶钱可以忽略不计的，是吧？

我跟你说，男人的爱分三级。乙女孩轻屑地笑了几声，跟甲分析起来：高级的只刷卡不动她，中级的是既刷卡也动她，低级的就是不刷卡还动她。咱们怎么着也得是中等吧？赶快跟这个低级男人断了吧，别留着过年！

——他是怕花钱吗？就这么怕为她花钱？或者说，自己在他眼里，就这么不值得花钱？她简直怕这么问自己，可到底还是问了出来。这一问，仿佛就打开了潘多拉魔盒，牵出了许多事。比如有一次，他们微信聊天，得知她过两天去内蒙古出差，他就说也要跟她去。

飞机票我自己买，不要你花钱，到时候你收留我在你房间住就行了。等你忙完正事回屋，我就为你好好服务。

他笑着说着俏皮话，她也笑。笑完了，又觉得哪里不舒服。现在，她全明白了。就在钱上。飞机票我自己买，不要你花钱，啧，细细分析这话，好像原本该她买似的，是他大度才不让她买，好像她应该为此欠了他人情似的。不，还不仅如此，明明是他要去睡她，却说在为她服务。——总之，他传达出来的主要信息用三个字提炼就是：拎得清。用两个字提炼就是：炮友。

"炮友"这个词蹦出来，着实吓了她一跳。相关故事听过很多次，她从没有想到自己也有份。可是，现在，他们之间，种种迹象都瞄向着这个词。不，她不想。她要躲开。他们之间，哪怕比情人少一些，也应该比炮友多一些啊。

上一次上床——也是最后一次上床时，他的调动手续刚办完，是最后一次以予城的身份来象城开会，会后约她去酒店。犹豫了很久，她还是决定去。进了房间，事毕，两人躺在床上聊他来象城之后的事，她问他调来这里能拿多少薪水，他说了个数目，感叹比在予城多多了。

我这也算傍上大款了吧。她突然想恶作剧一下。

你真是没见过什么大款。我这算什么大款。他笑。

对我来说就是大款。你就说让不让傍吧？

作为刚到象城创业的小白，不，是老白，我傍你还差不多。

可你工资比我高啊。怎么，不想让傍？那就算了。

好吧好吧来傍来傍。

那可得给我点儿零花钱啊。她两掌心朝上，向他伸了过去。

他顿了顿，轻抚她的掌心：想要多少？多少都行。

没带现金，下次吧。

会发红包吧？红包就行，最多两百，不宰你。她笑着。在他眼里，这是不是笑里藏刀？

不行啊乖。我老婆经常检查我的红包，这可不大好解释。到时候，不但我麻烦，也会连累你麻烦，是不是？

伸出的那只手并不大，此时却是一片荒野。她收了回去。

他把她的手又牵回到自己的手里：生气啦？

没有。说明白就好。她平着脸说。

我就知道乖是能理解的。咱们之间，钱是最不重要的，是

210

不是啊乖?

切。她在皮肤下冷笑。重要。当然重要。所谓的钱是最不重要的这种话，只有花过钱的人才有资格说。没有花过钱的人还这么说，那就是不要脸。我们这种关系，有病有灾都不能到跟前，平常也只是各顾各的，除了在床上那一会儿，其他时候没关联也不能有关联。踏踏实实开个房以保证不被捉奸，买个礼物留个念想让我觉得不只是上床那么简陋，这都是要花钱的。你放心，我的胃口很有限，不会让你花很多，你花了，我也会花的。你不用怕成这样……她真想这么说。这么说会让他心里落个底儿吧? 可她紧紧地抿住了嘴。说什么呢? 没必要。某种意义上，他这就是在欺负她。她若是真傻，他这么欺负她，那就是不厚道。她若是装傻呢，他这么欺负她，那就是更不厚道。

还有，我是没给你花过钱，不过我也没要求你给我花钱啊。不是总说男女平等吗? 这也是平等呀，是不是啊乖? 他还在喋喋不休。

……是。

那一刻，她就决定了: 这次上床就是他们最后一次上床。下次约见就是最后一次约见。

今天，这个夜晚，滨河公园，长木椅，他们坐在一起，仍是手牵着手，这情形，简直有些像谈恋爱了。他们之间，从没有如今天晚上一样像两个恋人。回想起他们相处以来，几乎所有的记忆都是在床上。不同的床上，一样的黑暗，一样的两具不洁的、疯狂的、可怜的身体。

7

钱，她又提到了这个。她不缺钱。既然不缺钱，自然也不会向他要钱，以她的脾气，也不好意思要钱。这个自一开始他就很清楚。那他当然也就不会主动提，来装什么大尾巴狼。他们之间的状态就是：床上尽兴，床下清爽。后一条尤为重要，正因为不用考虑下床后的麻烦，上床时才能格外尽兴，这是她的核心魅力。

她大概不这么想，他隐约知道。这是个问题，他当然也隐约知道，尤其是自上一次约会以来。现在看来，这问题大概率会成为以后约会的障碍，那不妨今天就迎难而上，排除一下？有时候，主动出击更能把控局势。

也——没——带——钱——他捏细了嗓子，有点儿夸张地模仿着她的口气，无奈道，你刚才这句话，好像在讽刺我。

她沉默。

我不习惯带钱，你知道的。咱们俩在一起，基本也花不着什么钱，是吧？

她仍然沉默。

我觉得，咱们之间，钱是最不重要的。——这话，上次约会时他曾说过，这会儿有必要再强调一下。在她的沉默中，他依着自己的思路滔滔不绝地说：我们之间最重要的是什么？就是在一起的时刻，比如现在，就是最简单最纯净的也是最美好的，这份感情。和你在一起，我从来不想钱的事，钱那么庸俗的东西，混在我们之间，就是侮辱……

老实说，我倒觉得，钱是好东西。她打断了他，终于开口。

当然，钱很重要，但在咱们之间……他嗅到了危险的气息，急欲阻拦，却轮到她开始滔滔不绝：你给老婆花钱吧？给女儿花钱吧？给爸妈花钱吧？花钱的时候肯定不会觉得是侮辱他们，是吧？她顿了顿：哪怕是嫖客和妓女做生意，钱也意味着起码的尊重，不给钱那才是侮辱呢。

——嫖客和妓女，她怎么能这么说？直直地戳到他的最虚弱处。

可钱确实是他的软肋，最软的软肋，奇怪的是，似乎也是他的原则，最铁的原则。厚着脸皮挖到底的话，她让他迷恋的地方，除了她的身体，再就是不需要花钱。而且因为不需要花钱，她的身体就显得更好。是的，似乎是这样的。要是花钱呢？他也问过自己，答案是，那他还有必要找她吗？花了钱，比她好用的女人多的是啊。

所以，不给她花钱。她不值得。她愿意那就干，不愿意就算了，她如果拒绝他，他肯定会有点儿失落，却也有成就感。会有一种幻觉，好像是自己抵抗住了诱惑似的，高尚了一些似的。明知自己没有做到，可这幻觉也是一种享受。她不拒绝？那更好。总而言之，言而总之，这是个底线：绝不花钱。绝不。反正他已经睡过了她，反正他不爱她，她也不爱他。如果说爱情是一种病，那他们都没有得病。

还有别人吗？还叫谁上过？——除却第一次，好像后来每次做，他都会这么问她。有一次他甚至说：不管还有谁上你，反正你让我上，这就行啦。这些话貌似癫狂，仿佛只是助兴的淫言浪语，其实他当然清楚，像她这么轻易就和他上床的出轨女人，忠贞根本就是个笑话。她应该也不信他的忠贞。他们对彼此都不信任，只是因为贪恋情欲，才会假装信任。连信任都谈不上，还怎么跟爱沾边儿？

是的，她也不爱他。这让他在上床之后格外愤怒，格外放肆，也让他在下床之后格外轻松，格外释然，更让他在随后没有负担地一次次去找她。反正也没花钱，多一回就赚一回。免费的东西还是想吃，不吃白不吃。这么大的便宜还是想占，不占白不占。那就好好接住她这个刁钻的话茬吧，不然保不齐什么时候就这个便宜也没了。

你……怎么说这么难听的话。什么嫖客和妓女的。我可不是嫖客，难道你把自己当妓女？

黑暗中，她轻轻地笑了两声：这比喻是不恰当。我肯定要比妓女强一些的，虽然有些老，可没病，没风险，既便宜，还好用。不，不是便宜，是根本不花钱。

早就松开了她的手，他的手心里汗涔涔的。他捋了一把头发。必须得赶快从这个坑里跳出来。

也确实该怪我。其实，也是因为你不缺钱，所以我才没想过给你花钱……

我不缺是我的事，你给我花是你的事。一码是一码，对吧？

对。他应答。然后沉默。

其实，也该怪我。也不知怎么了，就想让你用钱来证明点儿什么，比如爱之类的。很幼稚，是吧？

这会儿才给他台阶下。这女人，确实是太坏了。

你真是幼稚得很，傻得很。他伸出手，轻轻地摸她的头，据说这叫"摸头杀"，乖，我的爱还需要用钱来证明吗？你想想，每次联系都是我先给你打电话，每次约会都是我主动，是不是？

确实是。电话费也蛮贵的。

还是不离钱。不过，这话里的幽默感标志着温度回升，还不错。

哪里是这个意思。

不然呢？

我的意思是，你说想用钱来证明我的爱，这让我觉得委屈。我要是不爱你，怎么会心心念念地找你？干吗不去找别人？性就是爱的证明，这你还不明白？

她突然笑起来，笑声尖厉。

他惊诧地看着她的笑告一段落。

要以你的逻辑，连嫖客对妓女的爱都胜过你对我的爱呢，因为既有性还有钱，是吧？

他瞠目结舌。她又开始笑，笑一会儿，停一会儿。他也只好继续跟着笑，一直等到她终于收起了笑。

其实，就像你觉得钱很庸俗一样，我现在觉得，性也很庸俗。唉，还是到此为止吧。

性和钱……不是一回事。他有些嗫嚅起来。

怎么不是一回事？我觉得就是一回事。她有些蛮横地一边说一边站了起来，脸上却还挂着点儿笑，太冷了，走吧。

8

这种场合，这种话题，她总是在笑，忍不住。笑着笑着，自己也觉得诧异。有什么好笑的呢？这么恶心的事。

是的，恶心。简直马上要反胃。钱，性，他，还有自己，都让她恶心。是的，她也没饶了自己，谁都没饶过。她居然又邪恶地笑了出来。

再聊一会儿吧乖？他牵着她的衣襟。

再聊一会儿就有被他再度攻克的可能。她知道自己的软弱。她沉吟着。老实说，若只是个炮友，那他还是不错的。可她就是不想彼此只是炮友。不过，他们之间实在也很难再往前进化了。算了吧，算了吧，这笔烂账真该烧账本了。要烧就烧得彻底一些，不留余烬。

还是算了吧。她把衣襟揪出来。

蒜不辣，姜辣。他耍赖地说。果然又成功把她逗笑了。

你不走我走。

唉，你可真是小孩子心性。他跟着站起来，揽住她的肩，我知道自己有很多不足，异地嘛，没办法，以后就好了。一定会好的。

他望了一下天空。要是有月亮的话，是不是可以对月发誓？

我不信。她又笑，似乎听见了他心里在骂：呵，这女人，她真坏。她还真是难得这么坏一下，好在他也坏，以坏对坏，他们在这点儿倒是很搭。

唉，我的乖啊——他拉住她的手，长叹一声，都不容易，不能要得太多。

是啊，你说得对。那就都别要了吧，最是干净。

——他对她想要的就少吗？若不是贪图得多，他会跟她在这里费事？

她假装去拢头发，甩开了他的手。

准备过马路时，他又紧紧挨着她，又揽住她的肩，一副呵护状。她也任他。

还是有些暖的，尽管只是表层的暖。

我们，好像根本没有谈过恋爱呢。她说。

他瞥了她一眼。这混账女人，总是这么混账。当初上床那么容易，后来每次上床都那么容易，明明是一张无欲无求的脸，在床上又是火辣妖娆的身体，却突然给他来了这么一出。荒唐，滑稽，不可理喻。但是，他怎么这么没出息，就是喜欢。尤其是在今天这种如此无望的时刻，尤其喜欢。难道真的就只是因为免费？还是因为上瘾？这样的感觉连对自己也羞于承认：和她之间的私情像大肠，他好这一口恶趣味。也知再畅快也下流，可是，毕竟，再下流也畅快。一时间恐怕断不了。

他忽然心疼起来。从没有这样心疼过。突然涌出一股莫名的不甘，他又抓住她的手。

其实，我一直……很爱你。你，爱过我吗？

红灯在斑马线那头凝固着，呆呆的。"爱"这个字，此时如此不合时宜，竟然显得有些悲怆。对他，她也还是有点儿爱的吧？她这么较真儿反复求证，无非是这个。想在沙里淘出点儿金来。他呢，虽然不"很"，也还是有点儿爱的吧？可他们的这点儿也确实太少，少得像是纯净物里的杂质。呵，那纯净物又是什么呢？

不能再想了。

必须得承认，钱，真的是好东西。她突然转脸，怔怔地看着他：我愿意给我喜欢的、想要的、爱的一切花钱，无论是人还是物。只要有钱，只要这钱够。

他决定不接茬。怎么还在说钱，这个钻进钱眼儿的女人。

所以啊，你说得没错，我没给你花过什么钱。所以啊，我不爱你。

红灯变成了绿灯，她又甩开他的手，斩钉截铁地，直直地走过斑马线。他犹豫了一下，跟了上去。她招了招手，一辆出租车随即停下。

也谢谢你，幸亏你没给我花钱，我们才可以这么快就掰扯利落。

你……他有些木然。

谁也不爱谁，其实也很不错。

我……是真的爱你。

你不爱我也没关系的。她拍拍他的肩，说实话有那么可怕吗？不会死的。

我真的……是爱你的。这句话说得已经很有些机械了，似乎是在失魂落魄。路灯下，他的样子突然年轻起来，简直像个倔强的青春期男孩。是爱吗？还是只是舍不得一件称手的玩具？她的心，瞬间软了一下，只一下，便很快硬了起来。

谢谢你，谢谢。她下颌微收，彬彬有礼地点头，像是在谢幕。顿了顿，又说：总觉得我们的缘分尽了。就各自平静生活吧。

——缘分，这个进退有度的完美说法，这时候祭出来正合适。既然已是诀别，没有必要闹得鸡飞狗跳。

他用双手捂住脸，从上到下地把面颊抹了一遍，然后看着她，笑了一下。

以后还保持联系吧，好吗？

好。她应答，上车，关上车门，摇下车窗，朝他挥了挥手。

车驶离后，她在手机里找着他的痕迹，手机号，短信，微信，一样一样，要不要删除干净？再一想，还是留着吧。留个平安无事的全尸，又能怎么样呢？况且，这不是很符合中国式的"留余"哲学吗？留这个余，是余给自己，余给他，也余给以后再见时仅有的体面。

嗯，既是同城，也保不齐会再碰面的。她能想象那个场景，大庭广众之下，他们还会彼此点头，微笑，甚至适度寒暄，如那种最一般的熟人。对于一段感情来说——如果他们之间也叫感情的话，那这也算是无疾而终。无疾而终，是上好的死法。

（《作品》2022 年 7 期）

德雷克海峡的 800 艘沉船

弋 舟

1

十二月下旬的一天，晚上八点二十分，段欣慧登上了海南航空公司的航班，从海口飞往西安。五十分钟后，航班在美兰机场准点起飞。不出意外的话——会出什么意外呢？——她会提前在咸阳机场落地。

是啊，会出什么意外呢？飞机爬升到巡航高度时，她一边调整椅背，一边在心里反问自己。

段欣慧习惯了这种内心的对话。有时候，她也会认清自己热衷于假设出两个自己，不过是为了聊以自慰。独居日久，她形成了固定的自语模式，凡事总归要先用一句消极的假设——"不出意外的话"——来做铺垫，继而再给出一个并非板上钉钉的结论。"不出意外的话"，对她来说，是句放之四海而皆准的金句。"不出意外的话，中午会准时用餐""不出意外的话，晚上能睡个好觉"。世界运转无碍，仿佛全靠某个意外的缺席才成就了一桩又一桩的小奇迹。这让平铺直叙的世界具有了不确定性，也让一顿午餐和一个好觉，都显得有如神助，重要的还在于，这个金句显而易见的荒唐感，又能给她提供出自我辩论的基础——会出什么意外呢？就这样，自我的对话完成了，聊以自慰也完成了，就像成功地将自己一分为二，并且，那个看上去更具理性的自己，还占了上风。

夜航的旅客不多，机舱里空着不少座位。段欣慧这排就没坐满，她的邻座，一个像是公务员的年轻男人，和她隔着一张空座。男人靠窗，她靠过道。三个多小时的航程，不出意外的话，她应该至少需要让行一次——把腿屈起来，侧放在过道，给他留出去洗手间的通道。会出什么意外呢？除非他有着一颗蓄水能力惊人的膀胱。段欣慧自嘲着在心里念叨。事实上，空中服务还没开始，男人就已经迫不及待地上了两次洗手间。段欣慧由此意识到，这回，自己踏上的恐怕是一场没有神助的旅行。

旅行对于段欣慧而言，已然是活着的常态。独居后，她在四十三岁获得了所谓的财富自由。比她大三十岁的亡夫留下的财产，丰厚到令她不敢相信——不出意外的话，足以让她将这辈子都用来云游四方。她也的确因此过上了一种"说走就走"的日子。这种日子似乎被许多人所向往，但走个不停，难免会削弱她与人间生活的关联。段欣慧先是渐渐地没有了朋友，继而，连父母都联系得少了。有时候，身在旅途，她会想，如果她就此失联，消失在某个不为人知的地方——不出意外的话，没个三年两载，身在武汉的爸妈都不会想起来找她。

不出意外的话，此生铁定就是一场漫长的旅行了，一直走到走不动的那一天，在一个不为人知的地方，倒下。她想，鲜有地没有反诘自己，而是默默祈祷：那么，请让这旅途是被神所祝福的。

可是神真的常常缺席。航班延误、天气突变之类的就不用说了，大到被人抢了手机，小到遇上个尿频的邻座，旅途中，她遭遇过太多不测，意外是无法完全避免的。但她已经停不下脚步。

空乘发过餐食后，男人又一次挤过她的双膝去了洗手间。她自作主张坐到了他的位子里。他的空位上留着一份报纸，此前一直心不在焉地翻看，给人的感觉是以此抵抗着内急的再一次光顾。她将报纸拿起，在男人回来时递向了他。这个男人真的具有一种公务员才有的理性，他迅速领会了她的意思，乖巧地坐进了她空出来的位置，似乎是想要表达一些歉意，男人还用手势示意那份报纸也一并归她了。

她并不想看报纸。但巡航在平流层的飞机平稳得令人昏昏欲睡。相较于看报纸，她更不想在一个陌生男人的身边睡着。她常常在飞机上看到睡相让人不能恭维的女性，立誓绝不让同样的一幕在自己身上发生。舷窗外，一万米高空中的夜色不过就是一张黑幕，她只有去想象，落地后，不出意外的话，会有一张酒店的大床等着她。会出什么意外呢？轻车熟路，酒店早已经订好了，接机的车，也在平台上落实了。

没有意外，只能让睡意更浓。她强打起精神，翻看手中的报纸。是一份《环球时报》，应该是登机时男人从舱门口自取的。在一种若醒若睡的状态里，段欣慧依稀看到这样一条新闻：

……国防部长埃斯皮纳称，找到幸存者的机会比较渺茫，但仍会全力以赴。事故原因不排除任何可能性……此次失联飞机于1978年制造，在美国服役至2008年。2012年智利花费700万美元购入，2015年进入智利空军服役……德雷克海峡是智利本土通往南极基地最短航程的必经之路，这里是太平洋和大西洋水流的汇合处，没有任何陆地阻挡，该海域一直以恶劣天气著称，气温极低且常有严重暴风雨。据不完全统计，目前已有800艘船只沉入德雷克海峡，造成两万人死亡……智利军方表示，飞机起飞时，飞机状况和天气状况均良好。搜寻行动将持续至少6天，并可延长4天……

是一条关于空难的报道，嗯，还提到了海难，总之，神又缺席了，天上地下，皆是灾难。那些翔实的数据令她振作了片刻，"美帝国主义"，她的心里好像如此谴责了一下，多少对卖旧飞机这样的行径感到不齿。继而，有种幻觉般的宏大图景席卷了她的意识：寒冷的海峡，疾风骤雨，怒浪惊涛……但她清清楚楚地意识到了"800艘沉船"这个概念，只不过，这个清晰的概念全然又被睡意给包裹了。如实说，谁靠着飞机舷窗睡着的样子都不好看。

她在机身落地时巨大的顿挫中醒来，迷惘地看着一个像是公务员的年轻男人朝她略带羞涩地微笑。拉起遮窗板，她发现外面在下雨，停机坪倒映着被冬雨扭曲了的光斑。她看了下腕表，差十分钟零点整，果然提前了。打开手机，预约接机的司机已经发来了按时接驾的短信。她没什么行李，不过是一只登机箱，还有一件同样塞在行李舱中的羽绒服——登机时，海口的气温将近30度，羽绒服完全就是一个行李般的存在。年轻男人友好地帮她从行李舱中取了箱子，她道了谢，自己拿下羽绒服，套上，下意识地将那份遗落在座位上的报纸重新拿回手里，卷成圆筒状，握住，好像如此一来，作为一个旅人，她的行囊才不会显得过于单一。

2

新年将近，吴尤莉计划给自己买件礼物。至于买什么，她一直拿不定主意。不是怕花钱——她又不会琢磨着买套房子来犒劳自己。别说房子，丧夫后，她可能都没有过千元以上的消费记录。她并不因此感到匮乏。她觉得自己没什么欲望，对什么都不抱有期待。这个新年的计划，只是作为一个"念头"存在，而有一个"念头"，对吴尤莉来说，反倒是种比较愿意体会的感觉。

她三十六岁，身高接近一米七，看起来还行——最初，这个判断的依据是：不乏男人对她兴致勃勃。后来，经了些不堪的事，她搞明白了，男人对所有的女人都是兴致勃勃的，他们随时都想碰碰运气，激发他们的，恐怕是一个"类"，而非具体到某个身高一米七的女人。明白了，就获得了宝贵的自知，于是比起同龄的女人，吴尤莉反而真显得有点"看起来还行"了——至少，她比她们苗条，比她们肤色好，比她们高挑。

这天早晨，吴尤莉的那个"念头"落在了实处。就买一只电动剃须刀吧。听见父亲在卫生间里的抱怨，她做出了决定。"充了一晚上电，只能刮半张脸！"吴玉福的声音并不大，但还是被她听到了。有时候，情绪比音量更能决定话语的传播效果。

房子是父亲的，老式的三室一厅。吴尤莉搬进来两年多了，承受着父亲的乖戾，她只能归咎于是自己的不期而至对父亲构成了麻烦。她也想过另找个住处，但条件真的不允许。亡夫除了给她留下一堆窟窿，什么也没给她留下；好在，也没给她留下个孩子，否则真是不堪设想。好日子也有过，但好日子的背后，是负债累累。丈夫活着时，铁肩担道义，只身营造虚假的繁荣；他可真是条硬汉，然而有一天这条硬汉突然撑不住了，一跃从二十七层的楼顶跳了下去。水落石出，好日子瞬间露出了狰狞的本相。一切都没了，生活不是清了零，是变成了负数。至今，吴尤莉还背负着几项被法院判定了的债务。

吴尤莉在三十四岁的时候，重新又做回了吴玉福的女儿。不是说父女俩一度泯灭了天伦，是说那种一个成年人突然不得不重新返场、再次回到一种仿佛不具责任能力、需要被监护的角色里的心境。吴尤莉想过，如果母亲还活着，自己的不适感也许会减弱一点，有爸有妈，即便参差不齐，共同挤在这套三室一厅的房子里，也会让一切显得"正常"点。遗憾的是，母亲在她婚后不久便离世了——宫颈癌，发现得太晚了。吴尤莉时不时会想，没错，如今同住在这套房子里的，是一对父女，但你也可以这样说：是一个三十多岁的寡妇和一个六十多岁的鳏夫。

对于亡妻，吴玉福没有悼念之情，全是怨怼之意。他认为罹患宫颈癌，正是对那个女人的惩罚。"她这一辈子，男人太多了！"吴玉福对着吴尤莉这么嚷过一次。至于何出此言，吴尤莉不想细究，也不想在自己的成长记忆中重新寻回尘封的蛛丝马迹，她倒是补充了一下宫颈癌的医学知识，原来性伴侣过多的确也是一条致病的缘由。如今，面对吴玉福，她只感到自己实在难以给自己定准角色，她找不到作为一个女儿的感觉，可也找不到不是一个女儿的感觉。对于吴尤莉，作为一个父亲，吴玉福又并非一无是处。除了会开车，吴尤莉一无长技。两年前，她去驾校做过教练，但从业的经历只是让她坐实了男人兴致勃勃的本质。这时候，吴玉福全然像一个慈父，他给吴尤莉买了辆丰田卡罗拉，还是辆新车，他鼓励她去开网约车，以一个父亲的口吻对女儿说："命运这把方向盘，还是要握在自己手里。"那一刻，吴尤莉恍然记起，眼前的这个父亲，退休前是中学的历史老师。情绪好的时候，他还会跟女儿评价一番客人，譬如："看上去是个有教养的人，结果把擤鼻涕的纸扔在车上。"可是转天，他又会性情大变，常常是吴尤莉做好了饭，他却铁青着脸泡了桶热干面自己端进卧室吃。

这天早上，当吴尤莉决定买一只电动剃须刀的时候，她不能给自己的这个念头定义——究竟是给父亲的一个礼物，还是给房东的一个贿赂？

吴玉福从卫生间出来了，的确是只刮了半张脸，这让他的脸色看起来尤为阴晴不定。残留的胡楂仿佛是一片不祥的阴影。"怎么不多睡会儿？"她小声问，没指望得到回答。她这么问是有道理的，昨晚最后一单活，是他去机场拉的人，回来睡下，怎么也要到半夜了。自从开上网约车，为了安全起见，吴玉福经常替她跑夜活，显然，这算得上是一个标准的父亲对女儿才会有的顾念。但是此刻吴玉福有些发呆，他从卫生间出来，给人的感觉却像是"进来"似的，好像一个人两脚踏空，突然陷入了新的境遇中一般。在吴尤莉眼里，这的确又不像是一个父亲了。像什么呢？某个念头在她脑子里一闪而过。

3

"所有世纪的二〇年代都辉煌。"

微信群里有人发出的这句话让胡晓虎心头一热。考虑到新年将至，那个"二〇年代"已经进入了倒计时，恐怕任何人看到这句话都会心头一热。"世纪""年代""辉煌"，都是自带热力与光芒的词啊。胡晓虎不由得默算了一下——就是说，八十五个小时后，辉煌便要普照万物了。他有些激动，是种久违了的感觉。这种感觉他也说不准，但是在他当兵的那些日子里常常会被点燃，一道命令，一次动员，都会令他产生同样的情绪。他感觉被激励，即便作为队伍中微不足道的一分子，也会有一种欣然而隆重的神圣感。

但是这句话被湮没在信息的洪流中了。他给这个群设置了"消息免打扰"，偶尔翻看一下成百上千的言论，随即删除掉，等着下一次信息重新注满这条他和战友们保持链接的通道。没错，这个群里的都是复转军人，基本上都是在各种培训班上认识的，如今大多分布在政府机关和事业单位。曾经的军人们自发地组织起来了，如同一支影子部队。

好像没人对这句话做出响应。大家在群里基本上都是自说自话。有人发地铁里人潮涌动的照片；有人说两句本单位的节日福利，还有人分享昔日的军歌，《打靶归来》什么的。各自抒发，各自捕捉能够触动自己的信息。胡晓虎查看了一下发布这条信息的主人，果然，是位文联干部，头像是一个打着领带的卡通人物。然后，他在群里也发了条信息：目前已有800艘船只沉入德雷克海峡。没什么道理，他可能只是觉得这句话比较接近自己此刻的心情，觉得"800 艘船""沉入""德雷克海峡"，同样也有一种令人心头一热的、辉煌的气质。

胡晓虎发出信息后，才想起这句话是两天前自己在飞机上看到的。它出自一份《环球时报》。现在突然想起，说明当时还是触动了他的，这条新闻中那道不祥的海峡，当时在他看来有种被诅咒过的意思。伴随记忆而来的，还有令人无法忍受的、同样像是被谁诅咒过一般的腹痛。海口之行是他分配到社科联工作后的第一次出差，热带地区的水土彻底击溃了他。在海口待了短短三天，他就拉了两天半肚子。胡晓虎想起，自己在返程的航班上是如何煎熬的了——他妄图用一份报纸来分散自己的注意力，在报纸上，地球人四处杀人又放火，但都抵不过他肚子里的革命。只有这条事关空难与海难的消息短暂地对他有效过，也许是"800 艘"这个具体的数据要胜过一切抽象的灾难，他的注意力因之转移，获得了间歇的安宁。

他的信息发出后，同样也迅速地湮没在群里了。今天大家好像都闲下来了，往常这个时候，临近中午休息，也没几个人上来扯闲篇。

　　2019 年 12 月 27 日 11 时许，西咸新区昆明池生态保护区发现一名未知女性尸体（下附照片），身长 1.65 米左右，体态较瘦，年龄 45 岁左右，上身着紫色羽绒衣，衣领为连帽样式，现死者身份不明，有知情者请与市公安局刑警二队联系。

有人发上来这样一条公告。不出所料，发布者当然是位警察，不知出于什么动机，他很快又将信息撤回了。胡晓虎被这条信息惊动了一下。他看到了那个女人的头像，像是睡着了，也并不血腥，不过是睡相不大好看。胡晓虎觉得自己应该想起些什么，但又不是很确定。他想专门私信一下那名警察，但又因为自己的不很确定而打消了念头。

他显得有些茫然若失，无所适从地在心里确定了一下自己的返程日期。十二月二十六日，夜。然后他起身检查了一下办公室的电源，确认该关的都关了。下午陪领导看望一下退休老人，他就不用再回单位了。他要在元旦那天结婚，与辉煌的二〇年代一同开启自己的婚姻生活，单位提前给他放假了。删除这组群消息的时候，他看到群主发布了群公告：单位要求，公务员不允许组建与工作无关的微信群，本群即日起解散，祝战友们新年快乐。无论如何，这不能算是个好消息，尽管，也无关痛痒。

中午他要回趟家，李琳，他的未婚妻，让他抓紧把新房的煤气卡充足，他早上出门忘带卡了，只能抽空回去取一趟。他不想和她吵架，就像他不想结婚。单位离家要乘坐十二站地铁。好在中午地铁上的人不是很多，但也没有空座，胡晓虎靠在关闭的车门一侧，突然感到肚子里又翻滚起来。应激一般，他的脑子里自发地出现了一道怒浪惊涛的海峡，这让他又一次获得了片刻的安宁，"800艘沉船"与"辉煌的二〇年代"这两组概念共同协力，令他在隐隐的不安中获得了平静。

4

吴尤莉比同龄人显得"看起来还行"，也许是遗传了吴玉福的基因。六十四岁的吴玉福看起来就比同龄人年轻许多，至少，吴尤莉的身高一定是受惠于遗传的，吴玉福在生命的鼎盛时期，身高曾达到过一米八五，即便如今缩水，在一群老头当中他也算是挺拔的。对于任何孩子，有个身高超过一米八的父亲，都是个加分项。吴尤莉年少时也的确以此为荣过，面对父母间的龃龉，她会不自觉地倾向于同情父亲。一个挺拔的男人，仿佛天然地就多了些正确性。毕竟都是做教师的，吴尤莉的记忆中，父母的冷战不少，热战不多，一对男女常常各自沉默，但沉默和沉默的气质迥异。个高的那个，沉默得如同雪山，让人生出对于高冷的仰止，个矮的，就吃亏，连沉默都显得是理屈词穷。幼年的吴尤莉以此判断着父母的是与非，她认为母亲的错误全是因为个子矮，是不具优势的身高让这个女人成为蒙羞的过错方。直到她十四岁的那年，雪山骤变为火山，沉默的吴玉福爆发了，对自己的女儿嚷出一句："她这一辈子，男人太多了！"吴尤莉这才骇然面对了这样一个事实：原来，她的母亲，其貌不扬的中学物理教师田冰茹，居然在婚姻生活中从未安分过。她是以此缓释来自丈夫身高的压力吗？千真万确，母亲是因为有错才显得像是个罪人，这跟身高处于劣势压根儿无关。但是，这个事实之中蕴含的人性线索太复杂了，十四岁的吴尤莉根本择不清。她并没有因此更加轻视母亲，反而，对于父亲的观感还打了折扣，仿佛这个一米八几的男人徒有虚表、虚张声势，应该打回到一米七去。

火山般爆发过几次后，吴玉福开始了具有规律性的失踪。每年，他都会在三月中旬离家一段时间。去哪儿了，不知道。田冰茹不问，可能也是不能问与不敢问；吴尤莉不问，说不清为什么不问。这个三口之家，彼此间好像没有相互过问的权利。结婚后，吴尤莉的丈夫，那位铁肩担道义的硬汉，有一次对吴尤莉点明了要害："你爸肯定在外面有人了。"她才直面了一下现实，竟觉得父亲重新有了挺拔的迹象。

田冰茹去世的那一年，吴玉福没有离家。他中规中矩地给亡妻办理了后事，火化，买一块价格不菲的墓地，竖碑，碑文也镌刻上自己的名字——用红漆涂抹住，以待日后合葬，再刮掉油漆，与田冰茹的名字并肩。看上去，他什么都能接受，接受龃龉频仍的一生，也接受被指定了的墓穴。这同样关乎复杂的人性，吴尤莉对此是爱莫能助的心情，只不过将同情分摊开，一半给了母亲，一半给了父亲。就此，她也更加无意过问自己丈夫的真相了，由那位硬汉顾自去承担着他愿意承担的一切，她知道他在外面有女人，可能还有个儿子，但是又怎样呢？她不拒绝最后也跟这硬汉刻在一块碑上。

搬回来和父亲同住后，她知道了父亲的秘密。原来，每年的三月份，正是武大樱花盛开的时候。吴玉福给吴尤莉买了辆丰田卡罗拉，提车的那天，他的心情很好，坐在副驾驶的位置，突然就袒露了心声。"每年我都会去看看，"他说，"就像回到了自己的大学时代。"吴尤莉无动于衷，至少表面上看起来是这样的，她的双手紧紧地握着新车的方向盘，就像是遵嘱掌控住了自己的人生。这样就好理解了，吴玉福毕业于武汉大学历史系。他在晚年热衷于和武汉相关的一切。他喜欢看《百家讲坛》，因为里面有口若悬河的易中天，他说，他在大学的时候听过易中天的课，他不断地网购热干面，每次情绪恶劣的时候就自己煮一桶吃。有一次，客人投诉到平台，说他在车上不停搭讪，热情过度，还绕路，他对吴尤莉说自己不过是因为那女人来自武汉，好心想多拉人家看看西安的夜景。

也是条硬汉，吴尤莉在心里评价。当他将自己的名字与亡妻的名字刻在一起的时候，他需要在人间找到一个属于自己的平衡，那不是你有"太多男人"我便"外面有人"的简单对称，是对命运本身的精密修复，如果非要换算成一个公式，差强人意，大约是：你在你的命运里颠簸，我追念我的樱花。

在网约车平台上注册的是吴尤莉，按规定吴玉福是不能代驾的，而且，他也过了六十岁，这些都不合规。好在，迄今还没遇到过大麻烦。大多数时候，他是一位能够给人好感的司机，这位瘦高的师傅，衣着得体，沉默寡言，每一年都被樱花熏陶，别有一番知识分子才有的气质。除非他遇到一位有武汉口音的客人。

5

中午，吴尤莉在开元商城买了一部三星牌电动剃须刀，两千八百元。付款的时候，她想到了法院给自己的"限高令"。衡量一番，她确定自己的这笔消费应该不能算作是高消费，但她还是感到了些许兴奋——那种轻微地破坏了什么或者冒犯了什么的兴奋。在商城七楼，她吃了碗面条，带着兴奋劲儿，她还"恶意"地给自己加了份肉，然后匆匆驱车赶往机场。她的下一个单子是下午三点在咸阳机场的 T2 航站楼接人，这种单子对于网约车司机堪称福音，好过在城里绕来绕去。

车子开上机场高速不久，她收到了吴玉福的一条微信，没容她细看，一桩车祸发生在她眼前。眼睁睁地，吴尤莉看着前方那辆白色的日产轩逸扎进了一辆大货车的车尾。好在车距足够大，吴尤莉来得及避险。她与事故现场擦车而过，几乎没有停下的念头。车子上了高速公路，就如同上了传送带，人的意志也仿佛不能完全由己了。但是只那么一瞬,她也能确定日产轩逸的司机凶多吉少。货车上拉着几十辆排列整齐的新车,居然也是日产轩逸,这让追尾的那辆像是一头扎进了亲人的怀抱,车头完全塞进了车尾,如同被一把大钳子捏碎了。路面上的碎玻璃像是洒满了一地的光芒。她在发抖。这段路面经常有车祸发生,像是被诅咒过一样。跑上网约车以来,吴尤莉在此就目睹过不下十次的惨烈场面。但是今天不同了——这辆日产轩逸的车主她认识。

罗哥,大家都这么叫他,但年龄恐怕还不到三十岁。跑网约车的经常会在候机时相互打趣解闷,一来二去,熟悉了,罗哥开始在她这儿碰运气,给她献殷勤。有一次,就是在 T2 航站楼的停车场,罗哥邀请她坐进他的车里,感受一下后排的"大沙发"。不错,正像同行们说的那样,轩逸的乘坐空间的确比她那辆卡罗拉要大一圈,不但空间大,这后排的座椅还很柔软。罗哥说这正是他好评率高的原因所在,乘客基本都坐后排,"他们的屁股舒服了,人就舒服了。"他在炫耀,她却做出了事后自己也想不明白的事——伸手钩住他的脖子,将他的脸与自己的脸拉近,直到两张嘴咬合在一起。她有欲望,也能感觉到小伙子的欲望,但对方想进一步的时候,又被她不由分说地推开了。她从车里钻出来,狠狠地抹嘴,心里面竟是万分的委屈。这委屈她也不知从何说起。似乎是不甘于卡罗拉被轩逸比下去了,这让她想起了自己曾经是开过顶配普拉多的,似乎是两人年龄上的差距让她感到了屈辱,她愤恨于一个小伙子对她的蠢蠢欲动;也似乎是她被她自己的欲火吓着了。似乎是,似乎也都不是。从此罗哥开始明目张胆地追求她,给她送花,给她买盒饭,发出莫名其妙的邀请,在候机楼前的停车场演戏一般地表演着他夸张的爱情——没准就是演戏，网约车司机们是观众，他知道自己在被围观，卖力地排练这个噱头般的角色，并且也因此粉饰了他自己都难以直面的欲火。她没有再给过他任何机会，就像如今被"限高"着的她，停在机场，却不被允许乘机。

小伙子的热情渐渐熄灭，他们本来就不是持久燃烧型的。但是，今天目睹了这场车祸，吴尤莉还是认定自己可能难辞其咎。罗哥一定也看到她行驶在后面了，于是，为瞬间的跑神付出了代价。这个念头令吴尤莉不停地发抖。

客人是一对情侣。两个人上车后都咳嗽不断，尽管这样，还要用明显充了血的嗓音喋喋不休地吵架，搞得吴尤莉烦躁不已。拉完机场的这单活儿她就回家了。还不到六点，往常这个时候正是接单的高峰期。一个月必须在线至少 200 小时以上，每月最少完成 400 单，这是平台对她的要求，但是今天她没法干了，觉得自己像个命案在身的逃犯。

吴玉福不在家。七点多钟吴尤莉叫来了外卖，敲他卧室的门，发现门虚掩着，里面空无一人。这时候她才想起去翻看手机微信，然而，吴玉福的那条信息显示撤回了。她拨他的号码，对方已关机。不知为何，吴尤莉感到了空前的焦虑。当然，她没那么牵挂他，至少看上去是这样的，至少，父女俩之间从来都表现得像是管你爱在不在的样子。但是此刻吴尤莉感到了从未有过的不安。她想，可能是那场车祸导致了她情绪的紊乱，但觉得又不大对，她不是没见过酷烈的现场——肝脑涂地，那条硬汉横在二十七层楼下的场面，她也是领教过的。房间里黑黢黢的，吴尤莉没有开灯，一个人枯坐在客厅的沙发里。

十点半的时候，吴玉福的电话打了进来。

"我在武汉了。"他说。

"武汉？"吴尤莉下意识地确定了一下日期，"现在？"

"对，刚下飞机。"

"武大的樱花开早了？"

"我们几个老同学约好一起跨年。"他说得有些不情不愿。

"跨年？"

"对！二〇年代了！"吴玉福大声说了一句，随即挂断了手机。

6

第二天吴尤莉没出去跑活。她觉得自己病了，嗓子痛，鼻子闻不到味儿，四肢无力，好像还有点发低烧。网约车司机也有自己的群，她躺在沙发上不时翻看，果然看到了罗哥的噩耗。死了。这竟然令她有股尘埃落定的轻松感。群里还在散布一桩凶案。一个女人，横尸昆明池，年轻，不，老女人，光着身子，或者半裸……司机们相互交换着并不一致的说辞，人人都像是掌握了一手消息。只有一点是确凿的：此刻，一具不知名的女尸要比横死了的罗哥更吸引人们的关注。警察已经在机场调查了，他们怀疑死者可能是从咸阳机场落地的旅客，网约车司机们，有重大嫌疑。群里面散布着的，与其说是恐慌，不如说是快活。有人打趣，质问他人还不赶紧去自首，有人追问到底是个年轻女人还是个老太婆；反正二十六号晚上拉活的都没跑！——这句话让吴尤莉的心骤然悬了起来。她甚至看了下手机的日历，认真估算，昨天、前天，这么倒推回去，终于确定，那晚是谁去机场拉了最后一单活。

她去吴玉福的卧室，想要得到某个说法，才意识到他已经走了。她拨通了他的手机，"喂"了一声，竟不知从何说起。

"你有事？"吴玉福问。

"没有，"吴尤莉感到嗓子干涩，有种火辣辣的刺痛，"今天二十八号。"

"对，我们先聚聚，有些外地来的老同学陆陆续续到。"

"你都好吗？"

"我？"

"武汉冷不冷？"

吴尤莉难过极了，突然就涌出了眼泪。她从没想过自己会如此难过。

"和西安差不多。"

"你衣服带得够吗？"

"不冷，我穿着大衣呢。"

她知道那件大衣，灰色，羊毛的，他穿着比易中天还像个教授。

"那就好……"

她抽泣着终止了通话，因为实在说不出更多的话了。

她下了楼，钻进卡罗拉里，好像此刻一个狭窄的空间更能让她感到安全。老旧小区，没有规划的停车场，业主们的车见缝插针地塞在公用路面上。一个七八岁大的男孩正耐心地鞭笞着这些给人添堵的家伙——他远远地这么干过来，手拿一截不知从哪儿捡来的破麻绳，一辆接一辆，绝不放过地抽打。她打开了车里的广播，这个动作本身就带有对抗性——平台规定，载客时不允许开广播。下意识里，她已经开始和什么事物较起劲来。广播里有她不知名的乐曲响起。古典音乐，交响曲。她看到了那卷遗落在副驾驶座下面的报纸，捡起来，心无所属地翻看，不过是给自己找件事做。循序渐进，男孩干到她的车前了，看到车里有人，手里扬起的鞭子犹豫不决了。在她鼓励性的目光下，他对着卡罗拉的车头抽了两鞭，然后笑着继续干他的活去了。她体贴地为男孩着想，也许是他手里那截麻绳太过奇怪，身在二十一世纪的城里孩子压根无从识别，于是，策马扬鞭，某种古老的人类经验被神秘地唤醒了，令他激动地应用了起来。她觉得自己这辆车也真像是被鞭子抽打过的马，倏忽就委顿了。后来，她把驾驶座的椅背放低，半躺进去，昏昏沉沉地睡了一会。在深深浅浅的睡意里，在时起时伏的乐声中，她成了一艘正奋力穿越着凄苦海峡的、破浪的巨轮。

二〇一九年，十二月二十八日，从这天起，吴尤莉开始了焦虑的等待。她在等一个电话，当然是来自警察的。她差不多已经在心里决定了，她会告诉警察，二十六号晚上是她去机场接的客人。显然，这个谎言一点也经不起检验，他们有太多的手段可以将其戳破。但她决定了，无论如何，这个谎她是要撒的。她认为，这是一次重要的报偿，至于报偿什么，她也一下子难以捋清。是为了女人田冰茹对男人吴玉福一生的背叛吗？是为了父亲吴玉福馈赠的那辆丰田卡罗拉吗？不不不，即便都沾点边，但绝对没这么简单甚至是——下作。没错，就是"下作"，这个词蹦到吴尤莉脑子里，全然否定了她能想到的那些动机。因此，她也小心翼翼地触到了"下作"的反面，那个她感受起来都会万分犹豫的——纯洁。像是遭遇了难以启齿的情绪，三十六岁的吴尤莉，决定撒一个弥天大谎，有生以来第一次切近了一种自己没有体会过的情感。她也好像突然理解了吴玉福将自己的名字与田冰茹镌刻在同一块碑上的理由。那是生命本身的奥秘。

在二十一世纪一〇年代的最后三天里，吴尤莉陷入双重的想象中。她一边想象着一个负案在逃的凶手——有一张剃了半边胡子的脸；一边想象着一个毕生忍辱负重的男人——常年给小区里的流浪猫投食。她感到了自己的同情，这种同情是不具体的，它是弥散的。怀着同情之心，她还想到了自己的亡夫，想着有朝一日，也把自己的名字和那条硬汉的名字刻在一块碑上，墓碑上的字总是让人感到有些妄自尊大，但死都死了，还要怎样呢？甚至，她还想到了罗哥，想到了那根伸在自己嘴里激烈搅动着的舌头是多么富有宝贵的生命力，富有人的道理。

警察的电话始终没有打来。吴玉福却打过一次。

"我给你买了套房子。"开宗明义，他在手机里说。

她能听到手机里喧闹的声音，一群老人发出的青春新声。肯定喝酒了，他们肯定还喝了不少，南腔北调，荒腔走板。

一瞬间，她竟笑了。

"我不要你的房子。"她说，又补充道，"你好好的，就好。"

"房子还不错，"他自说自话，有些慷慨激昂，"在昆明池，能看见沣河。"

她都能感觉到自己的心开始下沉的响声。

7

吴尤莉在新年得了场此生最严重的病。她觉得是感冒，但又不太像。她从没想过一场感冒会如此凶狠地摆倒她。最难熬的几天，她把家里所有的被子都压在身上，可还是冷得不停打摆子，而且病程也超长，差不多半个月后她才感觉自己活过来了点儿，如同九死一生。她在病中问过父亲的归期。她并不想问到这个问题，其实还想回避掉这个问题，但有些问题如同是被规定好的铁律，必须去执行，就像当你有一个离家在外的父亲时，你就只能问问他什么时候归来。吴玉福在手机里说"快了"，人却是迟迟未归。这些天吴尤莉还偶尔想起过母亲，气血两虚的她突然觉得母亲这一生的荒唐之中也有着一种类似于荒凉的美，作为一个不幸身材粗壮的女人，她活得该有多么地用力。

二〇二〇年一月二十三日，武汉封城。吴尤莉在电视上看到的新闻。新闻中说：这是人类历史上的第一次。她拆开了一部三星牌电动剃须刀的包装，把里面的机器摆在卫生间的面盆上，就好像剃须刀的使用者刚刚离开，或者即将到来。

同一时刻，新婚的胡晓虎挤在已经有人戴着口罩的地铁里回家，他将在辉煌的时代里学习如何克服厌婚的情绪，嗯，这是人类的第一次；身在大理的段欣慧一边有一搭没一搭地收听着新闻，一边做出决定：不出意外的话，等到解封之日，她就在第一时间赶回武汉，回到父母的身边，回到生活本身中去。远处的洱海风平浪静，是该结束这无尽的旅程了，她想，我历经了路上的一切：抢手机的歹徒，飞机上内急的邻座，乃至古怪而热情的网约车司机。

（《十月》2022 年第 3 期）

体育课

路 内

谁能想到呢，我们化工技校，著名的流氓学校，在一九九〇年被称为戴城十大不敢惹的单位，与日晖桥派出所齐名的地方——竟然没有操场。

这年九月开学，教学楼推平重造了，我们背着书包在楼下看了好一会儿，问明白了才敢进去。化工系统有钱，这些单位常年向运河排放各种污水，向居民区喷射各种毒气，一分钱都不会赔给老百姓，它们当然富裕。它们要做的跟黑社会没大差别，就是交钱给市里、局里。局里觉得化工技校太破啦，影响到局长的形象，终于决定拨下资金，把一排红砖房子推平了，造了四层高的教学楼。进去一看，墙面雪白，钢窗锃亮，每层楼都有男女厕所。我们感动得不得了，跑到阶梯教室的电视机前看世界杯的录像，踹开每间教室门往黑板上乱写老师的名字，我们发现目前只有三个班级的学生在上课，而教室有二十四间，一楼以上完全没人，于是我们又跑进顶楼的女厕所里看了看，把大飞反锁在了那里。那一整个下午大飞就在一个很高的位置上向远处挥舞着汗衫。

但这个鬼地方仍然没有操场，因为地皮不够。教学楼后面有一块很小的空地，一个只剩半块篮板的篮球架，其他啥都没了。这对我们来说太过狭窄、乏味。门房老乌龟一激动，还种了很多蓖麻，傻逼也不收蓖麻籽，就种着，图个开心。那里面有蛇！

我们的体育老师姓汪，五十多岁一个秃头男人，开学以后，他看到这操场就发出了一声娇喘。这意味着他仍然不用带我们做任何球类运动，非常省力。这是一个没什么自尊心的体育老师，他打乒乓不如黄毛，打羽毛球不如花裤子，打桌球不如我，跑步跑不过我们大部分人。我们顺便问了一句，有没有室内运动场所，造这么大的房子给弄间乒乓球室总可以吧？老汪说他们忘记了，造楼花费很大，没余钱买任何体育器材了。

亚运会要开，化工局觉得钱太多，也想搞搞，把各单位喊到一起说咱们弄一场田径比赛吧。这消息传到我们学校，校长特别重视，让老汪带着我们去街上跑圈，选几个能跑的，长跑短跑，跑不死的可以马拉松，老汪只得照办。我们上了街可就不再是池中之物，沿着运河，铁三角一马当先跑出去，他还穿着皮鞋。老铁是区田径队的，因为打架被开除了。由于老铁跑太快，我们不得不狂奔着紧跟，老汪不知道我们想跑到哪里去——按路线应该在城东大桥转弯，然后绕回来，但老铁钻进了涵洞，一溜烟往火车站去了。我们也全跟着。老汪急啦，他想吹哨让我们回来，一摸胸口发现哨子没了，哨子在阔逼手里呢。老汪不得不发疯一样追我们，如果我们成群地跑丢了，那确实会对社会造成很大危害。可是他一个五十岁的秃头老男人，跟我们比跑步，那不是跟比性功能一样吗？他可能赢得下来吗（除了猪大肠这样极个别的超肥怪胎）？跑到纺工职校那儿，我们还停了一下，因为我们有一半人的女朋友都在那里，打个招呼还是应该的。大飞一回头看见老汪扑倒在地上。

"老汪摔啦。"

我们哈哈大笑，等着看老汪爬起来。等了好长时间，我们的女朋友全都从学校里出来了，缠着我们去买冷饮，我们买了冷饮，女朋友们舔起了冷饮，猪大肠从街道远处气喘吁吁跟上来——老汪他妈的还是没爬起来。贱男春稍微有点医学常识，他老妈是护士，他说坏了，老汪可能挂了，这病叫马上风。我们跑上前，把老汪翻过来，他面色发紫，气息全无，一只手还打在我脚背上，让我起了一层寒栗。接下来我们一群人抬着老汪往医院狂奔，后面跑着我们舔冷饮的女朋友，再后面追着几个警察，警察后面跟着一群看热闹的老百姓。

我们就这样把体育老师给跑死了。

老汪去世以后我们才意识到，他挺好的，他的体育课尽管没有球类运动，但也不会安排太多的队形操练，让我们在蓖麻丛里愚蠢地晒着。他喜欢给我们讲人生哲学：你们将来做工人，做工人要学会偷懒，不然你会累死。这类朴素的道理被我们深深地记住，尚来不及实践，他就把自己累死了。

体育课必须得上，还有那个化工局的田径运动会。第二任体育老师是我们的机械制图老师，他能胜任这个教职据说是因为他老爸当年做过体育老师，但他本人，结巴，瘦弱，近视，迂腐，看上去是他老爸质量最差的那颗精子制造出来的。为啥质量最差的那颗跑赢了其他的，连他自己都说不清楚。他给我们安排的唯一的运动，是跑楼梯。老天，这学校终于有楼梯了，可以用来跑了。

这项运动确实锻炼耐力，但它让我们所有人发疯并失去耐性。这么上去下来的，跑一节课，到头来他发现我们班四十个男生全都躲进了各楼层的女厕所，在里面抽烟骂街呢。对的，我们班没有女生，四十个，全男的，每次我都得把这件事说上三遍别人才能理解。如果你不理解，你可以去监狱里体会一下那滋味。这件事最后的结果是：老师跑上跑下，反复不停地把我们从四个楼层的女厕所里揪出来，第二个星期他膝盖积水了，他给自己报了个工伤，连机械制图课都没人上了。

后面连续两个星期，我们校长无耻地让门房老乌龟来代课。不得不说，老乌龟是能镇住我们的，他会武术，他还有两个儿子也会武术。他的下盘功夫不错，马步一扎连二百多斤重的猪大肠都推不倒他，然后他一脚就把猪大肠蹬进蓖麻丛里去了。昊逼曾经跃跃欲试想拜他为师，因为昊逼有点瘦弱，他希望自己能强壮起来，追得上纺工职校那个跑得贼快的芳芳。后来大飞一脚把昊逼踹进了蓖麻丛，他就断了这个念头，专心做大飞的小弟了。

我们班四十个人并不齐心协力。纺工职校的芳芳经常对我说，女人多的地方，是非多。她将来会进纺织厂，那地方女人很多很多。然而事实是，全是男人的地方气氛也很尴尬，男人喜欢拉帮派，认小弟，吃豆腐。我们班主要三派人，一派是团干部，可以不用提他们，他们将来会分配到效益最好的硫酸厂，在一堆腐蚀物和腐蚀性气体中享受光荣；一派是以大脸猫为首的黑脸帮，他们的主要战绩是打平过第八中学（俗称野八中）、烹饪职校、园林技校、轻工中专，他们极其蛮横，极其无知，在面对美好的事物时会茫然；最后一派，当然就是我、大飞、花裤子、飞机头组成的白脸帮，有时阔逼和黄毛也会加入进来，有时还捎带上刀把五和昊逼这种不成器的东西，我们的主要特点是长得白，不爱被晒黑，我们的战绩是进了纺工职校以后——女生会掏钱请我们吃冷饮！

老乌龟的体育课上得有声有色，他太沉醉于这一工作、这一额外的奖励，居然要求每星期三下午的固定休假也调整为体育课，让我们跟着他扎马步，校长居然同意了。太阳炽热，到九月底我的脸已经被晒成了咖啡色，很快将是褐色。同志们，那是做六休一的年代，我们所有的欢乐都指着星期三下午去纺工职校约女生玩，我们不可能在星期天冲到她们家门口去，她们的爸爸和哥哥会打死我们，因为我们来自该死的化工技校。总之，我们得把半天的假期夺回来。

我们的基本原则是不能在上课时打老师，请记住，这是天条，朝他脸上吐唾沫也不行，这种肢体冲突会把警察招来。老乌龟在上体育课时就是我们的老师，没人敢动他，等到下了课，他就是一个低贱的门房。在接下来的一星期里，他先是发现自己小间里的枕头不见了，又发现起夜用的痰盂被人扣在了床上，最后，他新买不久的一套运动服，居然是白色的，他还不知死活地晾在食堂边上，被人用红色粉笔画了个大乌龟。尽管粉笔很容易洗掉，但他心里应该知道，我们只是给他留了点面子。

老乌龟的老婆是一个讲话谁都听不懂的外地大娘，星期三下午她提着那套白色运动服，已经洗干净，似乎变大了些，她骂骂咧咧坐在篮球架下面，一边晾衣服，一边看着我们扎马步，还有她丈夫。我快累昏过去了，过了一会儿老乌龟站直身体，走过去劝他老婆回家。于是我们全都喊了起来，老乌龟你不要偷懒！他老婆听不得这个绰号，从地上爬起来，照着我们轮番扇耳光，打得又准又狠。我们四散而逃，并且意识到，老乌龟这身功夫可能是跟他老婆学的。后来老乌龟自己都看不下去了，冲过来拦腰抱住他老婆，企图将其搬出学校，他老婆使了个鞭腿，一脚把他掀到蓖麻丛里去了。

他种的这一大片蓖麻终于救了他，但即便这样他也没有悔改。星期三下午，我需要这半天的休假。

我十七岁的时候，天天觉得饿，但这不是国家造成的，是我发育了，无论吃多少，两三个小时必能消化干净，我是一个强壮的工人阶级的儿子。当时我妈心脏病住院，我每天放学直奔她的病房，就为了吃医院里提供的下午餐，有时是面包，有时是袜底酥。我妈对我挺好的，坐在病床上看我吃完，会在心里默默告诉自己不能死，要是她死了，我的营养就跟不上，身高就会停在一米七二，而我爸的秃头也会从前额蔓延至颅顶。作为一个时髦、正派、有志气的工人阶级的妻子，这是她不能承受的痛。

还有一个对我很好的妹子是纺工职校的芳芳，前面说过，跑得贼快，她有一双匀称的大长腿，肺活量惊人，短跑能和我打个平手，长跑我们没比过，主要原因是我讨厌长跑这种神经病一样的运动，我跑着跑着会做白日梦，看见饭岛爱。大飞他们经常嘲笑芳芳，因为她长得不够好看，黑黑的，因为她单方面喜欢我，而他们都认为我喜欢的是财经中专那个美艳不可方物的姗姗，更因为她曾经失恋过，她爱上了第一中学长跑队的周志亮，而周志亮跑着跑着就跟第三中学的黎丽娜勾搭上了。

爱情这种事情，我爸讲不清，我也讲不清。那时因为我妈病着，我只能在学校食堂吃午饭，我爸给了我每餐两元的预算，而我每餐必须吃掉四元才够饱。我校食堂是校长亲戚办的，他们搞了一套复杂的价格体系，老师一个价，团员一个价，轮到我这种人，菜价贵到天上去了，一份豆芽两元，一份饭一元，我吃上了饭就吃不上豆芽，吃上了豆芽就吃不上饭，全都吃上了又当如何？一片肉都没有。有一天中午我吃得实在太不爽了，冲到蒸饭间打开蒸柜，顾不得烫，随便拿了个搪瓷杯子揭开就吃，后来被机械制图老师揪住。那是他带的菜，他也挺可怜的，一碗红烧豆芽，也没有肉。我感到非常绝望，去食堂赔了老师两份豆芽，然后吃光了他的豆芽。中午骑车乱逛，我在纺工职校门口遇到了芳芳。

"你好像不开心？"她说，"失恋了吗？"

"我没有肉吃！"

她把我带进了纺工职校，在操场边的一棵大树下，让我安静地坐着等，并提醒我不要抽烟，抽烟会被赶走。我说不用担心，我和我爸最近都穷得买不起烟了，我爸在家找烟屁股抽结果他发现我已经抢先一步抽光了所有的，我们爷儿俩商量着今后每天只吃一顿，余钱用来买烟，我们不这么干的一个重要原因是怕我妈心脏病发作。我这么絮絮叨叨，芳芳已经跑远了。我在树下找了根枯枝放在嘴里吸了两下，过了一会儿，她跑了回来，手里端着一个饭盒、一个搪瓷茶杯。她走到围墙边掰了两片蓖麻叶子，铺在地上，打开餐具。我看到米饭和红烧肉，还有一个鸡蛋。我快昏过去了，她递给我叉子说："吃吧。"

"你吃什么？"

"我吃你吃剩下的。"

老天作证，周志亮你应该去死。我蹲在树下吃了两块肥肉，感觉自己又开心了起来。我是个有志气的人，不能吃光妹子的午餐。"你妈做菜手艺真好，就像我妈一样好。"我赞美道。

"这是我自己做的，你再吃一个鸡蛋。"

我是个没志气的人，我吃下了鸡蛋。她捧着饭盒在树下吃，我看着她，帮她赶蚊子。过了一会儿她从耳朵后面拔出一根弯弯曲曲的香烟给我。"我课桌里就剩这一根了，"她说，"少抽点，出去了再抽，你的肺，迟早有一天跑不过我。"

我就这么爱上了她，我忘记了财经中专那个美艳不可方物的姗姗，事实上，我从没跟姗姗搭上过半句话。

九月的最后一堂体育课，一场细雨落下，没完没了。这种天气没法再扎马步，我们应该早点散场回家，但这天老乌龟被校长通知，立即选拔出八百米、二百米、一百米以及跳远跳高跳绳的选手，因为，化工局那场倒霉的运动会，国庆节之后就要开始啦。老乌龟完全蒙了，他毕竟只是一个门房，领会不了文件精神，经他调教之后这个班上有四十个能扎马步的男生，而运动会并没有扎马步这项比赛。

这天下午老乌龟让我们举手，谁愿意参加，立即报上名来。我们全都对着他奸笑，只有铁三角举手，他要参加马拉松。老乌龟松了口气，后来他发现也没有马拉松这项，局里不想再发生跑死人的事故，他让铁三角去参加八百米，那看起来也挺远的。老铁摇头说去你的吧，八百米我才不想跑，我就想跑马拉松，过瘾。老乌龟没办法，跑去楼上请示校长，过了一会儿跑下来说："校长说了，没有人报名就一个都别想回家。"

坐在我身后的大飞已经极其不耐烦，在一九九〇年的九月，我们这位嚣张跋扈的大飞变成了一个浪漫而沉默的人，有时会突然发情。他正在经历一场恋爱，对象是旅游中专的明明，一个明眸皓齿会讲几句英文的长发少女，她几乎是白脸帮的女神，不过六个月后大飞将会栽在沟里，被她永远抛弃。当时他并不知道这一结局，他将自己的每个星期三下午都许给了她，并发誓在毕业后一定会离开化工系统，到酒店系统去陪着她刷浴缸。大飞坐在我身后，双手在桌板上做着一串刷浴缸的动作，晃得我前后乱抖。我一回头看见他眼中的火焰，左眼是明字，右眼还是明字。我知道他绷不住了。

"星期三下午应该休息！"大飞跳了起来，"我要回家。"

"他是要去旅游中专找那个叫克里斯蒂安娜的女人。"大脸猫在教室另一边大声嘲笑，克里斯蒂安娜是明明的英文名字，但这个名字并不应该从黑脸帮嘴里说出来，它是一个秘密。这个城市里没有其他女人有英文名字。大飞很是惊愕，花裤子比他反应快，立即指出，是昊逼投靠了黑脸帮，泄露了我们所有的心事。

"是的，"大脸猫把昊逼搂了过来，用胳膊夹住了他的少白头，"因为你们抢了他的女人，那个叫芳芳的，跑得贼快的。现在昊昊是我的小弟了。"昊逼横着脑袋冲我笑了笑，冲花裤子挥了挥手。我猜想花裤子前阵被丹丹给吻了这件事，也已经传到别人耳朵里。

"上课不要讲话！"老乌龟拍讲台。

大飞站了起来。"你知不知道自己只是个门房？他妈的你只是个门房你知不知道？"他走向老乌龟，飞机头拽了他一把，没拽住。"我们在讲什么你听得懂吗？"大飞指着老乌龟的鼻子。我替他捏把汗，手快点的捏住他的食指就能把他掰得跪下。老乌龟果然出手了，不过大飞更快，他的手只有克里斯蒂安娜能握住，其他人休想。他及时地缩回了手指，让老乌龟抓了个空。我们鼓掌。"我要去找妹子。"大飞扭脸走出了教室，又撂下半句话，"星期三下午应该休息！"

"我应该怎么处理他？"老乌龟问。

"旷课，"大脸猫回答，他还夹着昊逼，后者已经翻白眼了，"一学期累计旷课三天就可以开除了。"

"旷课半天呢？"

"那就是旷课而已。"

老乌龟被我们绕晕了，也就是说我们每个人，在这个学期里，都拥有五次拂袖而去的机会。这当然不是事实，但如果我非要这么干，他也拦不住。这当口有一个化工局的干部敲门，后面还有两个警察，问校长室在哪里。以往这种级别的干部都应该是老乌龟开路引道，但他现在不是在上课吗？他不得不撂下我们，带着干部去找校长。干部对老乌龟很不满意，说你们学校怎么这么乱，门房是个女的，还在跟学生打架。这么一说，我们听到大飞从校门口传来的惨叫，因为下雨，窗都关了。我打开窗，大飞的叫声变得连续、凄厉，好像还在喊我和花裤子去帮忙。

我们冲到校门口。这天下午全校就我们一个班在上课，老乌龟代课后，他就让他老婆来充当门房，也就几小时的工夫。他老婆把大门锁得紧紧的，抱着胳膊守在信件柜那儿，大飞没废话，要求她开锁，她要求大飞拿出她老公签署的出门证，说了三遍大飞没听懂，校门还是锁着，大飞急了。克里斯蒂安娜在雨中等他，在雨中，等他。我要缓慢地讲出如下这句话——没有一个男人能受得了这种煎熬。他扑进门房，打开抽屉找钥匙。钥匙当然在那婆娘手里，他翻了很久，一回头看见干部和警察走了进来，婆娘又锁上了门。大飞在原地待了片刻，只等警察走远，又扑过去抢钥匙，老乌龟的老婆往他下体踢了一脚。我们的大飞，他仍然躲开了，除了克里斯蒂安娜没有人可以踢中他的下体，但他被激怒了，他还了一个鞭腿，因下雨地滑，踢出去半脚就摔倒在地，老乌龟的老婆立马骑到他肚子上，往他脸上乱打。大飞朝这婆娘连连吐口水，然后他像摔跤运动员一样翻过身，用屁股拱翻了老乌龟的老婆，往抽屉那儿爬去，后者虽然倒地，一只手还拽着大飞的裤带。大飞往台阶上爬了三层觉得屁股很凉，昂头一看，雨水正落在他的内裤上，臀部还有两个洞。大飞惨叫起来。

"如果你去约会，你应该穿条好一点的内裤。"花裤子抱着胳膊说。那当口大飞正在哭，他的裤子一半在腿上，一半在老乌龟的老婆手里。

后来发生了什么我已经不知道了，那天太乱，我还看见我们校长爬到了窗台上，然后被警察拖了下去。我趁这工夫翻墙出去，连自行车都不要了，徒步跑向纺工职校。细雨落在我眼睛里，那滋味就像我有很多伤感的情绪无处倾倒。在化工技校，如果你表达这种情绪，你会被笑死，但当你踏进纺工职校，你会被它包围。

我看到芳芳在操场上奔跑，我看到了一个从未看到过的她。假定在此后失散的岁月中我会忘记她，那么只要我走在细雨中，闭上眼睛，就会看到一个穿田径服的妹子从我眼前跑过。她短发，长腿，黝黑，脸上沾满汗水和雨水。她在一九九二年进入某纺织厂做女工，三年后工厂关门，人们散去，她以这一姿态跑出了我的世界，再也没有回来。

"你为什么要练跑步？"我对着她喊。

"我们纺织单位，也要举办运动会。"她喊道。

"你参加哪项？"

"八百米。"她沿着跑道又跑了一圈，来到我眼前，回答我。

"有奖金吗？"我跟着她跑了起来。

"如果跑出纪录，他们说，我可以去市田径队。"她说，"虽然是业余的，虽然还要做女工，但也许还有别的机会呢？"

"你他妈的真的是个进步女性。"

她停了下来。她有点伤感，是的，我曾经在她面前说过，那个将要去涉外酒店上班的克里斯蒂安娜是进步女性，我从未将这一用词送给其他任何妹子。"你呢？"她问，"你打算参加哪项？"

"我不想参加任何一项陪着傻逼跑跑跳跳的运动。"我说，"这件事你做有意义，我做的话可能正好相反。"

"你应该参加，做进步男性。"她天真地说。

"世界上从来没有进步男性这种说法。"我说，"把我当一个瘫子看待吧。"

"饿了？"

"还没跑就饿了。"

她就穿着这身田径服，披着件衬衫，带我走出学校，沿街找了个小摊吃馄饨。雨落在馄饨汤里，九月末的天气正在变凉，到了十月，你又能去哪里？我吃完了馄饨，她一口没吃，看着我。我从裤兜里找出香烟给自己点了一根，把烟灰随意弹在湿漉漉的街道上。摊主走过来收碗，对她说："你怎么穿着胸罩出来？"

"这是田径服。"我说，"全世界都是这么穿的。"

"你怎么这么黑？"他又多嘴。我把一截烟屁股扔进他手中的碗里，我当然不能回答他全世界的女人都这么黑，或者世界上还有比她更黑的女人。这他妈的都是什么屁话？"你觉得我一个人打不死你，是吗？"我拉起她离开。

在陪她走路的时间里，我说起一九九〇年世界杯，巴西队压着阿根廷打了八十分钟，马拉多纳晃过三个巴西队员传球，"风之子"卡尼吉亚一蹴而就，然后，大半夜的，我所在的农药新村远近发出一阵欢呼，我爸激动得把我妈给摇醒了，我妈激动得尖叫起来：啊，那个长头发的。卡尼吉亚，我也想留这么一头长发，给自己取个绰号叫作"风之子"。我讨厌跑步，但我喜欢足球场上的奔跑，告诉你为什么——在足球场上，你可以匀速跑，变速跑，向前跑，侧身跑，跳着跑，微笑着跑，扭过头跑，挥舞着双手跑。只有这样你才配叫"风之子"。

"你根本不理解跑步。"她说。

"无所谓，等我技校毕业了，我就给自己留一头长发。"

"像个硬汉？"

"像个内心软弱的人。"我想起克里斯蒂安娜对大飞的评价，我借来用用总是可以的。

我们直走到化工技校门口，这时我才想起应该换条路走，不过无所谓。我们班的人散落在各处，有些在墙头，有些在窗台，有些在门口。"校长被抓走啦！"飞机头高兴地对我喊，"造房子贪污钱了！"

"大飞呢？"

"他还在为裤子哭。"

我向他挥挥手，也向墙头另一边的昊逼。黑脸帮居高临下看着我，过了一会儿他们全都笑了起来："你找了个黑妹。"

我没理他们，继续带着她往前走。然后我觉得有人拽了我一把，老乌龟从学校里跑了出来。"回去上课！"他对我喊道。我叉了他的脖子，老乌龟朝我腰里撞了一膝盖，这老东西疯了，接着他老婆又冲了出来。我把芳芳拽到身后，顺手从旁边甘蔗摊拽了把刀过来，指住这对雌雄双煞的鼻尖。花裤子和飞机头跑了出来。

"你不再是人民教师了，"花裤子对老乌龟说，"你从来也不是教师，只是门房。你的课结束了，星期三下午我们应该放假。"

我不去看老乌龟失落的眼神，到了十月，你又能去哪里？我扔了刀子，带着芳芳向远处街道走，细雨仍未停。他们还在喊她黑妹。

"你知道吗，皮肤黑的妹子，在我家那片街上，人们都会喊她'黑里俏'或是'黑珍珠'，在她身边应该是一条浑身雪白的汉子，最好是长发，有浪里白条那么白，胳膊上再刺一朵牡丹花。到了夏天，妹子穿一身肚兜，汉子赤膊，肩并肩走在街上那叫一个好看。"

"如果是很黑的汉子呢？"

"那他妈不就像两个乡下来的傻逼吗？"我脱了汗衫，光膀子走在她身边，"怎么样？"

"好看。"她把衬衫也摘了。我们沿着街道走去，接着我听到后面一阵脚步，是花裤子和飞机头。"脱。"我招呼他们。这两人也脱了，白花花三条赤膊汉子，我想起了还有大飞。

"不要喊他了，如果他也脱了，只穿一条三角裤在街上走，我们真的会被人耻笑的。"花裤子说。

　　"我被你说服了。"我说。

（《花城》2022 年第 1 期）

拆弹记

葛 亮

你很少能赢，但有时也会。

——哈珀·李《杀死一只知更鸟》

八

重要通知
时间：18:29

各位住户：

　　顷接警方通知，因附近沐元街地盘发现战时炸弹，警方正在处理，可能需要引爆。目前天启1号位置与炸弹尚属于安全距离。不过，亦希望各住户留在室内，请勿走至露台、靠近玻璃幕墙或玻璃窗，特别是面向沐元街方向，免生危险。多谢合作。

　　　　　　　　　　　　天启1号客户服务中心

关于启德地铁站近旁施工现场发现炸弹的事，新闻是前一天傍晚报道的。

上官喆刚回到家，就听到了警车鸣笛。然后物业处在业主群里发了短信。

他所住的单位，正是面对沐元街。确切来说，也就是炸弹位置的方向。他想，战时是什么时候？大约是太平洋战争期间爆发的香港战役。也就是说，这是七十多年前的事。他望着外面已盖好一半的大楼，初具摩天气象。它的下方，正在挖一条通向地铁的通道。沿着这条通道，会是一个庞大的、触角可绵延至三区的地下城。据说这个地下城，会是东京八重洲地下街规模的两倍。这一切，怎么可能因为一枚炸弹，就戛然而止呢？

他打开电视，一边打开在楼下"争鲜"买的寿司套盒。他在一个碟子里挤上山葵酱，一种略苦涩的辛辣味，便在室内传开来。火焰三文鱼、北极虾、汁烧鳗鱼整齐冰冷地卧在一只分隔的便当盒里。电视里传来廉价的罐头笑声，是近期受欢迎的综艺。他很快切换到整点新闻，看到了熟悉的地形与场景，是他每天的必经之路。"华丰集团"四个字，因为仰拍的视角，莫名的压抑。镜头一转，影影绰绰可看见一群警察围着工地。最核心的位置是警方的拆弹专家。其中一个面目严肃的白人，是爆炸品处理课署理主任。上官喆想，这就是"拆弹专家"，既不是刘青云，也不是刘德华。他的样子太平凡了，缺乏睿智，甚至令人难以信任。他眼睛找了一下镜头，有一瞬间显得仓皇，然后说："我们每年出动150次左右，其中有三分之一的工作都牵涉'二战'期间遗留的未爆军火。1941年12月，日军连续18天对香港多地进行空袭。战后香港，无论是水域、郊野、工地还是闹市，都有可能挖掘出未爆军火。小的有步枪子弹和手榴弹，大的包括数十公斤的炮弹甚至近千公斤的空投炸弹。请市民保持冷静，相信我们有处理此类危险品的丰富经验。"随后，记者的画外音介绍了爆务课自本世纪以来的几次代表性的战绩。2013 年在港岛大潭笃水塘对面山顶，发现七枚战时炸弹，其中一枚重约 900 公斤，是目前发现体量最大的一枚。而最近的一次是在今年二月，皇后大道东锡克庙附近的工地上，挖掘出一枚重约 500 公斤的炸弹，内有炸药 250 公斤。

可是电视里，在警察的簇拥之下，并看不到炸弹的形状。这时外头已经黑透了，上官喆还是没有忍住，走到露台的位置，拉开了窗帘。华丰大厦巍然巨大的黑影，伸出巨人静止的臂。那是塔吊的轮廓，平日这时还是上下忙碌的，但因为发现炸弹而提前中断了工作。大厦脚下的通道近旁，停着警车。只有星星点点的白光，也看不清楚细节，应该是拆弹专家在劳作。

他开了一瓶气泡酒，这还是他生日时赵健行送来的。他已许久没有见到赵健行。或许是因和赵小凝分了手，彼此觉得有些尴尬。后来他倒是和赵小凝在一次行业年会上见过面。赵小凝身体力行地实践了"再见亦是朋友"这句鸡汤话。她推着轮椅，轮椅上是他们的博士生导师谢教授。她对上官喆一如既往地亲切，嘘寒问暖，只不过称呼回到了交往前的"师兄"。她说："师兄，听说你拿到了优配计划。今年这项目难拿极了，你如果需要 co-investigator（合作研究者），别忘了和我说声。"上官喆恭敬地点一下头，说："好的，师母。"赵小凝愣了一下，忽而大笑起来。导师一言不发，使劲在轮椅的把手上拍了一记。随后，赵小凝熟练地将轮椅拐上了阶梯。但车轮的橡胶，还是在木质地板摩擦出刺耳的声响。

上官喆望一望自己的家，竟然完全没有赵小凝居住过的痕迹。仅仅半年，可以令一个女人的痕迹荡然无存，他自己也有些惊讶。在他们分手的第一个星期，他还感到她无处不在，这让他焦虑而茫然。此刻，倒是赵健行留下的红色手办，还挂在电视旁的钧瓷花瓶的象耳上，远看像一只巨大的火蛛。

七

紧急疏散通知

时间：19:45

各位住户：

　　警方刚通知需要疏散部分面向沐元街方向单位住户，即1座J、H、K及5座D、E、F、G单位，请协助通知家人立即离开，我们会继续向各位报告最新情况。

　　　　　　　　　　天启1号客户服务中心

收到这条信息时，上官喆正在冲凉。他听到了外面传来急促的警笛声，"大声公"喊着语焉不详的话，似乎还有急促门铃的声音。显然不及方才平静。他关上花洒，包了块浴巾，湿淋淋地就跑出了浴室。从门镜望出去，并没有人。

再想回去，脚打了滑，才发现地板上已经积了一摊水。他叹一口气，从浴室沿着跑过来的路线，把水给拖干净了。他拖完地却再也没有回去洗澡的兴致，就拿浴巾给自己擦干净了。坐在沙发上，他才看到了短信，他的单位正在D室。在几秒的紧张后，他将想穿上的衣服放在一边，站起来，关上了灯。在黑暗里，他又往外头看过去，目测了一下炸弹的位置和自己单位的距离。他在心里用公式估算了一下，疑惑地想，七十多年前一颗炸弹的威力，距离这么远，真的能够波及自己吗？

上官喆听到了外头杂沓的脚步，还有安全通道的门开始此起彼伏地开关声。他想，这则短信应该是对邻居们发挥了作用。他想着撤离的场景，挤挤挨挨，摩肩接踵，狼狈。同时身体做出了呼应，有一种怠懒的情绪蔓延上来。他索性靠在了沙发上，点上一支烟。他看着外头已经黑透，远处通向狮子山方向的道路陡峭，那车流蜿蜒而上，车灯也灿然地排列成曲线，银河般，竟像是通往天上的景致。他呆呆看了一会儿，将手中的烟也在黑暗中划过，便是一道金黄的弧线，似从银河坠落的流星。

这时听到楼下声音嘈杂。他揭开窗帘一角，看见人头攒动。这大厦里的人，从未以如此规模相聚，携儿带女，济济一堂。借着路灯的光，可看见他们仍以家庭为单位，围成若干微小群落，彼此并无交流。但是，他们的狗倒是很快突破了这种限制，在人群中穿梭。狗在追逐、嬉闹、吠叫，全然不顾主人的警告。这时上官喆收到了一条短信，是赵小凝的。短信只有三个字："在疏散？"

他在想如何回复。他输入了一行字，又删掉，只打了一个"嗯"。

这时电话却响了起来，在这安静的黑暗里头，发着悚然的光。他看到来电显示是赵健行。一瞬犹豫后，他迅速按下了接听键。电话那头的声音懒洋洋的："你还在家里？"

上官喆愣了一下，问，你怎么知道？

赵健行笑起来，你那边静得跟鬼一样。是不是没回赵小凝的短信？她打到我这来了。你知道她性子有多急，说你以前都秒回。

上官喆心想，现在还是以前吗？但他只是说，我就下去了。

说着，他按下免提，一只手捞起身旁的 T 恤，准备套上。当他想要挂上电话时，听到赵健行的声音："你真相信，那颗炸弹会炸到你家里？"

这句话在他心里碰触了一下。他想起那年，在晃晃荡荡的渔排上，赵健行走到他身边，对他说，哎，你是不是在想，这帮人真他妈的无聊。

上官喆认识赵健行，是因为参加一个考古团。这个团是赵小凝担任领队。关于那次考古活动的细节，他已经记不清。作为人类学博士，与一群退休的阿公阿婆以过家家的方式打发周末，美其名曰"考古"，在他看来委实是一种堕落。但当时他和赵小凝的恋情正炽，一日不见，如隔三秋，于是便给这个团当后勤。在黄地峒遗址，见到任何一块稍有形状的石头，团友们都会兴奋地手舞足蹈。到了大湾，当他很耐心地向一位团友解释印纹和绳纹夹砂陶的区别时，她心不在焉地看着他，诡异地笑了，说，你和赵小姐系唔系拍紧拖？她问完，掩了一下口。后面几个师奶就一同窃窃地笑。他也好脾气地笑笑，记起这位团友在铜锣湾有一间临街的铺头，铺租是 20 万港元一个月，卖的是猪肉脯。赵小凝说，她们还好意思叫我团费打折，她一年铺租可以交一百年的团费。见他没声音，师奶们又追问，唔好怕丑喇？系唔系呀？这时，上官喆身边走过去一个人，冲着那帮师奶说，关你们屁事！

这声音硬邦邦的,而且用的是普通话。上官喆转过头,看见是这个团里唯一一个年轻人。这个年轻人穿一件掉了色的夏威夷衫,趿着人字拖,可是并没有影响他行动的利落。这时候,他几步攀到一块岩石上去,既不拍照,也没有其他。他只是坐下来,草草扎起的长头发,在忽然吹来的海风里张成了一面旗帜。他的夏威夷衫也鼓荡起来,整个人的身形便庞然得有些滑稽。

考古团离开了这个沙滩,在团友的嘈切声中,已经走出很远了。赵小凝似有所悟,回头,大喊一声,赵健行!

刚才那个人,慢慢地从岩石上站起来,在屁股上拍了拍,这才"噌"地一下跳了下来。

中午,他们到了榕树澳附近。这里以渔排人工养殖海产品,倒也十分新鲜。渔排主人已经深谙商业之道,建立起完整的服务体系。这里除了例行的钓捕加工、点餐,甚至还有 BBQ 和卡拉 OK。渔船上贴着古早个性的海报,在上官喆眼里,呈现出某种上个世纪的时髦。师奶们是很高兴的,简直如鱼得水。她们引吭而歌,从《风的季节》一直唱到《千千阙歌》。先前一直沉默的郑老先生,小酌之后,也开始大放厥词,拉着赵小凝谈他在乌拉圭当无国界医生的经历。其中情节过于曲折,有些难免牵强。这时渔排主人端上来一只巨大的钢精锅,里面是刚刚白灼好的青口。这东西北方叫海虹,南方叫淡菜。上官喆记得,外公家里总是存着晒好的淡菜干,逢到年节用,当是精细菜。可是主人却是整锅的端上来。郑老先生说:"这样好,是水浒吃法。"因为刚出水,青口还有一丝浅浅的海腥气,即使不加任何佐料,味道确实也是软糯清甜的,颇为鲜美。郑老先生坐在上官喆身边,对他说:"小伙子,食这个要分公乸。你要吃公的，再吃一只乸，阴阳才能调和。"他便问，这怎么分。旁边便有师奶挤过来："自然白的是公，橘红的是乸。"见他不明白，师奶们便暧昧地笑着，欲言又止。这时，他身后又响起了普通话的声音："白的有精囊，橘红的有卵巢。"

这掷地有声的判断，瞬间打破了暧昧，几乎是煞风景的。那师奶撇了撇嘴，是嫌弃的模样："讲得好核突！"

他走到渔排的一头抽烟。海风很大，涤清了身后的嘈杂。渔排晃晃荡荡，几只海鸟停在渔排上，眈眈地看着他脚下。他脚底有硕大的鱼儿游动。这渔排，对它们就是无形而有形的牢。他想，何时结束这无聊的行程呢？

这时，有人走到了他旁边，说，哎，你是不是在想，这帮人真他妈的无聊。

他回过头，看见有人似笑非笑望着他，对他说，给我一支烟。

六

紧急疏散通知

时间：20:50

致第五座 D、E 及 F 单位住户：

根据警方最新消息（20:50），K 单位住户无须疏散，可返回单位。

根据警方最新指示，请 1 座 J、H 单位住户疏散、离开单位，如有需要可前往启德协调道 3 号启德社区会堂暂避。

我们亦安排接驳巴士前往启德社区会堂作循环服务。

　　多谢合作!

天启 1 号客户服务中心

　　他挂掉了赵健行的电话,困意袭来。待他再醒过来,看到这条新的短信。他恍惚了一下,确认自己是不是在 K 单位,不是。K 单位的人,为什么无须疏散?他回忆这一幢楼的平面图。K 单位是个一室的单位,在整层的角落里,户型呈钻石形,除了洗手间的位置,并未直面工地,所以 K 单位的人获得了返回的资格。那么社区会堂又在哪里?他从未去过。协调道,好像是邮政局所在的那条路,在工地后面,已经被未竣工的大厦遮挡了一部分。当 SOGO(崇光百货)、工贸大楼以及新龙基的高档住宅建起来,这条路应该就看不见了。

　　在这四年里,这一区楼宇不断地建成。地铁屯马线通车后,楼价上涨,人口膨胀。因为疫情,许多人在家办公。香港狭窄的居住空间,影响了独处,却促成了下一代的繁衍。有天周末,他心血来潮去楼下游泳,看到会所泳池漂浮着一片斑斓的救生圈。泳池里都是年轻的父母带着一两岁的幼童,这是一个大型的亲子现场。他立即意兴阑珊。

　　刚搬来时,他所在的楼宇,矗立在这个废弃多年的旧机场的中心,四周还是一片荒芜。这里漫无边际地生长着杂草,还有一个似是而非的水塘,盛满了经年积累的丰盛雨水。他搬进来,向外望一望,心里想的是房地产商在广告上有关 CBD 远景的承诺。

　　和他一同搬进来的是赵小凝。她是他买下这处房子的主要

263

动力。赵健行帮他妹妹安置下行李，然后走到阳台上去，向四周望了望，伸了一个长长的懒腰。他说，哈尔的移动城堡。别逗了，这里会是第二个中环？

上官喆是许多时日后，才知道赵健行是赵小凝的哥哥。赵小凝从来对他直呼其名。直到那次"考古"后的春天的某一日，赵小凝将两张票放在桌上，说新上的实验舞剧，让上官喆陪她去看。他对实验性的东西，一直欠缺兴趣，但他依然去了。他想赵小凝喜欢的东西，他没有理由不喜欢。演出地点是在牛棚艺术村，他知道这是香港文艺青年的集散地，但从未去过。从照片上见到这里的主体建筑是五座红砖瓦房，前身是香港检疫站和屠房。香港有不少活化石般的艺术空间，前身都有令人浮想联翩的来由。比如精神病院改成的博物馆、警署殓房改成的文创坊。当他站在牛棚中庭，两边各有红砖围墙，墙下有水泥的饮水槽，饮水槽镶有铁质牛环。此时院落里过于洁净，但他仿佛闻到某种血腥气，来自待宰牛只。

小剧场里灯光昏暗，大概能够容纳五六十人，但上座不满一半。场中间立着一个做成了墓碑样式的标牌，标牌上用工整的隶书写着"谁坐死了一头大象"，是这出舞剧的名字。超过开场时间近半个小时后，在观众们已经失去了耐心时，演员才出现。前面的剧情，上官喆完全不明所以。一些全身非黑即白看不见面目的人交头接耳，举止焦虑，纠缠，好像在等待什么而又为之恐惧。上官喆心里暗暗升起了一些不屑，心想，这不是贝克特半个多世纪前玩剩下的吗？当他已感到困倦的时候，背景音乐切到了圣-桑的《大象》。在黑白人群的簇拥间，有人以持重的步伐走了出来。他看不见这个人的面目，因为他戴着一个巨大的象的面具，长长的鼻子垂挂下来。这个人的身形干

264

瘦，头套几乎让他有些不堪重荷。他赤裸着身体，穿着一条印着卡通大象图案的内裤。这内裤有着象形而情趣的设计构思，在他的私处垂挂着长长的鼻子，与头套相映成趣。这淫猥的暗示，显然迎合了观众的恶趣味，人们发出了哄笑。待站定后，他的舞姿却呈现出了某种意外的轻灵，在鼓点中，有印度舞的韵律与优美。上官喆明白，他模仿的是象头神迦尼萨，天赋纯真的喜感。此时，这个舞剧本来的意义已经不重要了。上官喆想，这是个多么有趣的人。

待谢幕时，大象将头套摘了下来。上官喆认出，是那个年轻的考古团员。

从相貌上，赵健行和赵小凝几乎看不出是两兄妹。事实上，他们只有一半的血缘关系。赵健行的父亲是个烈士，为保护公共财产，死于一场大火。赵健行是遗腹子。两年后，他母亲将他寄养在小舅家里，自己只身南下，嫁给了一个年迈的香港人。又过了几年，在赵健行小学毕业时，母亲将他接到香港。赵小凝对这个从天而降的哥哥，自小有很深的敌意。因香港人的空间匮缺感，造就如丛林野兽般的势力范围。

有天半夜，赵小凝忽然在床上坐了起来，没缘由地哭了。她对上官喆说，如果小时候她对赵健行好一点，他不至于是这样。

至于"这样"是什么样，赵小凝并未解释。但可以看到的是，即使在这里生活了二十多年，赵健行仍然是一个西安人。他不会也不愿说一句粤语，坚持说着陕西味道的普通话。尽管他非常清楚，语言的隔阂会带来群体对他的排挤，但他似乎并不为之烦恼。可以想见，毕业之后，他和中学同学便不再有来往。他也不再想升学，哪怕对职业训练局的专上学院也没有兴趣。然而，此后他并未拖过家里的后腿。这时候他们的母亲已经去世。继父轮候到了公屋，赵小凝申请到大学宿舍，他便也从家里搬出来。至于他如何谋生，赵小凝不清楚，也并不关心。她对他哥哥是如何从泥泞中成长为一个艺术家，更一无所知。

这时候，上官喆听到了急促的门铃声。可是他不想动，甚至懒得站起身。随后，门铃声换成了拍门声，并不粗鲁，但节奏强劲。于是，他打开了门。外面站着两个警察，他们忽然面对一个半裸的男人，愣了一愣。虽然戴着口罩，仍然可以看出他们镇定了心神，用很职业的温和口气说，先生，根据大厦提供的出入记录，您在18:39进入大厦，再未离开。请问您收到物业发来的信息了吗？现在大厦已初步完成疏散，出于对您人身安全的负责，请您跟我们去邻近社区会堂暂避。

上官喆一面穿衣服，一面抬起头来，问其中一个警察，你们真的认为，那颗炸弹会炸到我家里吗？

五

最新通知

时间：22:45

各位住户：

就邻近地段发现战时炸弹事宜，本中心正一直与警民关系科密切联系，现时仍在进行拆弹程序。如有进一步消息，客户服务中心会立刻通知受影响住户。

如受影响住户需要任何协助，欢迎与我们联络。同时本中心待拆弹完成后会安排专车接回于社区会堂之住户，谢谢。

天启 1 号客户服务中心

收到这条短信时，上官喆刚刚下车，他和那个女孩对望了一眼。刚才车上只有他们两个人，女孩一直在打游戏。他望着窗外，脚程只有十多分钟的路程，警车兜了一个漫长的圈，才将他们送到社区会堂。

下车时，他听见女孩问他，你怎么才出来？

这问题很突兀，因为戴着口罩，他甚至懒得笑一下。他让自己尽量柔和地回应，你不是也一样。

女孩说，我不一样。我刚从外面回来，我想上楼去拿我的摄录机，可他们不让。

他并没有回答她。但听到身后"当"的一声，是 iPhone 的录像功能被打开了。女孩走到他面前，将镜头对着他，问，请问这位先生，为什么在收到通知四个小时后，才接受疏散？

上官喆感到被冒犯了。他说，小姐，你是哪家媒体的？知道要尊重个人隐私吗？

女孩并没有退却，而是说，如果出现意外，就不是个人隐私，而是公共事件了。

他转过身，冷冷看女孩一眼，然后说，你真的认为，这颗炸弹会炸到我家里吗？

会堂里，比他想象的要有秩序。虽然仍以家庭为单位，但因为疫情限聚令的关系，彼此都隔出了距离。警察在其间维持

267

秩序，提醒大声喧哗的人，并且劝告大家有限度地进食。

上官喆被带到了靠窗的位置，外面的景致朝向体育馆，与他住的地方相对。电视里的午夜新闻，正在播放会堂里的画面。所有的人，都成了临时演员。百无聊赖的人们，在电视上寻找自己的身影。当新闻结束后，他们不禁抱怨。"丢，在电视里看像难民一样。""真是好彩，隔一站的宋皇台站，人家地底下发现的是古文物，我们地底下就是炸弹。""我买楼时，风水先生说这一区好硬，属金。没想到这个'金'，是炸弹。"

这时候，他听到背后有人"嗨"了他一声。他回过头，看是刚才那个女孩。女孩看着他，轻轻问，你真的不认识我了吗？

他看着女孩的眼睛，似曾相识。

女孩看了一眼警察，将口罩往下拉了拉。他辨认了一下，终于恍然道，发财树？

女孩一阵高兴，但随即黯淡下来，说，我告诉过你我的名字，我叫阿宝。

他想起这个女孩了。那是他入住大厦的第三天。听见有人敲门，是个陌生的姑娘。她对他说，我是你的新邻居，住楼上，我还要几天才搬过来。你能帮我照料一下"旺财"吗？

他下意识地望了望女孩身后，女孩哈哈大笑，说，我没有狗。

她指指自己怀里的一棵发财树，说，这是旺财。

他在想着怎么婉拒。女孩已经把旺财放到了他的脚边说，旺财很好照料，我已经浇过了水，你得空把它放在阳台上，让它见见阳光。

上官喆其实不太喜欢生活中的改变。他的生活中多了一个赵小凝，已需要很多的时间去适应。应该这么说，他不喜欢改变。但改变一旦来了，他便会善待，对旺财也一样。他从未养过任何植物，他觉得植物是生命力顽强却又脆弱的生物。他小时候，外公有一棵得意的盆景树，养了二十多年，树干上有许多的结节与疤痕，像是人苦难的经历，这棵树虬枝曲折，绿意葱然。但是有一天，大约出于小孩恶作剧的天性，他往树上撒了泡尿。只过一夜，树叶全都黄了，整棵树凋零枯萎。一向慈祥的外公很生气，对他动了手。于是他记住了，再也不养植物。他将旺财放在窗台上，抱着不闻不问的态度。但终究因为是他人的托付，每天也会照看几眼。渐渐地，他发觉这树饱满的绿，牵动了他的情绪。旺财每天都在生长，让他每天有一些新的盼望。生长的一片新叶，甚至抽出的一片嫩芽，都让他好奇。它的形态，也往往出其不意地超出他的预判。

　　一个星期后，女孩来将旺财接走了。他心里一阵失望，听不见她说了些什么。或许就是那次，她告诉他，她叫阿宝。

　　那已经是两年前的事了，虽然只住在楼上下，他们没有再见过，甚至打个照面都没有。或许打过照面，因为都戴着口罩，相见亦不相识。

　　阿宝问他，在这里还住得惯吗？

　　他点点头，心想，她好像个老房东的口气，便说，你呢，住得惯吗？

　　她说，我当然住得惯，从小就在这儿。

　　见上官喆疑惑，她又问他，你为什么住到这里来？

　　他想，该怎么回答，是用官方的口气说这一区的繁荣远景，还是用地产开发商的套路说楼盘的升值潜力。他想一想，说，这里以前是个老机场，朋友说我命里属土，相合。

她说，哦，现在没有飞机了。小时候，飞机就从我们头上飞过去。你看过国泰航空的广告吗？就是那样，我们坐在楼顶，飞机从头上飞过去。

上官喆记得那个广告，那是许多年前了。那架飞机，轰然地贴着千家万户的屋顶飞过。六年班的夏天，孩童的奔跑追逐。狮子山、九龙城的骑楼，儿时玩伴阿明、指挥交通的警察。他记得广告的最后一句台词："之后，我就再也没有见过阿明了。以后每次看到飞机，都会想起他。"

想到这里，他不禁有些怅然。虽然这是他从来没有经历过的香港，但仿佛在某个童年的节点上，悄悄击打了他一下。他记得，电视台放这支广告时，他刚刚来香港读书，住在研究生舍堂。那时他还不认识赵小凝，他甚至没有想过，会留在这座城市。

他抬起头，说，原来飞机可以飞得这么低。

阿宝说，广告里出现的飞机，是由 31 跑道，从鲤鱼门向九龙城方向起飞。这条跑道经国际航空组织认定为全球最危险跑道之一。除跑道本身长度不足之外，因为受到九龙密集楼宇影响，它的滑行距离比 13 跑道更短，还要面对海拔五百多米的笔架山和狮子山，风切变经常出现。1998 年之前，这条跑道是各大航空公司的训练地，公认是对机师的高难度挑战。自动升降系统在启德机场的作用有限，每次升降都是展现真材实料的好机会。

上官喆听她一本正经地说完，心里浪漫与伤感的情绪荡然无存。他笑一笑，说，你怎么知道得这么多？媒体的职业病？

阿宝摇摇头，说，我不是什么媒体人，我是游戏设计师。

上官喆已然泛起的睡意，忽然清醒了。他说，所以你了解这些，是要做一款相关的游戏？

阿宝说，嗯，我想复原我小时候的启德，在游戏里头。复原所有和启德机场相关的东西。

上官喆说，所有，相关的？

她说，对，这款拟真游戏叫作"启德升降"，先做电脑版，将来会有手游。所有的细节，可能出现的危机、解决的关隘，都会在里面出现。

上官喆脱口而出，比如什么危机？

他有些惊诧自己突然而至的好奇心，于是稍偏过头去。他说，对不起，我好像在刺探商业创意。你可以不说。

阿宝哈哈大笑，引起旁人侧目。她压低声音，我不说，你怎么确定会不会买下它呢。我得对未来的客户推心置腹。你知道启德机场以往的案件吗？

他摇摇头。

阿宝说，比如，张子强？

上官喆点点头。谁会不知道，敢与香港首富交锋的绑匪，并没有几个。

阿宝说，他第一次大手笔，就在启德机场，劫了瑞士运来的四十箱劳力士金表，价值三千多万港币。过了一年半，如法炮制，抢了印钞车，又劫了一亿七千港币。

上官喆问，游戏里有他？

阿宝说，我要在游戏里，重现机场安保系统的 bug（漏洞），然后启动民间防御机制。

阿宝从背包里拿出电脑，打开了正在完善中的拟真游戏

"启德升降"。她指着正在行驶的房车说，他当时绕过了整个丽晶花园，才甩开警察。我要在这里设置几道关卡，让他没那么容易走脱。

上官喆的注意力，被丽晶花园的 VR 场景所吸引。这个老旧的庞大社区，此时看起来是如此逼真，到了纤毫毕现的程度。他甚至看到了小巴站旁边的新加坡餐厅。他指着那里说，我经常在这家餐厅吃海南鸡饭。

阿宝说，做这些并不难。有了卫星地图，还可以做得更细致。

上官喆说，那么，周边的街道那些商铺，都有吗？

阿宝让他把手指点上去。他在屏幕上划了一下，划到了新蒲岗的位置。他看到了挨挨挤挤的旧楼、工厂大厦和纵横的街道。以禄爵街为分界，整齐排列着大有街、双喜街、三祝街、四美街、五芳街、六合街、七宝街及八达街。每一条街道下，都有一个蓝色的土地精灵驻守。二十世纪九十年代初的九龙，熟悉又陌生。一些建筑还在，一些被另一些所替代。远处，闪着霓虹灯光的是启德游乐场，穿梭其间的过山车，渐渐没入云端。

在新蒲岗位置的对面，机场的上方，他看到一座轮廓若隐若现的大厦。大厦高处有同样轮廓若隐若现的人，站在窗边，没有面目，悒悒地向外面望着。

这座大厦海市蜃楼一般，与周边社区的写实风格形成了对比。他的手指停住了。

阿宝说，这是未来的启德。你也是其中的角色。

上官喆愣住了。

阿宝指着大厦中的那些小人。这些人面目虚无，周身发着青蓝色的光，毛茸茸的。阿宝说，我会在游戏中加入这起拆弹事件。这些都是不接受警方疏散的人，所以我会问你不愿离开的原因。我想为他们设计更多的行动，但还未找到逻辑。我称他们为"滞留者"。

四

最新通知
时间：03:45

各位住户：

根据警方指示，拆弹将进行第一次引爆，尚未可返回单位，敬请留意。

天启1号客户服务中心

上官喆第一次站在启德，是和赵健行一起。

那是赵小凝第一次背叛他。赵小凝并不是真正想离开他。她打电话给上官喆，他不接。她让赵健行打给他。赵健行在电话里说，出来吧，不说她的事。

上官喆也是第一次置身于九龙的工厂区。这个凋敝的工业区，有莫名的昂藏气息。灰扑扑的外墙上，往往直接用粗粝的字体，写着某栋工业大楼的名称。远处熠熠闪烁着大号的红色A字，是家喻户晓的星光实业，对面则是长江制衣公司，里面有数十家衣厂、纱厂和漂染厂等。而这些，上官喆并不知道，他只是觉得似曾相识。这感觉是有来处的，这个工厂区，是香港影业著名的取景地。枪战、帮派、各种藏污纳垢的场景，都在他所看过的港片中出现。

273

他看到赵健行在一座大厦底下等他，嘴里叼着一根烟，脸上是混不吝的神色。赵健行的头发剪短了，是极其短的贴着头皮的毛寸，在香港叫作陆军装，艺术家的气息也减了成色，看起来更像是个无所事事的小混混。

他们搭上一部电梯。赵健行拉上了铁栅门，按下8楼。他听见电梯咯吱一声，开始缓缓上行。这样的电梯，他只在欧洲见过，多半是在老旧的民居里运行。有一次他心血来潮，在爱彼迎订了罗马一间近百年的公寓。那里就有这样的电梯，只能容下四个人。某一次电梯运行到一半，忽然卡在了两层之间。他想起国内新闻提及的电梯惨案，有些惊慌，但却找不到报警铃。倒是旁边的大爷，十分淡定地将正在看的报纸夹在腋下，然后使劲拍打了一下铁栅栏。不知为何，电梯动一动，竟然悠悠地又升上去了。那大爷出去时，笑着对他眯一下眼，说，小伙子，对我们这些老家伙，不能太客气。

他没有想过，香港也有这样的电梯，还在工业大厦里。当然比欧洲要阔落很多，因为这是货梯。到了八楼，停住，赵健行又用手拉开了铁栅门。迎面走来两个女孩，一个头上顶着硕大的荷花，一个顶着向日葵。她们脸上扑着银粉，在黯淡的楼道里，生动和明亮地扭动着。她们叫着赵健行的英文名字，大约是 Kim 或者 Kane，问他要烟抽。她们一边好奇地打量着上官喆，说，这个好靓仔。

上官喆走几步，向身后望一望。方才的花仙子在缭绕的烟雾间消失了。楼道里幽暗，忽然亮起，是红绿两色霓虹灯串。原来身侧的墙壁上，贴许多海报。有电影海报，也有话剧海报，话剧演出团体大多是不知名的剧团。这时忽然有个男人从一个房间里走出来，向身后咆哮，爆粗口。他身上的斗篷，不合时宜地被穿堂风鼓荡起来，像个滑稽的超级英雄。背后有一只女人的手要将他拉进去，他粗鲁地避开了。这时，赵健行走过去，望着他，然后做了个噤声的手势，对他说，再吵，就不租给你们。那男人忽然变得乖顺，默默地回去了。

一路走来，上官喆看出，这一层被隔成了无数个房间。有人在练芭蕾，有人在引吭高歌，有人在排练话剧，有人在教普拉提，甚至还有一间关着门，上面写着"密室逃生"。这些相连的房间，都有很好的封闭性。他不禁为这里的消防隐患感到担心。

他们走入了尽头的一间，这一间很大，摆着一些散落的海绵垫，这里可能是一个跆拳道教室。赵健行一边收拾这些海绵垫，一边皱起眉头抱怨，又不关灯关冷气。

他回过头来，看着上官喆，说，看明白了？我用艺术社团的名义，跟政府租下了这一层，然后分租给他们。

上官喆脱口而出，这样，合法吗？

赵健行笑一笑，说，至少，你比赵小凝关心我的生计。她从没有上来过，有次她就站在楼下。我让她上来，她好像见了鬼一样。

上官喆的目光，落在一截往下滴着空调冷凝水的管道上。他说，你靠这个生活吗？

赵健行没有再回答他。在这外头，有一个很隐蔽的门，竟然装着指纹锁。赵健行用手指打开，对他说，要不要来参观一下？

他走进去。看到这是个很大的房间，显然是用来居住的。这是一间装修精良的一居室，简约而紧凑，有独立的卫浴和开放式厨房。上官喆一阵恍惚，以为来到了某个楼盘的样板间。沙发上方镶着挂墙木架，密集摆着各种手办，有些还没有上色。上官喆能认出的，大概只有海贼王。

立柜上，也摆满了各种手办的包装盒子。赵健行翻找了一会儿，将一个东西放进双肩包，说，走吧。

出去时，又经过了漫长的楼道。他们又见到了那对花仙子：一个疲惫地坐在电梯口破得已露出棉絮的宜家椅子上；另一个在打电话，激动地问候对方祖宗十八代。

他们沿着这条叫作"大有"的街道往前走，依次又经过了双喜街、三祝街、四美街、五芳街、六合街、七宝街及八达街。当上官喆发现了其中的规律，便一条一条看过去，生怕错过了一条。他想，用数字命名街道的人，一定有某种难以言说的强迫症，这打开了他内心的某个开关。

这些街道，因建设在工厂区，烟火气十分浓郁。即使沿街的铺头，都有一种金属感的铿锵色泽。餐厅直接命名为"工人饭堂"，将菜单用粗粝的笔画写在黑板上。而小型的服装店，将橡胶手套和连体工装挂在门口。一切都直截了当，没有任何矫饰。在五芳街的岔口，有一个门脸很小的店铺，排了长长的队伍，原来这家店专做外卖的饭盒。排队的人，不外乎两种。一种是附近的地盘工人，另一种是新建起的写字楼里的基层白领。买这类饭盒的，都为了赶时间，似乎就没有了这么多的讲究。赵健行驾轻就熟地排到队伍里，到了窗口，大姐眯起眼睛看他一眼，说，后生仔，咁瘦，给你加个鸡腿。

他们便和许多工人一样，坐在街心花园里吃。上官喆吃了一口，味道竟然出其不意地浓郁，有对体力劳动者酣畅的迎合。他看看周围的工人，穿着蓝色和橘色制服，属于不同的地盘。这些地盘，工程进度不一，有的还在打桩，有的已经建造过半。但一律在围栏上烫印着整幅的广告，都是楼盘落成后的视觉效果图。恍惚间辨认不出是在香港，可以说是东京、纽约或柏林，甚至任何地方都成立。他们看到近旁一处低矮的唐楼，上面垂下了一条白色布幅，用血色的大字写着："无良××，低价收购，毁我家园。"赵健行说，这里，以后都会被拆掉。他遥遥地指了一下说，那里，以前是一个机场，以后会建起更多的楼。

他们绕过了一条污秽的河流。河岸覆盖有深绿苔藓，一只白鹭站在静止的水中，眼睛直勾勾地盯着水面。河中竟有成群的鱼游过，肥大而黯淡的背脊，忽然在河面上闪了一下，它们是靠这河中的腐殖质在生长。

这里，有一个更大的围栏，将这条河流从中间截断。他们只能听见其中有劳作的声响。赵健行说，里面就是那个机场，被废弃二十多年了。

他试图向里面看，却什么都看不见。

他们爬上了附近一座拆得只剩下框架的唐楼，一直爬到了楼顶。赵健行打开包，拿出一架无人机。

无人机缓缓升空。他在赵健行的平板电脑中看到，这个荒芜的机场，越来越完整，仿佛在看青黄色的卫星实景地图。赵健行指给他看，这里曾经是跑道，那里是入境大楼，而那个白色的点，是指挥塔。

无人机沿着跑道急速地飞，模拟着飞机升空时所能看到的景致。没有了千家万户的屋顶，但是有彩虹道游乐场，有新蒲岗和九龙城还残存的唐楼群落，有低能见度中狮子山灰绿色的叠嶂。

赵健行坐下来，让无人机飞得更高，也更远。机场的形状，渐渐地小了，成为九龙版图上一个刻意而规则的部分。那个填海后建成的人工跑道，笔直地伸向海里，终点是孤零零的邮轮码头。

赵健行操纵的无人机回来了，慢慢地降落。他说，我和赵小凝是在这一区长大的，我们每天都能听见这个旧机场的飞机升空的声音。

赵健行从包里拿出许多罐啤酒，一字排开，他们不再说话，默默地一罐罐地打开喝起来。直到暮色苍茫，远处的灯光次第亮起。工地上也安静下来，工人们的收工时间到了。

当上官喆醒来的时候，他首先看到了地板上的世界地图和两个空酒瓶。他的头剧烈地痛，过了很久他才想起是因为宿醉。他们喝完了那些啤酒，回到怡和大厦，赵健行拿出了一瓶单芽威士忌。他说，他前年从格拉斯哥带回来这瓶酒，没有人陪他喝。

他们喝着这瓶酒。赵健行说，他每年，都会在三月份出去旅行。因为是一年的旅游淡季，也是他攒钱花费的时候。他一直想去非洲，看一次动物大迁徙。

上官喆看着赵健行，此时他靠在墙上，张着嘴巴睡着了。他想，这对兄妹，面目各异，却并非完全不相像。赵小凝也会张着嘴巴睡觉。张着嘴巴睡觉的赵小凝，看上去无辜而软弱，全世界都会原谅她。

三

最新通知

　　上官喆被"轰隆"一声惊醒。这声响沉闷而压抑，他感到了脚下的震动。他抬起头来，外面还是很浓重的夜色。

　　他感到左肩上很沉重。侧过脸，看见阿宝靠在他身上沉睡。她的口罩滑落下来，张着嘴，睡得很酣，甚至有口涎沿着嘴角流下来。上官喆保持着左肩的静止，很艰难地从口袋里拿出纸巾，在她嘴角擦了擦。

　　他想，她怎么可以睡得这么熟，她没有听到爆炸声吗？

　　他这样坐了一会儿，觉得左肩有些酸了。他叹一口气，心想，一颗炸弹，为什么需要引爆这么多次呢？

　　他想，如果不是那场车祸，赵小凝还会再回到他身边的。

　　他和赵小凝认识，不算是一个很好的机缘。那一年，是他读博士的第二年，给本科带导修。导修最后一组的报告，做报告的学生平日并不活跃，可报告的题目却很惊人，叫《尼安德特人与中国智人的物种传承初考》。这显然是个危险的题目。关于尼安德特人的进化问题，一直是桩悬案，争议颇大。H. 瓦卢瓦的"前智人说"一向认为尼安德特人香火无继。这篇报告显然依据于"单系说",认为直立人之后只有一个系统,是连续进化的,主张尼安德特人为现代人祖先,经过"尼安德特人阶段"进化到现代人。但是,直到2010年,科学界才达成尼安德特人是智人亚种的共识。这篇报告的论点,基于某种假设。中国智人的某些器官,在进化过程中保留了尼安德特人的特征,其间必然存在基因交换。这篇报告附有大量的对比图片,像个经历精密的颅内手术病人,在术后恢复期的档案袋。

上官喆在报告上写:"观点新颖,但是论证链存在漏洞,假设无法证实。"然而,报告发下去第二天,一个女生便找到了他。她说,助教,我的假设能被证伪吗?

他看着这个女生,脸上有种难以名状的神情。他想,她敢于挑衅,必然不是为了分数。他说,假设是否需要被证伪,视这个假设的价值而定。

这女孩咬一咬嘴唇,说,我会证明给你看的。

下一个学年的春天,当上官喆已经淡忘了此事。他在权威的美国杂志《科学》上读到了一篇论文——《中国许昌出土晚更新世古人类头骨研究》。论文里说,人类演化研究取得突破性进展:十多万年前生活在河南省许昌市灵井遗址的"许昌人",可能是中国境内古老人类和欧洲尼安德特人的后代。这篇文章立论的依据,在于对"许昌人"的颅骨进行了CT扫描。结果发现其位于颞骨的内耳,包含耳蜗和半规管,与尼安德特人如出一辙。

他想起了这个女孩,吁了口气,然后扫描了这篇文章,发去了她的邮件地址。他很快收到了回信。信中说,没关系,我对这些已经没有兴趣了。

三年后，在上官喆的极力推荐下，赵小凝成为他的导师谢教授的关门弟子。在这之前，赵小凝热衷于定期举办所谓的考古团，并且在 YouTube 上开设了个人频道。现在想想，她在这方面确实是个先行者。她做这些，是为了攒学费，去伦敦大学亚非学院读人类学。

谢教授一向不收女弟子，不光是为了避嫌，而是这门学科需要高智力和体力的结合。女性未必能够撑持下来，特别是随着婚姻和子女在人生占比的改变，也很容易改弦易辙。上官喆对导师说，错过她，你会可惜。关门弟子还是要有个豹尾。她是一个花木兰。他对赵小凝说，我负责帮你申请全额奖学金，读完硕士，你再决定要不要留在香港。

赵小凝以女性的敏感，看到了这个留校助理教授的私心。她笑一笑，说，买保险的还有冷静期。我答应了你，就不能反悔了。

那场车祸，打破了一些平衡。

在此之前，上官喆首次置业，在这个女孩成长的地方买了房。他想起赵健行的话，赵小凝一直想回来。但她想要的是一份体面，而不是如他一般寄居在工业大厦里。

上官喆想，他会给她一份体面，让她体面地回来，在她听到过飞机轰鸣的地方。他买的房子楼层足够高。数十年前，在同样的高度，也许就曾经有一架飞机飞过。

这会成为她的家。所谓背叛，是因为还未有足够的归属感。她没有家可以回。

这个家，也用来救赎他自己，以及他与这座城市的关系。

他也需要一个家，哪怕似是而非，哪怕自欺欺人。

车祸发生在校园附近。

作为一起事件，人们议论的焦点，并非出轨与师生恋，而是即将退休的谢教授，还保持着如此炽热的生命力。被发现时，两个人都处于昏迷的状态。谢教授在驾驶座上，手里握着方向盘，衣冠整齐，但西裤的拉链打开着。他们如同雕像，被凝固、定格在某个时间点。现场照片出现在本港的八卦周刊上。由于教授兼着某家知名电视台一档社会观察节目的嘉宾主持，算是城中名人，被不少人认了出来。在校方的授意下，这件事被低调地处理。但是舆论仍然发酵，大家的说法，无非老生常谈，说到"晚节"二字。

没有几个人提到赵小凝，但上官喆想，他无法让她回家了。

二

最新消息

时间：05:35

各位住户：

本中心刚接获警方通知，引爆炸弹已经完成，受影响单位住户可返回居所。位于社区会堂的住户请收拾好个人物品并耐心等候，屋苑专车现正驶往社区会堂，谢谢。

天启1号客户服务中心

收到短信的同时，"大声公"播报着这个消息。不知是谁，先打了一个呼哨，大约是个年轻人。随即社区会堂的大厅里，响起了欢呼声，然后是鼓掌的声音。

众声喧哗中，上官喆仍然听到了飞机的声响。他站起来，从窗口望出去，在很高的高空，真的有飞机飞过。他只能看到初亮的天际，有红色的微光。那是机翼翻转了一下，冲向了云层，终于不见了。但若隐若现的光，还是从厚厚的云里透了出来。

他想起记忆中第一次看见飞机，是在自己的家乡，在一个夜里，飞机也曾这样高。

当时，他正睡在自家的竹床上。镇上的人贪凉快，都爱将竹床架在岸边，临着贯穿小镇的小河。河水缓慢地流，几乎听不到声音，流到他未知的辽远处。河面上有成群的流萤飞舞，也是顺着河流的方向。他就将萤火虫捉住，放在一个玻璃瓶里，留住这些光。他睡不着，身边的外公倒是睡熟了，可是手里还在摇着蒲扇，为他赶蚊子。

这时，空中忽然响起呼啸的声音。他抬起头，看见苍黑云里，有一闪一闪的光点。他拍醒了外公，说，公公，萤火虫飞得这么高。

外公笑了，说，戆仔，这是飞机。

他问，飞机不是很大很大的吗？我在电视见过。

外公说，因为高啊。飞得高，看上去就小了。

他问，公公，你坐过飞机吗？

外公愣一愣神，说，公公没坐过。可阿喆的爸妈坐过，坐了飞机把阿喆送来，也要坐着飞机接阿喆走。

他没见过爸妈。当时他想，自己什么时候才能坐上飞机呢?

后来有一天,他终于坐上了飞机,爸妈却再也见不到了。

你在看什么?他听见身边有人问。

他说,我在看飞机。

他回头看,是阿宝。阿宝醒了。阿宝不知什么时候,换了一身浅蓝色的衣服。阿宝戴着口罩,眼睛好像也不一样了。他问,阿宝,你看到了吗?

阿宝看一看他,说,嗯,我看到了。你刚才叫我什么?

上官喆说,阿宝。你只告诉我这个名字。

阿宝回过头,向身后看一看。上官喆看到后面有几个人,穿着和阿宝一样的衣服。有的戴着护目镜,手里拿着他没有见过的仪器。

他忽然有些害怕。他拿出手机,想要拨一个电话。可是电话通讯录里,找不到这个名字。

阿宝问他,你要打电话给谁?

他说,我想打给赵健行。

阿宝说,谁是赵健行?

上官喆看看她,说,他是我前女友的哥哥。

阿宝问,你前女友是赵小凝?

上官喆惊奇地看着她。他回忆昨晚和她的对话,似乎并未交浅言深。她怎么会知道赵小凝?阿宝轻轻说,赵小凝从来没有哥哥,她是个独生女。

上官喆说,不可能。她有个哥哥,你不知道。昨晚她发短信给我,让她哥哥给我打电话。

阿宝后面的人,向他走近了一些,他看到这些人中间有警察。阿宝说，赵小凝不会发短信给你。我对你说过，她已经死了。还记得那场车祸吗？她死在了你导师的车里。

她身后响起冰冷的声音，还是先带他走吧。Dr. Leung，看来你的方法，并不是很奏效。

阿宝沉默了一下，叹一口气，说，如果不是莫名出现个炸弹，原本是有希望的。

一

最新通知
时间：07:20

各位住户：

　　启德站今早仍然关闭，屯马线一期列车亦不停该站。港铁于沐安街设立上车处，提供接驳巴士连接钻石山站，唯港铁职员仍未能提供班次。敬请各住户出门前预留充裕时间。

天启 1 号客户服务中心

上官喆没有收到这条短信，当时他被带上了一辆车。他很奇怪，往日这时候，地铁站是最繁忙，上班的人像水流一样。他的邻居们，都去哪里了呢？车缓缓驶过了建设中的华丰大厦，他看到电视上的拆弹专家正在被媒体簇拥着。他仍然没有看到炸弹。他想，这该是怎样的一个庞然巨物，让他们得到英雄的待遇。忽然，他看到有媒体向他这边跑过来，举着相机，闪光灯对他闪了一下。他什么都看不见了。

半个小时后，还在通勤路上的人们，在手机上看到了新闻，有关旧启德机场施工区的炸弹拆除。这是个并不意外的结果。

人们对这条新闻，很快兴味索然。他们想，在这两千多人疏散的过程当中，究竟有多少事情改变了原来的轨迹。并且，他们感到有些不值。目测照片上的这枚炸弹，就尺寸来说，实在也太小了一点吧。

（《天涯》2022 年第 3 期）

寻三哥而来

石一枫

那男人不是个一般人，起初孟琳琅竟没看出来。下午，她骑着电动车进小区，就觉得背后有人跟着她。心里一虚，停车回望，干道空无一人，岗亭里的保安在刷手机。琳琅再想上车，一个膝盖火辣辣地疼，手也扶不住把似的。

好在家也不远了，她索性推车挪了一段，从车把上摘下菜来。

进屋先洗菜，开火，做的是海带炖排骨、茄子熬鲇鱼；此外切了一盆面。然后才到一楼厅里乱翻，总算找出两个创可贴，随便粘在伤处。这时就听有人敲门。小区装有对讲，但外面那人只是敲，不疾不徐。琳琅心里便又一虚，跑到二楼，蹑脚上了露台，隔着两盆半死的花木往下张望。就见门前站了个男人，穿身工装，已然脏得看不出是灰是蓝，胯上斜吊着一只单肩包。身量不高，也就一米六出头。看侧脸约莫有三十多岁，额前半秃，仅剩的短发形成一个锋利的尖儿。他不像快递，并且琳琅也没叫快递。

然而琳琅还是下楼开了门。一是因为男人敲得很有耐性，咚咚，咚咚，周而复始，仿佛与屋里的人角力；更重要的是她听见男人叫了两声，河南口音，口称三哥。这几年管三哥叫三哥的人不多，而琳琅知道，三哥的旧相识才叫他三哥。三哥也让琳琅叫他三哥。那么琳琅想，来找三哥的应该不是那种她所害怕的人。

但等开了门，还是反应过来有点冒失。三哥就批评过琳琅：你那脑子转到一半儿，事儿就做到脑子前面去了，这不好。三哥还说：幸亏是个妇女，要是男的就会吃大亏。所以琳琅心里再一虚，没看门口的男人，而是掠过男人耳侧，望向他身后。小路，花坛，树木，远处是个湖。物业的人正在除草，邻居一如既往地不见踪影。将目光收回时，才发现男人的耳朵与别人不同：个儿小，轮廓扭曲，像被揉搓成了一团。那是一只不甚惨烈的残耳。琳琅这时又诧异男人是怎么进来的，不过转念一想，也许门岗把他当成哪户邻居家的工人了吧。这个别墅区入住寥寥，断续有人装修。

她嘴上问：找谁？

男人重复：找三哥。尉三。

这三哥果然是那三哥。琳琅又问：那你是谁？

男人说：我是郑六啊。

六比三小，要称哥。但琳琅说：三哥不在家。说完又后悔——她的意思就是，这里也是三哥的一个家。同时她还诧异，这男人是怎么找到三哥这个家的，不过转念又一想，大概是三哥老家的人口口相传，而三哥也只在这些日子以来行事谨慎，以往对村里亲戚全不提防的。这倒是三哥的大意之处了，琳琅想，有机会也要批评一下三哥。

叫郑六的男人看似远道而来，却没露出失望。又问：什么时候回？

琳琅说：说不好。他忙，到处跑，到处有家。

郑六又问：你是三嫂？

琳琅不知该不该接这称谓，反问：那你看我像保姆吗？

郑六如同吃了一瘪，不语。这时琳琅才细看他的正脸，小眼阔嘴，胡子拉碴。郑六却又低头，看向琳琅膝盖上的创可贴。琳琅穿得满身精致，但他偏偏盯着伤处。又片刻，两人互相把眼挪开。琳琅再问：找三哥什么事？

郑六说：也没大事，回头再说吧。

说完转身，沿小路走出去。也没说去哪儿，也没说还来不来。

琳琅怔了一怔，没叫他，径自回屋。心里却有些悬着，更加后悔刚才开了门。好在呆坐片刻，屋外再没动静，她又出去转了一圈，别墅区里一如既往地寂寥。玉兰没有树叶，花瓣碎了一地。等转回来，煤气灶上的两样炖菜也好了，砂锅里飘出黏腻的香。又换锅开火，做了一盆同样气味浓郁的面，而后将吃食统统装进一个硕大的分层保温桶，出门骑上电动车，重新往小区外面驶去。几年前，她还蹬着自行车满城跑，现在却对两个轮子的交通工具难以驾驭，一摇三晃，差点儿又把自己甩下来。

等琳琅骑着电动车回来，天色渐黑，她又见到了那男人。这次是在小区侧面。一堵两人高的砖墙，墙上拉了铁丝网还竖着碎玻璃，以狰狞捍卫着静谧。郑六端坐在路边一块废弃的水泥板上，一侧放了个包裹，大约是捆扎起来的被子。城乡接合部风尘仆仆，不时驰过的大卡车震得地面微微颤抖。墙影里，面色模糊，身形如钟。

他在这儿待了多久？是不是等了一天甚至更早就来了？而琳琅下午出门没发现他，是因为前往菜市场走的是另一个方向。琳琅忍不住捏了把刹车，硕大的保温桶敲击车头，令男人猝然抬脸。

她尖着嗓子说：我说了，三哥不在。出门了。

郑六的声音仍然又低又哑：出门也有回来的时候。

琳琅便叹一口气，指指那团被子：你就打算睡这儿？

郑六不语。琳琅又说：跟我走吧，天气预报说晚上有雨。

郑六还没琳琅高，在暗处站直的身影却如同耸起一座小山，山上还晃悠着个包袱。片刻，两人行进在马路上。行进的方式也让琳琅略犯了一下难：如果骑车带着郑六，无论从技术还是别的方面来说都不妥，但推车步行她又腿疼。膝盖仍像着了火似的，不仅外皮发烫，里面也承受着炙烤。她一迟疑，却见郑六在身后挥了下手，短粗的胳膊仿佛没关节，直上直下。那意思是你走你的。琳琅只好上车，低速行驶。从后视镜里，就见郑六背着包袱跟在身后，并未奔跑，步子迈得稳当，却始终不曾落后。琳琅有些试探，也有些挑衅地拧了拧油门，电动车跑快了些，耳边嗖嗖有了风，郑六却仍不疾不徐，与她之间的距离像被无形的绳索固定。这男人御风而行，速度与姿态不成正比。

未几绕小区半圈，望见大门却不进去，而是拐上大马路岔出去的一条小马路。这里是镇上的商业街，因为附近建起几个小区而繁华了许多，饭馆排档鳞次栉比，连网吧都有好几家。琳琅将车停在不大不小一家旅馆门口，下车等待须臾而至的男人。郑六到了，头上没汗，只是微微喘气，呼吸均匀。

又不等他说话，琳琅已经进去开好了一个房间。她这才对郑六道：有熟人求到门上，三哥都给安排安排。三哥不在规矩还在，你也不用客气。

郑六看似懂了琳琅的话，但又愣神瞪着服务员，仿佛搞不明白登记身份证这道手续。该是没住过宾馆吧。琳琅又提醒，只有本人出示证件才能入住，这是规定。郑六便掏兜，掏出来的不是钱包而是一张牛皮纸，像他的耳朵一样皱巴巴的。展开，露出证件和一叠钱，也都是皱巴巴的散碎票子，两毛五毛都有。

这就让琳琅心里一酸。她想起自己刚来北京的日子，不认识三哥的日子。接着就将保温桶递了出去：没吃饭呢吧？

郑六装看不见，半晌咕哝一声：不饿。

琳琅懂得，那是从怯懦里滋生出来的傲慢。不只眼前这男人，自己那些七大姑八大姨也常摆出这副嘴脸。只不过自家亲戚的怯懦与傲慢里还藏有一丝鄙夷，倒像琳琅欠了他们似的；相形之下，郑六的装腔作势就简单多了。她哂笑，将保温桶蹾在旅馆前台上：东西没人动过——你是三哥的客，不让你吃剩的。

这说的倒是实情。只可惜面条泡了许久，已经软了。而每个礼拜有两天拎着一桶吃食出去，再拎着一桶吃食回来，是琳琅一段日子以来的例行公事。不等郑六再说什么，她掏出手机来交了旅馆押金。房间订了两天。然后才转向郑六，口气里有了一丝同情：来一趟没见着人，也帮不上你什么忙，请体谅三哥。我替三哥跟你道个歉。也别白来，北京好歹转一转，这里离城里远，不过坐车也方便。

又说：我还有事，就不能顾着你了。

又说：想走就走你的，不用再打招呼。见了三哥，我就说

291

你来过。

她还真像个三嫂。交代完一通，这个插曲就结束了吧。处理得有里有面，三哥知道了也不会怪她。对于那些找上门来的旧相识，尤其是从老家来的人，过去三哥的手面还要阔绰许多。有的给介绍工作，安插在自己或上下家的队伍里，有的甚而活儿都不用干，好酒好肉供养半年，走时还给封个大红包。只可惜现在不是过去了，怪只怪这男人运气不好。这么想着，琳琅不容置疑地出门，将郑六抛在身后。无疑，背后的郑六正在目送她，也不知那目光是感激还是不满。总之与自己没关系了。琳琅轻松下来，但没走两步，膝盖一软，差点儿单膝跪下。好容易站稳，心下就是黯然的了。

然而只过了一天，琳琅便第三次见到了那个名叫郑六的男人。这次是在早上，她刚起床，还没弄早饭，就听见敲门声响了。咚咚，咚咚，不疾不徐。

琳琅立刻知道是谁，心里沉了沉，嘴上也没有好声气：等等。

然后开始女人那一套：各种洗，各种抹，各种修。膝盖还疼，昨晚涂了红花油，但不见效果，上下楼梯时都快前腿拖着后腿了。再想，昨天是怎么摔的？还不是觉得身后有人，心里就慌了。所以这笔账就记到了郑六头上。不仅洗抹修，她还坐到餐台前吃了半顿早饭。然而琳琅毕竟不是那么沉得住气，也不是那么端得住架势的人，一杯牛奶下肚，到底坐不住，又到窗口张望一眼，而后悻悻开了门。

开门劈头道：你怎么又来了？不是说了嘛……

郑六抬起短粗的胳膊，仿佛没有关节：走也得把东西还了呀。

琳琅低头，看见保温桶。昨天只想打发他，倒把这个忘了。接过掀开，俩菜一碗面已经不见踪影，不锈钢盆刷得没有一丝油花。琳琅反而有些不好意思，脸也不是僵着的了。吃饭还帮刷碗，这在三哥的客人里从未有过。而听他的意思，这就要走了？她扭身将保温桶放上厨房餐台，然而又一回身，却见郑六也进了屋，在客厅里不疾不徐地逡巡。

琳琅立刻又悬起了心。别说三哥交代过，家里不能来外人，仅说她一个女人住在这里，蓦然闯进脏兮兮的一条汉子，那也……别墅区又是那么偏远，那么空旷。她想制止这男人，却不知说什么，话哽在嗓子眼儿。

郑六却保持着探查的目光，突然又宣布：这房子，缺点儿手艺。

琳琅的目光跟着郑六的目光，沿客厅天花板溜了半圈。昨夜果然下了雨，导致墙壁上方的接角处又有几大团洇湿，泛出浅绿色的霉斑。这个毛病琳琅也知道，前两天还叫物业来修过，不过物业的人客气倒是客气，干活儿就不行了，忙叨了半天，该漏还漏。琳琅还想起刚搬过来时三哥的评价，也是这么一句，缺点儿手艺。那时琳琅不懂，看不出富丽堂皇的欧式装修手艺缺在哪儿了。三哥还说过，要不是人家非拿这房子抵债，他才不想要呢。

也许是想起了三哥的话，当郑六有了进一步行动时，琳琅竟未阻挡。门外檐下就摆着工具和梯子，还有半口袋腻子，是上次物业的人落下的；郑六转身搭了梯子，扛着东西三步两步上了屋顶。屋顶倾斜，垒着层叠的灰瓦，他行走其上却如履平地，两脚好像扎了根。弯腰探查片刻，又对来在院子里的琳琅道：打些水来。

琳琅如同得了命令，上二楼取了个塑料盆，从露台递给郑六。大半盆水在她手上颤颤巍巍，郑六只需单手一端就接了过去。同时对她解释：屋顶返潮，一定是防水做得不到位，而这种房子又有一层保暖材料，里面是中空通着的，哪儿漏补哪儿，当然没有效果，还得找到源头上的漏点才行。嘴上说着，手上不停，将瓦片一块一块掀开细看。又没一会儿，几处漏点毕露无遗，现调腻子封上。郑六干活儿利索，而利索的某种境界仍是不疾不徐。雨后的太阳升上来，照得焦黄的一张脸泼出光亮。

　　琳琅就在露台上看他干活儿，她现在也没事做。

　　再没一会儿，郑六起身，顺梯子从房上下去。琳琅这才想到，还没给人口水喝，赶紧进屋，从二楼下来，到一楼冰箱去拿饮料。下楼梯时一震，膝盖又疼起来，前腿拖着后腿。来在面前，郑六并不接她的饮料，而是蹲下身去，一双铁钳般的手从前后两个方向握住她的膝盖，隔着裤子摸索几下，猛然一发力。琳琅只听见咔吧一响，声音直贯头顶，一阵剧痛让她惨叫起来，半个身子像过电般一抖。再看自己的腿，当然没断，不过裤子上多了几道污痕。郑六从琳琅手里摘下冰镇可乐，按在膝盖后面，说了声，夹着。

　　他搀扶琳琅，在台阶上坐下。琳琅觉得膝盖虽然还疼，但只剩下了外面的疼，里面陡然松快了。一上午的工夫，这男人修好了房顶，也猝不及防地修好了她的腿。当铁罐的冰凉沁入皮肤，她心里的扑通乱跳也缓和下来。郑六这才解释：你的腿扭了关节，到医院也得正骨。不能拖，否则以后阴天会疼。

　　琳琅打断他：你还会这个？

　　郑六说：小时候调皮，磕了扭了是常事，村里老人教的。

琳琅又看他的残耳，只觉得形状瘆人，又想起三哥跟她说过，他们老家一带有养大牲口和练武的传统。牲口就不说了，单讲过练武的门道，也都是些趣闻。譬如铁布衫是真的，不过就是增加抗击打力，用大棍子揍出来的；还有水上漂，看上去是踩着水面腾跃，其实就是靠脚快，滞空期间踢出几个水花造成的视觉效果。琳琅也问三哥，那你也练过？三哥噗嗤一笑，说，老一辈习武之人，五三年枪毙一拨，八三年抓走一拨，剩下的也没几个了；年轻人早就不兴这个，屁用没有，还尽给人当牲口使。

而这男人大约是练过的吧，怪不得。但琳琅再对郑六开口，便不觉带出了和三哥相类似的嘲讽，当然这嘲讽也有了亲近的成分：哟，看不出你还是个人物。

郑六却恭敬道：早年跟着三哥，学的才是吃饭的本事。

琳琅又问：你们搭伴干过活儿？

郑六道：何止搭伴，一起拉出来的队伍，在县里装修宾馆，给市里翻新影剧院，也算闯出了一点儿名号。

琳琅又问：那后来呢，你怎么没跟他一起来北京？

郑六讪讪道：我没出息，回家伺候老娘了。当年三哥还不让走，是我辜负了三哥。如今三哥已经是大老板，要不是家里拉了亏空，我也不好意思求到门上……

说来说去，眼瞅着又绕回到了那点儿事上。从老家来找三哥的人，无非也就为了那点儿事。不过琳琅的确听三哥说过早年发迹的过程，县宾馆和影剧院都确有其事。这个郑六倒让她有点儿作难了：听来还真与三哥有交情，因而不好随意打发，但眼下这个状况，想帮忙恐怕也不现实。脑子里转了一转，她就问：

所以你来，是非要见着三哥，否则就不走喽？

郑六局促，看向正门一角的餐台，餐台上放着保温桶：今天真是送东西……

琳琅一笑：我看你挺老实，不是那种张嘴就要钱的人。来这一趟，其实还是想找个活儿干吧？那么着，三哥不在，我倒有事麻烦你，等完事，我给你钱。

郑六沉吟，更加讪讪：话也不是这么说的，还是想看看三哥……

琳琅再次截断他：这儿是三哥的家，帮了我的忙就是帮了三哥的忙。三哥领了你的情，等将来再有什么也好说。

郑六半晌不语。琳琅道：也就半天工夫，工钱你说个数。

郑六还不语。琳琅道：那我定了啊，反正不让你吃亏。

又说了句等着，吩咐的口吻，意味着雇佣关系已经达成。然后琳琅进屋，开始了新一轮的洗抹修，换了套见人的衣裳，明艳地开门亮相。这时雨后的太阳高悬，郑六坐在阴影里，背后就是车库，里面停着一辆黝黑的奔驰轿车，车牌不是北京的，然而号码好，连着几个 8。这车也有日子没动过了，那同样来自三哥的叮嘱。琳琅却抬手指指台阶下的电动车，晃了晃钥匙。郑六不以为怪，接过钥匙拧上去，弯腰拔了充电插头。琳琅斜坐在电动车的后座上，一手抱紧一只皮包，一手抓住郑六的工装后摆。女人骑牲口的姿势，电视剧里看过。

车子出门，琳琅一边保持着平衡，一边发布指令：左，右，我不说话就直行。

转眼出了小区，继续发布指令：左，右，我不说话就直行。

两人在烈日下飞驰。路线是早就规划好了的，先去邮局。

这年头来此处办业务的人很少了，都是不会叫快递的老头老太太，大厅空空荡荡。琳琅径直取了张单子，填汇款。她一笔一画地写，地址是三哥老家。郑六就站在一旁，眯眼瞅着汇款单，如同不认识字。然后排了不一会儿队，窗口里的办事员貌似对琳琅也熟了，并不提醒谨防诈骗之类，只等琳琅从皮包里掏出一方钱递进去。转眼办好，琳琅仍然抱紧皮包，对郑六说，下一个地方。

下一个地方就远了许多，幸亏头天晚上给车充满了电，否则还真跑不下来。太阳愈发炽烈，琳琅从皮包侧兜掏出阳伞撑上，仿佛在车后绽开一顶小小的华盖。前面的郑六被晒得发烫，附着在那件工装上的空气都在蒸腾，产生了折射的视觉现象，但他连领口都不曾松开。他们出来的地方已在城外，又往更外的地方开出许久，这时就从荒地里露出一片楼来。其实都是水泥框架，还只盖了一半，如同地里钻出的灰色的笋。四下却又没有工地的喧闹，连塔吊都不见踪影，只见到几条土狗在铁皮围墙外踱来踱去。

琳琅说声停车，下来却不率先迈步，而是瞪眼等着郑六。三哥说让她来个地方，没想到是这么个地方，不免有些打鼓。郑六仍不动声色，锁了车，不疾不徐跟在琳琅身侧。两人便从铁皮围墙的豁口进入工地。狗们起先龇牙咧嘴，坚定地捍卫地盘，但突然又往外跑开很远，聚拢到一片垃圾堆上才敢发出吠叫。对于它们，郑六就像身上有刺一般。琳琅却只是掏出纸巾捂着嘴，高跟鞋谨慎地在土路上试探着下脚，像鹭过水塘。迎面碰见个看门老头，说找经理，又说是三哥叫来的。老头掏出手机打电话，不多时，工地侧面一排铁皮屋子开了扇门，一个胖大汉子冒出来，满身油汗，闪闪发亮。

胖子一边披上工装，迎到琳琅面前：三哥多久没个消息了，兄弟们还以为——

琳琅冷冷道：别人有可能，三哥不至于。你跟着三哥又不是一天两天了。

胖子道：那是。我也这么跟他们说的，可他们不信。

琳琅跟那胖子走向铁皮屋子，先探了一眼，又打量打量左近的其他窗口，而后仍然犹豫着，并不往里迈步。郑六却将身子横在门前，又把胯上那只单肩包往前拽了拽。这人看着愣，却一眼看穿了琳琅的担忧。而这也是琳琅叫他来的缘由了。门外有了保镖，虽然只有一个，琳琅方敢随着胖子进屋。也不多说，拉开皮包，从里面抓出几方钱来。反复几次，在桌上散乱堆着，倒让人诧异皮包那么能装。

而胖子笑道：三哥尽玩儿幺蛾子，这年头还有谁用现金。

又略一估算：不过数目还差着呢。

琳琅正色，说出三哥教给她的一段话：知道不够，你多担待着。三哥的意思是，咱们挑头的吃点儿亏不算什么，先把兄弟们的工钱结了，好歹稳住队伍。眼下都难，等缓过来，人在就有盼头。别的不多说了，希望你能再信三哥一次。

又补充说：三哥把车都抵出去了，收的是现钱，就为在别人那儿瞒过这笔账。

还说：你也别玩儿幺蛾子，前两次的克扣，三哥是看破不说破。

胖子听了似乎一凛，看向门外的郑六，目光在他的残耳上停留片刻，转眼又笑了：我信三哥。以前大水漫灌，现在形势不好，当然不是一个玩儿法。

琳琅点头，看胖子写了收条，揣进皮包。皮包已经外鼓中空，一按四下漏气。胖子又说，替兄弟们谢谢三嫂，琳琅不应。出门，快步离开工地，穿过铁皮墙的豁口站在马路旁，这才揉着膝盖舒了口气。郑六开着电动车，无声地跟上来。

琳琅不看郑六，说了一句：要不是看在那些钱的分儿上，他们能活撕了我。

郑六瞥了眼后座：还去哪儿？

两人再去的地方，却又往城里折了回去。离开一条大路，四下不再风尘仆仆，一条林荫道直通几座庞然的建筑。进到院子里，连标牌也都变成了英文的，别说郑六不懂，琳琅也看不明白。好在来过几趟，知道大概方向。紧赶慢赶，总算赶上了学校的家长开放日，停车场上已经满满当当的了。琳琅让郑六把车停在两辆丰田保姆车中间，自己走向不远处的教学楼。走不几步，回头一望，看见郑六立在电动车旁，双手揣裆，好像在和旁边两个穿衬衫戴手套的司机比谁站得直。她咯咯一笑，示意郑六到树荫下歇着。

学校里的事情倒也简便，家长会听了个尾巴，取了考试成绩单，揣进皮包里出来。停车场里，车辆纷纷启动，杂乱地往外挪着，好像一种名叫华容道的益智游戏。开车的有司机也有家长，互不相让，乱成一团。这时又从某幢建筑里走出一队女孩，都是十三四岁的模样，穿着百褶裙与长筒袜，上身是短小的西装外套，也不知是 cosplay 还是国际学校的校服。女孩们看见父母家人，纷纷雀跃着打招呼，加剧了停车场门口的拥堵。偏有一个染了头紫发的女孩低头含胸，躲着众人闪开。

又有别的女孩对她喊：尉梓桐，你妈换车了，连司机都换了。

说时指着停车场门口的琳琅、郑六和电动车。女孩们叽喳而笑，脸上的浓妆遮掩不住一派天真的刻毒。叫尉梓桐的紫发女孩从脖子上拿起一个酷似哨子的小物件，放在嘴里吮了一口，吐出一片白色烟雾，朗声道：

我还换妈了呢，这是我爸的三儿。

那一脸的坦然和冷酷，令其他女孩受惊似的闭嘴，粉的绿的蓝的瞳孔却聚焦在琳琅身上。琳琅也是一脸的坦然和冷酷，远远喊向尉梓桐：你又好几门不及格，等我告诉你爸，下个月停了你的信用卡，看你拿什么买化妆品，买手办。

尉梓桐停住脚，又吐出一口白雾，同时吐出的还有两个字：骚×。

琳琅不动声色，两人遥遥错肩而过。上了郑六的车，琳琅眯着眼，远望林荫道上的百褶裙和女孩们纤细的背影，嘴角上翘，神往地笑了。

也不等郑六再问，她拽拽工装后摆：回去。

但等回去，两人仍没散。琳琅说跑了一天了，让郑六陪她吃点儿东西。他们就坐在马路旁的一个排档上，此处的特色是黄泥烤鸽子。鸽子没吃两口，琳琅倒灌了不少啤酒，又支使郑六去给她买了包烟。她一手端着酒杯，一手夹着烟，以老家妇女的惯用姿态盘腿坐在长凳上，脸上洗抹修的成果全乱成了一团糟。她不看郑六，也不让郑六走，每当郑六局促地或呆滞地将眼神挪开，她就说：你听我说呀。

说的是三哥：真他妈背，好不容易傍上一个，还是个手里没剩几个钱的。原来据说还是可以的，几百个人的队伍呢，都是从老家拉出来的，后来就不行了，到处都在拖欠工程款，老本儿投进去也回不来。生意难做就难做呗，人家也难，可他又

300

跟别人不同，爱充大个儿的，供着村里一伙儿孩子上学，自己垫着底下人的工资。说不为别的，就为人家叫声三哥。三哥三哥，叫得轻巧，难处还是让他担着——尽是他妈的你这种货色。

还说：他老婆比我精，早跟他离了，几套房子分到手，剩下个闺女不认他，倒让我来管。那小婊子还以为一辈子不愁钱花呢，将来没准儿像我一样，也到夜店去陪酒。等人家管她叫骚×，看她想不想得起我来。

还说：要不我再给你唱个歌吧，我原来特会唱王菲。

说时招手，叫过一个卖唱的残疾人，点了一首，朗声唱道：谁说爱上一个不回家的人，唯一结局就是无止境地等，是不是不管爱上什么人，也要天长地久求一个安稳。噢，噢，难道真没有别的剧本，怪不得能动不动就说到永恒——

郑六不语，稳重地吃喝，将鸽子一一肢解，撕成条状送进嘴里。片刻琳琅哇了一声，他抄起一个空盆，恰到好处地送到琳琅嘴边。琳琅专心吐完，收敛了神色，那一瞬间显出一分庄严。她打开皮包，从里面掏出一叠票子，揣到郑六手里，说别嫌少。郑六不接，琳琅说，跑了半天，你应得的。郑六还不接，琳琅将钱甩在桌上，说我跟三哥一样，不拖欠人家的。而后又说，回吧，见不见三哥都一样了。

她将郑六扔在桌旁，起身去开电动车。到底是混过夜场的，吐完霎时清醒了许多，再加上刻意小心，一路上骑得出奇稳当。路上灯火辉煌，恍惚间竟觉得白天的太阳又回来了。没一会儿进了别墅区，四下才复归静谧，只剩几点流火，随着夜风掠向脑后。琳琅迎风流泪，到家门口抹了一把脸才进去，倒像家里有人等着她似的。

然而家里果然有人。她将客厅的灯开得大亮，踢踢踏踏去二楼上了个卫生间。膝盖是比原来好多了，肿起的地方也都消了下去。又想起明天的任务，便折下楼来，去看冰箱里剩了什么菜，如果不够，早上还得跑趟菜市场。可刚走下楼梯，就见一楼全都黑着，她正在纳闷刚才是否忘了开灯，就有硬东西顶在腰上，男人的声音从暗处响起：别出声。琳琅只感到手腕一紧，胳膊也被人往后撅过去。当然不敢出声，任由人家将她捆了，嘴上贴块胶布。对方动作麻利，尽管这种经历从未有过，琳琅也认为来的应该是老手。她最怕的还是来了。而又一晃，灯重新亮起，却不是吊顶水晶灯，而是墙边的小射灯。这就看见了三个男人，两高一矮，两胖一瘦，都一袭黑衣，戴着黑头套。

　　琳琅配合地保持安静，被俩胖男人架到沙发上坐好。瘦男人靠近过来，面罩底下嗡然响起：姓尉的什么时候回来？

　　琳琅摇头，也不知是表示否定，还是表示不知道。但她料想，这些男人摸上门来，必是认定三哥住在这里，既然破门而入还设了埋伏，也是不见着人不罢休的意思了。她还回想起三哥在这间客厅里与人打电话的情景，肢体的影子像树枝摆动，或哀求，或咒骂，或说些琳琅不懂的暗语。也不知是哪个电话招来了这伙人。

　　只可怜自己被饶了进去。幸亏刚才上过厕所，否则没准儿要尿一沙发。

　　而瘦男人大概只想认一认琳琅的脸，并不觉得有审讯她的必要，因而对一个胖男人哼了一声，射灯倏然而灭。继续守株待兔，不过多了一个琳琅。客厅里恢复了黑暗，甚而恢复了空旷。不知过了多久，人声唯一一度再次响起，是另一个胖男人按亮手机刷了两下，估摸着是犯了网瘾的习惯动作。瘦男人便哑着嗓子说：你能不能专业一点？

偏在这时，门就被敲响了，咚咚，咚咚，不疾不徐。琳琅一怔，刚想扭动身体，被那硬东西顶到了脖子上，立刻又软了。她瞪大眼，借着窗子纱帘里透进来的月光，看着两个胖男人从两侧夹住门框，一个拨了下门锁。

门霍然拉开，风吹得琳琅一阵清凉，但却没人进来。门里门外屏着呼吸。一个胖男人看向瘦男人，瘦男人刚刚摇手示意别动，另一个胖男人却探出头去。他的脑袋刚进入门框范围之内，硕大的头颅就一颤，脖子咔吧响了一声，面朝下扑倒在门口。剩下的胖男人刚要扑出去，被门外的人用肩头扛住，打着趔趄跌进屋里来。来人欠身，迎面两拳，脚下使了个绊儿，胖男人轰然而倒。挣扎再起，被人用膝盖照肋上一磕，又倒，只剩下哼哼了。

琳琅想叫郑六，说你他妈瞎了你没看人拿刀顶着我呢？然而也只能哼哼。这时却感到脖子上一松，硬东西挪开，借着月光瞥了一眼，原来不是刀，而是一根铁棍，一尺来长，通体白亮。刚才吓蒙了，尖的粗的都分辨不出来。而挟持着她的瘦男人也哼哼了一声，对俩胖男人表示无奈与失望，接着站起身来，瓮声瓮气道：

兄弟，我不伤人，你别报警，可以不可以？

郑六的身影浸泡在月光里，一团黑：兄弟，这办法公道。

瘦男人朝门口走去，手上短棍挽了个花。郑六空着手，反将单肩包往后拽了拽，吊在屁股上。瘦男人又道：你是个脑袋清楚的人。

郑六道：我还有事，你替人干活，大家留个退路。

瘦男人点头，将短棍反别在腰上。琳琅看到两个男人在门口对视，月光泼了一身。然后动手，也就是手脚并用地乱打，但撞击肉体的声音砰然作响，仿佛劈进骨头里去。瘦男人高，动作大开大合，郑六矮，出手短促。未几郑六失去重心，被瘦男人按倒在地，然而郑六原地打转，又将瘦男人带到地上。两人滚了一滚，分开。瘦男人单腿跪地，按着一边肩头，咔吧一按，给自己接上。但左臂已然垂着，软塌塌的像条蛇。

借着月光，他盯了盯郑六的残耳：跛耳……刚才大意了。

我这是野路子，站着施展不出来，郑六道，兄弟，你可惜了。

瘦男人脑袋一歪，头套下面似乎透出惭愧。然后站起身来，依次踹踹地上的两个胖男人。栽了，走人。胖男人还要嘟囔，瘦男人踢得更狠了。郑六靠近琳琅，扯下她嘴上的胶布，背后拽了两拽，绳子就开了。琳琅猛喘了几口气，蹬着腿瘫软片刻，似乎又听见瘦男人说：告诉姓尉的，他捅的娄子太大，回头还会有人找他。躲是躲不掉的。

琳琅支起身子，扒着沙发背往门口看，已然空了大半，只剩下郑六。郑六道：来时就盯上他们了，领头那人一看就干过警察，做事知道方寸，料他不会用刀子，所以我才敢进来。但他说的应该不假，你也躲躲吧。

说时往门外走去，单肩包在屁股上一拍一拍。琳琅脱口道：三哥没躲。

郑六没停，琳琅又道：想见三哥，明天中午一起去。

郑六身形一慢，也哼哼一声，兀自走了。琳琅这时才有点儿后悔，想自己是不是又把事做到脑袋前面去了。然而也罢，该睡觉睡觉。生死都经过了，还怕睡觉？门锁形同虚设，但一点儿不慌，和衣躺在沙发上。次日睁眼，已经大亮，昨夜的一地月光如同潮水，将搏斗的痕迹统统带走，连家具的位置都未曾挪动过。

琳琅从冰箱里取菜，开火，做了海带炖排骨，茄子熬鲇鱼，又下了碗面。都是三哥的口味。开门骑了电动车，来到小区门口，正看见郑六。郑六被拦在岗亭外，保安仿佛没见过他，正在粗声粗气地盘问。琳琅上前招呼一声，换了郑六坐在后座，起步时又是一摇三晃，郑六腿短，伸出两脚乱踢，妄想帮她找回平衡，再加上背上扣的包裹，如同一只笨拙的龟。好在路是再熟不过的，每个礼拜跑两趟，监护室也只在这两天的下午允许探视。

没人知道三哥躺在这家医院里。既不是三甲也不是私立，门诊后面只有小小的一栋住院楼。来这儿住院的都是从大医院转出来的康复病人，拄着拐或坐着轮椅，看着精神倒好。他们进门时，正碰上男护工在逗一个老头：是不是又想抽烟了？

还拿烟凑到老头鼻子上：虫虫飞——

老头两眼亮晶晶的，前襟上都是哈喇子，婴儿一样雀跃。琳琅对郑六晃晃保温桶，有些得意地说：这也是跟人家学的法子，指望他闻着味儿会有反应。

说时登了记，领着郑六进入走廊尽头的一间病房。床上躺着一人，也三十来岁，身量魁伟，鼻子上和胳膊上都插着管子，一条腿打着石膏。他闭着眼，一动不动，脸面倒收拾得干净，头发也刚剪过，显得挺利落。

琳琅以为郑六会叫三哥，然而郑六无动于衷，只是无声关了房门。

琳琅将保温桶打开，几只小钢盆依次放到床头柜上，屋里充满黏腻的香味。一边忙活，一边介绍：有两个多月了。那天夜里说出门见个人，也没开车，刚出小区就被车撞了。司机没跑，让保安给我打了电话。我到的时候，三哥人还清楚，把撞他的人放走了，只让他别声张，又让我把他送医院，还交代千万别让人知道他伤了，别让人知道他住这儿。也让我到外地躲一阵，我不干，说你可别想趁机甩了我。他拿我没辙，反又托付了几件事让我做，你也都看到了。但送进来的第二天，人就昏迷了，死活没反应。医生说是颅内伤，十天半个月也是它，十年八年也是它，让我做好准备。

说到这里，琳琅一顿，又噗嗤一笑：我老怀疑他是装的。你不知道三哥这人多鬼。

郑六仍无表情，比床上的三哥更加平静：听你说的，倒不像仇家干的。

琳琅道：该是碰巧吧，恰好让他撞上了，恰好又在这个节骨眼上。有时我也想，倒不如落到仇家手里算了，那就算怨，也知道怨谁……

但说到这儿，她就见郑六把单肩包往前一拽，从里面掏出刀来。刀比匕首略大，造型古朴，手柄磨得乌亮。拆下皮套，鱼肚子似的流着光。郑六也没让琳琅别出声，然而琳琅果然不再出声。仿佛经了昨夜的事，她练就了在胁迫中保持冷静的能力。

她猛然明白，原来郑六是仇家。兜了一圈儿，到底中了仇家的套，而这仇家是她领来的。当然也不能全怪她，郑六装得还挺像，并且不知道几分是装，几分是真。反正小区多半是翻墙进去的，还有住旅馆的身份证，也不知到底是不是他的。除了"郑六"这个称谓，甚而不知这人叫什么。但对方敢在医院动手，就说明全不顾忌后果，是以死相拼，这仇大了。因而无论怎么拦怎么叫都是没用的。

琳琅瞪着郑六，郑六瞪着三哥，都像不知怎么办才好似的。

又过了片刻，郑六开腔说话，像与睡熟了的三哥聊天：咱们两个的事情，本来也可以算了。当初两支队伍抢标，都是带着兄弟们讨口饭吃，我伤了你的人，你报官，这我认了，可又何必把别的案子也扣到我头上，是怕我牢底坐不穿吗？多坐几年倒也没什么，主要是你还不给我挑个好名目，强奸犯是那么好当的？老娘到死也不肯见我一面。有心尽孝，没脸回家，这就是我必须找你的缘由了。

琳琅听懂了大概。她又听见郑六说：三哥，咱们都是要脸的人呐。

说时扬起刀来，指向三哥头颅。这就是要动真格的了，琳琅终于尖叫出来。声音在走廊滑过，片刻有护士跑进来，问：怎么了？

护士看向床上，三哥仍闭着眼。郑六两手捂裆，肃然站着，胳膊压着单肩包。琳琅轻托三哥的脑袋，将底下的枕头取出来。枕头漏出荞麦皮，洒了半床。护士笑道：我还以为醒了呢——再给你取个新的来吧。

琳琅谢过护士，却不敢看郑六。但她懂了郑六的意思，颤声说：我替三哥谢谢你。

郑六道：三哥应该谢谢你。

说完飘然而去。后来琳琅只记得自己坐在床头，补那个枕头。一共三刀，刀刀刺了个对穿，并且排列整齐，如同用尺子笔过。她还记得三哥的手动了动，像是在捋床单。然而三哥后来坚称，他是第二天才醒过来的，对那天的事一无所知。

（《鄂尔多斯》2022 年第 9、10 期合刊）

未来

云彩剪辑师

李宏伟

阿懒并不剪辑所有的云彩。有空又有心情时，他会推开门，来到狭长的阳台，将酒放在玻璃条桌上，躺进白色的塑料躺椅，望着天上的云彩出神。谁都不知道阿懒在想什么，他那样子本身就像一朵云。要是房东胡伯恰巧在这时从三楼阳台探出身子，就会喊一声阿懒，问你现在飘到什么地方去了。问完，胡伯抬头望一望，想认清哪一片云彩是阿懒，但总是确定不了。直到胡伯缩回房间，阿懒也不会回答，更不会动一动。

动的话，常常就是拿过酒来。阿懒喝酒不择，根据手里的钱，依据当时的心情，下班路上，拐进那家专营酒的便利店，将酒塞进老 T 递过的布袋，拎回来。有时，他刚走到门口，布袋就已经在老 T 手里，里面装着一两瓶酒，他依老 T 说的数递上钱，回家再打开。老 T 选的酒总会带来不一样的感受，仿佛事先洞悉了什么。不过，这种时候不多。一般情况下，老 T 都让阿懒自己看，自己拿。便利店不大，酒的品种却多到令人眼花缭乱，有时让阿懒新鲜，有时让阿懒疲惫。新鲜或疲惫到头，便顺手抄起一瓶。要刚好是啤酒，无论哪一款，老 T 都会露出一脸搁不下的嫌弃,非得赶紧将它藏进布袋后,才找钱才搭话,就好像那酒不是他进的货,而是谁寄存代售的,阿懒更不是他的顾客,而是他不争气的儿子。

拿过酒来,举在略高于目光平行处,阿懒凝视,等待酒安静下来。要是喜欢漂浮沫子的酒,便等待每一个泡沫破裂、消散,酒面与酒杯归于阒寂。有时,这需要很长时间,还得保证手的稳定,不会晃动或抖动,以免催生新的泡沫。阿懒有的是时间,定力惊人,这样总会等到那一刻到来。整个酒杯安静如一块石子,除了天生的透明或者自带的颜色,乃至一片静默的浑浊外,无法从被等量齐观的空中区分开。阿懒用这样的酒对着或远或近,或浓或淡,或厚或薄,或者干脆懒得形容的云彩。哪一片云让他心里一动,无论是喜欢还是讨厌,他便注目其上,多看两眼,便能发现不足,至少是他不满意的地方。先在心里勾勒,差不多时,将酒杯举到面前,低下去,再从酒水的倒映中,找出那片云,另一只手的食指在倒映的云影上轻轻划动。

再看那云,依从阿懒的动作,温驯地舍弃被他剪切的部分,卸去负担般更轻逸地流荡起来,要么就是更专注地行起当行之事来。这时的阿懒已经不关心那云,他只盯着杯中的酒,颇为紧张,颇为期待,仿佛这是新酿得的,至少也是刚用全新的手法调制而成的。看上好一会儿,他举到嘴边,呷一口,让云彩的味道在口腔游走。随后,顺从咽喉落入胃里,扩散至全身。等上三五分钟——大约是被一朵云托起来的那个时间,阿懒便会露出满意的神色——到目前为止,他没有不满意的。谁都知道,每一朵云彩都是独一无二的;阿懒知道,他每一次的剪辑手法都是不蹈覆辙的。两相重叠,怎么可能不是一杯值得更多耐心品味的酒呢？

　　当然，事情没有说来那么简单。云彩不是阿懒的专供，可以拿过来随意把玩，他必须考虑剪辑的后果。二十岁那年，教会阿懒这一切的那个女人让他离开自己的屋子，并且不允许他再登门。女人说，他应该去看看远方的云，品尝它们的滋味。更重要的是，领会一下，动一朵云彩对不相干的人，会产生什么样的影响。女人还说，你不可能知道每一次剪辑的后果，但你必须事先知道，一定有后果。那时，阿懒还不明白她为什么要说这些废话。他甚至认为，她不过是在敷衍，不过是在戏弄，她只是为了赶他走。他的心里充满了愤怒，乃至对女人的恨。

　　后来阿懒明白了，可他已不愿再想那么多，他不过是品尝一下云彩的滋味，打乱一下它们的顺序。偶尔，他也通过那些简单的手法，改变一下云彩投射到地上的影响，寻得一点无关紧要的乐趣——至于后果，总会有后果的，什么都不做也会有后果——只要适可而止就行。现在，阿懒就看着从马路那头走过来的那个女孩，看着在她身后五六米远跟着的那个男孩，想着怎么给他俩捣捣乱，如果能顺带手帮帮那个男孩更好。两个人都十五六岁，每个周一到周五，女孩早晚从楼下经过一次，阿懒知道，她早上去的那边有一所学校。男孩通常会在黄昏，女孩回家时，跟在她身后，远时十来米，近时两三米，从来没有过肩并肩。现在，男孩如往常那样小心，不让自己的身影与步子惊扰到女孩，但他的小心并不畏缩，谨慎中带着坦然，仿佛在宣告，他对女孩负有的义务。

　　女孩是知道男孩在的，阿懒对此洞若观火。阿懒还知道，女孩有些左右为难。毕竟，要是男孩更勇敢一点，或者说鲁莽一些，她反倒应对有策。或者说，如果这是男孩第一次跟随，她也知道怎么办。现在，两个人已经用不远不近的距离、不咸不淡的沉默，筑起一道柔韧的防护圈，轻易撕扯不动。推不开，走不近。眼看着女孩走到楼下，看着她很快会走到这条马路的尽头，在十字路口拐弯，阿懒不禁站起来。男孩走近了一些，但还是离着两个身位，这是突破，也是突破的极限。阿懒知道，决定性的时刻将要来临，要么女孩接受男孩，两个人并肩而行，要么女孩继续沉默以对，男孩转身离去。

阿懒抬头望，日头在加速向西奔去，可离到达山顶还有好一会儿。城市的上空是一大片摊开的白色的云彩，刚好挡住尚有余味的阳光。阿懒拿过酒杯，这次是老T特意推荐的一种蓝宝石颜色的酒，望进去，云彩都仿佛被洇染了天空之蓝。不，比天空之蓝更蓝。左手持杯，右手拇指、食指、中指并拢又伸开，反复几次，杯中的云彩得以放大，突出他选中的位置。女孩已站在十字路口，准备拐弯，男孩则并住脚，显然准备以目送道别。阿懒瞅准时机，在绿灯亮起，女孩犹豫一下往前跨步时，手指按住选中的那点云彩，往杯子里滑动一下，一点白掉进蓝里，仿佛冲淡了酒。随着那一点云彩的消失，女孩头顶漏出一条圆柱体的光，将她罩住。女孩吃了一惊，随即接受这启示似的，身子歪下去。正在转身，但目光仍未脱离女孩的男孩，体内的弹簧瞬间被触动，扭身、跑起，一气呵成地冲上去，完成他酝酿许久的动作，抱住女孩。极其短暂，两具身体在触及彼此的同时分开，但他们迎着绿灯闪烁的提示，终于并肩走了过去。

阿懒没有再追看男孩和女孩的背影，他一口饮下杯子里的酒，在杜松子的味道中，用舌尖感受那一团即将消失的白云的味道，它上面一层被阳光持续照晒的热已不强烈，但依旧隐秘而绵长。随着吞咽，一种旧日的带着灰尘的暖意，漫延体内。接下来一段时间，阿懒经常看见楼下马路上，女孩和男孩的身影，有时肩并着肩，有时手牵着手。大多数时候，是在黄昏从马路的那头，学校的那边走过来。偶尔，是在早晨，男孩先骑着自行车从那边呼啸着过来，不一会儿，女孩也骑着自行车，和他一起再从这边缓缓过去。极少数时候，两个人或者骑着一辆自行车，或者就那么手拉着手，在马路上溜达够两三个来回，才道别分开。看着道别之后男孩步幅快捷的身影，看着他走到最后总会跑起来，阿懒忍不住就会干掉杯子里的酒。

这天下班进到店里，老T没有如往常那样递过装酒的布袋，而是看着阿懒，几次欲言又止。阿懒看着老T，静心等待。终于，老T挠挠头说，明天晚上有空的话，在胡伯家喝酒。三个人一起喝酒不算多，可绝对不需要这么扭捏。阿懒没吭声，继续看着老T。哎呀，老T更加不好意思起来，明天是胡伯的生日。哦，阿懒点点头，我下班就过来——需要做什么特别的准备吗？老T再次挠挠头，为难地看着阿懒，不是要礼物，胡伯很想他女儿，要是……阿懒截住话，要是他女儿能回来的话，胡伯会高兴得跳起来吗？说完，阿懒自己先笑了，他想象着七十多岁的胡伯，像个孩子那样高高跳起，薄而长的银白色头发在脑袋上飘荡、起落。老T瞪阿懒一眼，回来是不可能的，能来个电话，道一声生日快乐，胡伯就心满意足啦。

怎么，父女俩有什么心结解不开？阿懒听胡伯唠叨过一两回，知道他有个女儿，租住以来却从未见过，虽然奇怪，但也没多想，更不好问。既然老T说到……心结这种事，谁知道呢，你以为还是一根线，谁知道别人什么时候就打上结了，就算是你的老婆、儿子，就算是你的掌上明珠，你又怎么能知道呢？老T说着，往外看看，并没人来。胡伯女儿小时候，跟他可亲了，他走到哪儿女儿跟到哪儿，胡伯也真疼女儿，从来不说个不字，脸色都不舍得变一下，永远笑着对她。老T声音低下去，咕哝几句，才又意识到阿懒在似的，声音高起来，谁知道后来就不来往了。我能做什么呢？阿懒望望门外，淡淡的霞光散落在地上。不用做什么，老T摇摇头，我就是和你说说，你进来之前，我刚给她女儿打电话，想提醒一声，可拨打两次都没人接，便再没力气打了。老T顿住好一会儿，恢复些精神，不是要让你来打，明天晚上，别提这些事就成。

　　第二天天一直阴着，阿懒加了会儿班，处理完手边事走出公司楼时，预报了一天的暴雨仍旧卷在天上。走到便利店前，老T早关门而去，阿懒在门前站了站，想起前几日买的啤酒还有两罐，便往回去。到家里，刚从橱柜里拿出那瓶这么多年带在身边的白酒，敲门声就响起来。老T站在门口，不太高兴的样子。你总算回来了，我一个人面对胡伯，真有点扛不住。胡伯站在厨房的窗户边，望着又暗去几分的天空，那身影比天空还暗。桌上摆着一堆带壳花生、一碟开心果、一盘洗净没切的黄瓜。三只酒杯，其中两只已然动过。阿懒打过招呼，依着老T的话，坐在朝向窗户那一方。天上的云在加速流动，要不了多久雨肯定落下来。胡伯转过身，看着桌面，似乎生出歉意。本来想做几个菜，实在……

　　这样挺好，就喝点酒，聊会儿天。老T早倒满三只杯子，趁势端起，向着阿懒。胡伯的厨艺那是没的说，一道菜你吃了无数遍，下次仍旧像第一次尝到。胡伯笑着举起杯，你直接说我只会那几样不就得了。他又向着阿懒，早年好琢磨这些，现在懒得动了，过几天吧，我来整条鱼。谢谢胡伯——阿懒举起酒，顿一顿，祝胡伯身体健康。三个人喝下去，各自倒上，阿懒正伸手去抓一把花生，一串雷炸过来，回音未绝，雨便赶了下来。到处都是雨水击打的声音，迅速由滴变成串，一股薄薄的湿气入到鼻中，内中夹杂的灰尘的味道散开，有些呛人。胡伯偏过头，望着雨以及挂下雨水的晦暗天色，出着神。阿懒看老 T，老 T 正示意他别说话。两人目光没交接第二个回合，胡伯回过头，举杯碰过来，干掉这一杯，又去倒上一杯，举起。

接下来喝得就更快了，还没说上几句，一瓶酒已去大半。配合他们的节奏似的，雨还在加大加速，哗哗的声音带着爆裂，电闪雷鸣都难以从中突围，仿佛整个小城正被由上往下地吞没。小城之外的世界，早与雨水沆瀣一气。老 T 一边示意阿懒不要担心，只管配合胡伯的节奏，一边东拉西扯些笑话闲篇。老 T 成型的话不多，不一会儿，流浪汉到他店里骗酒喝的故事就讲上两遍。阿懒听着老 T 的絮叨，勉强配合着。老 T 总算意识到了尴尬，连连向阿懒递眼色。阿懒正愁着不知道讲什么时，胡伯开口了。胡伯问，你们见过空心的雨吗？问完，又另起一行似的，说那天的雨比今天还大，一盆盆倒下来，从午饭后一直不停歇，你都搞不清楚，天是真的到时间黑下来的，还是雨把天下黑的。但那场雨是实心的，因为我女儿生在那天。天上倒的是雨水，落在我心里可都是绸缎，都是珍珠。

我女儿啊——胡伯正正身子，拿过杯子喝掉一口，又靠在椅子上——和雨真是有不解之缘。雨在她的名字里，在她所有的大事里。出生那天的大雨起了个头，后来就没再断过。就连她上小学当天，前一天晴朗无比，晚上漫天的星，早上一阵风过，雨就落下来，持续一整天都没停半会儿。那雨格外细特别冷，送她去学校的路上，她一个劲往我雨衣的深处钻。她伤到膝盖，留下一拃长的伤疤那天雨就更大了，水漫过大半个城，我拉着她说你小心点小心点。小心是小心了，可是谁知道从什么地方冲过来的木头上有那么锋利的一个碴口呢。你们是不知道，别说走在水里，走在路上，不管走在哪里，只要你活着走着，就指不定从哪里冲出来什么东西。她尖叫一声，整个人扑下去，亏得我动作快，要不然……胡伯拿过两粒开心果，却没有剥开。我一只手把她抱起，另一只手拎着伞，那时候她不小了，伞遮不住膝盖，雨冲在伤口上，血顺着往下淌，没落到水里就没了颜色……就是那时候，她问我。她说，爸爸，你见过空心的雨吗？我说没见过呀。她又说，我想见见……

胡伯女儿在哪儿？阿懒问道，问完被自己吓得酒醒两分，看胡伯根本没留意，就盯着老 T。老 T 也钝了，胡乱指指，那边那座城市里。胡伯不管他们，继续说。后来不只是女儿，连她妈妈连我都觉得，女儿的生日、升学这些事，不下场雨，就假的似的。有几次生日没下雨，我们要么带她去找喷泉淋一场，要么干脆在浴室用莲蓬头，人工降雨。这家伙，一到雨里，完全和平常不一样，那个舒展啊那个开心啊……胡伯这才掰开白色的壳，将两粒灰绿色的开心果扔进嘴里，嚼着。又伸手，杯子空了，摇摇分酒器，也空了，弯腰从桌下又摸出一瓶来。阿懒看看自己带来的那一瓶，心想不着急。便挪过分酒器，让胡伯给倒上，满上一整杯，端起它，推开厨房门，走到阳台上。胡伯的声音追上来，可是她一直说，不是空心的……雨水落在遮篷上，再分作几股流下，一片哗哗声。望出去的天地一片混沌一团汪洋，但仍旧能看得清楚遮没在雨水中的乌黑的云彩那些层次，低头从小小的酒杯里看去，更是分明。可几番尝试，阿懒都找不准具体的方位，都无从下手。

你见过空心的雨吗？阿懒自问，但给不出肯定的答案。空心的雨该如何？如鸡蛋那样，一层薄薄的壳，内里包着空无的蛋清蛋黄？如樱桃那样，饱满丰盈的果肉中，藏着一粒小小空无的核？如泡泡那样，雨水只是外围的象征性的膜？……那空的心里，究竟是什么呢？阿懒想不明白，但他知道，就算他能想明白，也无法通过剪辑云彩，达成那样的效果；就算他能完成空心的雨，让它落在胡伯女儿所在的城市，胡伯的女儿也认不出来。甚至，她很可能早忘了问过胡伯这样的问题。想到这里，阿懒叹一口气，选了最浓重的那一朵，取了最黑暗的那一缕，迅速剪辑，落进杯中，随后一口将酒吞进去，是一团墨汁般的重涩味道。阿懒又在遮篷下站立一会儿，伸出手去，用雨水冲刷一下杯子，让喝不尽的一两滴云彩落回水中，这才回到厨房。胡伯还在说着，但话已不成句，零碎的词语从他嘴里飘出，濡湿四周。……那天也是雨……雨呀，开成了花……空空的心里藏着雨，藏着花……你还笑……我没见过那么大……我耳朵尖……鼻子尖……他……他……你说再也……你说……你的手……谁敢……现在我……雨呀，开得出……听听……空的花……阿懒知道，应该让这些话语自顾自地喷涌，老 T 目光已然有些呆滞，浑似无所见地望着胡伯，但仍旧没忘伸手，不管杯子里有没有酒。阿懒在老 T 小臂上拍打一下，在他抬头时，示意将胡伯送回卧室。

这么干瘦的胡伯，醉酒后依旧坠沉如铁，要不是阿懒也喝得无法准确感知时间，完全不怵重复，真不知道怎么把他放回床上。好歹，胡伯躺下了。老 T 在床头坐上一会儿，双手一拍床，撑起自己，跟在阿懒身后走出卧室。两个人在狭小客厅的竹沙发上坐着，缓过最浑噩的那一段，阿懒站起来要走，老 T 忽然叫住他。阿懒，那边的大城市你去过吗？阿懒点头。大城市的那边，那几座城市你去过吗？再过去就是海，你去过吗？这次不待阿懒点头，老 T 就叹口气，我去过，好多年前。后来我就在这里，现在我就在这里。一直就在这里，不离开这两条街，不离开我的店子。你给我说说，外面现在是什么样。说完，老 T 往后一仰，靠在沙发上，两只眼睛水泡般望过来。

阿懒看着老 T 好一会儿，站起来，略微摇晃地走回厨房，从橱柜里找出一只四方玻璃杯，拎着他之前放在桌上的那瓶白酒。看着阿懒把酒杯放在自己面前的茶几上，拧开瓶盖，倒上没过杯底半指宽的酒。老 T 说，还喝啊？再喝下去我只怕……阿懒摆手止住老 T，他拿过茶几上那盒火柴，划燃一根，伸到杯子里。杯子里的酒迟疑了一小会儿，然后燃起来，一团淡蓝色的火焰在水面跳动着，随即往上蹿升。互相挨挤，互相簇拥，火焰没有散开，只是在水面上方撕扯着，发出轻微的滋啦的声响。出了杯子的火焰开始蓬松，燃烧薄起来，摊开去，不过仍旧没超过一张垫子大小。升到吊灯下方时，火焰停住，它不再透明，开始由边缘往内，呈现一层层絮状的白。这是我第一次见到海时，剪下来的一小片云。阿懒告诉如痴如醉望着那一小团云彩的老 T，也是在告诉自己，或者还有别的人。和陆地上的云没多大区别，重一点湿一点，藏在里面的叫声不太一样。你听，这两声是海鸥，是不是又有点像鸭子，又有点像大雁？

老 T 咧嘴一笑，说云是好云，你那酒差了点。忽然又静下来，眯缝着眼听上好一会儿，摇摇头，都不像，就是海鸥的声音，我知道。那一团白云在他们的注视下，一点一点变浅变淡，然后忽然过了自己设定的界，消失了。阿懒再往杯里倒上半指宽的白酒，用火柴点燃。这一次还是一团白云，只不过比刚才的更蓬松，底如熨过般平整。这团白云直升到天花板下，穿过吊灯时，擦得灯泡直晃，并且亮了几分。这是我在高原上剪下的，那时候我已经到处跑了一段时间，没那么兴奋，只对它的平底印象深刻。老T不一样，他不但望着，还站起来，要摸摸那云底，仍够不着，正准备往茶几上爬，云又散了。就这样，酒从瓶子倒进杯子，点燃的火焰升起来，在房间里高高低低处停留，随着阿懒或长或短的讲述，然后散去。这不成规模的小小的云彩，经过酒瓶里的禁锢，酒杯里的发酵、燃烧，似乎把时间和酒精扩散在空气中。阿懒说再倒一次就结束时，东方已经发白，胡伯在卧室里的鼾声早变得均匀。

那团火不太一样，内里仍旧是透明的但能感知的跳动，外围却不是单纯的蓝，而是颜色混杂且在不断生灭。因此，当它不是化成一团云彩浮出杯子，而是作为一道彩虹，从杯子跨出来，斜向上搭在房间里无明之处时，也就在情理之中。但这却出乎阿懒的意料，他愣上好一会儿，才窘迫、欣喜、伤感诸多情绪掺杂地哎呀出声。没想到，没想到，阿懒连连摇头，这个居然还在，这是我离开……离开之后，第一次剪辑下来的，就剪了一小块。当时我想的是，剪下来的都不喝，都是最宝贵的记忆，留着以后，说不定留到老了再拿出来。阿懒看老T望着自己，有点不好意思，平静下来。那天上午的雪可真大，谁知道中午又换成了雨，谁知道雨落着落着出起了大太阳。你说，天气都能变得这么快，何况……

后面的话到底没再说下去。也用不着说下来了，那彩虹停留的时间比之前的云彩都短，而且没有过程，倏然消失，仿佛压根儿没有存在过。老T望着空白处的目光空了一会儿，才又落向阿懒这里。结束啦，阿懒没有解释，只是伸手指着玻璃杯，你尝尝，这可是过滤掉云彩之后的味道。老T面露疑惑，但还是拿起来，抿了一口，随即仰脖将余下的全部倒进嘴里。杯子里的液体比一指宽不了多少。是水的味道，老T说完咂咂嘴，又不是水的味道。再咂咂嘴，肯定不是酒的味道。是啊，外面现在差不多也还是这样。老T点点头，这么说来，我留在这儿没错。那，那件事我就可以跟你说说了，我被云烫伤的那件事，一朵云……今天不说了，阿懒止住他，拿起酒瓶，晃几晃，递给老T。还有一点，什么时候你自己把它点了吧。

阿懒下楼回到房间，转了一圈半，丝毫没有睡意。他又站上片刻，走进厨房，打开冰箱，拿出两罐啤酒，一个玻璃杯，来到阳台。塑料椅子上还留着未去的雨水，也可能是露水，微凉湿意顺着裤子渗进来，贴在皮肤上，呼应了入喉的酒。东方一片的白正在分出层次，注入颜色，并且开始提速。女人让他离开时，也是这样一个早上，他当时刚熟练云彩的剪辑不久，早早起了床，想剪下金光灿然的一缕，为她调一杯清晨的饮料，还没动手，女人披衣出来，挨着他站了好一会儿，说了那番话，让他离开。现在，似乎一切都没有变化，东方还是东方，彩霞仍旧灿烂，就连手里握着的，也是同一款啤酒。阿懒站起来，低下头，望着酒里映衬的似有若无的云彩，始终没有上手的意兴。迟疑间，他瞥见一个人影从远处走过来，那身形有些熟悉。

移开杯子，直望下去，是那个女孩。这一次，她是从学校的方向往家这边而来，仍旧在马路的对面，仍旧是他见过很多次的那身衣服，但这个时间，她怎么会从学校过来，而且一个人走着？阿懒不用看时间，根据朝霞也知道，就算是往学校去，通常也还得有半个小时。女孩步子比平常快一些，清晨的光线还带着几分朦胧，从这个距离更无从分辨她的表情，判断不了是喜是悲。阿懒就这么站着，看着女孩走过对面两家尚未开门的服装店，走过街面上摆了三张桌子，桌子旁都坐得有人的早点店。女孩在早点店旁住了下脚，才继续往前走。至少没那么糟糕，阿懒想。女孩已经走到那个路口，正要拐弯。阿懒抬头，想着是不是照着上次那样，再给她一团意外的光。太阳还没浮出来，东方的云彩绚烂足够，要剪辑到合乎所用却难。这时，阿懒才知道自己酒劲上了头。醉眼看下去，女孩已经等来绿灯，走过路口。阿懒看看女孩的背影，再看看颜色愈发浓重的云彩，忽然觉得，也许他可以在其中一朵云彩上做个标记。这样，不管女人在哪儿，要是看见，就能明白是他在致意。

（《天涯》2022 年第 5 期）

晚安

钟二毛

有一个秘密，这辈子只能烂在肚子里了。

不是不能说，是没法说。

那天清晨，母亲说，我想死了，你帮我吧。

我一秒钟都没有犹豫，脱口而出，好。

不知道是不是因为知道我是刑警的原因，主治医生每天早上来查房的时候，问来问去就是一句话："阿姨，今天舒服点吗？"然后就是笑笑说："好的，我知道了。"他这么寡言，我猜是出于谨慎，担心话说得不恰当，被我抓住把柄记在心里，万一有个什么纠纷，拿着当证据。现在医患关系太紧张，医护人员就像一台上了程序的电脑，一切都按照事先设置好的规定动作来，一二三四，二二三四。

果然，当母亲饿了一天之后，主治医生执行了第二套规定动作：管食。我记得很清楚，六月一日，晚上九点，第二次化疗结束，主治医生亲手关掉监测仪，我跟了出去。我问，现在吃两口吐一口，以后要是吃一口吐两口，怎么办？甚至吐都没东西吐，怎么办？主治医生说，钟警官，根据通常做法，我们会采取管食，也就是插根管子到病人胃里。想不到，这一天真的到来了。

护士长带着两个护士过来，俯下身给母亲说，阿姨，你肚子里没东西，不行啊。至少有四十岁的护士长，话说得很亲切。我母亲不是傻子，好歹是个知识分子，大学老师当了三十年，马上明白了来者之意，把头偏向床边，看着护士长，说了一句很清楚的话：我不饿。

讲完这个话，母亲示意我拿水给她喝。我要喂她。她摆手。她反手摸到储物柜上的汤勺，动作很慢，但却很准确地插入口杯里，搅拌了一会儿，舀出一满勺凉开水。手一直抖，到嘴边的水，不到半勺。呛，咳。半勺水真正进到嘴里，也就几滴。随后，母亲的头勾在被子上，缓慢地转动着脖子，看了我一眼，像是宣布她刚才的成功。

护士长给母亲掖了掖被子，退出病房。

母亲轻声讲了一句：天亮，回家。

化疗、化疗，每种癌症都是化疗。化疗就是真理。放之四海而皆准。这种真理让人怀疑又不能怀疑。你怀疑它，你又找什么替代？

这让人害怕。所以，每次化疗一结束，我就想带着母亲逃离病房，逃离医院。遗憾的是，每次化疗吊完数不清的药水之后，时间已经走过清晨、上午、中午、下午、傍晚，来到了晚上，不是九点就是十点。等不到天煞黑，我会趁母亲似睡非睡的时候，把墨绿色的窗帘拉严实。因为，第一次化疗的时候，看到窗外的世界万家灯火，母亲就再也睡不着了，她一个晚上都在数着对面一个高层小区亮着的窗户，直到凌晨三点多钟，整个墙面漆黑一片。

谢天谢地，母亲睡了一个好觉。主治医生早上过来查房的时候，母亲已经吃了小半碗粥水。

阿姨，今天舒服点吗？

想今天出院了。

好，一会儿到护士站拿药。先出院，手续到时候回来再办。

化疗副作用，会潜伏一天，从第三天开始。出院的时候，母亲精神还可以，回家的时候，我特意把车绕到水库那条老路。上午十点，路上车少，风景很美，左山右水，红花绿树。我把后视镜往下掰了掰，看到母亲靠在后座上，头稍偏，压着车窗边缘，眼里淡然而出神，仿佛高僧坐化圆寂了一般。我有点害怕，猛地咳嗽一声。母亲动了一下，看了我一眼，以为我怎么了。母亲动了，我放心了，假装抓了抓头发，然后专心开车。母亲随即恢复了刚才的动作。在恢复动作之前，她理了理头上的蜡染包巾，把头顶上剩下的几缕头发拨弄到额前。母亲用的是兰花指，正好一片从树叶中间透漏下来的阳光，碎银子似的落在母亲的脸上。水红带蓝的头巾，淡然的眼神，母亲像一个想着心事的少女。

这样的宁静太难得。我故意把车开得很慢，绕行山水之间。

小毛最近有什么消息？快到家的时候，母亲问。

打了他电话，没打通，不知道是不是还在非洲。

回到家，还真应了母亲说的。小花猫把家里扒了一个遍。

母亲饶有兴致地整理着，掉在地上的衣服、书本，还有旧报纸。收拾了约二十分钟，母亲自己坐到床沿上，踢了一下脚边的小花猫，猫叫了起来，母亲试图再踢一下，却没成功。母亲疲乏地躺在被卷上。

我一手扶着母亲的背，一手扯开被卷，塞到一边，再放母亲躺下。

母亲看了我一眼，说，我不饿。

母亲不饿，我饿了。我到冰箱里找出一袋速冻饺子，下了锅。饺子翻腾的时候，我给妻子和女儿发了条微信，告诉她们，第三次化疗结束了，现在回到家了，勿念。

在检察院批捕科当公务员的妻子、寄宿在校马上升高中的女儿，很快回复了微信。

我顺带又把微信转发给了弟弟小毛。转发的号码是他美国的手机。他在美国硅谷当工程师，三十好几快四十了，光谈恋爱不结婚，说自己"恐婚"。他一周前去了非洲，援建一个综合医院，负责安装和调校医疗设备。

山高水长，日夜颠倒，手机从来不显示发往异国的汉字是否被读到。这让人失望。

我把手机丢在一边，夹烂一个饺子，肉汁流出来。觉得少，又夹烂一个。发现，太浓太油，赶紧加了点饺子汤，装成小半碗，给母亲端过去。

母亲侧着身子，睡着了。我伸过头去，她的脸笼罩在昏暗中，特别庄严的样子。

母亲一觉睡到日没西山。落地窗看出去，火烧云逐渐淡去，夜幕翻滚而至。

母亲坐起来。我把温在锅里的小半碗肉汁端过来，母亲在一呛一咳中完成了一半任务，然后摆摆手。我也作罢，随即把床头柜上的温水瓶旋开，备着。

我早已不再像刚开始化疗那样，逼着母亲进食，骗着母亲进食，感化着母亲进食。

那个过程已经过去了。我相信，母亲忠于她的胃口，胜于儿子的说教和求饶。我可以诓骗母亲，但我诓骗不了她的食欲。

出来沙发坐一会儿吧，睡了那么久。我说。

母亲坐起来，理了理她那完全可以忽略不计的头发。但她做得很认真，十个指头往后拢着，像一副掉了齿的耙耙耕耘一块旱地。

头发梳理好后，母亲移步到沙发。小花猫跟到脚下。

按照习惯，我没有开灯，没有开电视。

母亲伸出脚又要戏逗小花猫。脚刚要出，她哎哟了一声。整个人伏在沙发上。微暗的光，包裹着母亲。瘦骨嶙峋，像一把尖刀。蠕动着，在寻找舒服的姿势。最后，她滑下沙发，跪在地板上，手撑着膝盖，久久不动。

跟网上说的一模一样，这种癌会出现强迫体位，那就是跪着。跪着才能缓解疼痛。

回医院去，打镇痛剂。我说。

不去了，上次打完照样不舒服，"哎哟"都喊不出来。母亲说的是大剂量镇痛剂打完之后的副作用。

我帮不了母亲，只能任她跪着。

跪在猫前。

跪了一夜。

猫都睡着了。

还是昏睡好。昏睡就不疼了。我把母亲房间的窗帘拉上，后来干脆把客厅的也拉上了。母亲跪着让我难受。她睡着的时候，我会刻意把她弯曲的腿摆平、摆直。

可是清醒的时间还是多。

清醒就要跪。跪。跪。跪。跪到天亮。跪到天黑。

跪到第三天，母亲讲出了她的决定。

当时是清晨六点，我醒来，第一件事是去烧一壶开水。

母亲的房间开着，大亮。原来她自己把窗帘拉开了。客厅的窗帘也拉开了。

一丝风都没有。窗外小区的几座高楼、远处的整个城市，兵马俑一样，安静伫立，整装待发。突然，马路上开过洒水车，呜呜的警报响起，偌大的世界一下子就活了。卖早点的店开门了。公交首班车上路了。背着书包的小孩出现了。为了躲避早高峰提前出门的小轿车出现了。一天开始了。

我端着新鲜开水，进了母亲的房。旋开保温壶，把几乎没动过的隔夜开水换出来。

母亲说，大毛，我想死了，你帮我吧。

我说，好。

我应完母亲，回到客厅，烧第二壶开水。水壶接通电，小红灯亮起。我静静地站着。不一会儿，水咕噜咕噜响起。这声音，我觉得特别好听。像个小孩，活蹦乱跳的样子。

我就让水一直开着。咕噜咕噜，咕噜咕噜。咕噜咕噜，咕噜咕噜。咕噜咕噜，咕噜咕噜。咕噜咕噜，咕噜咕噜。我心想，要是水就这么一直咕噜下去，老子他妈的就是站成枯木也陪你咕噜下去。可是咕噜很快就灭了。

　　我退后两步，坐在餐桌上。手机正在餐桌上充着电，我拔了，给不知道是在美国还是非洲的弟弟发了条微信："小毛，妈妈有事，急事，尽快回复。哥。"

　　我和弟弟的微信记录一直没删，没时间删。我翻了下，这三年来，我们说的内容全是母亲的病。三年前确诊，是癌。中医、偏方、西医，最后才上了化疗，一次，两次，三次。击倒，再击倒，最后跪着，跪过白昼，跪过黄昏，跪过漫漫长夜。

　　有次，半夜，我站在门口，看着母亲跪着，像一尊雕塑，不知道为什么，我也跪了下来，我也跪得跟一尊雕塑一样。跪了多久我不知道。最后是猫轻轻叫唤了一声，我才抬起头。猫从沙发上跳下，落在母亲边上。母亲依然保持着原有的姿势。猫左右翻了个身，最后也安静了。我站起来，坐在椅上，看了她们很久……

　　四处拉开的窗帘，让人想出去走走。我推出轮椅，带上母亲。母亲居然摆手不用轮椅，自己扶着墙壁，走出门口，走到电梯口。等待电梯的时候，她冲我用力地笑了笑，大概是一种无奈的意思，最后还是挪到了轮椅上。

　　我从后面抱起母亲，把位置坐正。母亲在我双手里，只剩骨头，宛如一块烧了半截的木炭。

　　我们就在小区里走走。小区靠近一座山岭公园，无论天气再热，总有凉爽的风。

跟试图不要坐轮椅的心情一样，母亲在小区里兴致挺高，嘴里咿咿呀呀地说个不停：

这是什么花呀？开得蛮好看咧。

管理处干吗去了？这个水井盖还没固定好，咣当咣当的。

啊哟，哪里来的野猫子，脏兮兮的，可怜。

野猫之事，让母亲想起家中的小花猫。小花猫原本也是野猫。三年前，母亲抱了回来后才成了小花猫。

母亲要我推着她回家，说要喂小花猫了。

其实是我喂的小花猫。母亲不过是把猫食交给我而已。一边看着我投猫食，母亲一边慢慢说话：

你是刑警，你知道如何安乐死。

我没有说话，继续喂着小花猫。

小花猫抱回来之后就成了懒猫，一天多餐，晚上十二点还闹着来一顿夜宵，饱餐之后，坐着也可以睡着。

小花猫又坐在母亲脚下了，小盹打起来。母亲移动着脚推了推小花猫。小花猫没反应，果然瞌睡了。母亲继续慢慢说话：

这几天，我们每天说说话，七天后，你就动手吧。

我说，好。

好就跟我跳支舞。母亲突然站起来，很有力的样子，打开双手，脸上微微笑。

母亲吓了我一跳。母亲年轻时爱跳舞，爱跳交谊舞，退休后仍爱跳交谊舞。这几年老年人流行的广场舞，母亲从来不参与。她只爱交谊舞。

我不会跳舞，但我没有任何理由拒绝兴致高昂的母亲。我把手搭进去，像个机器人，托着母亲，但不敢太用力。

和你老爸一样笨，来，华尔兹，走起来，一、二、三，退左、横右、并脚，并脚呀！来，开始，蹦、嗒、嗒、蹦、嗒、嗒……母亲在教我。

跳到最后，母亲完全不管我了，伏在我臂膀上，身体微微地摇动着，不肯停下来。

弟弟一直没消息，真想揍他一顿。

我想找人说说话。妻子出差了，女儿跟着学校乐团到意大利演出去了，都是七天后回来。

父亲在天上。父亲如果还活着，多好，这个主意他来拿，我执行就是了。他干了一辈子的刑警，比我勇敢，比我有眼光，到现在为止，公安学校的刑侦教材还援引他当年办的案子。

三年前，如果母亲不查出这个癌，父亲也不会悲痛过度，早母亲而去。你说也真是的，父亲这么硬的骨头，怎么被母亲的病搞得魂飞魄散。

要是父亲留下了，陪着母亲，到今天，整好八十，多好一件事。

我跟领导电话请假的时候，就听到母亲在客厅喊了，过来啰，跟你讲几句话。

母亲这一声唤，让我想起小时候。小时候，母亲要给我们两兄弟上教育课的时候，她就会说，过来啰，跟你们讲几句话。

我搬一个凳子，坐下。

以前，母亲是坐在藤椅上讲。现在，母亲是跪着讲。

母亲的第一讲，是她的一个游历故事：

八几年的时候，我们学院有个外教，第一个外教，比利时人，名字叫雷帕尼，我们叫他"老雷"。当时全校能用英语跟他对话的，没几个，我是一个。而且他知道我读过原版《圣经》，我们聊得来。他大事小事喜欢黏着我。你老爸开始还以为我想改嫁到比利时，紧张得要死，派刑警跟踪我们。

这个老雷，可以说就是一个酒鬼。只要有酒，什么都 OK。他也不管什么酒，管你红酒还是香槟，还是啤酒，还是我们湖南乡下的米酒，是酒就喝。有次给学生讲语法，讲着讲着就跑了出去。有学生在厕所里看到他，好家伙，他居然跑到厕所里喝酒，酒气冲天。学校要开除他。还没等学校下命令，老雷把衣服、家什搬到街上的宾馆去了。但学生不愿意，联名写信要留这个老师。学生觉得上他的课，好玩。不得已，学校又把老雷请了回来。

我们所有老师，对老雷最大的迷惑是，他怎么一天到晚总是笑哈哈呢，难道他就没有一点忧愁？这是人的性格，还是酒的作用？这个问题，我至今搞不懂，世界上怎么会有这么开心的人？

后来，老雷去了北京，进了他们的驻华大使馆。到大使馆工作，更疯了，全中国到处玩，成了中国通。云南摩梭女儿国，还没开发的时候，他就已经玩了个遍。有时候他会突然回到学院，给每个认识的老师送礼物，各种造型的巧克力，还有糕点，他说那糕点是刚刚从比利时空运过来的，大家都相信他说的，因为他那么开心的样子。

二〇〇八年汶川大地震那天，老雷正好在长沙。他带一帮学生，来了我们家。来我们家干什么呢？比利时电视台那边要电话连线他，做现场报道。老雷就导演了一场戏：比利时越洋电话打过来，老雷假装在现场的样子，扯着嗓子喊，现在中国汶川的老百姓如何如何，政府如何如何，我们一群人就不停地从老雷身边跑过去跑过来，几个会说四川话的人，就断断续续喊着、叫着。就这样，他完成了现场直播。他说，他这一个直播，可以得好几千块。你爸气得要打人，说他是个骗子。

你看，就这么一个人，但他却受到很多人喜欢。包括他老婆。他老婆是比利时国王家族里的人哦，很好看，而且小老雷一二十岁。前几年，老雷在西藏还是哪里我忘记了，摔断了腿。他提出要跟他老婆离婚。他老婆居然不干。

老雷腿断以后，就回了比利时，接着这个中国通就卧床不起了，他那个病叫什么，我记不得了，总之起不来了。我得病前一年，老雷给我发电子邮件，邀请我去看他。我还没来得及回邮件，就有人给我送来了去比利时的机票。原来他和我大学共事的时候就偷偷记下了我的身份证号码。你说这个人坏不坏。接着，签证手续很快办好。你还记得不，那次我出国，也是匆匆忙忙告诉你的。

到了比利时，才知道是参加老雷的死亡仪式。

天天赖在床上不好玩，喝酒也被制止了。老雷觉得没意思，不想活了。

他给当地执行安乐死的协会打了个电话，工作人员过来一核实，死期就商定下来了。

老雷安乐死的日期，就是我到达比利时、见到他的那个晚上。

老雷邀请了大约十几个好友，国外的，有几个，但中国客人，我是唯一一个。老雷说，为什么邀请我过来，因为中国人活得太谨慎，我是其中一个代表，所以想让我看看，其实一切都很简单。

那个晚上，约来的十几个朋友一起喝酒、说话。老雷躺在床上，又吼又叫又唱，酒洒了一身。执行安乐死的工作人员也在一边玩耍、热闹。他们的工作就是待到客人们一一散去，再给老雷一杯茶，然后道晚安。

整个告别晚宴，我都在一边跟老雷的两个女儿聊天。他两个女儿都是耳洞那里有颗痣，我记得很清楚。

突然，我就听见老雷用中国话大声说：

你妈，什么阎王爷大笔一挥，老子今晚找你算账，一瓶二锅头灌死你！

…………

母亲想继续还原老雷喊叫的那些话，终究没有那个气力，喘着气，躺下，歇着了。我给母亲倒了些葡萄糖，说，休息十分钟，一会儿我喂你，喝下它。母亲点头。

母亲第二天的第二讲，谈的是自己的故事：

五八年大炼钢铁的前两年，我初中毕业了，全村就我和一个叫翠莲的女孩收到了县高中的录取通知书。

我们本来就是最要好的同学，整个暑假更是形影不离，晚上都在一起睡。有个晚上，她突然不来我们家睡了。我去喊她。结果她弟弟说，你是不是偷了我姐姐的钢笔，英雄牌钢笔。我说，怎么可能？她弟弟说，家里都翻了个遍，就是找不到，你们天天在一起，不是你偷了，还有鬼了?!

我那时候十六七岁，自尊心强得不得了，拉起在一边不讲话的翠莲和她弟弟，去我们家里。他们两姐弟去了我们家里，进了我的房间，关起门来到处搜，哪里有什么英雄牌钢笔？她弟弟满头大汗，不服气，说，你藏起来了，当然找不到。

我站到翠莲面前，说，你讲句良心话，我会偷你的东西吗？

翠莲来了一句，你父母都是老师，按说不应该，但是人心隔肚皮。

两姐弟说完走了。我傻掉了。人心隔肚皮，这句话好毒啊，什么叫人心隔肚皮！

被好朋友怀疑，我一夜没睡，想哭，但一滴泪水也没有，眼睁睁看着窗户有了光亮。

那个时候人好单纯。为了证明清白，趁着天似亮非亮，我偷偷溜出家，三跑两跑跑到河边的一个石井边，我一低头，头发散在眼前，我真的跳井了。

我想以死证清白。

那么深的井，一二十米深，黑洞洞的，必死无疑了。我当时想，这是值得的。

但没死成。

在我跳井之前，人民公社一头刚能走路的小黄牛，逃出牛栏四处乱跑，结果掉进了石井里，四脚朝天。也就是说，我最后是摔在小牛松软的肚子上，再滚落在泥水里。

秋天快到，水浅得很，可以说是个枯井。

看着四方形的小天空，我这时候才泪如雨下，哭到最后气都接不上来，昏迷过去，直到井口吵吵闹闹。

公社社员早上出工的时候，发现小牛不见了，几百人分头去找，结果就发现了我和小牛。

当然是救人要紧。他们放下酒杯粗的麻绳，底部打成一个圈圈，喊我坐在圈圈里，抓紧。就这样把我拉了上来，想死没死成。

等要救小牛的时候，大家才大拍脑门，呀，刚才应该先救小牛，让田家丹丹把小牛给套住，拉上来，再拉丹丹啊。怎么办？牛是公社重要财产，必须救。不救，死在井里，瘟疫不说，不吉利。

也没有人出主意说吊一个人下去，去套小牛。

大家想到的是填井。于是，一个生产队的人用了一个上午挖泥、挑泥、往井里倒泥。求生本能让小牛在井里跳着舞，一点一点地升高自己的位置，最后终于轻松跳出井口恢复自由。

因为跳井这件事，翠莲和她弟弟表示了愧疚，但我一直闷闷不乐，因为我还是没有证明自己，直到高中毕业。

高中毕业那年，不知道什么原因，公社要把当年填掉的井恢复原状，于是又是一个生产队用了整整三天时间，才把泥巴挖出来。你外公是公办老师，但你外婆不是，代课老师而已，仍旧是农民，暑假一样要劳动。我当时已经是劳动力了，那天我去顶你外婆的工分。倒最后一粪箕淤泥的时候，一支黑色钢笔露出来。这支笔盖缺了一角的钢笔，就是烧成灰我都认得，它就是翠莲的英雄牌钢笔。扭开笔盖一看，果然是"英雄"。这一下，全想起来了，三年前那个暑假，我和翠莲最喜欢到井边玩耍、背诗，钢笔要么是从书本里掉进井里，要么是从口袋里滑出掉进井里。那天，翠莲也在出工，我拿着沾满黑泥的钢笔给她看，然后扭头走了。

我终于清白了。可是，第二天早上就传来了翠莲跳井身亡的消息。

翠莲自杀了。

我主动去井边为翠莲收尸，脑壳、手脚不全的部分，给她一点一点拼凑整齐，然后抬到木板上，装进棺材。

翠莲埋下没两天，我收到了大学录取通知书。我早早就去了长沙，再也不想回家。

几十年过去了，很多人还在说秦家翠莲自杀是一个谜。这里面真正的原因，只有我知道。她冤枉了最好的朋友，她良心上过不去，以死还债。可她这么一搞，我良心上也过不去啊。

…………

母亲讲完已经满头大汗，既虚弱又意犹未尽的样子。她伸脚踢了踢倒在一边睡着了的小花猫。小花猫一动不动。母亲自言自语了一句：

装什么死，我才是死过的人。

第三天，五点不到，我就醒了。我屏住呼吸，贴在母亲房间的门框上，想听听母亲是否安睡。挺安静，我把头挤进去，看到母亲像小猫小狗一样蜷缩在床尾。我想应该是睡着了。

我又溜回自己的床上。摊开手脚，呈一个"大"字形。我努力放松自己，让自己再睡一会儿。自从母亲病了之后，奔波、照顾的担子基本上是我在挑起。我不挑，谁挑？两个儿子，只有我在身边。我从一线调回了机关，目的就是工作规律一点，时间宽裕一点，请假方便一点，而且之前负责的案子越来越大、越来越复杂，嫌疑人越来越不好对付，担子越来越重，我也有点烦了，当然也开始有点怕了。

可是我再也无法入睡。黎明之前静悄悄，一个巨大的声音在问我：为什么答应帮助母亲去死？久病床前无孝子？不忍母

338

亲受折磨？

答案一会儿是 A，一会儿是 B，一会儿是 AB，一会儿啥都不是。

我烦躁不安。想想三年前母亲因为突然的一次剧烈腹痛，一个人跑到医院拍片，然后得知肚子里长的居然是被称为"癌中之王"的东西。母亲一个人把这个结果生吞活剥咽进肚里，不料父亲一个眼神就识破了母亲的隐瞒。得知实情后，高血压一冲天，父亲自己先呜呼了。守完父亲的"头七"，一个星期后，母亲终于被我说动，坐高铁到了深圳，投奔我来了。

我们一起住一段时间，喊你老婆不要嫌弃我哦。母亲把箱子往我女儿的房子里一扔，选择了高低床的下铺。

一开始，母亲坚持自己去医院，网上预约、排队、挂号、看病、数不清的检查、复查、吃药，做完腹腔神经丛毁损手术，之后寻找民间偏方。都是母亲自己做主，她只相信自己。

然而，这一切都无法阻止身体消瘦。

消瘦最可怕。因为你每天都可以感受到，体重一百零五、一百、九十五、九十、八十八、八十五、七十、六十五。

有天，妻女陪母亲散步去了，我回到家，看到母亲床上新增一堆药品，我颓丧万分。电视里正播着一档减肥节目，我捡起地上的篮球狠狠砸了过去。电视很硬，球弹回来，撞在我鼻子上，血流不止。

我转而迁怒于镜子和电子秤。洗手间里的镜子拆下来，扔掉。女儿梳妆台上的小镜子，扔掉。我和妻子卧室里衣柜的镜子拆不掉，但被我糊上了报纸。电子秤，扔掉。不能让母亲看到秤上递减的数字。

母亲一声咳嗽，把我从床上弹起。

我下床，推开母亲半掩的门，叫了一声。黑暗中，母亲说，刚才鬼鬼祟祟站在我门口干什么，怕我死啊？还有几天呢。

我没有说话，走出房间开始每天的第一件事，烧开水，咕噜咕噜。

提着开水进房的时候，看到母亲自己在小口抿着葡萄糖。

今天给我搞点青菜粥，有点想吃。

嗝嗝，这是半年多来听到的最让我开心的一句话。

我响亮地应着，飞身出门。楼下有一家连锁粤菜酒楼，他们的青菜粥熬得最正宗。我要了两份。

母亲吃得很用心，很尽力，热气在昏暗的房间里，显得特别白。把母亲乌青的脸都熏白了、熏嫩了，有了些许生气。

母亲说，她昨晚做了一个长长的梦：

我大专毕业后，留校任教。那个时候长沙跟现在比起来，也就是个大农村，土路、土房子。我们学校围墙下有条路，两边是高高的香樟树。我做的梦就发生在这条路上。

大清早，我抱着教本去学校。走在我前面的是一辆手扶拖拉机，突突突，开得很快。突然，前面一匹马撞了过来，撞在拖拉机头上，"乒"一声闷响，根本不像铁撞肉，像铁撞铁。马当场倒地。拖拉机呢，发现出了事，一扭方向，"啪"，机头撞到学校围墙，司机飞了出来，也撞到了墙上。

然后就看到很多人围了过去。有人说，这匹马踩到缰绳了，迈不开腿，所以自己给自己送了命；拖拉机司机呢，眼睛布满血丝，一看就是睡眠不足、疲劳驾驶。

我一个女崽家家，哪会看这些闲事，越过人群，拐进侧

340

门，给学生上课去了。

到了教研室发现没带钥匙，我赶紧跑出侧门回宿舍。又路过那条小路。司机还躺在那里。马也还躺在那里。机头稀巴烂的拖拉机也歪在那里。都死了。

司机也没用什么白布盖着。我忍不住走近看了一眼。一看，不得了。这人我认识。何止认识！

他是我第一个喜欢的人。

他是另外一个学院的老师，也是教数学。我们在一个教学竞赛中认识。他家就在长沙，兄弟姐妹有六七个，他是老大，单凭他那一份工资不够，于是他经常给学校后勤干活，开拖拉机。学校能开拖拉机的人少，他能开。

我们互有好感，但那时候男女感情别说表白，连表露都不会、不行。他爱写诗，经常寄诗给我，都是一些隐晦的情诗。我总是说他的诗没有灵气。他不服气，疯狂地写，任何一个小灵感，他都会记下来，然后扩充成诗。

我那天在他的手心上看到两个圆珠笔字：小寒。那天正好是小寒节气。他一定是有了灵感。于是边开车边记下灵感，或者在脑海里构思着诗句。

我没法在路边痛哭。谁也不知道我们的关系。我就一直守在旁边，直到他的兄弟姐妹、族人赶来。

这帮人说说笑笑，先砍树。砍树做棺材。这个说这棵香樟长得直，那个说那棵块头大。然后就选中了一棵不大不小不高不矮的砍。一斧子一斧子地砍，树枝上的霜冻落下来，掉在他们的后颈窝里，于是一阵哇哇叫，然后互相取笑、打闹。没有人注意到一个死人就躺在旁边。他的死，连树上的霜冻都不如。霜冻至少会让人有反应。

…………

梦做完了，就这些？我问。

记不得了，好像是完了。母亲皱着眉头想了想，说。

梦都是反的啦。你那个对象的故事，很多年前你跟我讲过，根本不是这样的。

我跟你讲过他？什么时候？那是哪样的？

有一年春节，老爸执行任务去了，你一边做糖油粑粑一边跟我和小毛讲的。你说你刚当老师的头一年，就被一个外校的男老师喜欢了。你说那个男老师喜欢写诗，有次走路居然差点撞到拖拉机。差点撞到，而已。而且，那个男老师还只喜欢你一个人，后面一直没有成家。

真的？你确定我讲过？

你是讲过。你还问我们，拖拉机那么大的声音，居然都听不到，这个人是不是疯子？你说，那年冬天，你得了贫血，身体弱。那个男老师三个月没有吃过一口细粮甚至很长时间吃不饱，省下定量供应的细粮给你吃，有时候还给你做糖油粑粑。天寒地冻的，他把糖油粑粑包在布里，兜在肚皮上，一路狂奔，送到你宿舍。

母亲看了我一眼，羞涩地笑了，说，我问他为什么对我这么好，你听他怎么回答的，他说，我喜欢你，我要对你好。

你为什么最后没有跟他？我问。

哎呀，他这个人啊，性子太急了。三天两头要我们快点结婚，理由是为了社会主义建设都是先结婚后恋爱。我哪里受得了这个？还有一个我不喜欢的细节，说出来，我自己都想笑。

什么细节？

他屁股后面春夏秋冬都挂着一大串钥匙！天哪，我最受不了这个，一点审美都没有，还当诗人！六十年代兴起跳交谊舞，我是长沙跳得最好的女老师。每次跟他跳舞，笨不说，屁股后面那串叮当作响的钥匙，让人一点兴趣都没有，我只想笑。我提示过他，他也改了，挂钥匙的位置从屁股后头改到了肚子前。这有区别吗？笑死我了！

他现在如何了？你们有联系吗？看到母亲兴致很高，我问着。

呀，差点漏了重点，他早去世了。喜欢我的人都到马克思那里报到了。

第四天，母亲从衣柜里抽出一张已经残破得不成样子的黑白照片，示意我搬凳子过来听她讲。

我执意还是要在客厅里、沙发前谈话，空间大，敞亮。我把母亲抱到客厅地毯上。母亲自己调整好姿势，跪着。照例，我在她斜对面坐着。

母亲把照片按在我膝盖上。这张照片我当然看过，拍摄于一九一三年，可以说是家里最古老的什物。左边是母亲的母亲，右边是母亲的奶奶。母亲是没见过她奶奶的，但她奶奶的故事听过。母亲的奶奶死于 九一五年，兵荒马乱时代，肚子饿，偷了地主家的半箩红薯，被发现了。心思败坏的地主婆，不吱声，故意放松警惕，让母亲的奶奶再一次偷窃得手。半路上，母亲的奶奶吃了半个红薯就肚子痛得满地打滚，手脚抽搐，等送到医院的时候，人已经没了。原来，地主婆在红薯上抹了毒。

母亲跟我谈的，不是复述民国往事。她说了一个惊人的东西。

她说，"文革"的时候，谁都不敢说这个东西，这东西说了，不单是迷信，而且要被打倒。改革开放了，我堂堂一个大学数学老师，讲这个东西，也不合适，不适合我的身份。但这个东西在咱们湖南乡下，流传很广，也未必就是"迷信"两个字可以归纳它。

母亲把我膝盖上的照片要回去，说：

我是我奶奶的转世。我两岁多开始说话的时候，一直不认你外婆，我说我不是你的女儿，我是你的妈。大家就笑我。有老人拿一个红薯逗我，我啪地打在地上，说，吃不得，地主婆害人的。两岁多发生的事，我自己肯定不记得，都是你外婆讲给我听的，很多老一辈还作过证。所以，我信了，我是我奶奶的转世。奶奶等了我这么久，我该跟她会面了。我都有点迫不及待了，我跟你说。

母亲望着我。我有些害怕。

我最着急的是联系到弟弟小毛。很小的时候，父亲就念叨"长兄为父"，当哥哥的要拿主意。因为他经常要出差、抓捕，有时候一去就是一个月，连母亲都不知道他去哪里。父亲经常是半夜回来，很小声地敲门，但母亲总能第一时间听到、开门。我怀疑母亲从来就没睡过好觉，她一定担心丈夫因公殉职。父亲很早就当上了刑警队长，但一直到退休都没提上公安局局长。父亲为此很多年郁郁寡欢，发泄的方式就是自己冲锋陷阵抓捕罪犯。似乎他一点也不怕死。可越是这样，母亲越担心。有一次母亲过生日，当时我刚刚从公安学校毕业，正等待落实工作，我第一次用学校发的毕业费为母亲买了蛋糕。父亲出差了。母亲还是很开心，我们母子三人喝了五六瓶啤酒。微醉的母亲说了一句：

你爸爸屁股头插着枪，威风得很；我心头上插着刀，害怕得很。

母亲一直反对我读公安学校的，但我喜欢。绝对是受父亲那一身老虎皮的影响。

唯一值得安慰的是，弟弟跟了母亲，学了理工科，还早早出了国，见了世面。

……现在父亲不在了，长兄更加为父，可以做一切决定。但母亲想安乐离去一事，我还是想听听弟弟的意见，至少要让他知道。

小毛应该更理解母亲吧，他在西方受了那么多年的教育，硕士、博士、留美工作都快十年了。小毛不会在非洲出事了吧？非洲的歹徒最喜欢抢劫华人。因为他们知道华人身上喜欢带现金。新闻不是说，在非洲淘金的华人，很多都被赶回国了，还发生了暴力冲突。

想到这些，我赶紧打开电脑，上网查查新闻。就在点开网页那一瞬间，我一拍脑门，怎么忘记了电子邮件这一茬，电话不通，可以发邮件啊。

我赶紧给小毛发邮件：妈妈有事，速联系！！！

我至今都不清楚，第五天开始，母亲身上的疼痛为什么突然火山一样爆发。镇痛药下去也没用。整个屋子里都是她的叫声。那是绝望到顶点的叫声。不是凄惨，是愤怒。如果父亲还活着，她会抢过父亲的手枪朝天上崩上一排子弹，甚至是把自己崩了。

是那碗青菜粥的原因？吃得过多，起了反作用？还是粥里的油星子惹怒了饥饿的癌细胞？我唯一能做的就是把门窗悄悄掩上，以免不知情的邻居以为家里发生了什么暴力事件。

小花猫也不知道跑到哪里去了，难道它听不下去躲起来了？

母亲的号叫一直持续到夜幕降临。家里每个房间、每个角落她都跪过。最后终于还是回到了客厅里。

我上网想在线咨询下一直有联系的肿瘤专家，镇痛药该加到多大的剂量。

咨询之前，我点开电子邮箱。一分钟前，小毛回复了！五个大字：我打你电话。

我去找电话，电话响了。我把声音调成振动，蹿出门外：喂，不要挂，小毛，我在电梯里！

我下到小区花园里，跟小毛讲了母亲渴望离开的想法。电话里，小毛呜呜哭起来。我可以想象，小毛在异国的白昼，站在大街上，人潮汹涌，悲伤的样子。他从小就是一个乖乖崽，白白净净，老老实实，永远都在心里做事，理性，内敛，不骄傲也不蛮横。

小毛说他马上直飞香港，回深圳。

我说，好。

我握着手机回到家。母亲问，小毛来信了？

我说，是，明后天就回来了。

母亲突然精神起来，换了个膝盖，换了个跪姿。

我递给母亲一点葡萄糖和水，然后坐在她一侧。母亲呛呛咳咳喝了一小口，开始说话：

你弟弟工作的那个什么州，对，加州，那年我和你爸去的时候，正好赶上一个印第安人文化节。各种文化活动，朗诵啊，舞蹈啊，音乐会啊，美食啊。你爸到哪里都怕人多，我们就到人最少的一个朗诵会上看表演。朗诵会也是很随意的，谁有节目谁上。有时候不等主持人报幕，观众就朗诵起来。节目到一半的时候，广播响起来，说一个参加朗诵的作家的腰包被偷了，希望小偷听到广播后，至少把作家的身份证、护照留下，否则人家连家都回不了。一轮朗诵结束后，广播又响起，说小偷把腰包还给作家了，完好无损。现场观众一阵欢呼。

欢呼完之后的一个节目，又是一个诗朗诵。朗诵者是个一头银发的老人。他先介绍这首诗的背景。大意是，有个印第安人，老伴去世后，他非常悲伤，想随她而去。老头子在整理遗物的时候，发现了老太太写的一首诗。这首诗让老头子有了活下来的勇气。朗诵的时候，舞台上的大屏幕居然有字幕，有英语、日语，还有中文。所以，我和你爸都听懂了。后来把中文版抄录了下来。

母亲告诉我，那首诗，放在她枕头下，可以拿出来读读。

我从枕头下翻出一个本子，翻了翻，一张纸片掉出来，果然是一首诗，题目叫《千风之歌》：

在我的墓前，请不要哭泣

我不在那里

我并没有长眠

我已化身为千缕微风

翱翔在无限宽广的天空里

秋天，我化作阳光照耀大地

清晨，我化成鸟儿唤醒你

夜晚，我化作星辰守护你

在我的墓前，请不要哭泣
我不在那里
我并没有死去
…………

读完诗，我喂了母亲一些米汤。还算顺利。我装了一盆温水，想给母亲擦擦身子，母亲不允许。她要自己来。我守在门口，等到母亲叫我。然后我进去把温水倒干净，再回到母亲床边。

我说，我陪你睡吧。母亲很乖地移到靠墙的位置，我躺下。黑暗中，我抓着母亲的手。母亲慢慢翻过身来，贴着我的胸口。我抱住了她。准确地说，我抓住了她。她的身子，像根竹子。

母亲睡得很平静，偶尔把膝盖抬起来，使身子弓出一个弧度。我也假装睡得很好，身体姿势一动不动。

我的眼睛瞪着天花板上唯一算亮的东西，那是白色的吸顶灯。盯着一个东西看，看久了，自然就想合上眼皮。

早上醒来的时候，母亲正跪在我身边。疼痛再次袭来。

我把母亲抱到客厅的沙发下。

我开始烧水，咕噜咕噜，然后换水，然后关掉电饭煲的电源。小米粥已经熬了一个晚上，按开盖子，淡淡的米香味道升起。

母亲忍不住，开始喊叫。越来越大声。天崩地裂。地球爆炸。我撬开她嘴巴，喂进镇痛片。母亲的眼睛，干涸如见了底的河。

我回到自己的房间，在衣柜的角落里摸到藏好的安眠药片。一大瓶，摇一摇，闷闷地响。我真想让母亲马上远离痛苦。

可我得等小毛。他在天上飞。

我走出客厅，抱着母亲，让她坐我腿上，我摇着她。像摇孩子一样。母亲掐着我的手臂，呼喊。细汗密布。

不行，母亲必须要跪着。

今天第六天了，你不跟我谈谈了？我问。想以此分散母亲的注意力。

母亲显然做好了准备，喘息很久之后，慢慢开口说话：

我真的是没有什么后悔的。你看，奥运会那年，我南极都去过。那次去南极，前前后后差不多二十天，有一个场景印象深刻。当时已经登上南极大陆，蓝天，蓝得人晕头转向，白云，低得就像在头顶，雪山、冰山，像一个童话。旅游团把我们分批安排进一个小游艇，荡漾在港湾里。到了港湾中央，小游艇关掉马达，工作人员叫我们享受一下宁静世界。那真是万籁俱寂啊。水面像镜子，倒映着冰山，晶莹剔透，时间好像不存在了，世界静止了。

南极去得真值。那么安详，好美。

谢天谢地，小毛在第七天回到了家。

弟弟毕竟是弟弟，总是爱哭一些，抱着母亲，眼泪汩汩流出，落到母亲后背，衣服洇湿了一大团。

我站在阳台上，手扶着栏杆。我居然站着睡着了。弟弟的归来，让我肩上的压力轻了许多。我早已累瘫了。我顺势坐在地板上，呆呆望着天空移动的乌云。噢，大雨将至。这天有多久没下雨了？两个礼拜，一个月，还是两个月？人都快闷死了。

想着想着，我歪在地板上，睡着了。至少过了两三个小时，我才醒过来。因为下雨了。雨点把我打醒了。

小毛从母亲的房间里跑出来，关窗。就像小时候一样，一下雨，他就负责关窗，我负责检查。

我把小毛拉到门外，进了电梯，下到小区的活动区。因为下雨的缘故，活动区空无一人。我把母亲的想法已经准备这两天实施告诉了小毛。没等我说话，他暴跳如雷：

你敢！你这是杀人！你这是犯罪！

饱受西方教育的一个人，如此强烈的反应，是我万万没想到的。我拽住小毛的手，告诉他母亲这几天度过的一分一秒。

他不信。我让他原地不动。我跑回家，把安装在客厅电视机上方的一个微型摄像机取了下来。这个摄像机是我悄悄安装的，我想录下母亲临终前的一举一动一言一行。所以每次母亲谈话的时候，我都让母亲到客厅沙发上讲。

我把摄像机连上平板电脑，给小毛看母亲所有的讲述和后面两天的喊叫。小毛看得浑身打战。他说：

所有的故事都是为死做铺垫。第一个故事，讲那个外国人安乐死，好潇洒；第二个故事，被小时候玩伴冤枉，跳井，讲自己也死过一次；第三个故事，那个诗人追她，喜欢她的人都到马克思那里报到了；第四个故事，自己是奶奶的转世，要和奶奶会面了；第五个故事，加州旅行，《千风之歌》，我并没有死去，我化成了风；第六个故事，去南极，时间都静止了……

晚上，我们母子三人同床而眠。我坚持要给母亲擦洗身子。母亲坚决不从。我们只好立在门外等候叫唤。

好久之后，母亲一身单薄睡衣躺在床上。小毛把水倒出去。我把母亲换下来的衣服叠好。像小时候那样，母亲睡中间，我睡外头，小毛睡里头。我握着母亲的左手。小毛握着母亲的右手。我想他一定能感受到手里的骨头是如何的脆弱。

母亲开始了她的第七次讲述：

小毛，死有什么可怕的咧。死是活的奖赏咧。

小毛应道，嗯。

家里从此再无声音。母亲用尽她所有力气，不再喊叫。

七个故事，七六五四三二一，嘀……剧终。

三个月后，小毛又回了次国。到机场接他时，我电话里还讲他：你回来干吗，又不是清明节，何况我现在调了个单位，单位旁边五公里就是墓园，我心情烦躁了哪儿也不去，就去墓园，看看妈妈，我昨天还去过，墓碑两边的两棵小柏树长得溜直。

接到后，我闭嘴了。站在小毛身后的还有一人，甚至也可以说两人。给你一个惊喜，哦，不，两个惊喜，这是我的新婚妻子，中文名叫玫瑰，英文名 Rose，美国人，第二个惊喜是……小毛点了点他妻子——长相、体貌简直是高大版的芭比娃娃——的肚子，四周啦。

像个蹩脚的演员。少见小毛这样的表现，称得上喜形于色了。自然，我也开心。嘿，我弟结婚啦，小侄子或者小侄女也要生了，还混血呢。得把这个消息告诉母亲。我当即拉着小毛和玫瑰上了另一条高速，先到了墓园。

不是周末，但墓园热闹。正是农历十五，广东人尤其是潮汕人初一、十五都要祭拜，不奇怪。我提着香烛，小毛左手抱着菊花右手牵着玫瑰。墓碑前，我点香燃烛，弟弟两口子跪拜磕头。本想和弟弟在墓前坐一会儿，但他新婚妻子在旁，加上墓园人多喧闹以及烈日当空，便放弃了。我们直接回了家。

妻子也赶了回来。妻子和玫瑰热乎得很，谈起各国的旅行、美食不亦乐乎，谈起东西方生孩子的规矩、习俗也不亦乐乎。我们两兄弟倒感觉被晾一边了。我没话找话，跟小毛说，今晚你们睡妈妈那间房。然后我走进母亲的卧室，小毛也跟了进去。

母亲的房子保持着三个月前的样子。床头柜是一些没有吃完的药，白色、绿色、蓝色的盒子整整齐齐垒在一起。一个黑色保温杯立在一边。枕头下还压着一副老花镜和一个吊着笔的小本子。另一边的床头柜则是母亲看的书和指甲剪之类的小玩意儿。几次我想把母亲的这些遗留之物给清理掉，但每次一屁股坐在床上，又总是沉默很久，想很多事情。其中就包括，我帮助母亲安乐死是对是错。事情没想清楚，工作的、家庭的事又来了，于是离开，心里想着等下一次再收拾。

弟弟和我不一样，他一进来就收拾，边收拾边说，还留着干什么呀？我也赶紧行动起来，把书、指甲剪，还有飘窗上母亲的靠枕、小桌、茶具都收起来了。三个月来一直要做的事，在弟弟带领下，几分钟就弄好了。

弟弟走到床边，拉开几个月没动过的窗帘。哗，久违的光线射满整个房间。

床单、被套、枕头也换了！我突然说，对了，你大嫂刚在宜家买了一套新的，过了遍水还没用过，大红色，正好。

妻子和玫瑰出去了。我翻了好久，才找到那套床上用品。

其实是妻子买给女儿的，我懒得解释了。铺起来，小毛帮忙着。铺好后，小毛仰面一躺，很舒服的样子。

我觉得我有义务问问小毛，单身那么多年，为什么这次三个月内结婚生子全搞定了。这也是替父母问问。于是问了。小毛坐起来，回答得很严肃：

妈妈生前讲的几个故事我回美国后又反复看了，那都是说给我们听的。怕什么呢，用老爸以前的话讲就是"怕条卵"，干什么事都要勇敢，我一下子就想通了。以前害怕有家庭、有子女，害怕被束缚、不自由，现在不怕了，怕，才不自由。和玫瑰恋爱这么多年，终于结婚啦，一结婚，我就要了孩子！哥你也是，干了刑警就不要怕！

小毛让我刮目相看。那挺好的，我含糊回答着，然后补充说，我啥时候怕了，我现在调重案组了，单独一个小楼，墓园旁边。

客厅里有动静，妻子和玫瑰回来了。我觉得问话已经结束，想去客厅，没想到小毛在我身后轻轻提了一句，哥，妈妈准备了那么久，为什么最后还是……

三个月前，七个故事讲完次日那个清早，我起来烧开水，咕噜咕噜，咕噜咕噜。然后提着开水，替换隔夜的开水。

小毛把母亲抱在沙发前。母亲跪着。压抑了一个晚上的叫喊，再次爆发。世界末日，也就这样吧。

我知道，这是最后的时刻了。我把灯打开。母亲看着我，眼睛有两样东西交替出现：命令和哀求。

是时候了。正好弟弟也在。

我进到自己的卧室，摸到衣柜里的那个瓶子。弟弟跟了进来，同时把门关上。他抓着我的手，眼泪打着转说：

你敢，我就报警。

我像制伏罪犯那样，一拳挥过去。小毛倒在床上。没来得及喊叫，一团柔软的衣服塞进了他的嘴里，一副手铐把他的双手和窗户栏杆锁在了一起。栏杆上包裹着厚厚的棉布条，任怎么拉扯，也不会发出声响。

把弟弟铐起后，我出到客厅里。客厅里，只有我和我的七十七岁老母亲。还有小花猫。小花猫又出现在母亲脚下了。母亲看到我，露出了一丝笑容。

这一丝笑容，仿佛把过去所有的痛苦都抹掉了。这一丝笑容，似乎意味着一切从零开始。

我把母亲抱在沙发上，坐好。不能再跪着了。坐好。倒上凉开水。母亲努力地张开嘴，等待我的支持。

我把没有任何标签的胶瓶子，倒向母亲黑洞洞的嘴里。那声音，哗啦啦。让人想起一个歇后语的头半句：竹筒倒豆子。

母亲吞咽着，我再给些水。

药丸啊，水啊，你慢点，好吗？这是属于母亲，属于我们母子最后的时光。

我伸手想扶住母亲的肩膀，让她稳住。但我没抓着。母亲双手突然挥舞起来。她向我扑过来。她的喉咙发出的声音，就像洪水被堵在涵洞里了，横冲直撞。

她用手伸进喉咙里，整个手都吃进去了。她在挖吞进去的药片。她在摇头！

母亲一脚把小猫踢出老远。母亲不愿意！母亲不愿意死！

我赶紧打开小毛的手铐，一起把母亲送到医院。母亲已经昏迷过去。我心里明白，母亲是累过去了。

我并没有把全部的药片倒进她嘴里。我自己也犹豫了。

还好，妈妈走得很圆满。弟弟和我边走出房间边说。

是的，很圆满。

当天，母亲的胃洗了一遍后，我们就把她接回了家。

回了家，母亲精神大好。一家五口人，围在圆桌上，安安静静地吃着晚餐。莴笋炒腊肉、辣椒炒肉、辣椒炒鸡蛋，都是小时候的饭菜。

母亲看着我们吃，她就负责笑。看看孙女，试着叫出正确的名字。

吃完后，母亲第一次要求我和小毛帮她擦洗身子。洗好后，母亲翻开枕头，是一套叠得整整齐齐的淡蓝色睡衣。这让我想起母亲那次难忘的南极之旅，天蓝蓝，海蓝蓝，万籁俱寂，美如梦境。

衣服穿好后，一家人过来道晚安。

奶奶，晚安。

晚安。

妈妈，晚安。

晚安。

（《当代》2022 年第 2 期）

鸟蛋蓝

淡　豹

　　冬天的沈城和我记忆中相比，大变样了。据说如今常常是整个冬天都下不来几场大雪，下也存不过夜，堆雪人成了稀罕事。我回来十多天了，从隔离在酒店开始，每顿饭都是守着窗户吃的，紧盯着楼底下空荡荡的停车场，就盼望着能看到一点雪的影子。到现在，进了我从小长大的屋子，似乎用手掌抹开玻璃上的哈气，就能跟从前一样，带着艳羡，看着一群群裹成小毛熊的孩子在院里追逐着打雪仗。可惜，地皮始终是干的。一场雪都没见到，好几天里最高气温还都在零度以上，这可是十二月！

　　下午，戚媛发来消息，聚聚吧？正想问都有谁，语音电话就打过来了。还在家窝着呢？出来吃饭吧。全是老同学，约六点，我去接你。

　　她新换了一台车，说让我检阅一下。我没有国内的手机号跟银行账户，用那些程序正好有点困难。昨天去医院是坐公交，沈城只要不下雪，公交车就开得很顺，挤挤挨挨地就晃荡到了医院。现在去赶马上要开始的饭局，再坐公交就有点来

356

不及了。

很久没回家，礼数有点闹不清。要带礼物去吃饭吗，路上停下来买瓶酒？怎么结账呢？要是 AA 制，我先去取点现金。戚媛说，酒肯定不用带，咱们女同学用不着管那套，正好开车了，我都不准备喝。谁请客的问题嘛，看情况，我也不爱欠他们人情。你肯定不用出，客人、远客、稀客，能去就是他们的福气。

我说，一路没看见雪，还有点不习惯。

戚媛说，全球变暖了啊。

在"清平乐"楼下，戚媛熄了火，转过头来，拉下口罩，一乐，两只酒窝从口罩边露出来。隔空，她冲我啵儿了一下，亲爱的，别紧张，就是聚聚，大家也想你。

推开包间门，里面的人还没注意到我们。戚媛带着我往衣帽架走，桌旁已经坐下的几位转过头来，"两位女神来了！"戚媛挂起羽绒服，灵巧一转身，"老鼻子喀嚓眼儿啦。"这里有些中西结合的味道，一架几乎到顶的中式屏风隔开了休息区和用餐区，桌边一圈餐椅和墙边放置的罗汉床都是近于漆黑色的硬木质地，很像宫廷电视剧里的款式。大圆桌的活动桌面是某种石头做的，树枝般的奇幻金色花纹在桌面上生长铺开，几盏吊灯错错落落，悬在竹编的圆灯罩中，又像到了东南亚。茶几上两瓶白瓷瓶身、打着红领结的酒，从背后也认得出来是茅台，我小时候常在广告上见，看到真身还是第一次。桌上放着一整提红葡萄酒，很有准备大来一场欢宴的气氛。

戚媛向我介绍，莫丽，这是吕思扬，咱们上学时还叫吕扬呢，能认出来吧？旁边这位小夏老师是吕夫人，也在医院上班。这是吴江涛，我们的班副，历次过年期间的同学聚会都是他召集。

再过来这两位，不知你熟悉不，人不熟脸也熟。骆宇宙，当年我们隔壁班的班副，在银行指导工作；刘洋刘教授，海归著名学者，青年博导，比自己学生都年轻啊，我没说错吧？你们这座位，是按班级排的啊？接下来就是四班的了，曹爽，曹曹，四班第一大美女，平时驻扎在上海，这次也难得回来。

我一位位看过去，他们也一位位冲我欠身微笑。多年没见了，自高考后就没见过，走在马路上，我真认不出来。脸庞是熟悉的，但比上学时胀大了，大概唯独吕扬妻子年纪轻一些，其他人眼角都有了忠厚的、不藏不躲的道道沟壑，泛着油亮，让人几乎想伸出手去擦一擦。我自己也是这样。

"什么情况，隋老板人呢，他组局，自己没来？"戚媛指指圆桌最里侧空着的那个中心位置，盘筷已经摆好了。

路上我听戚媛讲了，隋超是同学里的成功人士，做游戏分发生意，常年在深圳。这次吃饭，就是他招呼大家一起见面，由吴江涛张罗的。

"深圳大雨。南方怪啊，冬天还有台风，昨晚隋超没回来成，现在还在机场候机呢。今天是来不了啦，派人把酒拿过来了，咱们喝。"吴江涛说。

"可以明天嘛。"曹曹说。

吴江涛解释，隋超母亲长了个东西，手术定在明天，已经进了病房。他这次专为看母亲而回，老人就安排在吕扬工作的医院，阳历年底，住院不易，请到了吕扬科主任出马开刀，明天吕扬自己也得在医院值班。咱们聚咱们的，不碍事。下次人齐了再重约一次。

再说，今天不只隋超到不了，还有肖励。

听到这个名字，我有点怔，脑袋震了一下，想说点什么又说不出来。

吴江涛那边已经不期然地拨通了视频电话，吆喝着，"能来的都来齐了！"对面是隋超，大概在机场休息室里，桌上一只大面碗沿上架着筷子，他的脸在碗上起伏，显得很喜庆，迭声说着对不起，招呼大家吃好喝好，说"精茅"手头没有，两瓶普茅，凑合喝喝，又专门向小夏问了好。吴江涛起身，举着手机转了一圈，让他看清桌上各位，好像要记录下这一刻似的。

包厢里外有三位服务员，配合着倒完葡萄酒，行云流水地端上一圈凉菜，模样都很玲珑，数量则多得很，已经把桌子占得只剩个心儿了。吴江涛主持着开始碰杯，很幸运大家聚在这里，都是各行各业的成功人士、杰出人才，更重要的是大家都展开了精彩的人生，还不忘深厚的同学情谊。服务员穿梭往来，很有一些莺歌燕舞的感觉，气氛一下子热烈起来，让人很自然就举起了杯，没顾得上想已经灌下一口。我许久没参加这样的场合了。杯子盛得很满，杯沿又宽，想的是抿一口，可张嘴就喝了一大口，鼻子几乎也跟着冲进葡萄酒中去，还洒了几滴到餐巾上。慌忙擦掉，馥郁的香气充满鼻腔，甚至有些辛辣，我不知不觉就高兴起来，有些飘飘然了。

"莫丽怎么回来了？前天才听戚媛说你在国内，意外之喜啊。"吕扬问我。

其实我父母也在吕扬工作的那家医院住院，妈妈犯肾病，我爸是肿瘤。那是整个地区最大的综合医院，无论是病人有关系，还是病症有难度，只要占上一样，基本都会设法送去那里。我父母两个人分开住这么多年了，在我小时候闹得不可开交，后来没有正式离，但早就不在一起过了，关系也不算好，没有分手变朋友的戏码。而生活就有这么巧，这次同时进医院，居然住在同一栋病房楼，病号饭都由同一辆小车送。特殊时期，家属不能进病房探望，只能隔玻璃看看，病人也不能串病房，结果，我妈妈有次没订到饭，我爸居然通过护工给她送去了馒头和小米粥，两个人化干戈为玉帛。估摸着戚媛叫我来吃饭大概是想让吕扬帮忙，不过我没提他们住院的事，只讲了他们身体不好。为此，四趟航班，隔离十四天。

小夏说："父母都需要照顾，那就是天上下刀子也得回来了。咱们都属于三明治，上有老，下有小。三十五往上这两年最难了。您母亲多大岁数？"

六十二啦，我说。真难想象我那个强横麻利、声音嘶哑得像男人一样、总是用反问句的妈妈已经拿老年证了，坐公交车都半价。几年前，过六十大寿的那天，她给我留言："你怎么不祝我生日快乐？"我照例没回复。可是作为中国人，对这个数字总还是很敏感。上次见到她是七八年前的事了，当时她还是中年人的样子，这次，看着她穿着蓝条纹病号服躺在病床上，等着护工过来翻身、洗头发，样子无助甚至有些懵懂，皱纹隔着两层玻璃也清清楚楚。完完全全是个老人了。

刘洋慢悠悠地说："当年我们都羡慕你有那样的妈妈。你妈，还有肖励他爸，都是全心投入、教子有方啊。不像我们，纯靠自学，想使劲都不知道从哪使。"

骆班副在旁边拿起筷子，轻轻敲了下桌子："咱们还是乖，爱学习，还想着家长要能给加把劲就好了。现在小孩可不是这样了，两岁就开始叛逆。"

大家都笑了。聊起孩子总是开心的，让什么都不再显得沉重。

吕扬问，莫丽如今在美国哪里高就呢？定居哪个城市？这些年都没有你消息了。

我说，我去学了护士，在佛罗里达，天气特别热。地方是在城市里，附近有个迪士尼乐园，可论繁华程度，其实大不如沈城。

曹曹圆溜溜的眼睛瞪大了，"一直以为你会读到博士呢，大家心目中当仁不让的高级科学家！你数学那么好。"

我也曾以为自己会一直读书，即使不是学数学，也是工程学、环境科学，成为用脑袋去研究什么的人。现在则是脑袋带动身体去工作，有时是反过来，身体带动脑袋。护理讲究专业技术，但它是具体的、手停口停、奔波劳碌的，和大家说的那种多么"高级"的生活状态不是一回事。

他们问我在美国护士收入大概有多少。我说，有工会，我刚上班两年，在这家医院这种初级资历大概是三十多块一小时，高年资、西海岸会高一点儿。病毒肆虐以来工作特别忙，准点吃饭的时候很少，加班多，收入稍微好点，但是也累。我习惯那里了，暂时没想到去别的地方。那儿生活成本也低。

吕扬算了算，一小时两百人民币啊，一天一千六，每个月相当可以，比我们主任高！我说，哪能干满三十天呢？税又高，到手没多少钱。

吴江涛示意服务员给我布菜，每样凉菜各来一勺，在盘子里堆成了八宝盒，说，"莫丽大隐隐于市啊。"

我是喜欢这个选择的。刚学护士时压力很大，医学名词对于我这个外国人来说特别难背，绕来绕去的拉丁词多，经常担心不及格。上班以后也累，可是，一旦度过了考试、拿执照，以及最初工作时最焦虑的那一段，感觉就是又忙、又静，工作时转得像机器，到休息就可以关掉脑子，心里反而轻松。

这两年我还胖了，比以前结实光润了一些，或许还变好看了，甚至收到过两次来自病人的小纸条。不像之前，还在学校读硕士再到刚结婚那几年，人特别瘦，时不时坠入说不清楚的黑暗深渊里，看着屏幕上的论文就会恍惚起来，不知道面前的这页是刚翻进来，还是已经看过一遍了。那时经常觉得自己毫无价值，坐在电脑前还不如去做家务有意义，清理一遍起居室的地毯，多少算是做了点儿什么，会有些没有完全虚度光阴的安慰。这些感觉，乱七八糟，很难在同学聚会上说清楚。轮到要解释自己的选择，总有些不舒服，就像已经愈合的创口重新割开见骨。无论是当初的状况，还是今天的处境，我最不愿意引来敬而远之的好奇，或者我更不想要的同情。

也是在那个我消瘦、失眠、整夜睡不着的阶段，"群"出现了。戚媛通过我妈联系到我，拉我进了同学群。热乎劲过后，我趁着群内沉寂的时候退了群，后来联系的只剩戚媛一个。上学时，我们同校了十年。先是周末同学，从三年级由各自小学选拔进区里的奥林匹克学校开始，每个星期六都见面，在同一个辅导班学数学。她妈妈和我妈总是在奥校栅栏外门卫室旁边并排站着，各推一辆自行车等我们下课。她妈妈长得和她很像，当年理着女人中少见的丝毫没烫过的短发，接近男式，人很挺拔，鼻子带点鹰钩，在门口"翘首期盼"时，还真的有点像一只鹰隼。

中学，我们都幸运地进了一中。我被分入人数很少的竞赛小班"十一班",她在普通班,都在同一层楼,共享女厕和同一条青绿色的水磨石长走廊。十一班之十一,并非来自排序,从第五到第十班,其实都是空着的。一中有这么项特殊制度,每届选拔出十几个人搞理科竞赛,无论总共招收几个班,竞赛小班都一律编号为十一,显出不去与凡间论短长的特殊。我们年级从入学起,一直在那幢位于校园中心的四层老楼上课。建筑是解放前留下来的,举架极高,法相庄严,窗框比通常的东北窗户要大上好几圈,表演着殖民时期的外来者才有的那种毫不计较采暖开销的慷慨。因此缘故,走廊格外阴凉,夏天的穿堂风仿佛能吹进五脏六腑的角落,水磨石地面泛出蓝幽幽的寒光,像冰冷的玉。那条走廊两侧墙壁上都挂着油画名人像,从孔子、老子、孙子,到柏拉图、欧几里得、爱因斯坦、高斯,还有堂吉诃德,这些平常感觉不太沾边的人物汇聚在一起,现在想来,也许是一起从某家工艺品商行订购的。

一中当年搞的是竞赛教育,整座学校很小,全年级和邻近年级的人几乎都相互熟悉。上学时,戚媛和我关系并不近,她嘴巴快,说话狠,我有点怕她。席上的吴江涛当年号称喜欢围棋,说那才是真正的智力运动。戚媛问,你喜欢谁?他答,常昊,真正的天才!也不知道是从什么地方看来了棋手常昊的新闻。她笑他不懂装懂,嘲弄夹着笑声从他们班能一直传到走廊尽头小小的十一班静寂的教室边,还没过完午休,段子就散播到了全年级。还有一次,她因为什么事质问一个同学,"怎么什么话到你嘴里都变味了呢?"当场把那个男生说哭了。当年我也畏惧她,反倒是我消失的那几年,戚媛一直联系我,聊得多了,感受到了她非凡的热心肠和持续的不靠谱。我跟家里停止联系的那几年时间里,她还去拜过年,我妈妈的情况都是戚媛从她妈妈那里时不时听来，再传达给我的：开始做瑜伽了；学会在关节上贴暖宝宝了，托人网购了几包，收到又觉得买多了想退货；去老年大学上烘焙班了；手腕烫伤了，没大事；跟朋友去海南了，准备过完冬天再回来。我开始能欣赏甚至向往戚媛身上那股似乎与生俱来的轻松。这真重要，我以前不懂。

吴江涛说："医疗行业好啊，明智。医疗才是真正的朝阳产业，从咱桌上的职业道路就能看出来。我们搞工程的随时要让机器人给淘汰了。"

上学时我对他印象不太清晰，就记得有一次升旗仪式时他把旗弄掉了，全校哄堂大笑，想不到现在这么会说话。他提议再碰一次杯，我随着大家举起胳膊，又放下，终于把一直想问的事说出口，"肖励现在是在哪？"

在北京。搞金融，几年前创业了，自己当基金公司老板。还是踢足球，拉着员工组了队，有同学去北京，就约一场五人制。人开朗了，在同学群里很活跃，在座的，从曹曹到刘洋，从骆班副到江涛，有一个算一个，都给他推荐过客户。

大家七嘴八舌，拼凑出他这些年的情况。本来近期他也要回来的，有业务，但是北京管得严，说怕回了再出现病例就进不了京了。不如给他也打个视频？说打就打，嘀了四五声后，那边接通了。

骆班副拿出一个手机支架，推开一碟炸得金灿灿的洒了黑醋汁的嫩牛肉，放在圆桌的大理石旋转台面上。肖励的方脸笑嘻嘻地转过来了，"领导！有何指示？"

干啥呢不回来？领孩子采摘呢。冬天还采摘啥呀？是不是跟美女出去玩了？草莓，火龙果啊，都有，大棚里摘，没在外面。肖励厚道地呵呵一笑，调了个方向，远处他妻子朝我们招招手，小一点的那个男孩子冲着镜头跑过来，摔了一跤，电话那边嘈嘈切切。领导，先喝着，过会再给你们打过来。

一晃，这一整桌的人都三十五六了。席间仅有我没孩子，别的大多是二胎。才知道吕扬和小夏是重组家庭，各带一个，那加起来也是两个。同学里结婚早的，孩子已经接近我们当年的年纪了。时代变了多少啊？那时沈城把计划生育从政策变成了文化，感觉不到所谓多子多福的传统，同学个个是独生子女，闺女当儿子养，全副精力都投入在养大独苗、让孩子有出息上。直到上大学，我才知道同为"八〇后"，有好多地方的同学是有兄弟姊妹的。我家院里有一对双胞胎女孩，简直是"罕物"，都漂亮得像画中人，走在院子里是一道风景，可旁人照样说，双胞胎等于胎里就把一个孩子的营养分成两份，可不是没有独生子女好？还领不到独生子女补助呢。

当年孩子多的家庭，就好像势必是没有一份体制内的工作或者一个城市户口本值得珍惜，低人一等似的。连双胞胎这种生物学事件也概莫能外，仿佛携带着跟旧时代关系更密切的传染病。

现在想想，真是好笑，什么都拧劲了。要是我爷爷奶奶活到现在，看到有人竭尽全力人工生下双胞胎的新闻，得有多惊讶！

吕扬正在讲学区房。孩子明年上小学，保证进重点学校还不够，下一个核心步骤是挑班，而挑班的关键在于老师。小学毕业时，不同班级的第一名在全区排名里能差出几百名来。我插不上嘴，听得入神。想起当年改名字是个时兴，也是不容易办到的事儿。他能从吕扬变成吕思扬，有女同学能从单名一个佳字变成珈涵，叫小雨的能变成雨甯，或者，请仙人算大运，改一个吉利的四字名印在身份证上，都是家长有能力的证明。那时有多少司空见惯的怪事啊，改名之外还有改年龄的，能早一年上学就好像是抢占先机，我有个小学同学是从八月改到了转年一月，"小一岁"以后机会多很多——而且只改四个月，她妈妈私下说，就算学校测骨龄也不会被揪出来。

肖励也是我在奥校数学辅导班认识的，最初比我低两个年级。他爸爸和我妈妈一样，是教育上的狂热分子。他爸参加过对越自卫反击战，受过伤，腿有点问题。我不知他爸究竟在什么单位，只记得上下学接送都是爸爸来，在当年这很少见。只有他爸，当时几乎把教育他当成一份全日制工作，送完他上学就去炒股票。也是他爸，来奥校找到主编了《小学数学奥林匹克训练题大全》的杨老师，要求给肖励升班，我们才成了同学。

在我们那个高年级班里，肖励比大家年纪都小，个子不起眼，人很沉默，数学则好得光彩耀目，就好像佛祖在他脑门开过光。一道题，他不用像别人那样记解题技巧和公式，自己就能摸索出来。杨老师说，肖励做练习册时，眼神都和别人不一样，从眼睛到题之间像有针线穿着，唯独考试状态差了一点，要多练。

那个阶段我父母正在闹离婚。我爸这人没啥能力，事还多，用我妈的话说，每个月拿给她两百块买菜钱，到月底他都觉得该剩下一百五。五年级开学时，杨老师把我从大阶梯教室选拔进额外上课的五人小班，运气叠加，夏天考试时好几道题是杨老师讲过的——小班中大概唯有我因为实在不会做而把步骤原样背了下来。结果，从小班考进了一中给小学生设立的周末尖子营的，居然是我。

我妈大喜过望，实现我的数学才能成了她的目标，足以证明她靠自己能撑起一个家，把孩子带成人才。她等着我下一年再考进一中的竞赛班，学得好，未来能拿块金牌。

每周五下午，她提前把我从小学接走，送去奥校上晚课。周末晚上，电视插头拔下来垂在桌子旁边，她坐在桌旁守着我做题。趁她去厕所，我翻到书后，用最快的速度在脑中记下答案，她回来后再抄到前面，在演算纸上胡乱写些公式，做冥思苦想的样子。

我已经知道我数学不太行，至少不是我妈妈盼望的那种行，我跟早慧、奥林匹克、天分这些词没有太多关系。为什么要让我蒙受恩典，进入小班？为什么把戚媛和芸芸众生甩在后面，定义为普通，把我备选为可造之才，在我脑门上印一枚假章，让我妈大受误导，从此走上歧途，让我对自己半信半疑，又怕又想又逃避？

一直想不通为什么是我。也没真正去想。到要考护士执照那段时间，夜里看了无穷多的深宫电视剧，才觉得世上有些人靠驭人之术活着，就爱摆弄人。奥校那片小国土上，杨老师是唯一的君主。皇帝说：数学靠天分，解题靠努力。于是每个人都疑神疑鬼并十分努力，不明白为什么另一个人会被选拔上去，直到对数学的努力变成吸引皇帝注意力的努力。你的努力要让人知道，如果他不知道，你就不够努力。皇帝灌注给我们一系列新概念，冲刺班，重点班，加强班，提高班，周一到周五单独辅导小班，周末 A 班，周末 B 班，这些现在已经想不起来的分类，当年从父母到孩子都铭刻在心。于是我们拼命表现，努力在竞争中超过别人，观察、献媚、求祷，揣摩、监视、举报。皇帝喜欢分类和考验，他提拔你又悬置你，抚摩你又观察你，精心策划出多重竞争。某一个机缘中他对你青眼有加，让你觉得自己特殊、有价值、有才能，之后你再怀疑他错看了，自己其实一文不值，焦虑地等待伪装揭开的那一天，小脑袋里全是"灰飞烟灭""身败名裂"这些大词。皇帝的数学是分配制的。

皇帝喜欢不确定性，他用悬疑来统治。

才能是什么？数学是客观的吗？我不配回答这种问题。

在那个由化学实验室暂时充作数学教室的小班课堂里，我不知道能怎么办。那时还没听过混日子的说法，想躲，也只能是用水槽水龙头挡住脸，看着窗外，想变成鸟。我提醒自己，千万不要弄断自动铅笔尖，免得按笔头让杨老师注意到，为此我改掉了使用铅笔、方便修改的习惯，跟妈妈要来她单位新发的碳素笔。没笔头，有笔帽，最安全。当时碳素笔还很少见，都是进口的，一支四块五，和"英雄"钢笔一个价了。在这样的惶恐里，拿到碳素笔的第一天，我就丢了。

那是冬天的事。晚上妈妈骑自行车带我回家，离开奥校，穿过立交桥洞。桥洞底下，她停下自行车，在风小的地方休息。她问，笔呢？然后开始在桥洞下抽我耳光。打完，带我回教室找笔，学校已经关门了，求保卫室大爷开门让我们进那个实验室，还是没有，她把我拎出学校，让我站在路边回忆。

许多事都忘记了。我记得路灯光打在雪上，照亮灰色的脏雪，路边的冰窟窿都是黑的。

真的，以前真的是漫天盖地的雪啊，大风狂暴肆虐，裹挟着暴雪，看不清楚路，常见到有人把塑料袋或者编织袋套在头上，挖出两只眼睛的位置，算是少遭点罪。风一呼啸着刮起来，无论大衣领子还是围巾、脖套儿，那都是不管用的。无论立冬那天吃了多少形似耳朵的饺子，都还会觉得从耳朵到脸皮，全好像要冻掉了。穿戴好出门，先是刮得生疼，那种疼很锋利，像皮肤上剖开了伤口，再冻冻，就麻木了，木头一样，手摸上去都没感觉。最冷的日子里，公交车和私家车都指望不上，没时没点儿的，而且就算有车也没路，上学靠两条腿硬走，从雪里拔出脚，移动一步，插进前面的深雪里。到学校，往往鞋已经湿透了，下半身从脚一直麻到小腿。

那时的雪和冰也脏。一坨坨的脏雪、脏冰，和书上"银装素裹"没什么关系，人深深浅浅地迎着风走，一不小心就会摔倒在雪堆里或是冰面上。路面到了冬天，更多凹凸不平，时不时有坑洼、裂缝、斜坡，把走在雪中变得更艰难。我到现在也没想明白，记忆里那一个又一个黑乎乎的冬天，是当年烧煤多、空气没那么干净的缘故，还是因为当年许多人家、店铺习惯于直接把废水倒在街边，拉开门，脸盆哗啦一飞，刷过锅、投过拖把、洗过衣服的污水倾倒在街边上，冻硬了就成为脏兮兮的冰？反正肯定不会是因为融雪剂——那时重要的主干道上才撒盐融雪，背街小巷里没有什么清理积雪的复杂化学品，可雪也是脏的。冬天漫长又灰暗，太阳出来了，也融不尽厚雪，等来连续几个好天，冰稍微薄了点儿，又该下另一场雪了。

多少个雪中跋涉的夜晚、周末、白天，非常害怕自己那些抄答案的表演会被发现。迟早会被发现。可是如果确实数学不行，我还能去干什么呢？

然后就到了那场比赛。小学生数学竞赛一共几种，这个"杯"含金量最高。它不能随意报名，得拿到报名资格才能去参加初赛。除了重点小学有名额外，一中还定向分配给尖子营里的小学生，奥校那边的名额则由老师分。在化学实验室里听小课的五个人全有资格，包括我在内的大孩子去参加高年级组的比赛。肖励才四年级，参加中年级组的。

我至今不知这个计谋都有谁参加。我妈妈和肖励他爸是肯定的，我爸呢，杨老师呢？一定有个人一锤定音吧，决定让我同时在尖子营那边领一份准考证，给肖励，让他上午先顶我的名字去考一次高年级组，下午再去考中年级组。又或许，没有主事人，全部都是"合计"？我别上自己带小花边的一寸照片，在空白准考证上写下"刘磨砺"三个字，为了像男生一点。已经教了我半年有余的预备班年轻男老师，一中数学组的任课老师瞅了一下，嗬，才知道你名字这么写，那我一直都读错了。

臊坏了我。谁会起这种名字！若有哪个傻瓜叫这个，肯定会被起外号"刘磨叽"的。不过最大的噩梦已经过去了，昨晚我没睡着，就怕交证时被老师捉住，跟他手里什么现成的表格对照。

后来这些年我经常梦到这一幕。"不是莫丽吗？"老师细看了几眼准考证。"照片是你，名字不对啊。出去。"

有时他感慨，"莫丽，多好听，干吗要改！"梦里我像小动物一样发抖，尿了裤子。从悬崖上坠落，衣服从身上掉下去。冷风盘旋，众人向我走来。

那个年代小孩没有身份证，考试也不用带户口本，一张准考证足矣。下个周末，尖子营把磕好红章、贴好照片的准考证发到每个人手中，我交给妈妈。

肖家换照片了吗，要去做个假章吗，还是红痕大致差不多就行了？这些不在我的知识里，而命运已经改变了：刘莫丽考了 54 分，但因为刘磨砺拿到的 78 分决赛资格，我进了一中竞赛班。

刘磨砺，确定是你吗？当然。准考证编号都是一中预备班同一个序列里的，还能是谁呢？我按妈妈教的说下去，眼前逐渐雾蒙蒙：只是报名时写错了字，小时候家里人给起的名就是磨砺，上学后为了好听才改的，我习惯磨砺了。这个孩子实际数学水平怎么样？还有没有其他的数学成绩作参考？站在教务处办公室里，我答不出，突然想到，让我去换，是否因为我数学最差呢？恐惧和羞愧变成了自我怨恨与委屈，我大哭出来，更真了。奥校那边贴出我有资格参加决赛的喜报，谁也没怀疑不是由我奥校那张准考证获得的。尖子营考生都在一中考，监考老师就是一中的老师，她不记得那个教室里有女生，但她也不能完全确定。妈妈非常冤枉，和教务处吵起来，要求道歉。我站在后面垂着头听教务处长解释，"我们不是调查，只是出于对学生负责的态度核实一下。"

一定是出于对我负责的态度吧，我爸都已经从家里搬出去了，还为这事出具了证明，出示了从小为"女儿磨砺"写的日记。我不知道那个日记本为什么看起来旧旧的，像真的一样。这大概是我爸为我做过的最用心的事。

这一年，肖励进了小学中年级组的决赛。他爸不着急把他塞入中学，笃定练过手、再学一年后，会更有把握拿全国级别的奖。第二年，肖励带着全国一等奖进入下一级竞赛班。国际数学奥林匹克的年龄限制是 20 岁，练得越多越有胜算，不需要像少年足球运动员那样尽早参加比赛。我妈一直说肖励爸爸是个好人，知恩图报。

在判断出我可能真缺乏数学才能之后，我妈作了其他尝试。包括让我学二胡，老师据说教过唱《一封家书》的李春波。还有，初中我成绩垫底之后，假期她送我去参加高教自考培训班，目标是在初二考下专科文凭，初三考下本科，延续"天才少女"的美名。我在培训班上是显眼的小不点儿，像异物，进出教室如芒刺在背。她最终放弃这些努力，大概是在我初潮后那段时间。"女孩子一来事儿就笨了，这下更完了。"她说，绝望得让我愧疚。

许多年里我为自己和数学、和科学之间的距离搏斗，确信自己是彻头彻尾的笨蛋，身上只有无能、欠缺和不纯粹。同学们都迷上了霍金，课间也在讨论，我但愿我配得上自己所在的地方，于是随着大家，在班会上说自己的梦想是成为居里夫人，在课间拿出《时间简史》。

高考我还是报了数学系，考到西南地区一所师范大学，毕业后申请出国，直到无论如何坐在电脑前也无法让自己写出数学作业，再也读不下去。

在离开家乡的这许多年之中，我揣测过几次，肖励如今在干吗？他是如何运用他那货真价实的才能的呢？成为科学家了吗，在哪里的研究所工作呢？我想知道，又不想去问。在群里搜索过他，还做过傻事，交叉搜索他的名字"LiXiao"与麻省理工、加州理工、普林斯顿等好几所大学，都没搜到。而如果单搜他的名字，搜索引擎智能联想到的是演员李小冉和李小璐。

真没想到他会去搞金融啊！

服务员端上一种汤菜，每人面前一盅。我没听清菜名，曹曹告诉我，是鱼翅。

戚媛说："国外人家环保，平常不吃鱼翅。"

吴江涛说："咱这儿的好多知识搁国外都没用，反过来呢，也一样——对不起啊莫丽！"他抿了口酒，姿态老练潇洒，接着说，"老孟，现在在波士顿一个咨询公司上班，回来我们一块儿聚了聚。他说啊，整个中学六年，对他后来最有用的一门课，是'美学理论'，做 PPT 搞配色用得上。这谁能想到。"

刘洋乐了："那叫波士顿咨询公司！孟在上海呢。不是啥波士顿的咨询公司。"

"'美学理论'是那个教政治的年轻女老师上的吧？她还开过一次'相声基础'选修课，我也听了。特别好玩，就可惜学校那些改革只搞了两年。"刘洋说。

我想起来，"美学理论"我也上了。老师姓什么我已经忘记了，只记得她个子小小的，说话嘎嘣脆，课上会教我们一些记笔记的诀窍、写作业省力的方式，比如"社会主义"简写成"社义"，说以后上了大学也用得上。"美学理论"是她在学校兼作报告厅的大阶梯教室开的，别的老师还在用单张的幻灯片，她已经用笔记本投影电子幻灯片了，课件可能是我最早见过的一份 PPT。

"当时大教室的屏幕那么大，她贴了好多种颜色的图，打在屏幕上真好看。那以前都没听说过，鲑鱼红，玳瑁红，海螺红，威尼斯绿……听了简直心驰神往。威尼斯绿，她说是那里河水的颜色。巴黎绿是铁锈一般的。波斯蓝是紫莹莹的，有点旧，很透亮。西班牙红，她说是西班牙海边看到的晚霞的那种颜色，我回家拿电脑搜这个词的英文，没找到，我还想着是不是她瞎编的啊。"曹曹说。

"书中自有黄金屋，书中自有巴黎绿，学习好你就能去。"

吴江涛说。

大家都哄笑起来。笑声高了，声音中的疲惫和那种单薄的感觉消失了一些，笑得更大声，更肆无忌惮，更亮了，有点像我们年少的时候。

老师当时还介绍了几种蓝色。大家看这里，天蓝，很常见。而这些呢？认识但原来不知道可以这么叫——海军蓝、墨水蓝、月光蓝、冰雪蓝。大家还能想起什么蓝色？

"紫罗兰！"

忘了是哪个男生喊了一嗓子，她微笑一下，按遥控器，翻到次页。屏幕上的色卡明明是浅绿色，有点像旅游景点小摊上卖的绿松石手镯，她却说也是蓝，"蒂芙尼蓝"——典出珠宝公司蒂芙尼，以它为标志性颜色，包装袋跟盒子都是此色，配上白色绸带，很具有美感。右边这张影星奥黛丽·赫本的照片，就是著名电影《蒂芙尼的早餐》的剧照。为什么这种蓝色对于西方人代表幸福美满呢？因为它是知更鸟蛋的颜色，这种鸟在他们心目中象征着幸福。所以，大家要记住，美学的背后都是文化传统的印痕，在西方还要加上宗教传统。

明白了吗？那大家以后如果遇到这种颜色，可不要再说是绿色了。谁来回答一下，应当叫什么颜色？

"鸟蛋蓝！"

大家就像今天这样哄笑起来，笑个不停，一浪接着一浪，仿佛整堂课都是为了这一刻准备似的。如果不是在阶梯教室里，可能都要打起滚来了。

回家提起来，妈妈说，鸟蛋哪有蓝的，都是白的。好像没错，我在城市里长大，没见过什么鸟蛋，可鸡蛋总见过吧，不是红壳子的就是黄的白的，连乌鸡蛋都是白的。蓝色的鸟蛋是什么样的？

珠宝和蓝色没有诱惑我。它美吗，宁静吗？跟我没有关系。吸引我的是它的古怪，它那种否定现实的别出心裁，镜花缘就是桃花源。我做梦都想去一个其他的地方，没人认识我，那些不堪、无能、经不住推敲的成绩单，都不作数了。我可以不是什么人，在一个指绿为蓝的地方，一个鸟儿把蛋生成怪颜色的地方。

想象中蒂芙尼是异国情调的奢侈品，离纯靠奖学金的留学生很遥远。后来发现买一个它店里便宜的银饰也并不难。结婚时，我和丈夫开了几小时车，去了附近最大的城市的蒂芙尼店里，买了一对简单的戒圈。

那时候中国已经不再是只有"少部分人先富起来"，大城市奢侈品店里净是中国声音，许多小留学生像富豪一样生活，漂亮的中国女孩子花钱都不太像钱了。我们貌不惊人，在蒂芙尼店里却受到了殷勤招待，喝茶、吃点心。销售小姐给我们展示了几万美元的钻石订婚戒指，我们赶紧摆手说不不不，猜想多半是由于我们的肤色才被当成大客户看待。

也是那趟，我们去试躺、订购了床垫。婚姻真是个古怪的东西，刚住在一起时听他打呼噜，我也颇受其扰，但感觉完全可以忍耐。都是平凡的人，谁没点毛病呢？没想到，后来倒是他忍受不了我啦。住学校宿舍的硬床久了，搬到一起后万事皆新，都要花钱，原先的床垫也是从其他留学生那里买的不知转了几手的。决定结婚后，虽然不用像国内那样准备崭新的四件套，新床垫总是可以有一个的，特意挑了厚达半米的超软床垫，所谓"和枕头一样柔软"。刚睡上时，他说像在星级酒店，结婚一年多后，他却再也睡不着了。

我独自用了一阵子这张昂贵的床垫后，在二手论坛上卖掉，换了小床，让一对上了年纪的墨西哥夫妇捡了大便宜。

离婚办妥前，有一段很茫然的光阴，我很想回沈城来住一段。电话里跟我妈讲了整个过程，她像没听到，在我说"再见"前就挂了电话。我考虑那就先在酒店住两天，再回我妈那，或者还可以住爷爷奶奶家。爷爷耳朵坏了，每次视频、电话里都对不上茬，我说"声音有点小"，他说"对对，气候不太好"。听到我说"回去"，就催奶奶去给我做羊汤、烙肉饼，好像我已经到楼下了似的。

转机是在北京。我回来带的东西很少，原计划在快捷酒店住两三天，挺过时差，给爷爷奶奶买些礼物，再备齐自己在沈城多住一段所需的生活物品一起带回去。晚上在北京逛商场，回酒店时居然碰上了一个猥亵案。那么繁华的朝阳区，并非背街小巷的地方，我去报案又受了一肚子气，为了拿立案回执，只得把酒店续了一周。

我了解我妈，猥亵案这种事不能告诉她。但电话里还是没忍住说了出来。她没听完，怒气已经要溢出来，"你怎么回事，婚姻婚姻搞成那样，现在又弄出这种事？"我挂断电话，没有回家。后来再也没回国。

到当上护士，开始新生活之后，我才明白妈妈想要的女儿不一定要与数学或者天赋有关。就像不需要一定与二胡有关。无论成为数学教授，还是在电视上主持《朗读者》，或者定居英国牛津，她都会满意，没什么差别。既然是女儿，就还应当婚姻顺利，生两三个孩子，有男有女，亮丽光鲜，受人尊敬，有终身编制。

完美版本，最好是那种她的亲人同事都能够看到的职业。不能是演员那种行当，而是外交官之类的，靠知识吃饭，体面，定点上下班，受国家表彰。

降级版本，那像戚媛就可以，用我妈妈的话说，边当辅导员边念博士，毕业前孩子生好了，留校后，领导很重视，做的都是国家重点课题。

到这次回来，我才想通，不需要把自己绑定在数学上。只要为我妈赚得面子，住得足够远，最好是国外，再撒些小谎——比如说自己不是护士，而是医生，我妈就能拥有安然的晚年。在生死关头走过一圈，她也变了。在病床上硬要起身还起不来，一侧身子挺起来，冲着门外一劲找，对着玻璃外的我不断挥手，另一只胳膊肘撑在病床上，手举起来抹眼泪。病房里的声音透不出来，手机上已经发过来了，"我只有你一个女儿，就希望你过得好。"好是什么意思呢？别问，否则要吵起来，回到"婚姻你得顺利，得有儿有女有房子"。她一辈子不忿，觉得嫁错了人，拼命想改变命运，把希望放在我身上。现在再想亲近她也来不及、做不到了，可我总能少说一些真话，多说一些假话，让她过得好一点吧。

所有这些都是为了什么，是受什么摆弄啊？我喝着平生第一次尝到的茅台酒，按说是"酱香"，可鼻子酸溜溜的，辨不出味道，醉眼蒙眬。

真没想到，没想到肖励会去搞金融开公司啊。我以为他会当个数学家、科学家、大学者。我把心里想的话说了出来，曹曹露齿一笑。

"他有个视频才好玩呢，我们当时都传疯了，他这人真逗，特可爱。"

说着她开始翻手机，找了半天没有，又叫吴江涛在聊天记录里翻，花了好久，在一个视频网站上找到了。镜头里肖励正在包中翻翻找找，画面猛烈地晃动一下，又定住，拉远，广播响起，我才看出来这是在飞机舱里。一架飞行中的客机，乘客基本坐满了，肖励从靠窗座位起身，请他身边坐在走道边的中国女士出来，她有些茫然地随他到了走道中间。乘务员请他们坐下，他拒绝了，格挡了一下，扑通跪下，举起一个蓝盒子，打开，露出耀眼的钻戒。飞机上鼓起掌来，声音嘈杂得有些刺耳，乘务员在旁边审慎地微笑。

机位晃得厉害，戳到了座位上，看不清那位未婚妻的脸，应该就是他如今的爱人。视频里的肖励比记忆中显得高了许多，但很好认，还是上学时的那张脸，不像刚才农场里的那样陌生。

"这个怎么啦？很幸福呀。"我说。

"多好玩啊，你看他，那么老实巴交、一心一意的样子。还专门安排了朋友给他拍求婚过程，他老婆说可尴尬了，当时恨不得一头撞死。"曹曹说。

我没懂好玩在哪。

吕扬插进来："我来讲。这事的笑点在于他那个钻戒啊，特别贵，十几万美元。他还了好久的贷款。不过他现在出息了，想买十个都能随时刷卡。"

"对对，"曹曹补充，"没看出来吗？当时他多青涩啊，这都是十年前的事儿了。他认死理，老婆提了一句说订婚想要个蒂芙尼，他就给弄了个这么大个的！亏得他后来有钱了。金融拼的是智力。"

服务员开大了中央空调，让烟味散去。刚才光顾着喝，没注意到原来白酒也用的是小小的高脚水晶杯，印着"清平乐"的字样，杯梗到杯座镶着金箔，杯口还有一圈细细的金边。女士用轻巧秀气的小杯，男士用高出一截、也更大的杯子，杯梗更粗一些，是四颗金色串珠连缀成的，堂皇富丽。服务员说着吉利话，拿起分酒壶为我们斟满，那分酒壶居然有些阿拉伯式风格，曲线玲珑，壶身像带柄的透明葫芦，肚子大顶上小，壶嘴细长，翘出一道鸟嘴般的曲线。

"金杯伴贵宾，多财又多福……"

"福禄双全，杯杯如意……"

吴江涛拦住服务员，叫别打开第二瓶茅台，给吕扬包好带回去。再开两瓶葡萄酒吧，混着喝，有白有红更高兴。他指着手机屏幕上的视频，定格在蒂芙尼蓝盒子打开后松散的白绸带上，"精彩吧，下次请他当面演一回。"

不知道是茅台还是葡萄酒令我晕眩。我和大家一起笑，心上一块堵得慌的大东西移走了，好久以来都没有过的轻松，为肖励也为自己高兴。我们都是芸芸众生啊，消费者，认真谋生计的人，一心一意让身边的人快乐。也许我霸占过某个有才能的人的位置，也许世上少了一种类似于镭的东西，可是，那种纯粹、那种毫无自私自利之心、高尚的人、有道德的人、脱离了低级趣味的人、有益于人民的人……也许需要的不是智力或者才能，而是理想。而指挥棒下的我们有过多少计谋和表演，卷入过多少秘而不宣的斗争，只因为一些设计出来的竞争，因为竞争让人稳定。读书时我经常做白日梦，无法自控地想象一个画面，自己是某种鹿，在森林里轻轻松松就跳跃起来，内心中、身体上都没有负累，做着实际的、帮助着别人的事。现在我在这里了，每天都是一个干净的新人，一个有用的人，一个忙忙碌碌的人，开车，上班，去超市，回家，不算对不起生活。我有没有堵住过另一个人的机会呢？想不了那么多了。也许有一位，不知道是谁，世界上某个角落里的他或她也不一定因为没有进竞赛班而受苦受难吧？难道只有一所学校，只有一条路算得上好吗？

干净呀纯粹呀才能呀天赋呀高尚呀理想呀报效呀天才呀科学呀数学呀不成功便成仁呀，他们定义完又分配的那些东西呀，我们不用再追逐啦，永远也不要再说对不起了。

大堂传来悠扬的琴声，一时响亮，一时幽微，袅袅不绝。我听着大家说想代购美国一款懒人沙发，叫"懒男孩"，需要找个人去店里感受一下实物，再安排专门做海外物流的公司发回国内，我一口答应。戚媛说，莫丽，你喝多啦，一直在笑，都笑出眼泪了。我说，亲爱的，我错啦！亲爱的……股票、格林纳达投资移民、东南亚地产、学区、小升初……所有关于竞争和逃离竞争的一切，还有遥不可及的蓝，亲切得宛如音乐。

（《江南》2022 年第 5 期）

抠绿大师

孙　睿

1

膝盖在燃烧。

我和宝弟蒙在绿布下，低着头，双臂抵着吉普车后备厢的钢板，下半身和腰腹协同发力，推动着一辆两吨的吉普车向前滑行。

起步的那几下很费劲，使出的劲儿都被弹回来，构成膝盖的几块骨头咬合在一起，长到现在，它们从未如此亲密过。轮胎像一块尚未成熟的痂皮，紧贴地面，没有丝毫缝隙。屏息凝气，双脚蹬地，继续发力，轮毂终于转动起来。

一旦动起来，就没那么费事了，想起速，仍要玩命推，胳膊会本能地使劲。意识到车并没有随着我们发力而加速多少后，使劲的部位会自动下移，提肛缩腹，前脚掌触地，脚趾头也被带动着发力，腿肚子的肌肉膨胀欲裂。这并没有使我退缩，却让我身上其他部位的肌肉被调动起来，跟面前的这辆车死磕——有种一扇门挡在你面前，不把它推开，就会被闷在黑暗里的感觉。

车真的越来越快了。绿布下，眼前闪现出一道道光。我有点儿低血糖。

这时绿布外面喊了一声"停"，车里的人踩下刹车，宝弟攥着绿布的手心渗出汗，在吉普车漆面上一打滑，脸重重撞在后备厢外面挂着的备胎上，声音不大，还带了点儿反弹。

"没事儿吧？"我攥着绿布的另一角问。备胎是开拍前，导演让挂上去的，本来它平放在后备厢里，导演说还是挂在外面好，有气氛。不知道硬邦邦的轮胎和邦邦硬的铁皮，脸更愿意选择撞哪个。

"为了艺术，没事儿。"宝弟揉着痛处。

"停"是导演喊的，随后他又说了一句："能不能再快点儿？"

"试试吧。"我探出头说。

"什么叫试试吧……"

"能！"宝弟赶紧说。

"车回原位，再来一条。"

我和宝弟钻出绿布，跑到车前，把车往回推，推到起始位置，又跑到车尾，再次蒙上绿布，准备拍摄第六条。

"时间不多了，争取一条过！"绿布外面又在发号施令。

宝弟再次揪住绿布的边角，对我说："马哥，你心里就喊：✕你妈！✕你妈！然后车就能推快了。"

我往嘴里放了一块糖说："我之前心里喊的是：✕你妈！你妈✕！"

"也挺好！"宝弟笑了。

我也笑了。笑完，我们身上又有劲儿了。

因为同期录音，我们不能把这话喊出来，否则车一定会推得更快一些。

"预备……"绿布外面传来声音。

我和宝弟双腿后撤，双臂抵住吉普车，和大地呈四十五度夹角，拉开架势。小腿的肌肉一跳一跳，跃跃欲试。

"开始！"

绿布随着吉普车移动起来，这是坐在导演那里看到的效果。到时候绿布这部分会在后期剪辑中被抠掉，包裹在里面的我们当然也就消失了，看上去是吉普车自己在往前开——用这种方法拍摄行驶中的吉普车，够酷吗？

2

得从这辆吉普车说起。车是峰哥的，他倒腾临期食品，就是即将到期的零食、饮料、奶、酱油什么的，超市和电商会在到期之前三四个月就下架，退给供货商，供货商则以想象不到的价格——超市价格的十分之一——再次批发出去，只求快速出手。峰哥专收这些货，再倒出去，赚差价。本质上也算倒爷，倒是倒了，离爷还远，利润极低。有一次他卖了三十米长的奶，只挣了四千——一挂车十五米，卖了两挂车，一集装箱的奶挣两千，合到每盒上就挣两分钱。他也是快进快出，沾点儿就走，还有更多挂种类繁多的临期食品堆积在上千平方的仓库中等着被拉走。他老说，干了这一行，看着这些巨量的、即将被人类消耗的东西，感觉已经不是食品了，人也不是人了，怎么看怎么像饲料和鸡。

供货商的仓库通常建在城市远郊，峰哥每天都要去看货，必须有辆吉普车才能从那些沟沟坎坎、没有路的地方干过去，于是搞来这辆国产二手四驱车。它有一个催人奋进的名字：奋斗者。峰哥每天开着它，从河沟和草地上碾压过去，把自己送到那些为了节约成本而临时搭建在野地的仓库前，喷满花露水，穿过蚊群，走进库房，为了一两分钱，跟老板各种套近乎。超市货架上的下一批退货随时都会到来，只要峰哥能拉走，老板也不死扛价格，你好我也好。峰哥对下线也是这态度，特殊时期，能有买卖做，尽量和颜悦色。

但也有时候会碰到杠头。有一次峰哥发一车巧克力，天热，特意配了冰袋，送到地方，卸完货，对方突然说不要了，因为保质期不是峰哥说的还差三个月，而是两个月。峰哥逐一查看，他也是被忽悠了，确实有差三个月的，但大部分是两个月。峰哥说既然已经卸了货，出现这种情况，索性不挣钱了，按成本价给他，并接通上家电话，说明日期的事情。上家说每天发这么多货，不可能一盒盒检查，就是一大概日期，同时表示，愿意退款一千元作为赔偿。峰哥开着免提和上家通话，过程全透明，并说这一千元退款可以让给下家，雇车买冰袋也没少花钱，都不要了。其实三个月两个月，都是卖，但对方不知道哪根筋不对了，就是不干，坚决退货。你来我往说了半天也没用，最后几箱卸下的巧克力也没往仓库搬，就堆放在阳光下，正一点点变软、融化。大车司机着急回去，峰哥就让他先把车开走，拿货方挡着车不让走，要求必须把巧克力拉走，峰哥推开他，让司机先走了，说剩下的问题他留下解决。

推搡过程中，那家伙不知道怎么就倒地了，然后报了警——纯经济纠纷报警没用，倒地为叫警察来解决此事提供了巨大便利，所以他一直躺在地上没起来，像一摊融化的巧克力。

那天是宝弟陪峰哥去的，峰哥的吉普车限号，宝弟就开他的五菱荣光，跟峰哥跑了一趟。峰哥和那人支巴起来的时候，宝弟和那人的助手在一旁劝导，也都是奔着催成买卖别惹事儿的原则，哪怕警察到了后，当事双方也以为这事儿可以调解，无非是峰哥出点儿钱再退一步，让对方多挣点儿，落个心理平衡。没想到警察当场给他们都带走了，因为峰哥弄的这批巧克力里掺着假货，出警的警员也是位父亲，常给孩子买这类吃的，练就了一双慧眼，恰好被他发现。

到了当地派出所，进一步了解情况后，就让对方的人和宝弟走了。峰哥被扣，他的解释不管用：我犯不上卖假货，真货比假货还便宜，我成车成车地走货，不可能一包包细看。等他再出来，已经是六个月后。他进去的时候，媳妇还有三个月就要在老家生娃了，完美错过。

峰哥出来那天，宝弟开车去接，我跟着。宝弟是开超市的，峰哥给他供货——一般峰哥不做散户，我们仨是一个镇出来的，还在同一所中学上过学。宝弟从峰哥那儿拿的货，若全卖掉，就有钱挣；卖不掉，则自己吃，省了生活费。总之，干这个，让宝弟在北京活下来，现在超市开到第三家，都设在城乡接合处，我们也住在这里，北京的边缘。

半年没见，峰哥瘦了，也黑了。接上他后，除了问想吃什么，我和宝弟没再多嘴，对峰哥在里面的生活避而不谈，只说外面发生的那些无足轻重的事儿。倒是峰哥主动介绍每天都干什么，听上去很丰富，我和宝弟都有点儿向往了。我俩配合地笑着，同时琢磨着该如何把另一件事儿告诉峰哥：他停放吉普车的那条路变样了，车现在有点儿麻烦。

车平时停在一排刚建成尚未投入使用的小区底层商铺前，这排房子盖在土坡上，最近开发商修路，土路部分变成了石板路，以前是自然延伸到坡上，车能开上开下，现在土坡的两头儿改成花岗岩台阶，有十几节。峰哥进去得太突然，修路时联系不上车主，车就那么一直停在坡上。我和宝弟也是看到修好的路后，才注意到被贴满一张张挪车通知的吉普车。我们去找开发商，得到的答复是只能自己挪车，为了这辆车，这条路已经晚动工半个月了。昨天我和宝弟揭掉车上的条子——开发商已做到仁至义尽，每天贴一张挪车通知，驾驶室一侧的玻璃都被贴满了，远看白花花一簇，随风翻动——免得峰哥看了受刺激，还拎来水桶把车冲干净，前后挡风玻璃上已经落满红绿相间的鸟屎，铲了半天。

现在宝弟把五菱荣光开到这条坡下，峰哥看懂了两侧的石阶和坡上的变化，一个跨步，跳上石坡，摸出钥匙，拽开车门，坐进车里，打着火。然后在我和宝弟猜测下一步会如何的时候，车从以前是土坡、现在变成台阶的地方，像只大号的铁皮青蛙，一蹦一蹦地开了下来——台阶下我和宝弟的头也跟着一上一下地颠了起来——停到我和宝弟身前。车窗落下，峰哥在里面说：上车，吃饭去。

我们仨都知道，吃饭的本意在喝酒。人均五瓶啤酒后，峰哥说：北京想把我的路堵死，但我开过去了，现在我要回家了。然后摸出车钥匙，推到我和宝弟面前说，车你们留着开，挣钱了，给我点儿折旧费就行。我和宝弟面面相觑，不解地看向峰哥。峰哥说，十五年前他就想亲眼看看北京什么样，来了这，现在只想亲眼看看儿子什么样，得走了。宝弟说，跟儿子玩够了，再回来呗！峰哥说有家了就不能乱跑了，一度他待在北京的理由是给孩子挣奶粉钱，结果孩子出生的时候他却不在身边。一旦有了孩子，人生重要的事情就变了，现在他不觉得外面有多好了，说着唱起齐秦的那首《外面的世界》。我和宝弟用掰开的一次性筷子敲击酒瓶和酒杯，这是我们仨每次喝完酒的保留节目，曲目会随情绪而变。

唱完，峰哥说："钥匙收好，将来我儿子来北京，还得找你们。"

就这样，吉普车到了我和宝弟这儿。

车大部分时间是我在用。每当别人问我是干什么的时候，我都不好意思说我是搞影视的。我在剧组做过的最高职位是"副美术"，多的那个"副"字，代表我不可能直接接活儿，只能给别人做副手，甚至打杂。我不是专业院校出身，入行时间也短，所以不挑活儿，只要给钱或钱不多但能学到东西的组，我都去。有时候得出去找景，或选购美术道具，剧组爱找自己有车的工作人员，这样不用再派车了，报销个油钱就得了，于是峰哥的这辆车在我这儿派上了用场。每次干完一个活儿，我就给峰嫂——她也是我们镇的——转笔钱，并问问她和峰哥怎么样，每次得到的答复都是：还那样儿。那样儿是哪样儿，我也没再往下问。

从业的这几年，我没攒下什么钱，就留了一堆破烂——都是剧组拍戏用过的道具。它们是我的资本，当哪个小剧组没有道具预算的时候，我的优势就体现出来了，可以自带道具进组。为了存放这些玩意儿，我特意租了个农家院，两间房子用于生活，剩下的屋子堆满桌椅板凳和仿制的各个年代的瓶瓶罐罐。现在我和宝弟推吉普车的这个活儿，就是这么接到的。

我的一个也是做"副美术"的朋友，给剧组找道具，知道我手头有辆吉普车，想借用。我说车不是我的，我得替车主收点租金，按市价，每天两百。"副美术"说就用半天，拍一场戏。我说租车公司也是用一下按一天收费，行规。"副美术"说这组没钱，我说我得尊重朋友的车，那就别用了，再问问别人吧。"副美术"说塑造角色需要，主人公就得开国产吉普，还得有些年头的，别的地方不好找，就当帮他一忙，回头请我吃饭。我说吃饭免了，你就给车主一百块钱吧，我也好交代。"副美术"答应了，给我发了位置，让我后天一早把车开到那儿。结果第二天一早，"副美术"来电话，说要不这活儿转给你吧，组里什么费用都没有，导演还要这要那，你那儿有囤货，能接就你给干了。我问是什么组。原来是一个年轻导演，自掏腰包，要拍一条三分钟的竖屏短视频，参加平台举办的比赛，一等奖奖金十万。导演为全片准备的费用是一万块，拍两天，用一万博十万，当然更是冲着博一个广阔的未来去的。即便没得奖，以后给别的需要拍竖屏视频的公司当样片儿看也可以。现在的导演，全都得懂点儿经济学。我很理解这事儿，问美术预算是多少，朋友说就六百块，片酬、道具费、租车费都在这里面。我说行，接。

　　不是为了挣这六百块钱。我很清楚这种事情往往费力不讨好，最后说不定还得往里搭钱。但拍出来，真得奖了，我也痛快，并抱有一点私心：这次干好了，万一导演出名了，以后拍大片也会叫上我。

　　六年前，我在老家那座政府大楼的办公室里实在坐不下去了，每天给相关部门设计网页，凡我用心想出来的，加点儿创意，就会被说"没必要"。工作了两年，每天面对的都是雷同的东西：一成不变的版式、用来用去的几种颜色、指定的字体……倒不是觉得做这些愧对我的专业，因为我本身也不是什么像样学校的像样专业出来的，是我脑子里那些被同事们认为稀奇古怪的念头，它们不甘悄无声息地生起又消散。一次我在网上看到外国剧组的拍摄花絮，一位男演员穿着奇怪的衣服在绿布前吊着威亚在飞，然后拍摄的画面导入电脑，一个戴眼镜的大胡子按了下鼠标，演员背后的绿布消失了，大胡子换了几套背景，有大海的，有沙漠的，有城市摩天大楼的，铺在刚才绿布的位置，画面看上去就是这个演员在这些地方飞过，酷极了。后来我在电影院看到这部叫《蜘蛛侠》的电影，坐在影院的座椅里，黑暗中我有一个强烈的感受：这才是我想做的工作！于是来到北京，当然，上火车之前，是艰难地说服家人和点头哈腰去辞职。

带着工作两年攒的一点钱，到北京我就报了一个后期特效培训班，学期三个月，在那个班上，认识了后来的女朋友小艾。当时我住在宝弟那儿，他比我小四岁，早我两年来北京，通过宝弟，又认识了峰哥。培训班毕业后，我在小影视公司上过班，也在同学的介绍下，进剧组打杂，凡是跟"美术"沾边的事儿，都干。细分起来，"美术"内部又分很多行当，比如特效抠图和场景搭建，完全就是俩工种，我都干过，为了生存。我也知道，我不可能在某一方面成为行业独领风骚的那种人，只能靠杂取胜——需要抠图的了，我上；需要锅碗瓢盆了，我也有。

此刻，我就蒙在一会儿要被我抠掉的绿布里，力争把吉普车推得让导演满意。两个小时前，我开着吉普车，宝弟开着五菱荣光——拉着我为这部戏翻腾出来的道具，赶到这里，今天开机。

全组一共九个人，导演为了省钱，说没有早饭，自己吃完再过来集合。我买了四张鸡蛋灌饼去找宝弟，给了他两张，他说一张就够了。平时我也一张就够，我的经验是，这种不太正规的剧组，饭都不会准时，吃饱点儿好。推完几趟车后，宝弟说："幸亏早上听你的了。"

最近宝弟在追一个女孩，一直想约女孩来剧组玩，让我再进组带上他，他只干活不拿钱，还能贡献面包车，力图在女孩面前为自己打造出一种神通广大业务繁多的人设，并不只是一个开小超市的。没想到开机后的第一场戏就出问题了，出在那辆吉普车上，拍完第一条后，它突然就打不着火了。

无论怎么鼓捣，就是不走。

导演有点儿急了——若不能按计划好的两天拍完，就要多花钱——说，什么鸡巴玩意儿，哪儿找的破车！

我知道这话是冲我说的，任何解释都是苍白的，我窝在驾驶室里捅捅这按按那，宝弟也在一旁帮忙——他的五菱荣光坏过几次，都是自己鼓捣好的。

但这次奇迹没有出现。

二十分钟后，导演那边更难听的话传了过来。我灵机一动，跑去说："我蒙上绿布推，车就能走起来，后期再把绿布抠掉就行了。"

"没抠像的钱。"导演直截了当。

"我可以抠，问题出在我这儿，我免费抠。"

"能行吗？"导演不相信这事儿能这么办。

年轻的摄影师在一旁说："行不行也只能先这样了，要不然两天根本拍不完。"听语气，也是被导演忽悠来的，怨气扑

390

面而来，我能分辨出这不是冲车，也不是冲我。

我掏出手机，把做过的抠像视频给导演看，没等看完，导演说："那就这么拍，赶紧的!"

于是我和宝弟钻进绿布。宝弟说多亏他留了心眼，第一天自己先来探探路，打算第二天再叫女孩来，如果此时女孩在现场，绿布下他的红脸，一定特别难看。

在我和宝弟的膝盖碎掉之前，总算拍出一条让导演满意的。

"这场过，下一场。"导演的话宛如天籁。

我开着宝弟的面包车，拉着道具，跟剧组赶往下一个场景。宝弟留下处理吉普车——先把它挪到停车费少或者不要停车费的地方——再去找我汇合。

下午的拍摄还算顺利，晚上九点收工，入住快捷酒店，大家领了房卡，纷纷回屋休息。我从摄影助理那里拷了吉普车的素材，开始用笔记本电脑抠图，导演要早点儿看到效果。宝弟洗完澡从卫生间出来，躺在床上给阿双——他追的那女孩——发了明天拍摄的位置，又美滋滋地在手机上打了会儿字，然后跟我聊了几句，就没动静了。我扭头一看，睡着了，攥着手机。

抠像比我预料得复杂。抠不难，关键是抠完，吉普车屁股那儿就是一片白了，我得从吉普车的背景中截出图贴在那。按说这也不是啥难事儿，但是拍摄时太匆忙，没贴点，所以截取了周围画面再挪过来，老有点儿对不上。我便给车后面加上一层蒸腾的气雾，就是太阳暴晒时常能在公路和铁路地表看到的那种效果，有种氤氲的感觉，这样就遮盖了背景的瑕疵。也许观众看了会问，车的尾部为什么会喷出这样的气体呢？我都想好了导演这样问我时我该如何回答，我会建议导演：这是一种魔幻现实主义的效果，可以增强这部片子的表现力。

做完这些，快四点了，天已放光。我发到导演的手机上，头一挨枕头，便什么也不知道了。

3

我是被服务员的开门声吵醒的。睁眼一看，太阳已经越过树梢，宝弟还以昨晚睡着时的姿势蜷在床上，服务员拿着拖布进来，正准备打扫卫生。

"我×，十点了！"我赶紧推醒宝弟。昨天通知早上七点出发，我按亮手机，看大部队这会儿在哪，并纳闷为什么没人敲门叫醒我们一起走。

宝弟迷迷糊糊睁开眼，慢镜头般翻了一个身说："浑身酸。"

他说完，我才意识到我也酸。微信的拍摄群里有几十条未读信息，我点进去，划到第一条未读信息，是导演早上六点发的。说今天不用出工了，昨晚他想了一晚上，既然这短片要参加比赛，就得对自己的要求高一些，现在的剧本需要完善，场景也有变化，所以原拍摄计划取消，他先回家改剧本，估计一周内能改好，如果大家那时候还有时间，再来一起完成创作，房钱已经付过了，睡到自然醒就各回各家吧。有人在群里问，那工钱怎么结？导演说下次拍摄的时候一起结。有人说下次不一定能赶上了，先把昨天的结了。导演说他已经先走一步了，回头再说。要钱的人说走了也可以发红包，然后双方开始扯皮。我没看完，赶紧通知宝弟，先别让阿双来了，戏不拍了。

宝弟说啊，为什么呀？

收拾完东西，我和宝弟坐在宾馆狭窄的大堂，筹划着下一步该怎么办。我给导演发私信，没提日后还拍不拍的事儿，问他抠像的视频看了吗。等他回复的当儿，我把视频又看了一遍，昨天做的时候又困又累，觉得尚可，现在清醒些再看，有点儿汗颜。等来导演的回复，未对视频作评价，只说剧本会变，不需要主人公在此处开车这场戏了。我问昨天拍的视频怎么办，他说用不到了，你看着处理吧。我又问如果再拍，还会用到吉普车吗，是否需要尽快修好。他只回了俩字：待定。

在我询问导演的时候，宝弟告诉了阿双，场景临时有变，换到郊区拍了，太远，改天再来剧组玩。原本阿双打算中午来看宝弟，然后赶在五点前回去上班。她在一家精酿啤酒馆当服务员，工作时间是晚五点到凌晨两点。

宝弟问我，下礼拜真能继续拍吗，那时候叫阿双来玩也行。我说不要抱有幻想，剧组是世界上最不靠谱的组织，导演是世界上最不靠谱的人。宝弟不说话了。我说等我进别的组干活，你来帮两天忙，到时候再邀请阿双，就是未必会很快成行。宝弟想了想说也只能这样了，为了不露破绽，他决定今天去找阿双一趟，告诉她这部戏要转到外地拍了，等下回有北京的戏，再叫她来玩。然后又想起什么，说面包车里的那些道具他得用一下。

我开着车，宝弟指路，傍晚时分，我们到了阿双上班的精酿啤酒馆。车直接开到餐馆门前，那里立着一个类似讲台的东西，实则是工作台，后面站着一个女孩，黑T恤黑裤子，戴着黑口罩，头发是黄色的，手持对讲。车还没靠近，宝弟就指着告诉我：那就是阿双。

车子驶到工作台旁，坐在副驾驶的宝弟放下车窗，笑嘻嘻地问：双儿，有车位吗？阿双认出宝弟，从工作台后面走出来，往斜前方一指，然后颠颠小跑着带路，边跑还边回头冲宝弟笑。侧面能看到她耳廓上钳着两个银色的耳圈。

　　停好，宝弟下车，给我和阿双作了介绍，然后重点介绍这辆车，说是剧组的道具车，今天刚收工，后天要去云南出外景了，走一个月，特意来看看她，道个别，明天要收拾剧组的东西，没时间过来了。说完拉开面包车，让阿双看里面的道具。阿双的目光试探着落在里面的那些物件上，有风吹过，一股陈年的霉味儿飘了出来。宝弟在一旁解释，都是摆设，充样子的，不是实用器，所以脏兮兮的，出现在画面里给特写时再擦干净。阿双指着一个台灯说，哇，这种，我小时候写作业就用这样的。又指着一套凉水瓶说，我小时候家里喝水的也是这样的。这时候阿双手里的对讲机响了，乌拉乌拉不知道在说什么，响完，阿双冲着对讲机回复：收到！然后把路边的三角锥放在一个没车的空位上，说有人预订了车位。

　　阿双把我和宝弟领进餐厅，宝弟选了一个临窗的位置，能看到门口的工作台。阿双拿来菜单，让我们先翻着，她叫服务员过来。阿双走到吧台，跟穿着白衬衣的服务员说了几句话，同时指向我们桌，说完便出去了，又站在工作台后面。自始至终戴着口罩，也不知道她长什么样，给人一种麻利、勤快的印象。宝弟说，她上个月刚过二十岁生日。

　　我问宝弟，阿双为什么来北京。宝弟看着窗外说，肯定不是为了来当服务员，先磨练磨练也好，将来结婚知道生活的不易。我问，她知道你要跟她结婚吗？宝弟笑了，说，我老来这儿吃饭，也许她知道，也许不知道。我说，男人，主动点儿，免得别人抢先了。宝弟说他怕真挑明了，被拒以后更没机会了——所以得想方设法让阿双觉得跟他在一起的生活会是有意思的。

　　阿双为什么来北京这个问题，我也知道没必要问，但还是没忍住。阿双让我想起了小艾。我和小艾是三年前分的手，培训毕业后，我俩在一个小剧组又遇到了，一起在美术组做后期特效。那部戏结束后不久，我俩就在一起了。她是女生，不愿意做风吹日晒的工作，坐在电脑前抠像让她很满意。她那时候比阿双现在大不了多少。我为了让生活好一点，除了参与影视美术的后期，前期有活儿也去干。我和小艾就这么在一起了四五年，她家里开始催她结婚。我俩都知道，对两个北漂来说，婚后留在北京意味着什么，而不留在北京又意味着什么。

　　耗了两年，有一天，小艾说她想回老家了，我去过她家的县城，比我家的县城大不了多少。她说厌倦了，厌倦北京，厌倦这份工作——到现在我也不知道有没有厌倦我的成分。每天她的工作是把人物后面的绿色抠掉，替换上新亮的、华美的、奢靡的、梦幻般的，甚至魔幻般的背景，于是一个新的世界诞生了。而眼睛一旦离开屏幕，那个陈旧的、凌乱的、厚重的、落着灰尘的世界，又重现眼前。渐渐地，小艾发明了一个词：劣质的生活。

　　我没问小艾劣质指的是抠图这种伪饰现实的生活，还是从屏幕扭开脸后面对的生活。总之，她不想再创造劣质的生活，也不想再过劣质的生活，于是离开了北京，自然也就离开了我。我也不想过劣质的生活，所以我还留在北京。来北京于我，就像中国男足去世界杯上溜达一圈——说不去溜达，是认怂；费挺大劲溜达上了，也没好哪儿去。

不知道阿双到了小艾那岁数的时候，会怎么想这些。菜上来的时候，阿双正在窗外拎着挪开的三角锥，指挥着司机倒车。我刚挂了4S店的电话，描述了故障，问修车要多少钱，他们说具体什么故障得检查完才知道，从目前描述的情况看，可能是变速箱坏了，换一个新的两万八。我问换上新的，这车能卖两万八吗？接话员换了一种语气说您最好把车开来，如果变速箱修修还能用的话最好。我说开不过去了，我琢磨琢磨吧。挂了电话，正好看到阿双经过宝弟车的时候，又巴头儿往里看了看。我又灵机一动。

"咱俩把这个短视频继续拍完吧？"我看着正在吃拉皮的宝弟说。

宝弟嘴边吊着一截半透明的浆状物，抬头望向我。

"你不是想让阿双来剧组玩吗，咱俩弄个剧组。"

"拍什么呢？"宝弟没有把那截拉皮嗫进去，而是吐了出来。

"就拍峰哥那车。"

"不是坏了吗？"

"我能抠图，剧情我想好了，这辆车就一直爬坡一直爬坡，咱们多拍几组车在行进的镜头。"说着我把给导演发的那段视频调出来，在软件里做了一个倾斜的效果，看上去车就像在爬坡，后面还跟着一团袅袅的尾气。

宝弟看了两遍视频说："就是一直爬坡吗，不讲什么故事吗？"

"快结束的时候，给司机一个正面特写镜头。"我看向窗外说，"让阿双演这个司机，她不是想来剧组玩吗，索性客串全片唯一一个人类角色。"

"让她露脸有什么用意吗？——我当然希望她能露。"

"你想，片子一上来，一辆笨重的汽车，尾部冒着奇怪的烟，吭哧吭哧地开，不干别的，就是一直往山上开，一般人都会认为这么各色的司机肯定是个老爷们，但是突然一亮相，原来是个年轻女孩——就让阿双穿现在这一身，口罩也不用摘，露一双眼睛足够了，保持神秘。"

"知道司机是女孩以后呢？"

"车又继续开，终于到达山顶，阿双下车，然后取走一个什么东西，不能是太沉的东西，也不能太贵重，在别人看来，为这么一东西爬上来，犯不上。"

"什么东西呢？"

"没想好，还有时间再想，大概就是这么一个意思。"

"那为什么开的是吉普车，不是骑个电动车呢？"

"这是人物的性格，就像阿双为什么来北京，为什么在这儿上班。关键是咱们现在只有这辆车可用，就地取材。"

宝弟沉静了几秒说："有点儿懂了，又不是全懂，文艺片。"

"什么片不重要，想不想干？"

"干！"宝弟指着手机说，"那这地方怎么处理？"

视频因为向右倾斜，水平的路面也随之倾斜翘起，画面的左下角空了一块，宝弟问的就是那里。我说可以把那里 P 上一些水，宝弟问为什么是水呢，我说那是地面以下，弄别的都不合适，弄点儿水就代表地下水了。

"那好看吗？"

"一种风格。"

"哪儿找摄影机去？"宝弟问。昨天拍摄用的是有摄像功能的相机，高清级的，摄影师给取景器做了遮幅，呈现出来的就是竖屏。

"就用手机。"

"能行吗？"

"行不行也这么干！"

4

凌晨三点，我和宝弟把吉普车弄过来的时候，阿双正好收拾完店里的东西，可以走了。她摘掉了口罩，长得和小艾一点儿不像——本来也没道理应该像。

吉普车是用宝弟的面包车拖过来的，我俩弄了一根拖车绳，他在前面开车拉，我在后面的吉普车上控制方向盘。路上遇到警察查酒驾，也让我吹了，顺利通过。

宝弟已经把我的想法跟阿双讲了，阿双有点儿紧张，没上过镜。我说拍的时候，眼睛一直盯着前方就行，我会找角度的。

阿双和宝弟上了前面的面包车，我还操作后面的吉普车。我的车上有对讲，平时工作常用到，我给前车放了一个，有事儿就用对讲联系。宝弟拿着对讲试了试，说真像剧组了，我说咱们就是剧组。

我决定先拍最后一场戏，山顶部分。我知道北京哪儿的山头好看，以前给别的组选景我都有印象，现在出发，这么开，到山顶正好天亮，说不定能赶上日出。拍完山顶，再拍吉普车各种行驶和阿双的镜头，便万事大吉。

阿双说她明晚五点还得上班呢，回得来吗？宝弟说肯定能回来，他还要回剧组收拾后天带去云南的东西呢。

我们出发了。

车行驶在下半夜出京的国道，完全就是另一个世界。路边是黑魆魆的杨树，耸立两旁，像一条隧道。宝弟的前车开着远光，前方高处的树被照亮。为了不晃到前车人的眼睛，我只能开近光，紧绷的拖车绳在灯光中一颤一颤，拉着我前行。

前面突然亮起刹车灯，对讲里说："有羊，绕开。"

宝弟打了左闪灯，我也跟着左打轮，从一只木呆呆站立在行车道上的白山羊身旁绕开。不知道它是没睡呢，还是已经醒了。不可理解的生命。

车窗微启，凉风灌入，不冷不热。四个气球在我的车里飘来荡去。离开阿双的餐馆，我和宝弟去拉吉普车的路上，夜色中，看到前方一个大叔，骑着电动车，后排挂满气球，被风吹得像舰船的尾浪，翻滚荡漾。大叔一味向前开着，气球顽强地向后飘飞。

面包车开到和大叔平行，我摇下车窗，问气球是卖的吗，他说嗯呐。

我们在路边停好车，买了四个气球，攥到手里。我突然有个想法，短片的结尾可以是阿双抵达山顶后，来到一棵树前，那儿挂着一个气球，她把气球解下来，全片结束。现在四个气球像四朵荷花，随风贴着吉普车的顶棚摇曳生姿。

天快亮的时候，面包车把我们——吉普和三个人——拉到山顶。眼前的山脉还沉睡在青暗中，更远处的山蒙在一层雾气里，看不到城市景象，秋虫叫着。我下车拍了几张空境照片。

一直没合眼，阿双眼睛里泛起淡淡的血丝，我觉得可以先拍阿双的特写，这种感觉正好，一会儿血丝多了，过犹不及。

阿双坐到吉普车里，重新戴上口罩。我把手机嵌入支架，固定在车前的中控台上，我坐在副驾驶，用 LED 灯给阿双面部补光。宝弟在前面的面包车里等我的信号，我说开，他就会启动车，吉普车会跟着走起来，镜头里看上去，就是阿双瞪着微红的双眼在开车。

拍了两条，阿双一直瞪着眼睛，不敢眨，不知道该怎么演。我建议她不要想着在演，当成真实地在开车就好，眼睛酸了可以眨，甚至挤咕眼睛都行，在剧情里，你已经不知道开了多久的车了，可能三天，也可能三个礼拜。

又来了两条，越来越好。再后来拍到一条阿双想打哈欠又憋回去的，状态恰好，可以拍下一场了。

我选定了山顶的一棵树，把气球挂在阿双踮起脚勉强够得着的地方。然后告诉阿双调度线路：先下车，不用关车门，抬头看一圈，发现气球，走到树下，摘下气球，揪住绳子，拉着气球回到车里即可。

吉普车前的拖车绳被宝弟卸去，这个镜头拍车停下后发生的事情，能少抠一点儿就少抠一点儿，抠像不是什么美差。

开始走戏。前面阿双都准确照做，走到树下后，犹豫了一下，然后才踮起脚尖。我提醒她，这里不要犹豫，要坚决，表现出很强的行动力。阿双说，能不站着够气球吗？她想爬树。太能了，我说，先爬一个看下感觉。

阿双说爬就爬，抱着树，胳膊腿一起使劲，虽然不专业，但能感觉到"敢爬"。宝弟在树下出主意，告诉她抓哪儿，蹬哪儿。折腾一番，阿双掌握了爬上去的路线，还想再熟悉一遍，我说不用了，实拍，剧情中你是第一次爬这棵树，需要一点"生疏"。

气球系到阿双刚才攀爬的路线上。我在阿双下车这侧支好手机，开始。

阿双依照之前的设计，走到树下，又抬头看了一眼，突然蹿起，抓住一根侧枝，同时借助脚，蹬了一下主干，身体升起，摽在树枝上。稍作稳定，仰起上身，伸胳膊揪住垂下来的气球绳，然后看了一眼树下，直接蹦下来，落在草厚的地方，身体借势一倒，坐到地上，胳膊一直举着。跟试爬的那次完全不一样，但很完美。

阿双站起身，也没掸土，抬头看着气球，一松手，气球飘走了。阿双想够，蹦起来抓，已经来不及了。气球越来越远，眼看着变小，山顶显得很低。

我还一直拍着，镜头对着飞远的气球。

"没事儿，还有呢！"宝弟去取那三个气球，都是白色的，多买就是为了备用。

阿双羞赧道："拍起来，脑子里一片空白，全忘了，忘了爬树该蹬哪儿，摘完气球，我也不知道该怎么办，下意识就松手了。"

"很棒，比我设计的好。"我停掉手机说。

"再来一条吧！"阿双说，"拍一个气球不松手的。"

"还是松手好，来吧！"

宝弟把另一个白气球勾在合适的位置。第二遍开始。阿双上了树，够到气球的绳子，往身前一拽，"砰"的一声，爆了。气球刮到树梢。

"还有。"宝弟举着另一个气球跑来。俨然一位合格的道具师，再次将气球放到合适的位置，并指导阿双如何避开树梢。

气球爆炸的时候，一滴水珠落在我的头上，我以为是气球里的。现在第二滴也落下来，我意识到是下雨了。出发前，我查过天气预报，没说有雨。现在下了，也不意外。

阿双也感受到了，抬头看天。

"没事儿，抓紧时间，能把这条拍完。"我又启动了手机摄像。

阿双又用另一种方式爬上树，也是原生态风，我摇动手机，配合着她的动作。阿双落地，气球飞走，我仰起手机。气球飞至恰到好处的时候，一滴雨水落在镜头上，像把画面扔进水里，多了一种味道。我觉得可以了。

雨滴越来越密。下开了。肉眼可见，雨珠落在山群上。

我们进到面包车里避雨，我坐在后面的道具中。宝弟拿出三桶泡面，他刚才已经用酒精炉烧好开水。我们撕开包装，泡了起来，车里充满面香。

等面熟的时候，宝弟问我："马哥，有一事儿，这片子万一得奖了，奖金怎么花?"说完不好意思地笑了。

这个问题我早就想过，正因为这点儿念想，才让我有了拍个片儿的想法，当然并不全是，占三分之一吧。我说："先把峰哥的吉普车修好。"

"要是没得奖呢?"宝弟又问。

"那就等于少挣了十万块钱，钱对咱们来说一直不好挣，也正常。"我说。

"我想好了，没得就明年再拍一个。"宝弟掀开一个桶盖，递到阿双面前。

雨越下越大。

吃完面，阿双和宝弟在前排玩着气球，你打给我，我打给你。我又冒出一个想法，片子结尾可以放在雨中，阿双下车，爬树摘下气球，看着它在雨中飞走，然后上车，继续往前开。我打开手机，先拍了一个雨刷器不停摇摆的镜头，想等雨小点儿，出去重拍爬树那组镜头。雨却不见小，甚至愈演愈烈。我查看天气预报，此时已显示为"暴雨"，还发布了泥石流预警。

这次预报得很准。没一会儿，车窗外已成一片瀑布。像正经历一个失控的泼水节，雨珠噼里啪啦落在车顶，仿佛直接打在头上。

我翻看之前拍的素材，看见刚到山顶时拍的那两张照片。前后不到一个小时，同样的一片山，完全是两种面貌。我在手机上做出第三种面貌，给远处的山脉抹去，P上一些加了光效的楼宇，在调成亮橙色的天空下，像刚刚洗过的蔬菜。然后给虚空中放上一道彩虹，跨越苍穹，胀满画面，将远处的楼和近处的山，罩在一个安全、祥和的世界里。直觉牵引着我这样做。

照片被我发到朋友圈，取名"雨后·北京"。我经常这样发图，但也不同于那些一定美颜过才发自拍的人，有时我还特意把画面调得脏旧，虽然失真，其实更真。

这场雨让北京的一天提前开始了，我看到不少人在朋友圈里说，雨太大了，被吵醒或被吓醒。

在我继续翻朋友圈的时候，宝弟突然冲我身后大喊："我操！"

说罢打开门就冲了出去。我回头一看，侧后方停的吉普车正缓缓后退，我也拉开车门跑过去。微倾的山坡上，砖石地面已经存了厚厚一层水。

宝弟跑在前面，捡起地上的拖车绳，试图拉住吉普车。无济于事，车仍倒退着拽着宝弟往前蹿。我跑到宝弟身前，也像拔河一样拉住绳子，车速放缓了，近乎停下来，但还在缓慢移动，因为我和宝弟的脚无法待在原地，在一点点儿蹭着前移。阿双也补过来，双手拉住宝弟身后的那段绳子，同时一只手薅着气球。

车彻底停住，绳子拖得笔直。汽车在绳子的那头，处于低处，我们在绳子这头，位于高处，我们的头顶是悬浮的气球。从远处看，也许是一种奇怪的视效：吉普车被气球拉住了。

气球确实在帮我们拽住即将滑落的吉普车，尽管这力微弱，那也是向上的力。

只要不撒手，气球就不会飘走；只要不松手，汽车就不会滑落。这是峰哥的车，车牌还挂在上面，将来他儿子来北京还用得着。我们就这样卡在山坡的边缘，像定了格。

地面湿滑，我们不知道能坚持多久。雨没有停的迹象。

"报警！"我喊道，"110，119，120，都行！"

"我不能松手。"宝弟在我耳边大叫。声音穿越水柱，像从很远的地方传来。

"我的手机没电了。"阿双已经破音儿。

"用我的，右边兜里！"我扭动身体，露出右半侧。

阿双松开手，来掏手机。绳子又传来车的拉力。

"密码多少？"阿双拿出手机，举到我面前。

"1235789。"

阿双的手指在屏幕上划出一个"Z"，仿佛佐罗驾到，手机解锁。刚才我看到一半的微信界面映入眼帘，在 P 过的那张照片下面，挤满好友们的头像，我收获了使用微信以来最多的一次赞。

顷刻间，雨水已让屏幕看不清。我仍清晰地看到最上面的一行留言：这是北京的哪儿，想去！

（《上海文学》2022 年 8 月号）

陨时

王侃瑜

没有人知道这一切是怎么发生的。

我面前的生物有着与我相同的生理特征，但我们却无法彼此交流。

我听不懂他们说话。字撑着字，句压着句，一连串音节如滚奏的鼓点般倾泻而出，连绵不绝。在他们耳中，我的语言或许如漫长的咏唱，拖曳累赘的音节，永远说不尽一句完整的话。

我也看不清他们的面容。面部肌肉的高频运动模糊了五官，挥舞的双手如振动的虫翅般留下残影。在他们眼中，我的动作或许如同即将耗尽电量的玩偶，靠最后一点电支撑着，却怎么也无法到达想要的位置。

我知道，若再等下去，他们的黑发很快会变成白发，脸上会长出皱纹，牙齿会脱落，五脏六腑会开始出问题。他们会如同周遭的很多草木那样，迅速成长迅速衰败，在泥土中腐朽，换来新一代的循环。而新一代生长的速度会更快，生命周期会更短，他们却不会觉得这有什么异常。

最后的最后，熵会增加到极大值，热量将不再流动，过去、现在、未来不再有分别，宇宙热寂，时间陨落，一切都迎来彻底的终止。

如今无论做什么都没有用了。这个过程不可逆。我们曾经有机会，却没有人真正试图阻止。我们眼睁睁看着这一切发生，主动或被动地参与其中，加速最终结果的到来。

我不知道该怎么办，只能记录下一些人和话。他们是人群中孤独的慢速者，与我一样，选择不主动加速。他们都曾在早期注意到了末日的端倪，想要通过避免加速来逃脱命运，却不料整个世界都被席卷其中。我们在最慢的时速维度萍水相逢、交流，而后告别，我不知道他们如今身在哪个时速维度。具体的年月日没有意义，旧的纪年方法和时间度量已不再有效，但我会尽量记下见到他们时的外貌年龄，记录下他们所说的一切，为后世留下一份资料。如果还有后世的话。

莫昕，约 27 岁，元媒体主播

干我们这行的，当然是最早接触"速时通"的一批人。

那时候他们的产品刚获批上市，找了不少主播做推广，全平台都有，专注领域也不尽相同。我觉得他们当时根本就没想清楚产品定位，所以用了最简单的方式：砸钱。

我的流量在彼界算是前二十，粉丝黏性和转化率都不错，接合作的标准和收费也不低。一开始，他们市场部的人找到我，我挺犹豫。我之前主要做美妆和时尚这块，跟他们的产品功能并不沾边。但他们说"速时通"会开启一个新时代，掀起一场时间革命，各行各业的人都会需要加速，他们看中的就是我在行业里的影响力和精英人设。这话让我挺受用的。那阵子我正好也想拓宽一下业务，往生活方式那块转型，再加上他们给的钱真不少，所以就把合作接了下来。

初次使用前，每个人都得去"速时通"体验中心进行免费健康评估和设备安装。评估其实很简单，就是测个心跳和血压，没什么问题的话就有专人为你安装设备。他们采用的是最新一代半侵入式脑机接口，号称市面上最安全的类型，老人小孩都可以用。设备外观像一枚小巧的贝壳，可以定制颜色和形状，安在耳后，对应小脑的位置。贝壳内储存有少量的 T-42 物质，这是一种提炼自稀有陨石的纯天然元素，对人体完全无害，却能通过提升神经元活跃度加快人在单位时间内的反应和思考速度，从而提升效率。

我当然记得清这些细节，我是美妆主播嘛，平时介绍美妆产品需要记的成分细节更多。当然，我也知道这些成分啊功效啊什么的都只是营销措辞，是产品溢价的一部分。这方面，我觉得"速时通"挺聪明的，他们不单卖设备，还卖成分和服务。你想啊，这玩意儿就跟护肤品一样，是会用完的，需要补充的，不像衣服或者包包，买上一件就不太可能买同样的第二件了，得不断设计出新款。做我们这行的都知道，对于普通消费者来说，中高档护肤品的入门门槛比服饰类低，用户黏性强，同款产品复购率高。

"速时通"声称每个月能为每位用户提供的 T-42 配给量只有那一丁点，装进贝壳里，每次需要使用时按一下，单位剂量的成分就被打进人脑内开始发挥作用，在一定时间内起效，失效后可以立刻重新按，但总量用完以后就得等到下个月才能补充。他们的理由很充分：防止用户沉迷滥用、成分本身稀有很难获取、定期补充保证最优产品效果……我当然知道，这就是制造稀缺性便于抬价嘛。

我在自己的彼界频道上做了全程探店和安装体验直播，累计观看人数有五千万，在我安装完设备，第一次试用的时候，同时在线人数突破了三千万。

我还记得那时候的感受。按下贝壳上的按钮以后，我左眼视域中的直播回复突然变慢，方才还在积极刷屏的网友们集体噤声，过了好一会儿才逐一跳出新的弹幕：

感觉怎么样？时间变快了不？

昕昕太洋气了，能接到这样的高科技产品合作。不愧是我的偶像！

前排的朋友错了，对昕昕来说应该是感觉时间变慢才对。

天呐终于赶上了！我来见证昕昕的历史性一刻了！

爱昕人送出了一枚火箭。

…………

我看到右眼视域中不断攀升的直播数据，嘴角忍不住上扬，面对悬浮在空中的全息摄像头说："谢谢各位朋友们，我感觉很不错。时间确实变慢了，就好像在看电影慢镜头那样。我面前是店员小哥哥，他正在缓缓抬起左手，感觉有点好玩。"

昕昕的语速变快了哎！超可爱。

少说废话，快讲结论，这玩意儿到底有没有用啊？

好好说话，粗鲁的人不要来看我昕的直播。

又有零星的弹幕滑过我左边的视域。

店员小哥的左手终于慢慢抬到了头部高度，触到耳后的贝壳。随后，他的动作速度恢复了正常。

"莫小姐，请问您感觉还好吗？"他说。

我点头说："挺好的，就是感觉世界突然变慢了。"

"这是正常现象，说明我们的产品正在起作用。实验表明，'速时通'能将人在单位时间内的时间感知加速三倍，您在这段时间内的效率也就提升了三倍。目前我们的成分平均单次起效时间是半小时，到时间后您的时间感知会恢复到原来的水平。"

我注意到，我右眼视域内的直播时长读秒也比平时慢了许多。

"这感觉太奇妙了。我建议大家有条件的话一定要试试'速时通'，我已经可以想到很多种应用场景了，不光是普通的工作学习可以用，玩游戏打怪的时候啊，出门来不及打扮的时候啊，遇到什么意外或危险的时候啊，都可以使用，而且在关键时刻说不定能改变命运。今天，我也从品牌方争取到了一批折扣，回馈给大家……"

那次直播结束后，销售额突破了一个亿。

后来？后来我自己也成了"速时通"的忠实用户。谁不想提升效率啊？每个月小几千的投入，在单位时间内完成更多工作，做更多内容，吸引更多粉丝，赚更多钱，是笔划算的生意。那阵子，我在彼界的频道排名上升了五位，半年内整整五位啊，放在以前我想都不敢想。我一下子又续了三年的"速时通"服务。

要不是 Mandy 注意到我眼角的细纹，我大概会一直把"速时通"用下去吧。

那天晚上，我们窝在沙发上看电影。我已经很久没用一倍速看电影了，觉得节奏太慢。但 Mandy 喜欢，说老电影就得慢慢看。那天看的电影片名我已经忘记了，只记得主题是关于爱情与苍老。

看着看着，我靠在 Mandy 肩上睡着了。等我醒来，电影已经到了终幕。我抬起头，看到她满面泪痕，眼角还挂着一滴泪珠。我伸手拂去她脸上的眼泪，她转过头看我。电视屏幕的荧光和泪光交相辉映，显得她楚楚可怜，我想要吻上去。

突然，她看我的眼神变了。她唤亮了房间主灯，用手背拭净眼泪，扳过我的头凑近细看。

几秒钟后，她宣布："你长皱纹了！"

我被 Mandy 拖去美容院检查皮肤状态，结果显示我的皮肤年龄比实际年龄大了两三岁，提前开始长皱纹。我平时很注意保养，从不熬夜，美妆产品用的都是最好的，手法也尽量轻柔，避免拉扯皮肤。

见我和 Mandy 热烈讨论皱纹成因，美容院的技师问："您用不用'速时通'？"

我点头。

"那就是啦，"技师露出一副了然于胸的表情，"最近好多客人都和您一样，用了'速时通'以后皮肤提前衰老。时间加速了嘛。平时要注意哦，减少使用频率，多来做护理。我们最近也新研发出一款针对'速时通'的保护面霜，可以防止皮肤加速老化，今天可以给您试用一下呢……"

我买了美容院的产品，但没再继续使用"速时通"。刚开始戒断的过程很痛苦，我看什么都慢，总忍不住想去按耳后那个空荡荡的位置。是 Mandy 一直陪着我，我俩的感情越来越好。我也成功转型为一个生活方式主播，不再需要每天花那么多时间选产品，工作节奏慢下来，收入当然也下降了。

但我想通了。说到底，加速时间的同时也加速了衰老和死亡。你觉得划算吗？

闫冬冬，约 32 岁，打击乐老师

我是在一次排练的时候觉察出不对劲的。那次排练我印象非常深，因为我很少遭遇那么尴尬的时刻。

我是音乐学院打击乐专业毕业的，成绩中下等，毕业后当老师，教了几年少儿打击乐，为了考级的那种。时间长了，我渐渐觉得没什么意思，开始怀念舞台和演出。我这种履历当然别想进专业乐团，他们收的都是各个专业的尖子生。寻觅了半天，我最终加入了一个业余乐团，配置大约有五十席，算是个比较完整的小型交响乐团，演奏的曲目我也喜欢。

那天，我照例坐在排练厅的最后方，越过一片黑压压的后脑勺，紧紧盯着站在最前面的指挥。他穿了件不太合身的黑色西装礼服，一抬手下摆就往上跑，露出微微凸起的肚子，还有手肘处那一片明显发白的磨毛。不太可能是为演出定制的，可能是婚礼礼服之类的，每次上台都被重新翻出来穿，体现出重视却又带着敷衍，就像这个乐团的所有人一样。

"再来一次！听我指示，五、六、七，走！"

指挥手一挥，小提琴和中提琴从方才中断的第六小节开始演奏。我在心里默数节拍，一二三四，二二三四，他们快了，

又快了。单簧管抢拍跟进，加入合奏，指挥却毫无反应。我皱起眉，心头的疙瘩越来越紧，怎么回事，都抢拍成这样了还不喊停？七二三四，八二三四，快到我了。我抬起鼓槌，数好小节进入。咚，咚咚，咚，咚。咚，咚，咚。

"停停停！"指挥不耐烦地在空中收手成拳，"大鼓怎么回事？怎么又拖拍子？你应该引导整首曲子的节奏，这一慢别人还怎么演奏？"

所有人都回过头看我，我脸颊发烫，脑袋嗡的一声炸开。又是我慢？怎么可能？我明明是按照谱上标的速度来的。我在视域内调出谱子，翻到开头再次确认，Allegro Moderato，适度、中速的快板，BPM差不多120。没有错，每分钟120个四分音符。是其他乐器快了，他们的BPM起码飙到了180，那都是Presto了，这首曲子怎么可能是急板？

"行吧，今天就到这里，等大鼓打明白节奏我们再合。记住，你一个人拖的是所有人的进度，回去好好想想。我不管你是不是科班出身，在我的乐团里只看实际水平。解散！"

指挥径直转身离开排练厅。有些人的全息影像原地消失，他们本就是远程参加排练。其他人也纷纷俯身收拾东西，弦乐器直接装进琴盒，铜管乐器往外倒水，木管乐器拆卸部件。我怔在原地平复心情。

指挥对我有意见，我知道。他了解我背景，刚进团时单独约过我几次，暗示可以直接升我当首席。我拒绝了。再后来，他喝醉酒时给我发过些胡言乱语，我直接把他拉黑了，只在乐团群里看他的集体通知。

董璇凑过来小声说："冬冬，你最近怎么回事啊？怎么老出错？"

她是打击乐首席，这支曲子里负责小军鼓。这个团里，我就只和她比较熟。拒绝指挥也是不想抢她位子，更何况我对指挥本人也没什么兴趣。

我犹豫了片刻，最后还是问她："……你也觉得是我错？没觉得是他们快了？"

董璇瞪大眼睛，探出手摸了摸我额头，她的手凉凉的："你不是病了吧？大家节奏都是准的啊，只有你一个人慢了哎。冬冬，你是不是最近压力太大，没时间练习？"

"嗯，是有点忙。"那阵子是暑假，我确实排满了课，几乎没什么空，来乐团排练还是好不容易挤出来的时间。

"你要不要试试'速时通'？最近好多人都在用。月底赶报表、出差前收拾行李、完成老板临时布置的任务，全都靠它。我都有时间健身了，离完成减肥目标又近了一步！要不你也试试？现在很火的，走在时间前面的感觉可好了！"

我摇摇头。我知道"速时通"，有学生家长用，但学校里禁止这东西，所以我的学生当中没有人安装。干我们这行，时间加速也没什么用，还容易破坏原本的节奏感，所以我没什么兴趣。"不用了，放心，我没事。每天都在摸鼓，可能今天不在状态。回去调整调整，下周六合练肯定没问题。"

"好啊，等你想用了再说，我给你发邀请码还能打折。哎呀，快到点了，我得赶去上动感单车课了，下周六见啊！"董璇把鼓棒塞进印有健身房 logo 的大包，一溜烟跑出了排练厅。

我看着空荡荡的演奏席，慢吞吞收拾自己的东西，想起了从前。在学校里的时候，我也是这样。打击乐声部永远是最早来、最晚走，位置固定在最后面，大部分时间都在等，在乐团里没什么存在感。但我喜欢，在舞台最后面纵观全局，引领节奏。有人说打击乐声部是舞台上的第二指挥，整个乐团的人都得听鼓点把握节奏。刚开始学鼓的时候，我也被老师数落过拖拍子、左右手有轻重、三连音不平均，日复一日的练习中我逐渐改掉了这些毛病，能够稳定打出所需节奏。我不大相信指挥说我慢，但也不明白为什么连董璇都觉得其他人的节奏对。

那天回家后，我打开节拍器，把 BPM 调到 120。哒，哒，哒，哒。节拍器打出均匀而清晰的拍子。哒，哒，哒，哒。节奏不太对劲，这拍子明显偏快了，大约是 BPM180 的速度。我检查了一下设置，指针又确实指向 120，难道是我的节拍器坏了？

我唤醒视域，调出在线节拍器，设置成 BPM120。哒，哒，哒，哒。我又重新打开机械节拍器。哒，哒，哒，哒。两者节拍完全重合。节拍器没问题，那只能是我错了。我很沮丧，练了那么多年，节奏感怎么会变差？

我只好开着节拍器练基本功。右左右左，左右左右，右右左左，左左右右。单跳之后是双跳。右左右右，左右左左，左右右左，右左左右。各种组合的复合跳。再往下是三连音，滚奏，渐强渐弱。直到稳固了节奏我才停下休息，身上出了些汗，肚子也开始饿。

我基本上是在家自己做饭吃。因为练打击乐的缘故，我对时间的估算相当精准，做菜若是遇到需要焖煮三分钟、爆炒十秒之类的，我都不需要开定时器，出锅时间的误差不会超过一个八分音符。所以我的烹饪手艺算是不错。那天晚上，连同之后一整个礼拜，我三番五次把菜给炒煳了。那时候，我还以为单纯是因为我心事重。

一个礼拜以后，我又去乐团排练，按照这一周练习的速度来打，结果又被说慢。但我很清楚，不可能是我慢。那一个礼拜里，我天天早起，每天至少练一小时鼓，速度肯定是对的。可为什么指挥和其他所有人都觉得是我慢？会不会不是我慢了，而是他们快了？突然间，一个想法如同闪电般划过我的脑海，乐团里所有人都偏快的速度、节奏一致的节拍器和炒煳的菜，会不会是这个世界本身变快了？想到这儿，我不寒而栗，指挥的斥责声越来越遥远。

这个世界变快了，而且正在变得越来越快。后来发生的那件事果然证明了我的猜测。

魏微，约 41 岁，企业社会责任咨询师

"速时通"是在那起事件发生之后联系我的。

谁会不知道那件事呢？当时各大媒体和社交网络上都讨论得沸沸扬扬，号称完全无害的纯天然物质竟然有时间放射性，不仅会影响使用者的大脑和身体，还会影响周围的世界。

那位母亲只是一名普通的"速时通"使用者。备孕期间，她没有停用"速时通"，反而因工作而超量超时使用，在他们公司，上班时间使用"速时通"是不成文的规定。怀孕后，她本人虽暂停使用"速时通"，却仍然在公司上班，暴露于因其他同事使用而造成的环境辐射中。孕二十三周，她难产生下腹中胎儿。胎儿不但没有寻常早产儿的健康问题，反倒发育得相当成熟，身长和体重如同孕四十周才出生的婴儿。母亲则在分娩过程中子宫撕裂，导致产后大出血。尽管医院全力救治，最终还是没能挽救她的生命。

事件本身当然有很多可供讨论的点，孕妇的职场处境、公

司剥削员工、医院剖腹不及时等等，但最重要的焦点还是指向"速时通"。这里主要有三个层面：一是那家公司为何能获得超额的"速时通"配给并提供给员工使用；二是"速时通"对孕妇和胎儿的影响；三是"速时通"的时间放射性。

"速时通"当然知道情况很棘手。他们第一时间发布公告，对孕妇的死亡深表同情，捐出一笔款项用于新生儿的抚育，并将联手公司内外力量尽快彻查此事。

危机公关做得还不错。他们应该是连夜开了会，讨论应对措施，拉名单、联系人，组建事件处理小组。我是在凌晨四点接到他们电话的。

我有十五年的 CSR（企业社会责任）/ESG（环境、社会和公司治理）从业经验。一开始是在工厂的采购部门，偏向供应链的社会责任建设和审核；后来跳到了外企的可持续发展部门，专注企业生产对妇女儿童等弱势群体的影响；如今我是一名企业社会责任咨询师，帮助企业搭建环境/社会/治理相关体系，出具企业社会责任报告，也提供相关培训。我的客户里不乏世界五百强和上市公司，履历又相关，"速时通"找到我也不奇怪。

事件处理小组共有六人，除了我以外还有"速时通"的可持续发展部门经理、首席研发工程师、公关部门经理、销售部副经理、分管产品的副总。大家都很专业，开会效率很高，我们第一天就列出了处理方案、各项工作重点和时间节点，并拟定了一份外部专家名单。

当天晚上，"速时通"就发布了二号公告，说明那家公司使用的是正在试运营中的商业款"速时通"，专为帮助员工提升工作效率而设计，哪怕使用量超过普通款"速时通"的月配给额也不会对身体造成损害。由于这起事件，"速时通"将暂停商业款的试运营，收回所有商业款产品并强烈建议企业避免在工作中强制员工使用任何版本的"速时通"。同时，"速时通"将设立一项公益基金，邀请若干劳动法专家担任顾问，帮助在工作中遭受不当待遇的员工维权。

这当然是经过加工的措辞。哪里来什么商用款"速时通"。过量使用当然会有副作用。"速时通"也不可能真的回收产品。他们和那家公司统一了口径，这对双方来说都是损害最低的措辞，只要各自的员工不说出去，就不会穿帮。员工当然都签了保密协议。

又过了几天，出了三号公告，由于目前样本和数据有限，也没人进行相关实验，尚无法确认备孕期间使用"速时通"会对孕妇和胎儿产生影响。在"速时通"的外包装显著位置和说明书中，都有怀孕和哺乳期间禁用等字样，用户应仔细阅读并根据自身情况合理使用。在后续的体验中心健康评估中，销售专员也会专门强调备孕期间的使用风险。此外，"速时通"联合若干位妇产科专家，共同成立早产儿关爱小组，密切关心其健康状况，呵护其成长。

时间放射性方面的公告则要麻烦得多。

首先这个概念很新，T-42是目前唯一具有时间放射性的物质。这个词本身的科学定义还有待商榷，但在社会讨论中，普遍认为具有时间放射性是指不仅仅影响使用者本身的时间感知，也会影响其周边环境中人与物的时间感知；这种影响并非即时的，而是会在人体内或环境中持续作用一段时间，可以沉淀和累加；这种影响也并非单单是主观感知和精神层面的，也是物质层面的，会切实加快人的新陈代谢和物的老化折损。

T-42 几乎可以说是被"速时通""发明"的物质。那些陨石在地球上有好些年了，它们来自某颗彗星。彗星在途经地球时受引力影响而冲向星球表面，下落过程中与大气摩擦，化作了陨石雨。掉落地球的陨石并不少，一开始这一批陨石并没有引起人们特别的兴趣。一位陨石研究组的组员在实验中意外发现这种陨石能改变人对时间流速的感知，便从科研机构辞职从商，创办了"速时通"的母公司。他搜罗了市面上几乎所有的同类陨石，从中提炼出关键物质 T-42，并将之进行商业化应用。"速时通"推出也就这几年，科学界对于 T-42 的研究还很不够。

　　其次，时间放射性不好定量。"速时通"可以量化使用产品时用户的时间感知加速情况，却无法测量时间放射性有多强，多大范围内的人或物会受到影响，暴露多长时间、多强辐射会受到影响，这些数据只能从过往用户身上进行调研获得。毕竟，"速时通"也不可能做人体实验，而人类又是唯一有明确时间感知能力的物种。

　　最后，"速时通"其实早就知道 T-42 具有时间放射性，却刻意对公众进行隐瞒，这是怎么都洗不干净的。某种程度上来说，他们确实在做人体实验，大规模的、不加甄别的、不受控制的、全球范围的人体实验。

　　我就是从这里开始和事件处理小组的其他人产生矛盾的。

　　当然了，他们都是"速时通"高管，想要降低事件对于公司长期盈利的影响，可以理解。但我作为一名企业社会责任咨询师，任务是引导企业往可持续发展方面、主动承担社会责任方面思考。"速时通"在这方面的态度相当坚决：不承认、不公布，当作谣言和阴谋论处理。这让我无法接受。

讨论中让我印象最为深刻的是他们首席研发工程师的话。他说："陨石和 T-42 早就落到了地球上，所谓的时间放射性影响也早就开始了。我们只不过是以一种合理的方式利用它来造福人类，提升个人效率的同时也加速社会整体发展。我们已经成功提取了更高纯度的 T-42，未来可以推出新款产品，进一步加速用户的时间感知，让他们在更短时间内创造更多价值，全人类将进入时间变奏的新时代。假如在这个节骨眼上引起民众恐慌，其代价是整个人类文明都无法承受的。"

整个人类文明？他在开玩笑吗？最后，我退出了事件处理小组，让他们另请高明。保密协议？去他的！世界都快完蛋了，我还会在乎这个吗？

"速时通"内部早就知道，时间放射性是真的。T-42 每次作用时，都会放出富时辐射，本质上，这是一种能量，会增加环境总体的熵，是造成加速的关键。而且，这东西在地球环境中不会自然消散。

"速时通"产品上市八年，累计用户达六亿人，累计销售量达二百四十亿个月的配给量。他们往地球上释放了多少富时辐射剂量？难以预估。

时间放射性的影响远远超过我一开始的认知。

人们早就开始怀疑，时间是不是在变快？冬去春来，时光倏忽而过，一眨眼就又过了一年。

这是真的。

别人说话的语速变快了？自己更容易长白头发了？宠物活得比预期寿命更短？赛博义肢需要更经常维护？

这些也都是真的。

时间滚滚飞逝，如一道洪流挟裹着人向前，跟不上就只能掉队。而洪流的尽头，是末日。

岑萧，约 35 岁，生态旅游领队

时间放射性影响的绝对不仅限于人。

我们做生态旅游的，长年带队去野外，这些年的变化看得很清楚。植物花期变早了，昆虫产卵提前了，鸟类迁徙和鱼类洄游的季节错乱了，连四季本身都缩短了。

这对我们的工作有很大影响。多年来累积的经验没法依靠了，在自然中寻找特定物种成了碰运气，哪怕在勘察过程中看到，下次带队再来时也无法确定还有没有。

这可能要怪我们的一些同行，为了方便在野外追踪动物、拍摄影像或做细节观测，他们有时候会使用"速时通"。"速时通"当然好用啦，只要按个按钮，反应速度和行动速度都会变快，追踪动物就会变得简单很多。他们不再需要慢慢学习那些观测基本功，慢慢积攒实践经验，突击速成一下就可以出来带队，还能徒手抓到青蛙、蝴蝶、螳螂之类的小生物，把小朋友们唬得哇哇乱叫，其实根本不利于培养孩子的生态意识。

最讨厌的当然还是盗猎者。有了"速时通"，他们变本加厉地捕猎保护动物，然后逃之夭夭。我听说在邻市的一片野生鸟类保护林里，巡逻员曾在一天内发现四拨不同的盗猎团伙痕迹。他们彼此互不干扰，仿佛约定好一般，在自己的领地里疯狂盗猎，快速行动快速得手，不知有多少鸟儿遭其毒手。

为了对付这些盗猎者，巡逻员和招募来的志愿者们也不得不使用"速时通"，以便及时追赶他们，抢在被捕猎动物的生命消逝前将它们救出。

来的人多了，动物暴露在富时辐射中也久了。渐渐地，它们的行动速度也变得越来越快，有利于逃脱捕猎，人与动物之间又形成了新的平衡。大自然就是这样，只要假以时日，总能自己找到新的平衡。

当然，这又进一步增加了我们的工作难度，如何在自身不使用"速时通"的情况下追踪已受到"速时通"影响的动物，听起来简直像个悖论。

我们主要做的是生态旅游嘛，主打亲子团，接触的小朋友很多。他们叽叽喳喳的，真的很像一群快活的小鸟。他们的反应速度普遍比我们领队要快，但定不下心，很难让他们安安静静听讲解。他们很容易被飞过、跑过、跳过、钻过、游过的小动物吸引注意力，有时候撒开腿就去追，稍不留神就一头扎进水里，简直是在考验我们领队的反应能力。

我一直以为现在的小孩子都是这样，时代不同了嘛，而且他们还年轻，比我们灵活比我们反应快也正常。直到有一回，我遇见了一个特别的小姑娘。

那次是学校的春游团，以班级为单位出游。那个小姑娘排在队末，走路又比别的孩子慢，渐渐地就和其他孩子拉开一截。她不跟他们说话，他们也不搭理她。我的搭档在前面领队，我负责殿后。队伍拉得太长不好带，我就想办法跟她搭话。

我瞅准路边的牛筋草，指给她看："快看那个，叶子细细长长，顶上分叉出好几根穗子的，你知道那是什么吗？"

她倒也不害羞，伸长脖子瞥了一眼说："蟋蟀草啊，你连这都没见过吗？"

我有点吃惊，现在的小孩很少有认得野草的。"我见过啊，不过第一次在这里见。你很熟悉这种草？"

"我从农村里来的啊，果园里很多的。"她大方回应。

"你是从农村来的？我也是，小时候老要帮家里割羊草，割少了还要被爸妈骂，放了学都不能玩。"我一边和她聊，一边加快脚步，希望她跟上来。

她果然跟上了我的步伐。"这不是很正常的吗？我还要帮哥哥弟弟洗衣服呢，男孩子的衣服脏死了，特别难洗。还要做饭、洗碗、烧洗脚水，做完所有家务才能做作业。不过，我一直是全班第一，老师最喜欢我。"她话锋一转，似乎有点得意。

我们就这样聊了起来。我得知她爸妈都在城里打工，她和哥哥弟弟跟着奶奶过。她爸妈应该是那几年专门回村生娃的，一年一个，连着三胎，生完以后才外出务工。我不知道他们具体的工作，但肯定用不起"速时通"，那玩意儿月费不低，主要消费人群是都市白领和中上层人士——所谓的精英和想要成为精英的人。还有就是外卖小哥这样的特殊工种，由公司统一发放，装载在头盔里，只能在工作时间使用，严禁私用。

她是赢了一笔奖学金才获得机会来我们市参加一个交换项目的，在市里最好的小学上一个学期课，期末考核若是通过就可以继续留在这里把小学读完。这个项目的初衷就是给贫困地区的孩子一个机会，通过教育改变人生。她是老师趁着奶奶下地时偷偷带出来的，不然家里哪儿肯放她走，活儿都没人干了。

"我是肯定要留在这里的，不然回家后奶奶得打死我。就是辛苦刘老师了，还得给奶奶赔罪。"她说。

"那你喜欢新学校吗？"我问。

"喜欢啊，这里书桌大，光线好，写作业的时候很舒服。"

她的眼睛闪闪发亮。

"那你喜欢新同学吗？"

她瞥了一眼前面，用手围着嘴，凑近我小声说："不喜欢。"

"为什么呀？"

"他们心不定，课堂上不乐意好好听课，这动动那动动，影响我上课。"

我很惊讶，她竟然有和我一样的观察。我又问："所有人都这样？"

"对啊，他们说话的速度还特别快，一句话不好好说完就开始下一句，老爱吞字。玩的游戏也是，就是比谁快，可无聊了。我一加入他们就嫌我慢，后来我索性不跟他们玩了。"

"那你在这里有没有朋友啊？"

"有一两个吧，都是其他班的。跟我差不多，从乡下来的，我们讲话走路的速度差不多，共同话题也比较多。感觉我们跟城里的孩子是两个世界的。"

她的话让我陷入了深思。以往，财富和资本可能是隔开两个世界的壁垒，如今这道墙却成了时间。很明显，这与"速时通"的影响有关。如今那么小的孩子已经显现出不同来，未来这种分化是否会进一步加剧？他们会不会不再通晓彼此的语言和文化，明明生活在同一个物理空间，却位于不同的时速维度，彼此互不往来？

生命演化的漫长过程中，不同物种分化出不同的时速维度。蜉蝣朝生暮死，柏树可活千年。人类作为一个物种，共享统一时间已经太久了。或许如今我们正在见证的是新物种的演化，这些受"速时通"影响的孩子们能更好适应加速的新世界，可那些没能加速的人呢，他们又该何去何从？

写下这些以后，我内心的焦虑稍许缓解。不管怎么说，我已经尽力了，能够留下这份文字记录，至少也是对我整个写作生涯的交代。

过去的这十几年中，世界经历了剧变。由于"速时通"的流行，富时辐射在地球环境中的浓度急剧上升，在更大尺度内加速了时间流逝。那些主动拥抱加速的人走在了时间的前面，消耗 T-42，释放富时辐射，制造熵，奔跑着向前进。而那些拒绝加速的人，哪怕留在原地不动，也像站在传送带上一般被带着往前。全球加速已成为毫无争议的事实。

我们都知道加速的尽头是什么，宇宙热寂，时间陨落，完全静止。但我们都无法阻止其到来。对于加速者来说，他们在那一天来临之前还有很多时间，可以做很多事情，但他们的每一个行动又同时在加速那一天的到来。对于慢速者来说，那一天会很快来临，要想从主观上推迟其到来，唯有选择与其他人一起加速。

我所有的亲人都迈入了加速世界，我再也没见过他们。我们在不同的时速维度中遗失了彼此。有时候，我会羡慕莫昕这样的人，至少她找到了陪伴自己慢慢变老的伴侣。我不知道自己是否有勇气独自面对那一天的来临，更不确定自己是否愿意放弃坚持，汇入加速大军。至少不是今天，不在此刻。

（《收获》2022 年第 3 期）

最小的海

叶昕昀

一

李早提起她父亲去世前的情景。

是个傍晚，他让李早取来他的老花镜，说想看看这几天的新闻。过期的报纸堆在医院的床头柜，他一张一张地翻阅。

"怎么没人告诉我？"他说。

"什么？"李早问他。

"曼德拉死了。"他说。

"谁？"

"南非前总统，"他把那串长长的名字一个字一个字念得非常清楚，"纳尔逊·罗利赫拉赫拉·曼德拉。"

李早说自己不看这些新闻。

"你们女人从来不关心政治，"他说，"你把李江给我叫来，我问他知不知道。"

"李江不在。"李早说。

"去哪了?"他取下老花镜，仰着脖子问她。

"不清楚。"李早说。

他把老花镜摔在床沿，背朝她躺下。过了很久，她听见他嘟嚷着说："我知道了。"

李早弯腰捡起他的老花镜，问他："知道什么?"

他没有说话，她走过去，发现他已经睡着了。

当时李早和何毅坐在车里，挡风玻璃正对着夜晚的海面。那天晚上天气不好，几乎看不到月亮，只有灰蓝的海浪片刻不停地从山脚一遍一遍翻涌过来，渐渐逼近他们，击打在岸边的防波堤，再重新退回去。

"他睡着了，"李早说，"但我其实希望他是死了。"

何毅没见过李早的父亲，王阳说那老头是个混蛋。有点文化的混蛋，王阳的原话。

"但他只是睡着了。"李早说。那时候她感觉自己可能是有些醉了。

几个小时前李早跟王阳还有朱莉待在一起，他们吃过晚饭，坐在旅店的壁炉旁喝酒。一个假的壁炉，里面的火焰用鼓风机吹起来，看上去很逼真。李早蜷腿窝在沙发里，靠着王阳，朱莉坐在他们对面，隔着一张木制圆几。大厅的光调得很暗，方便客人们夜间观赏窗外的海景。

那片海其实是高原上一个巨型淡水湖，当地人把它称作海。"最小的海，"朱莉说，"翻译成汉语就是这个意思。"李早和王阳下午到的时候天气晴朗，朱莉带他们到海边转了转。朱莉告诉他们，他们在海的东岸，海景其实是西岸更好，那边的海紧邻环海公路，望出去无边无际。不像东岸这样民居密布，岸边筑着高高的防波堤和青石护栏，对于观赏海景是一种损害。

朱莉是何毅的新女友，比何毅大六岁，他们不久前一起接手了古镇这家临海的旅店。"何毅一直喜欢比他年长的女人，"王阳说，"刘茵是个例外。"刘茵是何毅的前妻，也是王阳和李早大学时期共同的朋友。

王阳认为何毅的这段新恋情或许会长久，李早见到朱莉的时候，大概明白了王阳"能长久"的判断。朱莉跟何毅之前众多的女友不同，她不张扬，无论是外貌还是个性，都透露着内敛和平稳。她身上有生活的力量，王阳这么形容朱莉。王阳说他期望朱莉会是何毅的归宿，希望朱莉的乐观和包容能让何毅学会放下，从早年不幸家庭的痛苦和前一段婚姻的阴霾中走出来。李早知道，王阳是真心希望何毅能过上一种更好的生活，至少是他价值意义上更好的生活，稳定的家庭，和睦的关系，人人充满希望。

朱莉自己先喝了一口酒，向王阳和李早表示祝贺，询问他们什么时候办婚礼。王阳说年内，具体时间还没定。朱莉笑着说何毅听到这个消息肯定会为他们高兴。王阳问何毅什么时候回来。朱莉说快了，他现在应该折回机场高速了。那是几个挺重要的客人，朱莉解释，何毅得亲自送他们到机场。

王阳坐了一会儿，说自己头有些痛，想先回房间躺一下。白天他开了一整天的车，几乎没怎么休息。李早问他要不要自己陪他上去，或者去给他买点药，朱莉这里没有缓解头痛的药。王阳说不用，他躺一会儿就好了。"何毅回来的时候叫我，"王阳说，"他一杯酒也别想喝。"朱莉笑着应和，这个惩罚很好。

"何毅说你们从大学开始就一直是很好的朋友。"朱莉看着李早，那时剩下她们面对面坐着。

李早知道，何毅原话肯定不会用"很好的朋友"这样的字眼，他内心好像从来不觉得谁是他的朋友，但她还是点点头："对，何毅，王阳，我，还有刘茵，我们大学时期就认识。"

"王阳和何毅住一个寝室，刘茵当时还是何毅的女朋友。"李早说，"我和王阳是支教时候认识的。"

"我看到过你们四个人一起拍的毕业照。"朱莉说。

"是吗？"李早说，"我都不记得我们一起拍过毕业照。"

朱莉说："何毅保存得很好。"

"他很喜欢保留东西，"朱莉又说，"高中时候穿的湖人队球衣现在还留着。"

李早看着窗外："那时候我们还很年轻吧。"

"你们现在也很年轻。"朱莉笑着说。

她们听着窗外不间断的海浪声，轻轻举杯，把玻璃撞击的清脆融入海浪。那是一块横贯整个旅店大厅的落地窗，从窗内看出去，视线的尽头是一片绵延的群山，亮着散落的点点灯火。正对旅店的那座山，朱莉指给李早看，在山顶最亮的地方，是禅寺的佛塔。"叫楞严塔。"朱莉说，"当时有好几间海边的旅店要出手，何毅最后选择了这间，说这个位置看楞严塔最好。"有几只晚归的红嘴鸥从海面跃起，在空中上升、旋转、滑落，然后迅速消失在夜空之中。

李早把杯子里的酒喝完，站起来，身体轻轻晃了一下，像是在配合刚好拍打过来的浪潮。"我还是出去给王阳买些药。"李早说。

朱莉说："我陪你。"

"不用。"李早又说，"我想一个人走走。"

李早出门的时候天只是有些擦黑，等她转到海边的时候，天已经完全黑下来了。

手机地图显示海边广场附近有一家药店。那是一个很大的广场，沿着海边一直延伸到远处密集的民居。广场中央有一群学滑板的小孩子，正屈膝准备勇敢地越下两级楼梯，但最后成功落地的居少，大部分都接二连三地摔倒。李早经过他们，向海边沿岸的人行道走去，那里有几个正在饭后散步的当地人。李早走到差不多广场尽头的时候，看见了广场内侧药店的招牌。药店关着门。很多商铺都是这样，大概是冬季游客少，没什么生意。李早那时也感到有些累了，她看见不远处有一座石亭，便朝那边走过去。

石亭算是广场真正的尽头，再往前就只剩一人宽的小路，沿着小路可以进入民居内部，一部分是当地人的住所，但大部分是租当地民居改造的客栈、餐厅、酒吧和咖啡馆。李早倚靠着石亭的护栏，倾听海浪击打她面前的防波堤，有规律地、不间断地击打，那声音有种叫人安静的力量。在更远处的海面，闪烁着一层密集的不断移动的光斑，那是一座连接两块陆地的跨海大桥，车辆在桥上无休止地穿行。即使有那些光亮，海面还是显得孤寂而宁静。

何毅找到李早的时候，她已经移到了海边的圆柱护栏，她觉得坐在那上面更能接近海的静谧。

何毅从她身后走过来的时候，她吓了一跳。

"这样很危险。"何毅说。

李早指了指绑在岸边那排橙色的救生圈，"没事。"她说。

"意外的发生就在一瞬间，"何毅说，"你根本没有机会碰到它。"

"你还是一如既往的悲观。"李早说。

何毅耸耸肩："这是事实，和悲观无关。"

李早没说话。

"你给王阳回个电话，"何毅说，"他正准备出来找你，说你电话打不通。"

"我手机没电了。"李早说。

这时候王阳刚好打来电话，何毅接起来，说他找到李早了，让王阳不用担心。李早听见王阳问他们在哪里，她朝何毅摇摇头。何毅说："我们现在就回来。"然后挂掉了电话。

"你怎么知道我在这儿？"李早问何毅。

"朱莉说你出来买药。"何毅说。

"药店有很多。"李早说。

"我猜你会来这里。"何毅说。

"你刚回来吗？"李早说。

"刚到。"何毅说，"你药买了吗？"

"药店关着门。"李早说，"你车停哪？"

"路边。"何毅指了指前面。

"还有别的药店吗？现在还没关门的药店？"

"镇上有一家，"何毅说，"二十四小时营业。"

"远吗？"李早问。

"不算远，"何毅说，"开车十分钟能到。"

"还有更远一点的吗？"李早说。

"怎么了？"何毅问。

"我不想那么快回去。"李早说。

车子开出古镇，开始沿着环海公路匀速行驶。公路边上设置有专门给游客拍照的装饰巴士和玻璃秋千，李早和王阳白天过来的时候走过这段路，那时还有一些游客在排队拍照，如果是夏天，排队的游客数量应该会再多好几倍。

白天李早和王阳在高速路上行驶了五个多小时，驶出高速后还要再开一个小时才能到达古镇。那是下午两三点左右，虽然是冬天，但阳光很好，加上长时间路途的劳累，他们显得倦意十足。导航提示快要到达古镇的时候，公路两侧的山峦和农田渐渐隐去，车子开始走一段长长的下坡路，当农田在他们眼前彻底消失的时候，远处阳光下粼粼的海面突然在他们眼前显现。这片山体绵延的高原上暗藏的广阔海面让他们瞬间倦意全消，王阳说这是自然的力量。

此时这片海面被夜晚所笼罩，显示出和白天全然不同的样貌，沉静，安宁，甚至有一种被吞噬的可怖。"我更喜欢湖。"何毅说。他放缓车速，把车窗放下。他让李早仔细听浪涛的声音，比海柔和，他说："但并不缺乏力量。"

何毅说这是他选择这里的原因，这片蕴藏在高原群山间的湖泊与海洋不同，无论是它在夜晚与生俱来的清寂，还是它更为缓慢与收敛的力量。李早却说何毅爱上的是这里不被日常生活所规整的放纵与狂欢。"这里到处都是酒吧，"李早说，"算得上你的天堂。"

这时他们开始远离环海公路，朝内陆驶去，那个方向有一片更繁华的古城，也有李早想去的更远一些的药店。在他们即将离开海面的最后时刻，何毅踩下油门，车子在空荡的公路上疾驰，海风和李早的长发一起向他吹拂过来。

"你以为你很了解我?"何毅说。

李早说:"我不了解你,我只是在说我看到的事实。"

何毅问:"什么事实?"

"酗酒,纵欲,"李早语气平静,"毁灭,还有绝望。"

"这像是王阳会说的话。"何毅说。

"如果是王阳,"李早说,"那他会说你正在毁掉你自己的人生,并为他没有把你引入更具期望的生活而自责。"

"而不仅仅只是罗列这些词语。"李早补充。

"这些词已经足够具有杀伤性了。"何毅说,他摇头笑了笑,"王阳一直觉得我在过一种堕落的生活。"

"他只是觉得你在挥霍你自己的才华,"李早说,"他觉得你本来可以在某些方面有所成就。"

何毅笑:"王阳觉得每个人都独具才华,我以前跟他开玩笑,说他可真是个菩萨。他也想拯救你来着,是吧?"

李早没说话。

"他怜悯你,想拯救你,给你想要的生活,"何毅说,"但你现在退缩了。"他转头看着李早,车子急速地穿过前方闪烁的黄色指示灯。

"你以为你很了解我。"李早说。

何毅说:"我不了解你,我只是在说我看到的事实。"

李早转头看了何毅一眼,他们对视,沉默,然后笑了起来。

李早在药店等店员给她拿药的时候,何毅正靠在车门边抽烟。陆续有人走进来,几乎都是深夜刚从古城出来的游客,高反、呕吐、胃痛、眩晕,一身酒气。李早拿完药出来,何毅灭掉烟头，她走上车，他按下启动键，车子准备离开。

这过程快得出奇，从他们离开海边广场，一路驱车至三十公里外的古城，买药，然后踏上归程，时间流逝得飞快。李早想要慢一点，再慢一点，慢到她有足够的时间去想明白自己到底在渴望些什么。她甚至希望听到何毅向她提议，问她要不要进古城去喝一杯，里面有一家他常去的酒吧。"真他妈的不错。"他会这么说。她不会像他想象的那样拒绝他，说她今晚已经喝得够多了，说她并不想看着一个酒鬼当着她的面酗酒。她会同意的，那天晚上她会跟他走进去，去酒吧再喝上几杯，谈谈他们大学时候的事儿，谈谈他们如何成为今天这个样子。但何毅没有这么提议，他甚至一句话都没有说。

车子驶入归程，车速比来时快很多，他们很快就能到达，回到那间海边旅馆，回到他们各自爱人的身边去。完全不是李早想象中的"逃跑"，她现在承认这是一场逃跑，一场可笑的逃跑。她希望何毅能做点什么，但他什么都没做，或者说他什么都不想做。那他为什么要同意呢？当她说还不想那么快回去的时候，他为什么会同意带她来更远的药店，成为她的盟友，和她共同达成这次逃跑的契约？她不明白何毅在想些什么，她承认，她从来就不明白他在想些什么。

车子重新驶进他们来时的那条岔道，蓝色指示牌显示环海西路。

"我有点犯恶心。"李早说。

何毅看了她一眼，把车速降下来。

"前面找地方停一下吧，"李早说，"我想透透气。"

如果这次逃跑不只是一种情绪上的闹剧的话，李早想，她或许该试图做些什么。

何毅保持着低速行驶，直到前方出现一片观景台，他开始缓缓打方向盘。消失的海面重新在他们眼前显现，广阔、混沌、沉静。

观景台设计独特，叶片形状，从外向内逐渐收缩，最窄处悬空于地面，像是一座悬崖，那里是观景的最佳位置，只容得下一辆车的宽度。他们的车停在"悬崖"边，整片海面就在他们眼前，所有的岛屿，所有的边界，比想象中更小，更有限。

"这只是一片湖，"何毅重新放下车窗，海浪声涌进来，"用海的标准看待它肯定要失望。"他看出了她在想什么。

"我没见过真正的海。"李早说。

何毅问她什么是真正的海。李早想了想，说："没有边界？没有尽头？"何毅说："不存在那样的海，就算太平洋也是有边界的。"李早说："是吗，那什么没有边界呢？"何毅说："什么都是有边界的。"

"人呢，"李早问，"人的边界呢？"

"是死亡吗？"李早说。

"死亡是实体的边界，不是人的边界。"何毅说。

"所以人不是实体，"李早说，"那是什么，思想？"

"也许吧，"何毅说，"在你说的边界意义上，人是思想。"

"这么说的话，"李早说，"人的边界取决于思想的边界？"

"我喜欢这句话。"何毅说。

"那思想的边界呢，"李早问，"思想的边界又是什么？"

"这个你恐怕要去问哲学家。"何毅说。

李早笑了笑，何毅也不再说话，他们沉默着，倾听海浪如何将他们围绕，直到几辆轰鸣的摩托从他们身后飞驰而过。

"你平时也这样吗？"李早说，"像他们这样不要命地做这种速度游戏？"

何毅愣了一下，似乎在回想李早问了他什么。

"不，不会。"何毅说，"嗯。偶尔也会。偶尔。"他毫无意义的重复让李早明白，他没听进去李早在问他些什么。

"你在想什么？"李早问，"边界？"

"还是酒？"李早看着他。

何毅笑了起来，他把天窗打开，从口袋里拿出烟。

他的答案不言自明。

"要是没有跟我出来，你现在应该正坐在窗边喝酒，"李早说，"边观赏佛塔边喝酒，是吧？那塔叫什么来着？"

"楞严塔。"何毅认真地告诉李早。

李早的讽刺在他身上完全落空，她自己都忍不住笑出来。

"但我没逼你出来。"李早又说。

"对，"何毅说，"我是自愿的。"

"你后悔了？"李早说。

"有一点。"何毅说。

"后悔是你的常态，"李早说，"是吧？"

"是吧。"何毅说。

"离开刘茵以后有后悔吗？"李早说。

何毅沉默，然后说："你喝多了吧？"

"不多，"李早说，"朱莉的白葡萄酒，只喝了半杯不到。"

"不是，那是我的酒。"何毅说，"味道怎么样？"

"还行，"李早说，"所有的酒我喝来都一个样。"

"可惜，"何毅说，"应该挑最便宜的招待你们。"

李早看了他一眼。"记得李江吗？"她说。

"你弟弟？"何毅说。

"对，"李早说，"李江是喝假酒死的。"

何毅看了李早一眼："虽然有些冒犯，但我怎么觉得你像在讲什么劣质笑话。"

"好笑吧，"李早说，"人死得像个笑话一样。"

何毅没说话。

"挺有意思的，"李早说，"这种死法挺有意思。我跟你讲过我爸爸怎么去世的吗？"

何毅说没有，然后李早提起了她父亲去世前的情景。

"我以为他死了，结果他只是睡着了。"李早说。

"后来我以为他只是睡着了，结果他死了。"

何毅终于点起了他的烟。

烟雾从天窗升腾上去，月光倾泻下来，一片正好落在何毅的鼻峰上，像黑夜海上浮着的冰山。

二

李早让王阳和儿子去麦当劳等她，她拿完检查报告就去找他们。

儿子多多坐在后排的儿童座椅上拍手，说要吃麦旋风。王阳说："你一个人哪行，我得陪你去。"李早说："不用，要真检查出什么我还得反过来安慰你。"王阳动了动嘴，没说出话。"医院细菌多，"李早语气柔和下来，"多多感冒刚好，别又感染了。"王阳点点头。"待会儿从建设路岔过去。"李早又说，"别走主道，堵。"

"好。"王阳说。

几周前李早在左侧乳房发现了肿块，她刚洗完澡，往身上抹身体乳的时候摸到的，蚕豆大小，很硬。她当时没有在意，后来发现肿块在变大，晚上睡觉的时候她告诉了王阳，王阳伸手摸了摸，吓得不轻，责怪她怎么不早说，李早说她当时没想那么多。王阳那晚一夜没睡，第二天一早请了假带她去市医院做检查。

医生摸了摸，说像纤维瘤。他问了李早的家族女性病史，比如她的母亲是否患过乳腺癌等。李早说她不清楚，母亲很早就去世了。医生又检查了她腋下和锁骨处，摸了摸那边的淋巴结是否肿大。

"会是癌症吗？"李早问医生，"我没想过会这么严重。"

医生开单子让李早去做核磁和肿物穿刺。"不要紧张，"医生从打印机里取出单子递给李早，语气平静，"先去缴费做检查，到时根据结果才能确定。"

李早今天来医院取检查报告。

昨天晚上李早没太睡好。白天她把多多送去王阳母亲那里，让她周末帮忙照看两天，说这几天公司要加班应对巡视整改，没提明天要去医院的事。晚上十点左右，王阳的母亲打电话过来，说多多在她那边一直闹，非要找妈妈，怎么哄也不听。王阳把多多接回来的时候已经快凌晨了，李早又花了一些时间哄多多睡着，然后才回卧室，但躺下没多久就醒了。她看了看手机，三点十分，王阳不在卧室。她下楼走到客厅，看见王阳站在院子里，关着玻璃门在外面抽烟。她重新回到卧室躺下来，睁着眼睛看墙上的壁纸花纹，数一块壁纸上有几只蜜蜂。后来她听见王阳上楼的脚步声，她闭上眼睛装睡，但王阳一直没进卧室。第二天她起床的时候，王阳还躺在楼下客厅的沙发上。

有时李早会想，婚姻所具有的意义，就是此刻对方比她更惧怕自己的死亡。她和王阳恋爱四年，结婚七年，孩子四岁，他们人生共同的十一年就这么过去了。一起度过的所有日日夜夜都将他们连成了一个整体，一个不可分割的整体。是真的不可分割吗？李早想，还是仅仅因为他们彼此都没有找到必须分割的充分理由？他们和睦，友爱，相互尊重，生活中没有出现别的意外，那种令他们必须分割的意外，或者说，那种意外还未到来。它们会到来吗？不仅仅死亡，李早想的不仅仅是死亡那种意外。

　　医院里的停车位已经满了，王阳把车停在了路边。下了车，李早让王阳和儿子直接去麦当劳，她往反方向走去医院。"不用送，"李早说，"我自己走过去。"王阳说："你把口罩戴上。"李早点点头，转过身去戴上口罩，往前走了几步，听见儿子在她背后喊："妈妈，快来找我们哟。"她回头向他们挥了挥手。

　　置身于医院的喧哗和骚动中时，很难不想到人的苦难和死亡。救护车、呻吟、防护服、感染、急诊室掉落的手指，红灯手术中、恸哭、刚被清扫的血迹、求救、黑色垃圾袋里的皮脂和内脏。人们匆忙或是神色紧张地在每一处穿梭，停留，等待。也不是没有欢乐，如果等待的结果令人惊喜，人们会欢呼，但还是会无法抑制地哭泣，欢乐的哭泣。

　　李早说不清楚她此时的等待掺杂着什么样的心情。她当然在暗自祈祷只是身体上的小毛病，也许最终会被证明只是虚惊一场。但她也想着最坏的结果，生命的倒计时，突然降临的死亡。算是恐惧的一种吗？也许吧，但她更好奇到时候身边的人会对她的死亡抱有什么样的反应。父亲临终前，在医院照顾他的那段漫长日子里，她见过很多种对于死亡的反应。一个中年男人凌晨脑溢血死了，过了两个星期他的家人才来认领尸体，缴清欠款。肾衰竭的老人刚进手术室，他的儿子女儿、儿媳女婿为了遗产分配问题在楼道里吵得天翻地覆。也有的人去世以后，他的儿女过来有条不紊地收拾着他的东西，把水果分给病房里的其他人，握着医生的手说："谢谢，我知道你们已经尽力了。"父亲去世的那天夜里，她只是叫来了护士，确认死亡后她签了字，然后感到了前所未有的轻松。那天晚上她站在住院部院子里那棵合欢树旁，轻轻地呼了口气，她也哭了，但不包含悲伤，即使有的话，那也很少。李早不知道自己的死亡会让周围的人感受到些什么，但如果他们想起她时，带着更多的遗憾和怀念，那就不算是坏的死亡。

挂念。她当然会有所挂念，她的孩子，她的丈夫。孩子会健康地长大吗？会幸福吗，快乐吗？会忘记她吗？丈夫呢，需要多久走出这场阴霾？又会在多久以后再次成家？所幸的是，她了解王阳是什么样的人，也会相信和尊重他此后的选择。他会处理好一切。一直以来，他都是一个称职的丈夫和父亲。

遗憾，李早捕捉到这个词，有遗憾吗？也许吧，李早想，但她想不出什么具体的遗憾。但如果，她是说如果，在她还能够选择的时候，她选择了另一种生活，一切又会是什么样？

在她很年轻的时候，她就渴望步入一种安全的生活，稳定、舒适，无需为金钱发愁。她厌倦了曾经那些今天担心明天的日子，担心交不上学费，担心父亲无由来的毒打，担心李江鬼混闯祸，担心他们各种意外的死亡，担心她最终不得不辍学去供养这个家庭，担心自己最终将过上令她恐惧的生活。所以她又常常觉得自己算是幸运的那一个，在完全被轻视的家庭和动荡的环境里还算正常地长大，没有被拐卖，没有被强奸，没有辍学，没有走入歧途。考上不错的大学，找到一份稳定的工作。或许更重要的是，她遇到了王阳，并在他那里看到了一种对她而言极具诱惑的人生。

李早认识王阳的时候就知道，他会是一个好丈夫，以后也会是一个好父亲。他从他的父母那里得到了足够的爱和富足的生活，他也能够把他的富足和爱释放给每一个需要的人，如同七年前李早在婚礼上给宾客读她写给王阳的信中所说的那样："他是一个善良的人，懂得如何去爱一个人的人。他懂得如何尊重别人，尤其是尊重女性，这是周围大部分男性所真正缺乏的。他从不站在更高的位置看人，尽管他拥有着比同龄人更加优渥的生活条件。他总是能够看到那些被忽视的人群，带着悲悯但不俯视的姿态接近他们，怀着最大的善意和期望去帮助他们，希望他们过上一种美好的生活。这些都是我爱他的理由。"

王阳说他是在去支教的那趟列车上爱上李早的，李早问他具体是什么场景。"列车穿过贵州境内最后一条隧道，"王阳说，"看到尽头的时候。"

那是一列从北方直抵云贵高原的列车，整个旅程严格依照着地理课本中地形和植被带的划分。列车起初在一望无际的平原上行驶，铁路两边的房屋和农田一闪即逝。当平原和天际衔接的直线逐渐被起伏的山峦所取代的时候，列车就开始频繁驶入狭长幽暗的隧道，喧杂的人声也随着渐暗的背景色突然沉寂下来。

王阳坐在紧挨过道的位子，他转头看向漆黑的窗外，借由车厢内的灯光，看见了自己隐隐反射在玻璃窗上的脸庞。和他的脸庞同构成一幅完整画面的，还有坐在对面靠窗位子，一个正在低头看书的女孩儿。

从上车开始他就注意到这个女孩了。她有很好看的下颌线，齐肩发，耳廓很小。她在一页书上要停留很久，即使翻了页，也还会不断回头去看前面的内容。有时候女孩很久都没有翻页，他猜想那一页是不是格外精彩。

阳光再次照进车窗，由暗渐明转换的瞬间，女孩抬起了头。她在看他，觉察到这一点的时候，他有些尴尬。他不知道那一刻自己的目光该不该从窗户上移过来，是该直视她，还是装作在看窗外的景色。他感觉到自己肩膀的肌肉都在紧绷着。

是女孩主动跟他说的话。"你东西掉了。"女孩说。

他转头，确定她是在同他讲话，然后低头去看，是他的卡包，应该是刚才坐下的时候从兜里掉出来的。

他把卡包捡起来，对她说了谢谢，又觉得自己还应该再说些什么，然后他问："你在看什么书？"

女孩把书本合起来，然后朝他抬起，展示封面。"《玫瑰之吻》。"她说。

"小说？"他问。

"不是，"她说，"植物学丛书，讲花的。"

"花？"他问。

"对，"她说，"花。很有意思。"

"是吗？"他说。

"比如莲花。"她说。她比他想象中开朗和热情得多。她迅速翻到折了一角的书页，指着文字念起来："每朵莲花都有自己的恒温器。莲花开放时，即使空气低到五十华氏度，它也能够产生并维持超过八十华氏度的温度。"

她阅读的时候很专注,为了压住火车经过轨道的声音,她提高了音量,念完后又觉得自己影响到了其他同学,于是不好意思地笑了笑。但他们周围并没有人在意她,在意他们。

王阳觉得这样呈对角线的交流并不方便,他想换到离女孩更近一点的位子,但没有同学愿意。女孩这时站起来,提出跟坐在王阳对面的男孩换一下位子,男孩同意了。

"靠窗的位子更吸引人。"女孩眨着眼睛对王阳说。

王阳感觉自己的耳后正微微地发烫。

"还想再听吗?"女孩问他,"比如花如何凋零?"

王阳点点头。

女孩继续翻到另一面折角的书页:"日本樱花是'大爆炸战略家',它开花时间十分短暂,但成千上万朵樱花中每一朵都可提供微量的花粉和花蜜。樱花树吸引了多种不同的'机会主义'昆虫,这些昆虫寿命较短,关注的范围也不大,但它们会成群结队扑向花团锦簇的樱花树,寻求短暂的回报。"

王阳认真地点头,表示他学到了这些知识。

女孩接着念:"对于'多年生但只结一次果的植物'来说,青春期是致命的。植物用尽其所有细胞分化来生成花枝,为了生产果和种子,它们等于燃尽了多年来贮存的能源。性对于'多年生但只结一次果的植物'来说是一种代价极大的胜利。"

"比如龙舌兰和竹子。"女孩说。

王阳还是点点头。

"是不是很像人类不同的生存方式?"女孩问他。

原来她想说的是这个。王阳想了想,然后问她:"那你呢?

你属于哪种生存方式?"

"不知道,"女孩说,"这两种方式我都喜欢。一种热烈,一种坚韧。"

他喜欢她的形容。

"但我们大部分人应该属于另一种方式。"她又说。

"什么方式?"他问。

"从墨西哥到哥斯达黎加低地森林中的十字架树,一年中大部分时间里都在开花,它的老枝和树干上都会产生许多花苞,但这些花苞寿命都很短,而且每晚只开放少许。较大的深紫色花朵会吸引种类不多的蝙蝠前来吸食花蜜,这些蝙蝠每晚造访同一片小树林。这种'稳恒态'植物更倾向于锁定食性比较专一化、体格强壮并且寿命较长的动物,这些动物有很好的记忆力,并有到处流浪的习惯,动物愿意每天奔波很远的距离以获取有限但可持续的回报。"女孩读完,抬起头看王阳。

王阳点头,表示赞同,沉浸在植物对于人类生存方式的启迪之中。过了很久,他听见女孩合上书,问他:"你是哪个系的?"

"经济系。"他说。

"我是中文系,"女孩说,"我叫李早,你呢?"

"王阳。"他说。

然后她问他为什么来支教。

王阳想了想,说:"想来体验另一种生活。"

李早的表情严肃起来。"'体验'这个词有问题,"她说,"有居高临下的姿态。"

王阳想说他不是那个意思,但他一时不知该如何辩驳。

"难道你不就在生活里吗?"李早说,"你想体验什么?"

王阳有些不知所措，他不明白只是简单的一句话为什么会让面前这个女孩突然变得咄咄逼人。

"我不是那个意思，"王阳说，"我是说感受，感受别人的生活，然后尽可能地帮助他们。"

"帮助他们？"李早说，"你觉得自己有能力去改变别人？"

"尽可能，"王阳说，"尽可能带给他们一些有益的影响。"

"影响？"李早说，"如果他们并不觉得自己需要被影响呢？或者说，他们并不觉得自己过的是一种不好的生活？"

"那我就去向他们指出什么是好的生活。"王阳说。

"你太自大了，"李早说，"非常自大。"

王阳当时是有些生气的，他不知道为什么自己要无故地受到她的指责。剩下的时间他们都没有再说话，当列车穿越最后一条隧道的时候，王阳开口，他跟李早说自己思考了她刚才的那些话，他说他并不是觉得别人的生活不值一提，他只是觉得完全可以让他们看到更好更广阔的生活。

李早抬起头："你还是没懂我的意思。"

王阳看着她。

"我想说的是，"李早说，"你没有资格站在更高的位置去看待甚至指引别人的生活。"

"我没有。"王阳说，但他知道争辩下去再没什么用。"好吧，"他说，"那你为什么来支教？"

李早看着他，挑了挑眉："为简历增加一条实践经历。"

王阳无可奈何地笑了起来。"好吧，"他说，"实用主义赢了。"然后李早也笑了起来。那时候隧道刚好抵达尽头。

但王阳其实骗了李早，他根本不是在火车上爱上她的，真正爱上她是在之后。支教结束的时候，他想跟她进一步发展关系，提出了恋爱的想法。她答应了，甚至没有犹豫，但却给他时间让他再回去考虑考虑，她说她的家庭状况不好。

"我妈妈很早就去世了。"她说，"我爸爸精神有点问题，时好时坏。坏占大部分时候。"

"我还有个弟弟，"她说，"很早就辍学了，已经很久没跟家里联系。"

王阳当时认为李早过于认真，他只是想谈恋爱，李早其实没必要告诉他这些。但她的坦诚还是打动了他，他被她讲述生活时毫无怨言的神情所吸引，在她身上并未展现出那些生活的困苦带给人的怯懦。她和别的女孩儿不一样，即使他当时没有意识到，但不久后他也会明白，这是他爱上她最重要的原因。

他身边有很多同龄的年轻女孩儿，她们虚荣，凌空于生活，以一种生硬的姿态让自己与本身的生活相隔离。李早不一样，他看到了她的不同之处。即使后来他向她求婚的阶段，他也依然认为她其实完全可以找到更好的伴侣，比他更成熟，也更有前途，只是需要一些时间。但他还是想要娶她，因为他觉得当下她再没有更好的选择。她还要在她贫困的生活里挣扎许久，甚至比他想象中更久，才能真正让别人看到她的不同。他不忍心看她挣扎，有可能一蹶不振。没人说得准。所幸，是他比其他人更早一步看到了她，至少在这段时间里，他能够给她一种他认为她应当拥有的生活。

但李早犹豫了，当她一直渴望的那种生活置于她的眼前，邀请她进入的时候，她犹豫了。

446

三

王阳和朱莉面对面在大厅坐着，夜间的温度很低，即使喝着酒身体也是冷的。不只身体上，王阳想，他不知道朱莉有没有这种感觉，意识上的眩晕和颤抖。不过朱莉应该比他好很多，因为她还能腾出多余的精力安慰他，说何毅和李早也许只是手机都没电了所以联系不上，又或许是车子在路上出了一点状况，需要些时间来处理。"生活中多多少少会遇上些出乎意料的情况，是吧？"朱莉这样说。朱莉给他倒上酒。"不用担心，"她说，"他们很快就会回来的。"

"他们"，王阳想着这个词，"他们"，这真是一件"出乎意料的情况"？有一天晚上，当你睡醒一觉后发现，你的未婚妻和你最好的朋友一起消失了。"消失"这个词或许用得有些重了，"失联"，可以用"失联"这个词。他们没告诉你他们去了哪，他们也不接你的电话。你只能猜想他们现在在哪，在做什么。你也可以更戏剧性一些，去猜想他们是遭遇了重大的连环车祸，甚至遇到了匪徒，这样才会被迫和你失联。

但王阳理智尚存，还能在合理的框架里进行思考，他知道自己唯一能做的只有等待，并在等待中不断回想，这种端倪是何时出现的，难道一直毫无察觉吗？如果他从未把何毅和李早放在一起想过，一直认为他们三个人的关系是一条线段，他才是中间的那个连接点，线段的两个端点怎么会发生关系？如果是这样，那他此时怎么可以如此理智地等待着一切可能发生的结果。

如果不是毫无察觉，那么一切不加指明或阻止的顺其自然，是一种超常的信任，还是蓄意的放任？难道只是为了能够站在原地，颤抖着却同时怀有期待去观看那一点端倪能够造成多大的灾难，能在多大程度上摧毁他一手建立起来的生活？如果是这样的话，王阳想，自己或许才是他们三个里最适合被"毁灭"一词形容的那个。

无论结局如何，他知道，一切都已不同。

他想过最坏的结果就是失去她，或者，也不一定，也许那恰恰是更好的结果，他失去她，然后在不久以后遇到一个更好的女人——什么意义上的更好呢？更年轻，更美貌，更温顺，更加爱他？那时候如果他跟后来的妻子说起，他也许会说现在的失去是一种幸运。

但生活不是那些浅俗的连续剧，遵循的不是它们的逻辑，不是娶了更好的人，过上了更好的生活，就可以说他终于战胜了那些伤害过自己的人，他从此就成了胜利者。不是这样的，生活遵循的是生活的逻辑，他所爱的女人背叛了他，这种痛苦永远不会被其他更好的东西所抵消和替代，那一刻他成了失败者，并且此后生活里的每分每秒都会提醒他不能忘记这一点。

而李早对此一无所知。

她此时在做什么？在想什么？她会跟何毅接吻吗？甚至做爱？她会像对自己那样，用嘴让他快乐吗？会吗？她会感到愧疚吗？或者悔恨？

只有夜晚是永恒的，王阳看着窗外，夜晚永远像现在这样笼罩着他。而李早将永远，永远对他此时内心发生的一切一无所知。

"你就没有什么想对我说的吗？"李早说。

448

何毅抽完了他的烟，又重新点上一支。

"说说你的童年，你的家人，"李早说，"或者是，你为什么这么绝望。"

何毅没有说话。

"王阳说你妈妈是自杀去世的，"李早说，"但从来没听你提起过。"

何毅没有说话。

"可以不要抽烟了吗？"李早说，"我讨厌烟味。"

何毅把烟头掐掉。

"说说吧，"李早说，"说说你的妈妈。"

"你们夫妇是专门赶过来要给我做什么心理疏导吗？"何毅说，"还是你也觉得你想拯救我？"

"我和王阳还不是夫妇，至少现在不是。"李早说，"我也没对你产生拯救的想法，难道是你觉得女人们都热衷于去拯救一个绝望的男人？"

何毅笑了出来。

"我只是想听你说说话。"李早说，"我还不想回去，所以换你来说说话。而不是我一直在说。"

何毅看了李早一眼。"是，我妈妈是自杀死的，在我出生后不久。"他说，"她把自己吊死在客厅的房梁上，那个空出的位置原本准备装一盏水晶大吊灯，灯装上以后我们就可以搬进那幢新房子去住。"

李早说："是产后抑郁吗？"

何毅说："不知道，那个年代哪有什么产后抑郁的说法，他们只会说她是撞了邪。"

"所以你对她毫无印象？"李早问。

"毫无印象。"何毅说。

"但我觉得她对你肯定有所影响，"李早说，"比如潜在的抑郁一类？"

何毅没说话。

"但王阳说是大学时候你在酒吧做兼职的那段时间毁了你，"李早说，"你觉得呢？"

"你这是访谈还是审问？"何毅说。

"聊天。"李早说。"他说你在那里不只是染上了坏习惯，比如酗酒。酗酒还只是小事，"李早说，"更严重的是你从那里回来以后彻底丧失了抱负。"

"那只是王阳的臆断，"何毅说，"我从来就没有什么抱负。"

"但你曾经想做一个乐队，"李早说，"你为此做过努力不是吗？听说你在酒吧的那段时间积累了不少听众，有乐评人称赞你是一个诗人。"

"努力？"何毅说，"也许吧。"

"为什么放弃呢？"李早说，"现在你连吉他都不碰。"

"那你呢？"何毅看向她，"你又为什么放弃？你以前也写小说，王阳说你有那个才华，为什么不写了？"

"小说家不是离我最近的目标。"李早说。

"最近的目标？"何毅问。

"对，"李早说，"最近的，我伸手就能够到的目标。"

"是什么？"

"有一个家，"李早说，"一种安稳的生活。"

"也许以后会有机会，在最近的目标实现之后，有机会的话我也许能再写点小说。但，"李早笑了笑，"并不是谁都能有

450

机会成为艾丽丝·门罗。"

"你想要的目标现在就在你眼前，他就坐在那里等你，"何毅说，"但你却待在这里，说你还不想回去。"

"别岔开话题，"李早说，"我是在问你，问你为什么放弃。"

何毅看了李早一眼。"不是谁都能有机会成为艾丽丝·门罗，"他说，"也不是谁都能有机会成为鲍勃·迪伦。"

李早沉默了一会儿，然后说："一定要成为鲍勃·迪伦吗？成为有几十个听众的何毅不也很好？我以为你只是在享受音乐。"

"那为什么不干脆回归为一个听众？"何毅说，"如果你已经确定自己没有更高的才华。"

"这就是你的原因？"李早说。

"这就是我的原因。"何毅说。

"这也是你背叛刘茵的原因？"李早说，"也是你酗酒，是你绝望的原因？"

"因为你没办法成为自己最渴望的那种人，所以你连最基本的生活都要摧毁？包括别人的生活？"李早说。

"不要用这种教训的口吻跟我说话。"何毅说。

"如同刘茵所说，"李早说，"你最大的才华就是你无与伦比的极端。"

"极端的冷漠，极端的自私，极端的懦弱。"李早又说。

何毅笑了出来。

"你跟我是同一类人。"何毅说。

李早看着何毅。

何毅说："你跟我是同一类人。"

他看着她。

"自私、冷漠、懦弱，却想找一个好人来承担我们的生活。但你比我更无耻，你自私冷漠，却还装作热爱生活。你明明想要更多，但又不舍得安稳的生活。你如果跟我一样坦诚，就应该懂得放弃，像我一样，把希望留给有希望的人。你就应该放开王阳，就像我放开刘茵一样。"

李早沉默了很久，然后她说："你不过是个生活的懦夫罢了。"

何毅说："你不过是个虚伪的利己主义者。"

李早却笑了出来："谢谢你告诉我。"

"不用谢。"何毅把含着的烟头吐出来。

"你今晚是希望我做点什么，是吧？"何毅说。

李早看向他。

"你对你笃定的目标迟疑了，"何毅说，"所以你希望我做点什么，好让你暂时逃离甚至逃脱原本的生活。你希望那些让你生活发生改变的力量来自外在，以确保你发生失误的时候可以让自己全身而退，你那个时候会说，你与此无关，因为你没主动做过什么。"

李早没说话。

"那你现在希望我做点什么？"何毅转向她，扳过她的肩膀，"做到什么程度？"

李早没有挣扎。

"你看着我的眼睛告诉我，"何毅说，"你想要什么？你一步步激怒我，然后想从我这里得到些什么？安慰？建议？讽刺？"

"还是性？"

李早没有说话。

"你告诉我，"何毅说，"看着我的眼睛告诉我，你眼里有对我的欲望吗？"

李早看着他。

"有吗？"何毅说。

"没有，"何毅说，"一丝一毫都没有。"他将李早推开，放开自己扳着她肩膀的手。

"我承认我对你有，"何毅紧握着方向盘，"你早就察觉到了是吗？所以你在给我机会。引诱？放任？激怒？你想得到什么？"

李早没有说话。

"你冷漠自私，虚伪疯狂。"何毅说。

"而王阳自以为是，"何毅说，"他是个自以为是的白痴，用廉价的善良掩盖内在的空虚。"

"但他也不至于得到这样的惩罚。"

"我也不至于为一点欲望而毁了这一切。"

王阳听到门外汽车喇叭声的时候，他的身体像被再次拧紧了发条。朱莉先跑了出去，去给他们开门。王阳坐在位子上没动，或者说，他没办法动。他透过那扇玻璃门，看见车子开了进来，然后朱莉关上了院子的大门。王阳看不清车子里的人，他甚至怀疑何毅和李早到底有没有在里面。

然后他看见他们走了进来，李早一个人走在前面，何毅和朱莉跟在她的身后。他们穿过月色，穿过院子里的三角梅，穿过脚下的绿绒蒿丛，一步步朝他走来。

她似乎是微笑着，像是什么也没有发生。她把手中袋子里的药递给他，告诉他镇上的那家药店关门了，他们只好去更远的药店，一直到了古城。她没有再解释别的，好像这样的理由已经足够了，她并不在乎它够不够严密，够不够真实。只需要听的那个人愿意相信，那它就是可信的。"你头还痛吗？"她问他，"赶紧吃一颗，还有冲剂，一起喝下去。"她伸手摸了摸桌上的凉水瓶，然后说她去热一点开水。

朱莉走过来，接过李早手里的水瓶。"我来吧。"朱莉说。

然后王阳抬起头看着李早，"我以为你不会回来了。"他说。李早看着他，先是迷惑，然后即刻恢复如初。她感觉到，或许王阳早就从那些蛛丝马迹里看到了他们之间的另一种结局。但她的内心没有忐忑，没有恐惧，什么也没有。她只是走到他身旁，把身体倾向他，然后抚摸着他的头发。"怎么会呢。"她说。

生活再次接续，一切看似如常，但已完全不同。

它的暗面向他们翻转了过来，那些谎言、闪躲、心猿意马，甚至是背叛，开始汇聚成细流融入他们的生活。

四

他们在夏天举办了婚礼。宴会酒店坐落在市区北侧的半山腰，紧邻一片近千亩的玫瑰种植园。负责酒店宴会的经理告诉王阳和李早，玫瑰园每年预计产出食用玫瑰一百五十吨，向全市供应，可供制作一千八百万个美味的鲜花饼。他们站在宴会厅窗前看向远处已经盛放的玫瑰园，听经理向他们解释食用玫瑰和观赏玫瑰的区别，仿佛参与的是一次玫瑰园科普展览，与他们自己的婚礼全然无关。经理的科普知识介绍完毕后，非常遗憾地告诉他们，两个多月后他们婚礼举行的时候，玫瑰园的玫瑰基本已经采摘完毕。

那天他们从酒店出来，车子路过玫瑰园的参观入口，王阳问李早要不要进去看一看，李早摇了摇头。王阳说："确实，食用玫瑰没什么可看的。"李早没说话。王阳又说："日期太仓促，只有这个酒店规格还可以。"李早说："没关系。"王阳说："我妈只是觉得这个日期更吉利，没有催你的意思。"李早说："我知道。"王阳没说话，等车子下了山，他才说："那就好。"

那些日子仿佛和从前没什么两样。他们仍旧一周约会三次，偶尔在她的住处过夜，周末会选一天跟他的父母吃饭。饭后，他们会坐在一起商量婚礼的细节，王阳的母亲事无巨细，王阳的父亲则置身事外。常常是他们三个在核对宾客名单或者确定宴会菜谱，王阳的父亲就坐在一旁看战争纪录片。马恩河、凡尔登、珍珠港、中途岛、诺曼底，这些战役一一作为他们讨论的时间标记。他们互相提醒："诺曼底登陆那次我们说过要加这道菜……偷袭珍珠港的时候我们说过要再给同事加五桌。"有时战争场面巨大的音效总是将他们的声音掩盖，王阳的母亲就耐心地等待，并且教他们也学会等待，同时教给他们什么叫做婚姻。她说："婚姻是一场时针与分针的耐心角逐，等待彼此不同的步调在每一次整点时刻的会合。"然后战争的音效停息，他们的讨论继续。最后，王阳的母亲都会用"井然有序"作为结束语。

一切都在井然有序地进行，一切都朝着令所有人满意的方向发展。而不久前他们彼此内心的波动都被这些井然的日常所暂时地抚平，除了一些时候。比如当王阳瞥向父亲认真注视的纪录片，屏幕上正在讲述那些战后士兵的生活，他们从战争和灾难中走出来，在和平的生活面前展现出巨大的迷惘。王阳想到他和李早一起读过的海明威，想到《太阳照常升起》，想到他自己。那些在他们内心发生过的战火与灾难构成了他们的战后生活，他们要在废墟之上重新铺平日常生活的轨道。他们需要遗忘，需要让一切如常。如常地牵手，吃饭，散步，聊天，也如常地亲吻和做爱，但却总是在进行的时刻突然中止，即将攀上顶峰的瞬间闪现出那些灾难的画面，他们都心知肚明地等待，等待彼此在整点时刻的重新会合，等待爱意的重现，等待生活的再建。他们都竭尽全力。

战争纪录片又从头开始播放的那个晚上，他们的讨论也宣告终止，婚礼不久以后就将举行。那天晚上他送她回公司宿舍，到她楼下的时候，王阳说："婚礼何毅来不了，他说有些急事。"

李早点点头。

"不过朱莉会代替他来。"王阳说。

"刘茵会来。"李早说。

"所以何毅不敢来。"王阳接上李早的话。然后他们一起笑了出来，那一刻他们好像听到了时针与分针的重合声。他吻了吻她，然后放她走。

但他最后还是拉住她。"何毅给我们寄了礼物。"他说。李早看着他。"一个小盒子。"王阳说，"还有一封明信片。"

"是什么？"李早问。

"不知道。"王阳说，"我还没拆。"

"就在后备厢。"王阳说，"你可以去看看。"

李早关上车门，站在车窗旁，跟他说再见。

"你不想看看吗？"王阳说。

她俯下身来，从车窗里看他。他也看着她。

他们僵持着。最后她走到后备厢，去拆开礼物和明信片。

盒子里是一对昂贵的手表，明信片上印着"最小的海"。

她拿给他看，他问她明信片上写了什么。

"新婚快乐。"她看着海的背面，把文字念给他听。

"没有别的?"王阳问。

"没有别的。"李早说。

王阳看着她。

"你失望吗?"王阳说。

李早看向他。

"我不知道。"她说，"已经不重要了，对吗?"

"都过去了。"她说，"不再想了，好吗?"

她探过身子，帮他把衣领折下去。

"好。"他说。

王阳带儿子从麦当劳出来，给李早打了两个电话，她没有接。过一会儿再打过去，李早关机了，那时天已经开始黑了。他给李早发了一条微信："多多想坐摇摇车，我们现在去超市，在超市外边的彩虹喷泉等你。"

多多坐在摇摇车上，指着广场上的喷泉，说："彩虹。"王阳说："对，彩虹。"多多说："妈妈会沿着彩虹找到我们。"王阳说："对。"李早给多多讲过一个童话故事，她告诉多多，天上的小仙童如果迷路了，只要找到彩虹，沿着彩虹桥一直走，就能找到他们的妈妈。多多问李早："如果是妈妈迷路了呢，也可以走彩虹桥吗?"李早想了想，说："可以的，大人也可以走的。"

"这个彩虹有点小，"多多说，"看起来不够结实。"王阳说："没事，爸爸昨晚加固过了，加了很多很多的水泥，所有缝隙都填得满满的，你妈妈踩在上面没事。"多多点点头，说："加了像多多一样多的水泥。"王阳说："对，像多多一样多的水泥。""多多"是李早取的小名。李早怀孕的时候，王阳最大的乐趣就是对着腹中的胎儿唱歌，王阳喜欢唱《哆来咪》，后来每次一唱到"哆，是一只小母鹿"这句，李早都能感受到腹中明显的胎动，于是她给婴儿取名叫"多多"。

多多说不坐摇摇车了，王阳问他为什么。多多说："我们还是去喷泉旁边等妈妈吧。"王阳说："想妈妈了？"多多别开头，说："我想检查检查你修的彩虹桥怎么样。"王阳说："行，你去视察视察。"

王阳站在远处注视着多多，又给李早打了两个电话，还是关机。失联。这次又是为了什么？检查报告的结果不好吗？哪种程度的不好？她还是不愿意第一时间告诉他吗？他没办法再往下想。他走到多多身后，和多多一起仰头看彩虹喷泉。那是一个波光喷泉，水柱沿着拱形的轨迹喷射，喷泉下有各色光源，光沿着喷射的水波显现出不同的颜色，形成彩虹。

多多伸手去碰水柱，王阳还没来得及阻止，多多已经被水压打得哭了起来。王阳把他拉过来，检查他的手，问他是不是痛。多多哭着摇头，说："这彩虹是假的，一碰就消失了。"王阳抱着他，轻声说："对不起。"多多抽泣着说："妈妈呢？妈妈也消失了吗？"

消失。多多不久前才学到这个词，李早教给他的。李早刚做完检查的那几天，他们坐在客厅里陪多多看动画片，不过专心看动画片的大概就多多一个。王阳时不时地看手机，李早更多时候在想事情。动画片放到一半，李早用腿碰了碰王阳，轻声说："我想起一句话。"王阳问什么话。李早说："博尔赫斯说的，'人死了，就像水消失在水中'。"王阳放下手机没说话，多多却转过头来，问："妈妈，什么是消失？""消失就是东西和人突然不见了。"李早想了想，又说，"你的乐高汽车找不到了，就可以说它消失了。"多多点了点头。

王阳抱起多多，说："妈妈刚才打电话了，让我们再去坐一次摇摇车她就到了。"王阳给儿子擦干眼泪，然后走回摇摇车旁，把游戏币投进去，金属掉落的清脆响声经过短暂沉默的空隙，音乐再次响起来。

消失。

她已经消失过一次了，在海边旅馆的那个夜晚。朱莉坐在他对面，让他不要担心。

"你会慢慢习惯的。"朱莉说，"在这方面，我经验比你丰富。"

王阳问她是哪方面。

朱莉说："失去。"

广场中央的喷泉全都开启了，水流交错着冲向天空，完美的抛物线。迄今为止，他的生活如同这一条条抛物线一样，遵循着近乎完美的轨迹，即使中间可能暗藏着某些打破完美轨迹的意外，但也都被一一克服。不是被他，而是被生活本身所克服。会继续完美吗？继续遵循完美的物理轨迹，不被任何意外所打破？不被那些突如其来的失去所中断？失去，他想，无论经历多少次，他还是不能说自己在这方面经验丰富。

空中落下的水滴四散着落入水面，然后消失。

但至少上一次过后，他想，经过了那么多年，他知道，她会回来的。

　　从门诊部旁的侧门穿出去距离超市更近。李早计算着从医院出发，沿着种满滇边蔷薇的围墙走到侧门，然后穿过一片居民区，进入马路，右转，一个红绿灯，两条岔路，然后到达，这一共需要十五分钟。但她始终没有起身。

　　她坐在医院角落被凤仙花丛所围绕的幽绿的人工湖旁，看不远处几个孩子在空地上学习颠足球。一下，两下，三下，最多五下，球就落下来。孩子们渐渐失去耐心，开始练习传球。

　　结果不算严重，但也算不上乐观。比最好的结果差，但也比最差的结果好。球被踢起来，径直飞进湖里，孩子们跑了过来。她想着该用怎样的语气把消息告诉王阳，才能不显得过分担忧，也不表现得盲目乐观。她制止住孩子们想要伸手去水里够足球的想法，她让他们去找保安，她会在这里帮他们看着。在面对王阳之前，她想，她需要一点属于自己的时间。风吹起来，足球往湖里漂得更远。她站起来，沿着足球漂远的方向走过去。夜渐渐暗下来，已经开始有蛙声。她站在树下，看湖面上的涟漪随着风一层层起伏。不过这一次，当结果向她呈现的时刻，她什么都没有想，没有想着死亡，没有想着意外，没有想着遗憾。也没有想着另一种生活。

　　她听见孩子们跑回来的声音。保安在后面大叫着让他们停在岸边，往里面去危险。她抬起头来，保安巡逻的手电照在她脸上，她抬手挡在眼前。孩子们站在远处问她："我们的球漂去哪了，阿姨？"

　　保安带来一根捞落叶和垃圾用的长竿网兜，沿着水边往湖里探进去，天太黑，湖边的灯很暗，看不清球的准确位置，球在一次次的搅动中漂得更远。保安最后只好放弃，答应孩子们明天白天再给他们捞。孩子们站在岸边叹气，但不一会儿就重新恢复活力，决定回家去玩别的游戏。孩子们临走前跑到李早身边，对她说："谢谢阿姨，阿姨也早点回家。"李早摸摸他们的头，说："好。"

孩子们吵闹的声音逐渐远去，李早开始沿着岸边往回走。她重新打开手机，王阳和多多还在彩虹喷泉旁等她。她知道，他们会一直等待，直到她再次出现。王阳的母亲说，这是一场耐心的角逐。一切被打乱的步调和间或的波动最终都将融入整点会合的钟声。

如果说现在她要比以前懂得更多，那就是，她知道哪里才是她的生活。

（《收获》2022 年第 4 期）